傳滿清香玉梅枝，恰早春到時，到時。

暢飲開懷碧霞巵。象管泥金字，寫出風流思，堪詠此。

瘦影清香散春晴，開遍了玉英，玉英。蝶靜蜂閑翠禽鳴。

鐵幹霜枝並，玉骨冰肌映，（寫一篇）詩句清。

朱有燉《誠齋樂府》校釋

（明）朱有燉 著
朱仰東 校釋

黄山書社

圖書在版編目(CIP)數據

朱有燉《誠齋樂府》校釋 / (明)朱有燉著；朱仰東校釋.
—合肥：黄山書社，2018.12
ISBN 978-7-5461-7977-3

Ⅰ.①朱… Ⅱ.①朱… ②朱… Ⅲ.①散曲–作品集
–中國–明代 Ⅳ.①I222.9

中國版本圖書館 CIP 數據核字(2018)第 291645 號

朱有燉《誠齋樂府》校釋 (明)朱有燉 著 朱仰東 校釋

出品人 王曉光
策　劃 韓開元
責任編輯 徐娟娟
責任印製 李　磊
裝幀設計 韓玉英
出版發行 時代出版傳媒股份有限公司(http://www.press-mart.com)
黄山書社(http://www.hspress.cn)
地址郵編 安徽省合肥市蜀山區翡翠路 1118 號出版傳媒廣場 7 層 230071
印　刷 安徽新華印刷股份有限公司
版　次 2019 年 10 月第 1 版
印　次 2019 年 10 月第 1 次印刷
開　本 880mm × 1230mm 1/32
字　數 300 千
印　張 15.5
書　號 ISBN 978-7-5461-7977-3
定　價 88.00 圓

服務熱綫 0551-63533706
銷售熱綫 0551-63533761
官方直營書店(https://hsss.tmall.com)

前言

朱有燉（一三七九—一四三九），號誠齋，又號錦窠老人、全陽道人、老狂生等，明太祖朱元璋第五子周定王朱橚長子，國號『周』，謚曰『憲』，世稱『周憲王』。朱有燉貴爲宗室，一代藩王，卻『勤學好古』，成就斐然，所作雜劇三十餘種，音律協美，頗爲當時及後人稱道。其詩詞文『不事嘔心，頗能合格』，一題動成百詠，才思不窮，有『宗藩之隽』（《曲品》卷一）[一]美譽。然時易世變，清末以降，朱有燉及其創作成就備受冷遇，批評、呵責乃或誤讀，曲解層出不窮，前後差別懸殊，令人頓生雲泥之嘆。章學誠《文史通義》『文德』篇云：『不知古人之世，不可妄論古人之辭也。知其世矣，不知古人之身處，亦不可以遽論其文也。』[二] 故欲對朱有燉及其創作『作出較爲客觀的評價』，必先『知其爲人之實，是以又考其行也』[三]。

一　朱有燉的家世與生平

朱有燉生爲皇室宗親，注定其一生與明初政治形勢關係密切。如果依照其父周定王朱橚去世將其一生劃分爲前後兩個時期，不難發現，其前期政治生涯及其命運受周定王朱橚牽連較多；而後期則更多羈絆於兄弟之間覬覦王權而引發的權力爭鬥。

衆所周知，明朝建立不久，朱元璋鑒於前代政權更迭教訓，試圖通過藩封的方式達到鞏固皇權的目的，據《御批歷代通鑒輯覽》卷一所載，洪武三年，『帝懲宋元孤立，失古封建意，於是擇各城大郡，豫王諸子，待其壯而遣就藩服，外衛邊陲，内資夾輔。』〔四〕在首次藩封中，朱有燉之父朱橚原被封爲吴王，藩國錢塘。事後第四年，亦即洪武七年，朱元璋藉口『錢塘財賦地，不可』（《明史》卷一一六），遂於洪武十一年改封開封，國號『周』。

開封雖然比不上錢塘，但歷史上亦曾作過宋金故都，頗具王者氣象，當時即有『天下藩封數汴中』之説〔五〕。然如《明史》等文獻所載，周王朱橚『時有異謀』（《明史》卷一一六），對此次改藩，或有不滿，二十二年便因『不俟父命，擅離封域』至鳳陽（《明史》卷一一六），對此次改藩，或有不滿，二十二年便因『不俟父命，擅離封域』至鳳陽（《萬曆野獲篇》卷一一『周定王異志』）遭到朱元璋懲處，被流放雲南安置。雖然相關史料就此記載語焉不詳，頗多出入。但無可置疑的是，因爲周王『遷鎮雲南』（《太祖實録》卷一九八），未及舞勺之年的朱有燉便被委以重任，執掌周藩政務，代理藩事。

公允地講，朱橚雖有異志，但在朱有燉教育方面還是頗爲用心的。據《明史》卷一三七，爲使朱有燉獲得良好教育，朱橚曾邀請當時以學問著稱、『博物洽聞』（李濂《周府長史劉先生淳傳》）的劉淳爲其西席。爲使朱有燉在政治方面獲得歷練，朱橚還經常利用入朝覲見的機會帶其入京，通過應接公卿等方式達到提升其政治才能的目的。，正是在其頻繁入京過程中，朱元璋對其有了深入了解。一個非常典型的例子，即洪武二十八年，朱元璋於宫中召見朱有燉，使其與剛被册封爲燕世子亦即後來的仁宗一起分閲衛士，並耳提面命，在治國用兵等方面親自點撥。據《仁宗實録》卷一：

文皇帝嫡長子……洪武十一年七月二十三日生於鳳陽……洪武二十八年閏九月壬午，授金册金寶，命爲燕世子。太祖皇帝思宗藩之重，特召秦、晉、燕、周四世子朝夕親教訓之。歷試諸事，嘗命分閲皇城四門衛士。

其中所謂『特召』，意即此次召見實屬破例，對於諸藩世子而言可謂來之不易的『殊榮』。而且，由文中所載可知受到召見的世子甚少，而朱有燉爲其一焉，説明在當時藩王世子中朱有燉是頗受祖父朱元璋賞識的一位。此後的事實也印證了這一點。次年，亦即洪武二十九年，胡兵犯邊，朱元璋『於是敕令今上（成祖）選精卒壯馬抵大寧，全寧沿河南北覘視胡兵所在，隨宜掩擊，仍敕周王橚令世子有燉率河南都司精鋭往北平塞口巡邏。』（《太祖實録》卷二二二）〔六〕這是有確切記録的巡邊活動，其中『令世子有燉』云云，可見這一活動乃是由朱有燉一人或以其爲主導進行的軍事活動，並不包括周王朱橚。此次巡邊，周府奉祀正周是修隨行，並於戎馬倥偬間作《凱旋賦》一篇記其事。根據賦前小序及所賦内容，朱有燉此次巡邊經行路綫大致是：自河南開封出發渡黄河→太行山→燕京→居庸關→開平→可温海→黑山→集寧→大同→恒山→紫金關→回河南開封〔七〕。經行路綫縱跨河南、河北、遼寧、内蒙古、山西等數省，幾乎覆蓋了中國北方大部分地區。賦云『聆凱歌之載路兮，日瞻望乎崇嵩。喜征夫之聿至兮，慶室家而雝雝。』可見此次巡邊總體上還是比較成功的。這也證明經過前此歷練，朱有燉已完全能夠獨當一面，『並非缺乏治軍與治國的才能』〔八〕。值得注意的是，由上引史料『仍敕』一詞可知，此次巡邊絶非首次。

父親的器重，外加祖父洪武皇帝朱元璋的賞識，朱有燉儘管年幼，但其政治、軍事生涯一片大好。假以時日，其才能也定會大放異彩。

然而，明初政治鬥争波詭雲譎，歷史的發展並不以個人意志爲轉移。曾永義先生指出，在朱有燉一生中『所遭遇的最大變故，應當是父親被建文帝廢爲庶人，徙置雲南的時候。』[九]如果説，洪武二十二年，其父『還鎮雲南』給了朱有燉代理藩政鍛煉的機會是一個幸運，那麽此次遭貶對於朱有燉而言恐怕就是一場災難了。這是因爲，建文帝自即位伊始，便一直憂慮藩封各地的叔輩『位崇勢逼』（《革除遺事》卷一）[十]，於己不利，遂採納黄子澄、齊泰等人削藩建議。而諸藩之中，『燕王勢力最大』，且與周王朱橚爲同母兄弟，藩封邊塞，兵强將廣，自然也最令建文帝放心不下。權衡利弊，『因用黄子澄敲山震虎之計，首先向周王朱橚發難』。[十一]《明太宗實録》卷一載黄子澄言：

燕王素孝謹，國人戴之，天下知其賢，誣以不軌，將難信之。周、齊、岷、代在先帝時尚多不法之事，何況今日。而於今作過，周王必先，周王易取耳。周，燕之母弟。取周，剪燕之手足。今只俟周有罪，即令議處治，彼必來救，救則可以連坐。是在我取之有名，在彼雖有一國之衆，勢孤無援，取之何難？

不久，便有人構詞陷害，『建文皇帝命曹國公李景隆即訊，景隆大索金寶，王不能應，坐王反。』（《明書》卷八六）[十二]結果，『周王被執』，『帝欲釋之，泰與子澄爭久之，乃廢庶人，徙蒙化。』（《史竊・黃子澄傳》）此次貶竄，『妻子異處，穴牆以通飲食，備極困辱。』（《太宗實録》卷一）與洪武二十二年周王遷鎮雲南相比，無論事件性質，還是懲罰力度都是空前的。聯繫削藩過程中慘遭殺戮或自焚其身的其他諸王，朱橚竟能化險爲夷、生命無虞，實屬不幸之幸。這其中與朱有燉危難之際『挺身代父認罪，使朱允炆動了惻隱之心』[十三]有著很大關係。史載：

世子不忍父之非辜，遂自誣伏，由是王得未滅，乃闔宫遷之雲南蒙化。有司防之嚴，撙物以給，仍留世子於京師。又數月，命再審鞫，世子承伏如初，乃責置臨安。（《革除遺事》卷一）

需要指出的是，此處『臨安』並非歷史上曾經作爲南宋京師的杭州，而是元末明初所設南路總管府下轄臨安路（劉文征《滇志》『地理志第一』卷二『臨安府』），故址在今雲南省通海縣東北五里[十四]，與周藩封國開封遥距萬里，當時來看實爲典型的蠻荒之地。這是朱有燉第一次獲罪被貶，也是最遠的一次，所作《梅花百詠》詩序對此有著較爲詳實的記載，『余自弱冠南遊，經湘潭，陟武陵，登金馬，至碧雞，上白崖之高，下黃陵之險，居滇海者三閲寒暑……』雖然此前朱有燉曾率軍巡邊，閲歷豐富，但獲罪流謫，加之雲南遠離中原，山河萬重，風俗言語不通，其心情可想而知。所作《臨安即事》詩頗能見其心曲：

凍雨寒烟滿戍城，雨中烟外更傷情。沙頭風静鴛鴦睡，嶺上雲深孔雀鳴。番域白塩從海出，野田青蔗繞籬生。蠻方異俗那堪語，獨立高臺淚似傾。

獨立高台，鄉關何處，家國安在？目光所及，惟有蠻鄉異俗，凍雨寒煙，作者苦悶難解的心情瀰漫於字裡行間。

建文帝削藩並没有達到皇位鞏固的目的，恰恰相反，卻迎來了一個新王朝的建立。伴隨著朱棣稱帝，建元改制，朱有燉及其父不僅回到藩封故地，再次獲得爵位，而且憑著與朝廷隱晦且頗爲特殊的血親關係，周藩在永樂一朝亦可謂優渥稠疊，盛極一時。朱棣以『大德至孝』〔十五〕相標榜，朱有燉不顧自身安危挺身救父的壯舉自然受到關注，也就在其自臨安入朝後不久，朱棣便『作《純孝歌》以賜』。〔十六〕在該詩小序中，朱棣對朱有燉孝行不吝美辭，褒獎有加，道是：『古今孝子，欲代父死者，幾何人哉？建文用讒者誣搆爾父，逮爾父子至京，備極苦辱。有燉不忍父之無辜，遂自承伏，言父不知狀，以死自期，略無怖色。』『顛沛不改其義，死生存亡，不懾其志，富貴貧賤，無幾微動於顏色，流離道路，羈囚瘴癘，克全爾生，至有今日，實由爾父慈子孝，天地鬼神護相之也。』

永樂一朝周藩隆遇尤厚，周王亦一度希望藉向朝廷進獻祥瑞的方式竭忠輸誠，進而達到鞏固周藩地位的目的。其中以永樂二年周定王向朝廷進獻瑞獸騶虞一事『最引人關注』〔十七〕，朝野上下頌文贊詞縷不絕書。在這樣一種日益嚮好的政治環境下，朱有燉亦希望能有所作爲，在作於永樂六年的雜劇《得騶虞》中，作者藉劇中人物細酸之口寫道：

自家是藩府之官，見（現）任典樂之職，前者均州神垕山中騶虞出現，鶴駕請臨，王子護衛，亦皆隨侍。

此劇搬演永樂二年周藩捕獲、進獻騶虞事實，此處的『王子』顯然不是別人，而是身爲周藩世子的朱有燉本人。爲彰顯『非常之兆見於今日』，周王當年即在捕獲騶虞的神垕山建立神廟一座，據《禹州志》卷一三：『山神廟，西會里神垕山之上，明永樂二年，周王橚獵騶虞，因建廟。』廟成之後次年，亦即永樂三年，朱有燉還特意撰寫題名《神垕山神廟瑞獸碑》碑文一通〔十八〕。文中不僅詳細記述了騶虞捕獲的過程，更重要的是，作者將所獲騶虞歸功於朝廷聖明、世道雍熙，如云：『今伯父皇帝在位，禮賢恤民，仁恩溥洽，風恬俗熙，遐方異域，重譯來獻，和氣致祥，騶虞之出，固其宜矣。』」作者對新朝『復爲歌頌以導揚盛事』（趙彝《騶虞贊》）[十九]的用意不言而喻。

憑著與朝廷在當時『難以言説』的特殊關係，周藩的確獲得了相當豐厚的政治資本，朱有燉作爲周藩世子同樣受到朝廷的優待，進獻騶虞的當年四月，朱有燉入朝便受到皇太子的宴請。此後兩年，即永樂四年、五年，朱有燉都曾入朝覲見。雖然，成祖即位，對藩王『倍加禮遇』，藉以『矯建文疏忌宗室』（《萬曆野獲篇》卷四《親王來朝》）之偏，但朱有燉能夠於永樂初期幾年内頻繁進京，至少説明，朱有燉在參與國事及藩府事務方面，其態度是積極的。

然如前述，其父周王朱橚素有『異志』，雖然永樂一朝對周藩格外恩典，但故態復萌亦是必然的，這也就注定朱有燉即便有著良好的從政願望、政治才能，也不會一帆風順。永樂三年、四年，周王朱橚曾多次因違制受到成祖詰責。永樂六年四月，瞿佑更是受周王橚牽連被捕入獄。此後幾年，麻煩如影隨形，接踵而至。特别是永樂十八年俺三告發其謀反一事，雖然最終以周藩上交三護衛爲代價得以贖罪豁免，但不可否認，自此之後，周藩兵權被削奪殆盡。兵權的剥奪，意味著王權地位的降低，這對周藩無疑是一次非常慘重的打擊。礙於『血親』關係，周藩並未遭到奪禄削爵的厄運，然諸如此類的遭遇頻繁發生，以及隨著年齡的增長，之於朱有燉而言，其代父受過的經歷已不再是所謂的『歷練』，或提升個人政治地位的資本。恰恰相反，明初波詭雲譎的政治角逐乃至你死我活的政治鬥争，促使朱有燉感受到的更多是險惡，對政治場上風雨倏忽、難以預料的畏懼。

洪熙元年，周王橚病逝，朱有燉順理成章成了周藩新的執政者。永樂一朝，朱有燉的政治命運往往與其父周王橚的政治命运糾纏在一起。周王病逝，按理，其政治生涯會得到相應改善。事實上，朱有燉主政周藩與周王朱橚在位時相比，亦的確有了很大變化，比如因其性格敦厚，與世無争，没有父親那樣的野心，與朝廷之間的關係也相對緩和了許多；加之，宣宗皇帝年幼時曾與其同學，論輩分朱有燉又係其叔輩，待之甚厚。長此以往，朱有燉似乎可以安心守藩，周藩亦可從此安静下來。但現實正如學者所言：

宗室之間同室操戈的殘酷鬥争，並没有以伯父燕王朱棣『靖難』的成功爲結束，在他所經歷的永樂、洪熙和宣德三個朝代中，朝廷與藩府、親王與郡王、長幼嫡庶之間的利害衝突，仍然激烈地進行著，骨肉情誼，蕩然無存。〔二十〕

在朱有燉册封周王、主政周藩的第二年亦即宣德元年，汝南王朱有爋便首先發難。

朱有燉，周王橚次子，建文中構詞陷害周王謀反者即其所爲。永樂元年，被安置雲南大理。永樂二十年亦即其父周王朱橚去世前兩年，才因其母馮貴妃病逝賜恩召回，前後長達近二十年。在作於流放期間的《無爲寺記》中，朱有燉信誓旦旦地寫道：『余樂安佚，愛清潔，故自髫歲已抱塵表之想，以時多乖，不克既遂……』（《滇系》『藝文系』卷八之三）〔二一〕然而，二十年的流放生涯並未使其放棄覬覦王權的幻想。宣德元年，朱有燉上書『數奏其兄周王有燉之過』（《宣宗實録》卷二二）。鄭箋《棠棣》詩云：『人之恩親，無如兄弟之最厚。』無論兄長是否有過，只要罪不至死，也不應如此頻繁上書。問題是，朱有燉並無罪過，《宣宗實録》卷二二：

（上）遣書諭有燉曰：『過雖在彼，叔宜篤愛弟之心，不足與較。』因謂侍臣曰：『人之兄弟所以失和者，多因讒言致忿，馴至鬩墻，浸成大惡。當念同氣至親，各生愛敬矣，則自然和諧。古人言：「兄弟雖有小忿，不廢懿親。」又曰：「兄及弟矣，式相好矣，毋相猶矣。」此言最好，凡爲兄弟者，皆當以此存心。』〔二二〕

宣德元年朱有燉屢次上書絕不是出於什麽『大義滅親』，真實目的與當初告發其父周王橚如出一轍，其覬覦王位的迫切、陰毒險惡的性格亦由此昭然若揭。

宣德三年，朱有爋勾結五弟有熺共同策劃，妄圖以借刀殺人的伎倆栽贓四弟有爝謀反。揆諸明制，皇親犯罪，『惟謀逆不赦』，其餘罪過，均由宗親會議，報皇帝裁決，『法司只許舉奏，毋得擅逮』（《明史》卷三）。二人這樣做，顯然是想置四弟有爝於死地，並牽連到朱有燉。《國朝獻征録》卷一『周王橚傳』：

先是有爋與有熺素惡有爝，爲與趙王書，刻祥符王印記，封識置彰德城外道傍。都指揮王友得書聞上。宣宗疑有離間，逮友訊無迹。召有爝至，曰：『爲此書者，必有爋也。』又召有爋，訊服，詞連有熺。〔一三〕

有爋、有熺惡行累累，二人朋比爲奸，除了赤裸裸的政治利益，親情對他們來説絶無可能，甚至大難臨頭，爲求自保，不惜相互揭發，據《宣宗實録》卷四三，上『乃召有熺面質之，詭謀實迹彰彰明白，有熺即引有爋實與同謀，蓋計慮委曲多出有爋，召有爋至不能隱，即皆承伏，因並發露其兩人平日奸謀，欲害周王而奪其位……』利欲熏心如此，難怪宣宗在給趙王信中指責朱有爋：『上欺天地鬼神，所爲不孝不忠，不仁不義，稍有一毫人心者，肯爲此哉！』（《宣宗實録》卷四三）機關算盡反誤卿卿性命，倒行逆施，最終結果則是爵位被廢，『免爲庶人』，『錮之西内，子孫俱以幽死』（《弇山堂别集》卷二二『史乘考

誤三』）。〔二四〕

兄弟之間因王位之争所帶來的手足反目、相互殘殺，對宅心仁厚的朱有燉而言無疑是心酸心寒的。自執政周藩以來，朱有燉身爲長兄，不僅是周藩的執政者，對於周邊親人亦可謂竭盡『親親之宜』。據統計，執政周藩後，僅宣德一朝，朱有燉曾多次向朝廷上書爲其弟、妹請封或請賜，如宣德元年九月，弟宜陽王有炥等人將婚未有居室，朱有燉上書朝廷賜命營建；宣德四年，十三弟有爋薨，妃自經，有燉嘉其行，與其賜封；宣德五年八月，十八妹大婚無房居住，有燉上書賜建。諸如此類，難以盡舉。朱有燉對於諸弟、妹關心有加，頗盡兄長之道。而所作一切，其初衷即本於敦睦『同氣至親，各生愛敬』之訓，兄弟之間鬩墻之争不僅與其初衷背道而馳，亦是其内心難以承受之重，心情苦悶概可想見。朱有燉晚年以雜劇、散曲創作和演出自娱，或流連於佛道、或醉心於詩酒，恐怕不僅僅是政治層面的有意疏離，亦當與兄弟之間源於權力争奪所引發的内訌不無關係。

王永寬諸先生認爲，『朱有燉在宣德年間能夠寫出十余種雜劇，與他安全而優裕的生活處境不無關係』。〔二五〕必須承認，朱有燉相當一部分雜劇的確作於宣德年間，但認爲宣德年間朱有燉生活環境優裕而安全恐怕不符合事實。一方面周藩内部令其焦頭爛額，痛心疾首；另一方面，所處外部環境亦並非盡如人意。宣德七年，已近暮景的朱有燉再次遭人誣陷，起因是，曾經參與宣德三年有爀等人陰謀的遼東定遼左衛馬義逃回河南，朱有燉查知，『欲捕義解京，義怨之，遂詣京師誣告周王交通謀義等事。』『上命監察御史沈敬往察之，』幸虧『三司奏義所告皆妄』（《宣宗實録》卷九 ），才有驚無險。此外，據無名氏《金粱夢影録》載，王居藩邸，『甚著聲譽，朝廷忌之。會有希旨謂開封有王者氣，詔毀城南繁塔七層以厭之。王懼，乃溺情聲伎以自晦』。此事《明史》等相關史料不載，毀塔之詔今亦不見，『然聯繫起明永樂以後對藩王疑忌，此類傳聞當非純然無據。』〔二六〕事實上，如聯繫朱有燉於洪熙元年十月襲封周王，次年即是宣德元年，正統四年，朱有燉病逝，故不難推知，宣德一朝，朝廷對朱有燉也不是完全信任的。這種不信任感，對於朱有燉而言，其壓力不是常人能夠體會到的，學者認爲：『那次卑鄙事件之後的十年，是這樣的一生中最快樂的時期。』理由是，『這期間有多次吉慶喜事，在詩和雜劇中都得到了充分的反映。』〔二七〕顯然没有考慮到作品與現實之間的『錯位』，一個非常典型的例子，即如明人李紹文《皇明世説新語》卷八所載：

周憲王獻戲曲百本於朝□，宣廟擬賜白金。輔臣曰：『藩王獻書籍文章，當賚此。今以傳奇獻，非親親輔仁之義也。』賜優衣一襲、磕瓜一枚。王大慚悔。

這充分表明，即便朱有燉雜劇充斥著大量吉慶喜事或歌舞升平的内容，亦因『非親親輔仁之義』受到朝廷呵責，所賜『優衣一襲，磕瓜一枚』絶不僅僅限於對其人格層面的侮辱，警告意味亦是頗爲明顯的。

這也難怪，幾乎與此同時，朱有燉開始如其父一樣向朝廷進獻所謂的『祥瑞』，據所作【南吕·一枝花】『詠白海青』序：

宣德八年，歲在癸丑。正月十七日，河南開封府尉氏縣得白海東青一聯。十八日，校尉進於本府，且明日值予初度。予喜珍異貴禽來此中原，乃即具奏進獻於朝，作此樂府以自慶賞焉。

由其生前所編詩詞文集《誠齋録》收録大量相關詩賦作品看，此次進獻頗受朱有燉重視，當然，其中亦不無借題發揮之意。但結合現實環境，此次瑞獸之獻，雖也存有一定的政治目的，然時過境遷，政治環境今非昔比，加之朱有燉本人並無其父那樣的野心，故這次進獻瑞獸也只不過借此表表忠心，安心度日罷了。事實上，對於朱有燉來説，此時已經五十五歲，在政治鬥争漩渦中已經苦苦掙扎了四十餘年，亦的確需要片刻的時間安頓一下疲倦的心靈。

正統四年，亦即英宗即位第三年，朱有燉油盡燈枯，生命亦走到了盡頭。臨終之際，這位飽經世事滄桑的老人做出了一件足以讓歷史永遠銘記的大事，即上書朝廷要求廢除洪武時期制定的殉葬制度，《皇明異典述》卷一〇『殉葬宮妃之典』：

周憲王有燉薨，無子。乙酉，上貽書王弟祥符王有爝，令其自妃夫人以下不必從死，年少有父母各遣歸其家。又，十日乙未，憲王府以王正室鞏氏等死殉事聞，賜謚『貞烈』，贈夫人；施氏、歐氏、韓氏、陳氏、張氏、李氏俱賜謚『貞順』，贈夫人，予祭及葬用一品禮。未及聞上命故也。〔二八〕

雖然最終結果令人遺憾，但聯繫開封距離京師一千五百餘里，在當時交通不便情況下，實在情有可原。同樣，如聯繫殉葬制度乃洪武皇帝親自制定，並規定：『凡我子孫，欽承朕命，勿作聰明，亂我已成之法，一字不可改易。』『後世敢有言改更祖法者，即以奸臣論無赦。』（《皇明祖訓》序）朱有燉此舉可謂石破天驚，沒有足夠的勇氣實難如此。幸運的是，朱有燉建議後爲英宗採納，於明代延續多年且於歷史上影響中國數千年之久的殉葬制度徹底終結。祝允明《前聞記》『英宗皇帝聖德』云：『我朝自太祖以來，皆以妃嬪殉葬，至景泰之薨猶然。迨英宗遺詔始革，自是累朝皆從之。』没有英宗的首肯，殉葬制度不可能徹底廢除，這體現了英宗皇帝的『仁至』。但如没有朱有燉違背祖訓的驚人之舉，殉葬之制能否被徹底終結恐怕也是一個未知數。清代史學家趙翼認爲：『帝（英宗）之除葬，蓋本於有燉之奏也。』（《廿二史札記》卷三二）正是朱有燉的上書，爲英宗樹立了一個足可效法的榜樣，才促使其在仁政道路上走得更遠。或可以説，明代殉葬之廢，實始於有燉，成於英宗。

縱觀朱有燉一生，雖談不上波瀾壯闊，但亦説不得『平平淡淡』，〔二九〕只是歷史的機遇没有賦予其於政治場上或軍事場上更多施展才華的機會而已。但這并不等於説，他没有這方面的能力。而且，經由上述可知，朱有燉貴爲皇室宗親、一代藩王，注定其一生無法避開政治、軍事，周旋其間，亦可謂跌宕起伏，頗具傳奇色彩。正是源於這種『遇』與『不遇』的尷尬處境，卻成就了一個在文學藝術領域叱咤風雲的傑出人才。朱有燉死後，朝廷下詔葬於『祥符城南之棗林莊』（萬曆《開封府志》卷六），並據其一生作爲擬謚曰『憲』，世稱周憲王。『憲』者，『博文多能』（《弇山堂別集》卷七『謚法紀五』）〔三十〕之意也，以此爲謚，亦可謂實至名歸。

二　朱有燉散曲集《誠齋樂府》相關研究及其成就等問題

朱有燉雜劇成就甚高，於其生活的明初，便已廣爲傳唱。李夢陽《汴梁元宵》詩云：『中山孺子倚新妝，趙女燕姬總擅場。齊唱憲王新樂府，金梁橋外月如霜。』[三一]結果散曲成就反爲劇名所掩，加之散曲、雜劇同根同源，並無本質區別，遂使後世文人、學者在評價朱有燉著述時往往不加甄辨，將其雜劇、散曲混淆在一起，最終釀成學術史上一段公案，即：朱有燉《誠齋樂府》爲雜劇集，抑或爲散曲集？

其實關於這一問題的争議，追根溯源，亦可謂由來已久。據相關史料，早在明代中葉便出現記載混亂的現象，如萬曆時期沈德符《顧曲雜言》『填詞名手』條：

我朝填詞高手，如陳大聲、沈青門之屬，俱南北散套，不作傳奇。惟周憲王所作雜劇最夥，其刻本名《誠齋樂府》，至今行世，殊有金元風範。[三二]

明確將《誠齋樂府》視爲朱有燉雜劇總集題名。清初徐石麒、焦循遞相轉述，多本沈説，如焦循《劇説》卷五引徐石麒《蝸亭雜訂》云：『填詞高手如陳大聲、沈青門之屬，俱南北散套，不作傳奇；惟周憲王所作雜劇，名爲《誠齋樂府》，往往調入弦索，有金、

元風範。』〔三三〕

《誠齋樂府》一書性質撲朔迷離，雖與其本人雜劇、散曲兩擅其美而劇名更勝一籌有關，但至如明清兩代一些於曲壇或劇壇頗負盛名的文人學者貽誤亦難脱干係。步趨之下，遂致近代以來學者亦以爲然者不勝枚舉。比如二十世紀二十年代，吴梅據所藏二十二種周藩原刻本朱有燉雜劇與張菊生所藏兩種彙編入《奢摩他室曲叢》二集，並於卷端題署『奢摩他室曲叢雜劇之屬誠齋樂府』。吴梅爲一代曲宗，其影響亦無形中起了推波助瀾的作用，當時及此後衆多學者認爲，朱有燉生前有雜劇總集問世，其總集之名即《誠齋樂府》。如二十世紀三十年代，吴梅弟子盧前所著《中國戲劇概論》從其師説，第七章『明代的雜劇』之『兩宗室』云周憲王朱有燉，『所作雜劇總名《誠齋樂府》』〔三四〕。同爲戲曲研究專家，趙景深不僅寫了《讀〈誠齋樂府〉隨筆》，且在《略述明代戲曲運動的概況》中明確指出：『明初雜劇尚不失元人規範……到了朱有燉（周憲王）的《誠齋樂府》，就逐漸被打破了。』〔三五〕四十年代，劉大傑《中國文學發展史》下册問世，在這部具有重要影響的文學史著中，劉先生亦言，朱有燉『共作雜劇三十一種，總稱《誠齋樂府》。』〔三六〕五六十年代誕生的戲曲學研究力作《中國戲劇史長編》在論及朱有燉雜劇時亦認爲：『到朱有燉的《誠齋樂府》陸續譜成，雜劇的撰作，雖似有所開展，以體制言之，這一位大明宗室，當爲明初雜劇作家的最後一人。』〔三七〕他如七十年代游國恩《中國文學史》、八十年代王永健《簡論吴梅〈誠齋樂府跋〉》（《蘇州大學學報》，一九八五年第一期）、九十年代張月中《中國古代戲劇辭典》等，皆無異議。

與此同時，亦有少數學者不以爲然，二十世紀三十年代，孫楷第《戲曲小説書録解題》即將朱有燉雜劇集定爲《誠齋傳奇》〔三八〕。此後如陳萬鼐《六十年來元明雜劇的發現》一文：『《誠齋雜劇》，朱有燉撰。』『該書初見《百川書志》著録，並無總題《誠齋雜劇》字樣，該題爲近人便於稱呼所訂。《百川書志》提要謂此劇爲《誠齋傳奇》，古人對雜劇、傳奇院本未嚴判其界域，不足爲訓。』〔三九〕惜乎持此論者仿若晨星，委實不多。

《誠齋樂府》到底是雜劇集，還是散曲集？無論是研究朱有燉雜劇還是研究其散曲，都必須首先予以澄清。二十世紀八十年代末，廖奔據所見北京圖書館善本部藏周藩原本提出質疑，他認爲將『朱有燉雜劇集總稱爲《誠齋樂府》』『頗爲不當』〔四十〕。十余年後，楊棟所著《中國散曲學史研究》從散曲研究的角度進行了較爲深入的探討。應該説，上述學者的努力也的確起到良好的效果，如戚世雋《明代雜劇研究》：『他（朱有燉）還很喜歡花，在其散曲集《誠齋樂府》中就有不少以牡丹、梅花、海棠等爲歌詠對象的。』〔四一〕並於相關注釋中指出，『一般認爲，朱有燉雜劇總稱爲《誠齋樂府》，廖奔經考證認爲，這種説法頗爲不當。《誠齋樂府》是朱有燉散曲集，朱有燉可能題其雜劇集名爲《誠齋傳奇》。』〔四二〕陸方龍《朱有燉曲作曲論中之戲曲史與戲曲觀》一文則以腳註形式註曰：『關於如何總稱朱有燉的雜劇作品，曆來有異説，明代高儒《百川書志》稱「誠齋傳奇」，吴梅輯《奢摩他室曲叢》時名之爲「誠齋樂府」。近來學者多用「誠齋雜劇」，廖奔則認爲朱有燉雜劇在當時並未集結成書，基於此，本文徑以「朱有燉雜劇」概稱之。』〔四三〕凡此，不難看出，廖奔等人的努力於學界研究之影響。

然亦必須指出，蓋因囿於文獻或其他因素，目前學界仍有不少學者依循舊説。比如郭英德主編《中國古代文學通論·明代卷》：『他的《誠齋樂府》所録三十一種雜劇，可分爲俠義貞烈、文人軼事、煙花粉黛、神仙道化、祥瑞慶賞等五類。』〔四四〕徐朔方、孫秋克《明代文學史》：『朱有燉作雜劇三十一種，集名爲《誠齋樂府》，吴梅《奢摩他室曲叢》收二十四種。』〔四五〕趙曉紅博士論文《朱有燉雜劇研究》在例舉朱有燉雜劇流傳過程中三種關於其雜劇總集不同稱謂後認爲：『《誠齋樂府》爲朱有燉雜劇總集名，從古至今已被人們所認同也爲現今戲曲研究者所首肯。』〔四六〕戚世雋雖然在《明代雜劇研究》中認爲《誠齋樂府》爲其散曲集，然其後亦即二〇〇三年又撰文指出，『至於朱有燉的《誠齋樂府》三十一種，既有仍恪守元人規律之作，而打破雜劇體例的作品亦復不少』〔四七〕。前後觀點截然相反，顯示了一些學者在此問題上頗爲矛盾的心態。

其實，關於《誠齋樂府》是否爲朱有燉散曲集，還是雜劇集，除廖奔、楊棟等學者所論，還需要考慮諸如元明清三代以樂府作爲曲選題名一般情況以及朱有燉對樂府一詞之於文體層面的理解等〔四八〕。而解決問題最爲關鍵亦且最爲有力的證據乃在於朱有燉《誠齋樂府》生前原刻的發現。

事實上，朱有燉原刻存世稀少，但保存相對完好。而且令人欣喜的是，朱有燉爲《誠齋樂府》所作序言亦被較爲完整地保存下來。序中對是集編纂過程敘述甚明：

予既拾掇拙作詩詞，類而成卷，名之《誠齋録》矣。復餘時曲數十紙，□□吟詠情懷，嘲弄風月之語。自愧□□，□敢□示於人，將欲付之□□，客有□□者曰：『君子恥一物之不□□，曲亦近□□製作也。元之諸名公長□□□，亦盛□□今之世，庸何傷乎？法雲道人嘗勸山谷勿作小詞。山谷云：空中語耳。此古人不嫌於時曲之證

也。便當與詩録同刊，以爲梁園風月之清賞耳。』予曰：『唯！』遂鏤於梓，名之《誠齋樂府》云。[四九]

結合集中所收作品，可見《誠齋樂府》確爲朱有燉散曲集無疑。

朱有燉以雜劇盛名，其散曲亦同樣不容忽視，其之於中國古典曲學的貢獻值得關注。散曲作爲文學史上一大門類，時下大凡對中國文學稍有了解的人都不陌生。但散曲能夠發達，成爲專指小令、套數等一類文體的名稱，實應當歸功於朱有燉。這是因爲，在朱有燉之前，據目前所見文獻，『散曲』一詞尚未出現，對於此類作品的稱名很不統一，或散樂，或散套，或樂府，凡此不一，皆未見以散曲稱之者。朱氏原刻《誠齋樂府》分爲兩卷，卷一即非常醒目地題作『散曲』；卷二則爲『套數』。朱有燉以此類分，在他看來，散曲即是與套數並列的一類文體。從所收作品看，卷一所收，現在看來實爲小令，這即是說，朱有燉所認爲的散曲實際上就是當下所認爲的小令。儘管這與當下所理解的散曲包括小令在内而與劇曲並列有别，但不可否認，正是因爲朱有燉首次使用，其開創之功不可埋没，楊棟先生認爲，『他這個原本荒誕的名稱竟歪打正著，五百年後卻成了一種新詩體的通名』，『此類郢書燕説的現象在詞義演化史上也許不是絶無僅有的』[五十]。説其『歪打正著』，恐不盡然，但經由朱有燉這一發明及後人的推波助瀾，散曲作爲一大獨立的文體或專學屹立於文學史林則是不容置疑的事實。

尤爲可貴的是，散曲一如戲曲愈趨愈卑，地位不高。朱有燉以貴胄身份染指其間，不遺餘力爲曲體正名，在提升曲體地位方面同樣功不可没。在所作【白鶴子·詠秋景】小引中，朱有燉從《詩經》『呦呦鹿鳴』引入，沿著『文遂代變』的次序，由詩溯及樂府、詞乃至南曲、北曲，一脈相貫，對『古詩爲正音，今曲乃鄭衛之聲，何可同日而語耶』的保守觀點給予了批評和糾正，坦言：

鄭衛之聲乃其立意不正，聲句淫佚，非其體格音響比之雅、頌有不同也。……《國朝集》雅頌正音中，以曲子【天净沙】數闋編入名公詩列，可謂達理之見矣。體格雖與古之不同，其若可興、可觀、可群、可怨，其言志之述，未嘗不同也。（《誠齋樂府》卷一）〔五二〕

在他看來，優劣尊卑不在體格，而在立意。立意不正，詩歌也有雅正、淫佚之别；立意端正，散曲與詩歌同樣具有興觀群怨、卒章言志的功能。此外，爲保證散曲不乖正聲，朱有燉提出以詩教傳統規避散曲創作，以『麗則之音』爲創作原則，這樣一來，朱有燉不僅大大提高了曲體地位，而且以理論指導實踐，爲散曲地位的提高找到了一條切實的途徑，同時又反過來驗證了散曲同爲朝廷正聲的結論。明代中後期曲學理論家大多循此理路爲散曲、戲曲創作尋找正名的根據，詩詞曲同源成爲明清兩代文人學者大抵認可並欣然接受的觀點。

『文章之運，與世遞遷，一代體制，有因有創。』〔五二〕學界普遍看法，朱有燉生活的明初，散曲在經歷過輝煌的元代之後開始走向衰落，這種衰落一方面表現在體制上難以有所創新，不僅難以出現足以抗衡元代諸如關漢卿、馬致遠那樣的大家，即便如喬吉、張可久、貫雲石、徐再思之類的曲家也難得一見；另一方面則體現在作品思想内容、審美趣味上，唐德嗣、程國節諸先生在將元明兩代散曲深入比較後認爲，『明代散曲沿襲元人「嘯傲山林，嘲弄風月」的道路，而且愈走愈遠。如果説元人在抒寫田園山林的情趣裏還流露著對現實的不滿，明人則更多地表現了怡然自得的閑適情緒；如果説元人在嘲弄風月時還表現出對不幸婦女的同情，明人則往往肆無忌憚地描寫對婦女的玩弄』〔五三〕。很顯然，在一些學者看來，無論就散曲作爲文學形式自身，還是所承載的内容，明代散曲都無法與元代散曲相提並論。

且不説這種看似衰落的表徵，未必不就是明代散曲的特點，至少朱有燉散曲便很難受以上標準匡範。這首先得益於其散曲某種程度上延續了其雜劇創作善於『新編』的精神，使其因能夠突破陳規展現出一種革新傾向：一方面，朱有燉以其卓越的見識努力提升曲體地位；另一方面朱有燉散曲還突破了南北曲楚河漢界的對峙局面，或引南入北，或以北通南，實現了南曲與北曲的融合。這在散曲式微的明初可謂新意別裁，爲散曲創作注入了新的活力，在明初詞壇別樹一幟。而值得一提的是，朱有燉的典範意義不是對明代散曲糟粕的發掘，恰恰相反，朱有燉並未因宗室之貴淪爲腐朽，多年的宦海沉浮，令其身心俱疲，亦讓其閲盡人心機險，從而使其與明初其他藩王、世子、親王有了天壤之别，比如其五弟有熺，『熺生食人腦肝膽，薄暮，每伺人過門輒誘入殺而食之，以故其邸前，日未晡即斷行迹』（《國朝獻征録》卷一），殘忍程度令人髮指，與朱有燉『志行純誠』（《純孝歌》）的品格差之甚遠。政治上、軍事上朱有燉難以施展抱負、盡其才能，無疑是個悲劇，但跌宕起伏的人生閲歷卻某種程度上深化了其散曲創作，豐富並夯實了其思想意藴，拉開了與同時代作家之間的距離，呈現出一種向元人回歸的審美趨向。

即如曲中最爲學界關注且飽受争議的隱逸情趣，據明褚人獲《堅瓠廣集》卷三『隱説』所謂『隱一也。昔之人謂有天隱、有地隱、有人隱、有名隱；又有所謂充隱、通隱、仕隱，其説各異』，並稱引白居易《中隱》詩云：『大隱在朝市，小隱在丘樊。不如作中隱，隱在留司間。』[五四]隱逸之態繁多，未必一定要隱於林泉，疏離塵世，只要將心安置妥當，處處皆可隱，無時不可隱，身在仕途不以爲累，以此爲隱反被視作中隱、大隱。朱有燉貴爲藩王，不可能如嚴子陵般悠然林泉，獨釣江雪，當然也不會如一般官僚那樣，過著亦官亦隱的生活。繁瑣的藩府事務及明初爾虞我詐、相互傾軋的權力争奪，使其只能於身心俱疲時藉傳統隱逸方式平撫精神創傷，宣洩個人的孤獨與苦悶，所以在【南吕·一枝花】《賡人韻自述》中朱有燉自嘲『居中國金門大隱』，『金門』，歷史上曾有金門郡、金門縣，只不過此處並非確指，而是周藩封國開封代稱。身爲藩王，其職責在於藩屏國家。且爲『大隱』，可見朱有燉這一帶有自嘲乃或自謔意味的小令背後不爲人知的痛苦。應該説，寫隱逸或者寫與現實的疏離乃或對名利的淡泊等幾乎爲曲作常套，看似不足爲奇，但因朱有燉常常將個人遭際打并入曲，從而使其曲亦就有了不同尋常的凝重，如【北中吕·山坡裏羊】《省悟》八闋，其一：

膏粱供奉，寰區知重，浮生自覺皆無用。德尊崇，禄盈豐，渾如一枕黄粱夢，迷到老來才自懂。功，也是空；名，也是空。

曲云『膏粱供奉，寰區知重』，顯係夫子自道。結合題目，所謂『浮生自覺皆無用』『渾如一枕黄粱夢』等，不難推知此曲作於晚年。『省悟』云云，無疑是作者在歷經政治場上諸多風雲變幻之後的感悟。淺而言之，該曲與同類作品並無多少不同。然所謂『同』與『不同』恰在於作品背後所隱含的人生閱歷。作者閱歷及其創作環境、創作心態賦予相關作品豐厚的思想意藴，無此也就談不上對作品的真正理解，也就很難接近作者創作的本意。大體上説，朱有燉此類作品絶非單純的『嘯傲山林，嘲弄風月』，與元人藉對田園山林情趣的書寫表達對現實的不滿並無本質區别，甚可以説，在這條道路上，朱有燉似乎走得更遠。

二十世紀三十年代中期梁乙真《元明散曲小史》論朱有燉散曲《隱居》（【南吕·一枝花】）、《嘲一修道者幼年飄蕩老而悟修》（【中吕·粉蝶兒】）時指出：

> 這種陳腐的套語，謬誤的思想，實在不見得高明。我常這末想：在中國統治階級的一般人，他一天到晚，心中常轉的是兩個念頭：第一能夠長壽，希望自己活上百歲，長壽還不夠，因爲終究有死的一天。所以，第二便想到頂好有不死的辦法。不死只有

做神仙，有燉是統治階級的一員，所以他的思想，很可以作爲中國統治階級之思想的代表。[五五]

與隱逸之趣相表裏，《誠齋樂府》的確收録了一些長生悟道、修禪煉丹以及賞花宴飲、優遊卒歲之作。前者如【梁州第七】：

獨攜丹竈，自悟玄門，紫陽傳道，宣聖依仁。一任他變寒暄秋夏冬春，我常教配陰陽離坎情親，興來呵向坤宫温養黄芽，閑時節守素室修持道本，老後也静靈台保護天君。莫聞，外闥，些兒小慮休驚震。

後者如【慶東原】『每日爲花忙，半世因花瘦』，【蟾宫令·夏夜】『將美酒花前自斟，寫新詩月下獨吟』等。但必須看到，朱有燉長生悟道絶非癡迷其中，即如前曲，朱有燉在一番談禪論道後，旋又指出：『命與限，利和鈍，何必區區苦役神，且從容酒三巡。』可見，朱有燉並非是一位釋道二教的狂熱信徒，所作雜劇《喬斷鬼》藉引宋孝宗之語表達得非常清楚：『「以佛治心，以道治身，以儒治世。」此誠信也。』[五六]顯然，釋道二教僅是其治身修心的手段而已。

相對來説，賞花飲酒之類的作品在《誠齋樂府》中所佔比重更多一些，學者統計，

《誠齋樂府》共收賞花小令三十七首，套數三篇。其中詠梅小令六首，套數一篇，詠海棠小令四首，水仙小令三首，牡丹小令二十二首，套數一篇，其他詠花小令二首，套數一篇〔五七〕。朱有燉愛花惜花名副其實，詩詞文集《誠齋録》收録大量賞花作品，此外尚有《牡丹百詠》《梅花百詠》《玉堂春百詠》三卷傳世。至如雜劇寫名花異卉幻形入世者更是琳瑯滿目，熠熠生輝。而且朱有燉愛花惜花及大量賞花宴飲之作，往往與對女性的關懷同情聯繫起來，使其與同類作品有了高低優劣之别，並非如一些學者認爲的那樣反映了貴族階級腐朽没落的情緒。如《誠齋樂府》卷一小令【落梅風·贈妓】『蜂黄散，蝶粉乾，早春時可憐開綻。休把做殘花一例看，終則是牡丹風範。』曲題『贈妓』，該曲將妓女比作牡丹，且言『休把做殘花一例看』，朱有燉不以個人地位尊貴而驕人傲人，對一位妓女尊重如此，又豈能不令人肅然起敬。何況曲中朱有燉還多次以牡丹盛讚正妃賢德！翁敏華先生指出：『（朱有燉）賞花偏什……每每以花擬人，表現了一種癡情者與花對答，與花交流的情態。這類作品除了一般的有閑階級閑散情緒的流露外，應該看到，同時表現了朱有燉「遠人事，親自然」的思想傾向。』〔五八〕翁先生雖然没有完全擺脱以往成見的束縛，但卻指出此類作品另外一層趣向，這在當時已屬難能可貴。

特殊的身份及職責，注定了朱有燉不可能徹底置身事外，忘卻現實，那些對子弟留戀風月、妓女迎新送舊等社會現象的諷勸批判還是頗爲用力的，數量亦較多，如《誠齋樂府》卷一小令【折桂令】《題情戲漂蕩子弟》（二首）、【南曲柳摇金】《詠酒色財氣》（四首）、【快活年】《詠酒色財氣》（四首）、【南曲柳摇金】《擬子弟漂蕩風情就擬戒漂蕩子弟》（四首）等。此類曲作難免説教，然亦應據實而論，切不可望文生義，斷然否定，即如【南曲柳摇金】《擬子弟漂蕩風情就擬戒漂蕩子弟》（四首）第四首《再戒漂蕩》：

誠心相勸，衷腸盡言，休戀惡姻緣。笑裏藏鋒刃，綿中安套圈。一覺地青蚨虧欠，薄麽苦熬煎。道調猱穰狚，須憑是錢。嬋娟怨你，你怨嬋娟；你怨嬋娟，慚愧怎重相見。

學者評云，『朱有燉對嫖妓者的勸説真可謂苦口婆心，誠心誠意，把這種温柔鄉裏的危害説得清清楚楚。一個皇室貴族能寫出這種詞章，殊爲可貴』〔五九〕。機鋒所向，不失公心，較先入爲主或斷章取義者高明多矣。何況，曲中所反映的事實確實是任何社會都必須嚴加管制的不良現象。

表面上看，朱有燉一天到晚，要麽『聲色花草的享樂』，要麽妄想『長生不老，升天作神仙』〔六十〕，似乎不可能接近人民，體察民情，對社會下層尤其是處於社會最低端的農民不可能有什麽了解，更不可能報之以同情。其實不然，朱有燉《誠齋樂府》收録不少與農民生活相關的作品，比如卷一小令【山坡羊】序：『甲寅歲初夏，麥熟在壠，時及收刈而陰雨連日，收麥者嗟嘆，以雨妨農；而鋤禾耘秧者，甚足其願。予笑造物者尚難爲如此，何況人耶？』如非親到民間，焉能如此洞曉民情。曲云：

雲埋山麓，雨傾如注，水田歡笑乾田怒。穀䕶鋤，麥新熟，兩般兒總是妨農務，做庄家看來没分福。晴，也是苦；陰，也是苦。

對農民生存處境、稼穡之艱描寫如繪，正是其體貼民情深入民間的結果。又如卷二套曲【苦雨有感憫農製正宫一曲】小引：

予既作苦雨詩數日，雨猶不止，朝暮滂沱淅瀝已半月矣。無可以慰老夫憫農之懷，乃製正宫一調五章，令録與長史觀之。曲雖俗體，而詞語不失乎典則，復令樂工度之於聲，以暢抑鬱之懷抱，豁朗霽之胸襟焉。就令歌詠與長史聽之，知我者恕其狂斐耳。

由苦雨不止聯想到農民生活，以致心情抑鬱，無法排遣，情真意切，絶無矯揉造作之弊。而於該曲【尾聲】部分，作者更是筆端含情，直抒胸臆，以比較手法，極寫農民之苦：

看了這人生可憐惟農務，蚕麥相兼每歲須。養得蚕成箔内虚，種得糧多倉裏無。冬暖兒號衣不敷，歲稔妻啼食不足。有一等游食清閑懶士夫，粉面妖嬈潑妓徒，豈識人生衣食劬，深巷重門樂有餘。一任天時旱澇除，不理生涯無定居，博戲誇豪較勝輸，絃管争妍日以娱。坐食農夫米麥蔔，坐衣農夫絹布服，看了這漁子樵夫説來的喻，他是那深嘆息爲農的最辛苦。

曲中作者例舉文士、娼妓不勞而獲卻能養尊處優，辛勤勞作者反倒蠶成箔空、糧多倉無，妻寒兒啼。『作者身爲錦衣玉食的皇室宗親，能如此關懷民生疾苦，有如此真切的憫農之情，實屬罕見。』〔六一〕可貴的是，經由比較，朱有燉將封建社會兩大階級生活狀態、生存境遇生動描繪出來，並一針見血地指出『坐食農夫米麥蔔，坐衣農夫絹布服，看了這漁子樵夫説來的喻，他是那深嘆息爲農的最辛苦』。貴族階級的奢華恰正是造成農民勞而無獲、生活艱辛的根源，這不僅增加了作品的批判力度，由此所反映的社會廣度、深度也堪稱空前。而尤爲可貴的是，這樣頗富批判力度的作品卻出自一位皇室宗親之手，矛頭所向恰就是自己所屬的貴族階級，從而使這篇作品也就具有了代民立言、反躬自省的味道。在封建君主專制日益集中的明初，在階級矛盾漸趨緩和並趨向『盛世』的時代，朱有燉能夠如此直面現實，實爲清醒，且相當不易。

必須承認，朱有燉散曲偶爾帶有臺閣文風，這是生活時代及所處環境使然，很難避免，但亦不可以偏蓋全，將朱有燉及其作品尤其是散曲作品視爲臺閣文學之列或范疇，這一點需要予以糾正。關於臺閣體，王直《建安楊公文集序》云：

國朝既定海宇，萬邦協和，地平天成，陰陽順序，淳厚清淑之氣鍾於人，於是英偉豪傑之士相繼而出，既以其學贊經綸，興事功，而致雍熙之治矣，復發爲文章，敷闡洪猷，藻飾治具，以鳴太平之盛。自洪武至永樂，蓋文明極盛之時也。（《抑庵文集》卷六）〔六二〕

亦就是説臺閣體係明代文學與政治結合的産物，在『綱常名教一統思想導引下的士人，文學獨抒性靈、感悟人生、藝術追求的特質在他們的視野中，已退居於次要的地位；而它的輔助政教的功能則成爲主要目的。』〔六三〕朱有燉散曲不無『鳴太平之盛』的作品，如卷二【雙調·送别】末支【離亭宴帶歇指煞】：

我向那金臺一望霞光霽，你去也歸鴻幾點催征騎，赤緊的心忙意急。準備著待玉漏鳳樓前，列鵷班金殿側，秉象笏丹墀内。看香煙傍衮龍，曉色明旗幟。耿耿的丹衷向日，方表我一片老臣心，萬年磐石國，千里中原地。托天朝雨露恩，永帶礪河山勢。囑咐你先生要知：我常是謹守分報皇恩，秉忠誠立家國。

但這樣的作品一則往往與其他内容交織錯雜，如此曲前四支主要寫山光水色、郵亭古道、鄉野風景等，頌聖諛美反倒淪爲附庸，算不上嚴格的臺閣文風；二則此類作品於集中數量較少，難言大類，多數作品與臺閣體特點不符，甚或格格不入，只此一點不及其餘地將朱有燉及其散曲作品歸入臺閣體或徑直劃入臺閣體範疇顯然並不合適。

作爲一位在封建社會成長起來的宗藩作家，朱有燉散曲同樣存在精華與糟粕問題，這是任何人囿於認知局限而難以改變的事實。糟粕在以往批評中已被放大〔六四〕，兹不贅述。而其精華部分亦應作公允對待，惟如此，方可有效規避以往研究中人爲放大其糟粕乃或任意曲解的不良傾向。翁敏華先生二十世紀八十年代末於《誠齋樂府》點校序言中寫道：

應該給《誠齋樂府》以應有的地位。這不僅僅是因爲明初曲家寥若晨星；在開擴文學研究視野、更新文學觀念的今天，有必要也有可能重新評價這樣一位皇家出身的曲家，重新發掘其作品中有價值的東西〔六五〕。

二十世紀二十年代鄭振鐸在《文學大綱》中以『偉大作家』〔六六〕稱讚朱有燉，其中或不無過譽之嫌，但卻很能説明朱有燉在文學史上的地位，聯繫此后及此前對朱有燉評價的天壤之別，現在看來，這『偉大』之處也確實不容易『懂』。〔六七〕

三 《誠齋樂府》的相關版本及校釋體例

歸結朱有燉散曲研究中存在的諸多問題，癥結無外乎兩點：其一，對於朱有燉其人較爲生疏，了解不夠；其二則在於朱有燉散曲集《誠齋樂府》此前雖不乏諸如《全明散曲》本、翁敏華點校本等版本問世，但要麼夾雜其間隱而不彰，要麼印量較小流通不廣，而所依底本限於當時條件亦多非朱有燉生前原刻，參與校勘的本子過少，凡此，皆在一定程度上影響了《誠齋樂府》的傳播、校勘的質量。如翁敏華點校本前言在論及點校情形時便毫不諱言：

散曲集《誠齋樂府》刊刻於朱有燉去世之前六年（宣德九年）。據吴梅《朱有燉誠齋樂府跋》稱，原書有『錦窠老人』所作序和『遊戲音律』『梁園風月』兩印，與《百川書志》朱氏雜劇集標題和吴梅舊藏朱氏雜劇集印章正好吻合，可知散曲、雜劇二集同時刊佈。吴梅得此『海内孤本』後，曾囑學生録一副本，後由盧前《飲虹簃所刻曲》收入刊出，遂行於世，共有小令二百七十四首，套數三十五套。套數自《南吕一枝花·詠簾》後已殘缺，世無他刻，因而無法抄補。同樣的原因，使我們這次除少數篇目可參核《北宫詞紀》《雍熙樂府》外，大都無法校勘。〔六八〕可見翁敏華先生雖知《誠齋樂府》於朱有燉生前亦即宣德九年（一四三四）刊刻行世，但由序文可知，翁先生似乎並未找到原本，點校所據底本實爲後出盧前《飲虹簃所刻曲》本，參校本則爲《北宫詞紀》《雍熙樂府》等爲數不多的幾個版本。而且，此本只作標點，並未出校。

趙曉紅《朱有燉集》是目前國内第一部有關朱有燉文集的整理本，《誠齋樂府》作爲其重要著作自然也囊括其中，但據整理者所言：『散曲以《誠齋樂府》爲底本，參考謝伯陽《全明散曲》本。』〔六九〕而所謂『《誠齋樂府》』是否爲朱有燉生前所刻原本，還是近代吴梅所藏鈔本、《飲虹簃所刻曲》本，語焉不詳，不得而知。傅增湘《校史隨筆序》稱：『校勘之事，良未易言。博求廣覽，得所據依，斯可循流以溯源，庶免冥途而暗索也。』[七十]《朱有燉集》僅以《全明散曲》本作爲校勘依據，難稱『博求廣覽』。且如所言，『全書僅作標點，不做注釋』（前言）[七一]，更不出校，作爲整理本可，但從校讎學角度看，尚算不上十分嚴謹。

由於朱有燉散曲於明清兩代備受推重，當時曲選總集將《誠齋樂府》全部或部分收録者較多。更重要的是，朱有燉原刻傳世稀少，近乎孤本，卻保存相對完好，加之近代諸如吴梅、盧前、謝伯陽、翁敏華、趙曉紅諸先生在鈔校、刊印乃至整理方面所作努力，凡此不僅有條件，亦且鑒於研究現狀有必要對朱有燉《誠齋樂府》整理出一部相對精善的校釋本。

該書校釋相兼，故其體例亦由校勘、注釋兩部分構成：

其一，校勘。首先，關於底本及參校本：此本以朱有燉生前亦即宣德九年（一四三四）原刻本爲底本，其他參校本有：張禄《詞林摘艷》（萬曆二十五年刻本）、郭勛《雍熙樂府》（嘉靖四十五年刻本）、佚名《盛世詞林》（國家圖書館藏明鈔本）、陳所聞《新鐫古今大雅北宫詞紀》（萬曆三十二年陳氏繼志齋刻本）、陳所聞《南宫詞紀》（萬曆三十三年陳氏繼志齋刻本）、陳鐸《坐隱先生精訂月香亭稿》（萬曆三十九年刻本）、陳鐸《柯雪齋稿》（萬曆三十九年刻本）、張楚叔等《白雪齋選訂樂府吴騷合編》（崇禎十年刻本）、竇彦斌《新鐫出像詞林白雪》（萬曆三十四年刻本）、沈璟《南詞韻選》（萬曆吴江沈氏刻本）、佚名《樂府群珠》（國圖藏明鈔本）、胡文焕《新刻群音類選》（萬曆文會堂所輯刻本）、阮祥玉《樂府萬象》（萬曆劉齡甫刻本）、徐復祚《南北詞廣韻選》（國家圖書館藏清鈔本）、張栩《彩筆情辭》（天啟七年刻本）、方來館主人《萬錦清音》（順治十八年方來館刻本）、李玉《北詞廣正譜》（康熙間青蓮書屋刻本）等。近代以來，較爲重要的版本有：吴梅藏録副本、盧前《飲虹簃所刻曲》本、謝伯陽《全明散曲》本、翁敏華點校本、趙曉紅《朱有燉集》整理本。

校勘方法：在朱有燉生前所刻原本基礎上，參校本依選入作品數量分爲主要版本、别本兩類。主要版本有《盛世新聲》《詞林摘艷》《雍熙樂府》《盛世詞林》以及近代以來吴梅藏録副本、謝伯陽《全明散曲》本、翁敏華點校本、趙曉紅《朱有燉集》整理本等。需要説明的是，吴梅藏録副本係吴梅『屬諸生』所録，鈔録中難免筆誤，後吴梅『逭暑故鄉，遂事讐校』，據其所言『上方朱筆皆余手録者也』，校勘據此統曰『吴校』。此後弟子任訥借録並『增校一二』，其增校部分具名題署，以别吴校，爲便校勘，兹統曰『任校』（吴梅《誠齋樂府》跋）。至如别本，實爲選録本，所選曲作一首或數首不等，主要有《詞林白雪》《南詞韻選》《樂府萬象》《樂府群珠》《群音類選》《南北詞廣韻選》《彩筆情辭》《萬錦清音》《北詞廣正譜》等，選録作品多寡不均，彼此間或同或異，亦不無版本價值。

按照古籍較爲傳統亦且最爲基本的整理方法，大抵可將朱有燉原刻稍加標點整理刊行，基於近代以來《誠齋樂府》刊印流播情況，經此整理出來的版本也將頗具學術價值。只是由於朱有燉散曲爲明清曲選收録甚多，收録者出於種種目的或受制於主客觀因素等影響，不可避免地會出現與原刻錯訛或人爲改動乃或字詞句脱衍等問題。這是古籍傳播過程中頗爲普遍的現象，至於朱有燉《誠齋樂府》，似乎還有另外一層意義，即由明初迄至清末，如此衆多的曲選總集争相收録，這不僅爲印證朱有燉散曲成就之高、影響之大最爲生動直接的證據，更在於這一傳播過程既是了解朱有燉散曲傳播狀態的過程，同時還是一個經由不同版本收録曲辭的異同考察諸版本之間關係的過程，當然，還可以通過與原刻比較，考察同與不同之間藝術水準的高低。比如朱有燉原刻《誠齋樂府》卷一小令【滿庭芳·風情】『受用些兒鴛鴦帳春來夢甜，休怪俺鳳凰衾老後情忺』，《雍熙樂府》《彩筆情辭》無『受用些』『休怪俺』等襯字；『試把平康占，鶯花簿撿，將風月擔兒拈』，《雍熙樂府》《彩筆情辭》則改作『平康院，鶯花簿上，風月擔兒擔』。同卷小令【紅繡鞋·詠美色】『黑鬒鬒鴉堆雲髻』，其中『鴉堆』，《雍熙樂府》《彩筆情辭》改作『高堆』；『十分的嬌體態』，《雍熙樂府》《彩筆情辭》改作『十分的艷體態』；『靠龍牀挨鳳椅』，《雍熙樂府》《彩筆情辭》改作『靠鴛屏挨鳳體』。可證明清曲選總集選録時對朱有燉原作多有改動，且不同選集出入亦不盡相同。而且，與原刻相比，所改較原本不僅是個别字詞的替换，甚或其意象亦差之甚遠，如『鴉堆』改作『高堆』、『龍牀』『鳳椅』改作『鴛屏』『鳳體』等。改本與原本藝術水準如以前者爲例，顯然『高堆』不如『鴉堆』用語形象恰切。而且，尤當注意的是，《雍熙樂府》與《彩筆情辭》對原作改動頻率幾乎一致，所改曲辭大體相同。這似乎意味著《雍熙樂府》與《彩筆情辭》關係非同一般，聯繫《彩筆情辭》較《雍熙樂府》晚出，《彩筆情辭》是否存在過録《雍熙樂府》的可能，或將其作爲選録作品的來源，至少就朱有燉散曲選録情況看，二者皆有可能。

爲了能夠清晰呈現朱有燉散曲傳播狀態以及諸本在收録朱有燉散曲時所反映出來的這種頗爲複雜的微妙關係，校勘不作簡單的出校，而是將相關曲選總集（或版本）及其與原本之異同遂註出校，以供研究者參考。

其二，註釋。註釋又可細分爲題解、内註兩部分。題解主要包括：一、收録曲選總集及收録後作品題名情況，嚴格來説，此項内容與校勘相關。但因與題目釋義亦關係密切，爲便於校釋，茲併爲一處。二、結合作者生平剖析作品思想意蘊，對相關作品藝術特點亦略作適當概括。内註部分主要對作品中較難字詞、意象意蘊、文化典故以及不同時代風俗習慣、市井俗語、典章制度等有礙於文意理解者，結合作者生平、創作環境等，徵之於史料文獻，依據具體語境作扼要闡釋。前後重複者，一般不再作註。

爲便於研究者參閱、一般讀者閱讀，校勘與註釋合併，遂標註順序依次展開，不作獨立平行設置。朱有燉原作有誤或殘缺空出者，曲選選録時或予以糾正或進行補入，爲維持原作原貌，茲於校勘中説明，而正文如舊。校勘所據曲選總集，蓋由前言已作具體説明，同時考慮研究者參閱、一般讀者閱讀便利，編選者或輯録者及刊印年代、曲選全稱不再贅述，但亦不過於簡省，仍採用學術研究一般性稱謂，如陳所聞《新鐫古今大雅北宮詞紀》（萬曆陳氏繼志齋刻本）、陳鐸《坐隱先生精訂月香亭稿》省作《北宫詞紀》《月香亭稿》等，名稱稍簡者不再簡省，如《盛世詞林》《盛世新聲》等。校釋本側重客觀呈現朱有燉《誠齋樂府》傳播狀態及其過程，除選録後錯誤嚴重者特加説明外，其他皆依選本原貌出校。

當然，一部著述的完成包括古籍整理與學界前輩、時賢的努力休戚相關，本書最終得以完成同樣離不開對前輩、時賢成果的借鑒。無奈受文體及篇幅限制，除個别註明外，其餘未能一一註出，在此獻上衷心感謝，並向前輩、時賢致以深深歉意。著述難能完美，何況後學識見淺陋。如個人努力對相關研究略有裨益，一則應歸功於前輩時賢的共同付出，一則也算是對著述不足的一種彌補吧！

朱仰東

二〇一八年三月九日初稿於伊犁師範大學寓所

二〇一八年十一月二十日修訂於天水師範學院寓所

注釋

〔一〕（明）吕天成：《曲品》，《中國古典戲曲論著集成》，北京：中國戲劇出版社一九八二年版。

〔二〕（清）章學誠：《文史通義》，沈陽：遼寧教育出版社一九九八年版，第五六頁。

〔三〕（宋）朱熹《四書章句集註》，上海：上海古籍出版社一九八七年版，第八二頁。

〔四〕《御批歷代通鑒輯覽》，《景印文淵閣四庫全書》，臺北：臺北商務印書館一九八六年版。

〔五〕（清）鄭廉：《豫變紀略》載王紫綬『大梁宫人行』，杭州：浙江古籍出版社一九八四年版。

〔六〕（明）解縉等：《太祖實錄》，臺北：『中央研究院』歷史語言研究所校印所一九六二年版。

〔七〕任遵時：《周憲王研究》，臺北：三民書局一九九五年版，第二九頁。

〔八〕李平：《朱有燉》，《中國曆代著名文學家評傳續編二》，濟南：山東教育出版社一九八八年版，第五四三頁。

〔九〕曾永義：《明雜劇概論》，臺北：學海出版社一九七七年版，第一四九頁。

〔十〕（明）朱睦㮮：《革除遺事》，欽定四庫全書本。

〔十一〕王家葵等校註：《〈救荒本草〉校釋與研究》，北京：中醫古籍出版社二〇〇六年，第三六五頁。

〔十二〕（清）傅維鱗：《明書》，揚州：江蘇廣陵古籍刻印社一九八八年版。案，此次告發周王朱橚謀反者不是别人，而是其次子朱有爋。縱觀此時與此後告發其兄朱有燉等行爲，朱有爋此舉絶非爲了什麽大義，而是出於繼承權上的個人私慾。

〔十三〕曉垣主編：《中華名流大典》第二卷，北京：中國人口出版社一九九九年版，第一一〇一頁。

〔十四〕段木幹主編：《中外地名大辭典》（第七册），臺北：人文出版社一九八一年版，第五〇八六頁。

〔十五〕（明）徐伯陽：《騶虞頌》，見《石渠寶笈續編》，《秘殿珠林·石渠寶笈彙編》，北京：北京出版社二〇〇四年版，第一〇九二頁。

〔十六〕案，任遵時《周憲王研究》認爲，『此歌在今存明代皇室史料中已不可一見』（三民書局一九九五年，第一四頁）。其實不然，據筆者核查，萬曆《開封府志》卷三一收録，全稱《成祖文皇帝賜侄周世子有燉純孝歌有序》。

〔十七〕李若晴：《玉堂遺音：明初翰院繪畫的修辭策略》，北京：中國美術學院出版社二〇一二年版，第四四頁。

〔十八〕案，（清）康熙《開封府志》卷一八收録，題作《周世子碑記》。

〔十九〕（清）王傑等輯：《欽定石渠寶笈續編》，故宫珍本從刊本。

〔二十〕李平：《朱有燉》，《中國曆代著名文學家評傳續編二》，濟南：山東教育出版社一九八八年，第五四四頁。

〔二一〕（清）師範：《滇系》，雲南通志局光緒十三年刊本。

〔二二〕（明）楊士奇等：《宣宗實録》，臺北：『中央研究院』歷史語言研究所校印本一九六二年版。

〔二三〕（明）焦竑：《國朝獻征録》，明萬曆四十四年徐象橒曼山館刻本。

〔二四〕（明）王世貞：《弇山堂别集》，北京：中華書局一九八四年版。

〔二五〕王永寬，王鋼：《中國戲曲史編年》，鄭州：中州古籍出版社一九九四年，第一六二頁。

〔二六〕徐子方：《明雜劇史》，北京：中華書局二〇〇三年版，第一一六頁。

〔二七〕伊维德（Wilt L˙Idema）著，張惠英譯：《朱有燉的雜劇》，北京：北京大學出版社二〇〇九年版，第一〇頁。

〔二八〕（明）王世貞：《皇明異典述》，廣州：廣雅書局刊本。

〔二九〕徐子方：《明雜劇史》，北京：中華書局二〇〇三年版，第一一五頁。

〔三十〕王世貞：《弇山堂别集》，北京：中華書局一九八五年版，第一三一四頁。

〔三一〕（明）李夢陽：《空同集》，臺北：偉文圖書出版社有限公司一九七六年版，第九六二頁。

〔三二〕（明）沈德符：《顧曲雜言》，《中國古典戲曲論著集成》（四），北京：中國戲劇出版社一九八〇年版，第二〇六頁。

〔三三〕（清）焦循：《劇説》，臺北：古典文學出版社一九五七年版。

〔三四〕盧前：《中國戲劇概論》，上海：世界書局一九三四年版，第一三七頁。

〔三五〕趙景深：《略述明代戲曲運動的概況》，載《文學百題》，長沙：嶽麓書社一九八七年版。

〔三六〕劉大傑：《中國文學發展史》（下），上海：復旦大學出版社二〇一一年版，第一四一頁。

〔三七〕周貽白：《中國戲劇史長編》，北京：人民文學出版社一九六〇年版，第三五一頁。

〔三八〕孫楷第：《戲曲小説書録解題》，北京：人民文學出版社一九九〇年版，第二七六頁。

〔三九〕陳萬鼐：《六十年來元明雜劇的發現》，《中國古典戲劇論集》，臺北：幼獅出版社一九八五年版。

〔四十〕廖奔：《『誠齋雜劇』非爲朱有燉雜劇總集名》，《文獻》一九八八年第三期。

〔四一〕戚世雋：《明雜劇研究》，廣東高等教育出版社二〇一一年，第二〇一頁。

〔四二〕戚世雋：《明雜劇研究》，廣東高等教育出版社二〇一一年，第二四八頁。

〔四三〕陸方龍：《朱有燉曲作曲論中之戲曲史與戲曲觀》，《戲曲研究》，第七七輯。

〔四四〕郭英德：《中國古代文學通論》，沈陽：遼寧人民出版社二〇〇五年版，第一〇五頁。

〔四五〕徐朔方，孫秋克：《明代文學史》，杭州：浙江大學出版社二〇〇九年版，第三三頁。

〔四六〕趙曉紅：《朱有燉雜劇研究》，南京大學二〇〇二年古代文學專業博士論文，第一七一一八頁。

〔四七〕戚世雋：《明雜劇體制探論》，《戲劇藝術》二〇〇三年第四期。

〔四八〕朱仰東：《〈誠齋樂府〉爲朱有燉雜劇集再辨》，《戲曲藝術》二〇一二年第二期。

〔四九〕（明）朱有燉：《誠齋樂府》，宣德九年周藩刻本。

〔五十〕楊棟：《中國散曲學史研究》，北京：高等教育出版社一九九八年版，第五頁。

〔五一〕（明）朱有燉：《誠齋樂府》，宣德九年周藩刻本。

〔五二〕吴梅：《唐代文學總論》，見吴梅著《中國文學史》，北京大學二〇〇五年影印本。

〔五三〕唐德嗣，程國節主編：《古典詩詞曲賦概説》，長沙：湖南師範大學出版社一九九七年版，第三二七頁。

〔五四〕（清）褚人獲輯：《堅瓠廣集》（第二册），上海：上海古籍出版社二〇〇七年版，第一六六九頁。

〔五五〕梁乙真：《元明散曲小史》，北京：商務印書館一九九八年版，第二六四頁。

〔五六〕（明）朱有燉：《搊搜判官喬斷鬼》，吴梅《奢摩他室曲從二集》，涵芬樓一九二八年。

〔五七〕吴海濤：《朱有燉散曲研究》，蘭州大學中國古代文學專業碩士論文二〇〇六年，第一三頁。

〔五八〕（明）朱有燉著，翁敏華點校：《誠齋樂府》前言，上海：上海古籍出版社一九八九年版。

〔五九〕山齊：《中國古代野詩綴談》，濟南：山東文藝出版社一九九六年版，第四三九頁。

〔六十〕劉大傑：《中國文學發展史》（下册），北京：中華書局一九四九年版，第三四七—三四八頁。

〔六一〕彭久安編註：《文史英華・散曲卷》，長沙：湖南出版社一九九三年版，第二一一頁。

〔六二〕（明）王直：《抑庵文集》，四庫明人文集叢刊本。

〔六三〕羅宗強：《明代文學思想史》，北京：中華書局二〇一五年版，第一三八頁。

〔六四〕案，朱有燉散曲研究現狀可參看拙作《近十年來朱有燉研究述要》，《運城學院學報》二〇一二年第一期。

〔六五〕（明）朱有燉著，翁敏華點校：《誠齋樂府》前言，上海：上海古籍出版社一九八九年版。

〔六六〕鄭振铎：《文學大綱》，上海：上海書店一九八六年版，第八九〇頁。

〔六七〕魯迅：《葉紫作〈豐收〉序》，載《且介亭雜文二集》，北京：人民文學出版社一九七三年版，第四頁。

〔六八〕（明）朱有燉著，翁敏華點校：《誠齋樂府》前言，上海：上海古籍出版社一九八九年版。

〔六九〕（明）朱有燉著，趙曉紅整理：《朱有燉集》，濟南：齊魯書社二〇一四年版。

〔七十〕傅增湘：《藏園羣書題記》，上海：上海古籍出版社一九八九年版，第一〇六一頁。

〔七一〕（明）朱有燉著，趙曉紅整理：《朱有燉集》，濟南：齊魯書社二〇一四年版。

目録

誠齋樂府引……一

卷一　散曲

快活年
賞梅花……一
沽美酒帶過快活年
賞梅花……二
憑闌人　十篇……三
清江引……五
普天樂
園中春景……八
清江引
題隱居……九
蟾宫令……一一
落梅風　二首……一二
天浄紗　三首……一三
天浄紗　九篇
詠山水小景……一五
十棒鼓
秋日席上賦……一八
山坡裏羊
夏夜避暑醉中戲作……二〇
北調山坡裏羊　八闋……二一

十棒鼓
夏夜席上歡飲……二六
其二……二六
其三……二七
折桂令
秋初席上有贈擬黑劉五體……二八
又……二九
水仙子帶過折桂令
題情……三〇
月上海棠
詠秋日海棠月夜盛開……三三
其二……三三
金字經
詠水仙花……三五
梅花引
詠早梅……三六
又……三七
白鶴子
詠秋景　有引……三八
白鶴子
八篇道情詠鉛汞……四二
南曲四朝元　有序
其一……四六
其二……四六
其三……四六
其四……四七
寨兒令
其一……五〇
其二……五一

其三……五一
其四……五一
重疊字雁兒落過得勝令
詠美色……五四
折桂令
題情戲漂蕩子弟……五七
滿庭芳
青金丹樂府贈吴光明……五九
水仙子
春園夜景……六二
沈醉東風
詠合歡牡丹……六三
喜春來……六五
南曲楚江情
春……六六
夏……六七
秋……六七
冬……六七
快活年　題漁樵耕牧圖樂府四篇有序
漁……七〇
樵……七〇
耕……七〇
牧……七〇
山坡羊……七二
折桂令
詠茶……七四
南曲西河柳　詠酒色財氣
酒……七五
色……七六
財……七六

氣……七六
快活年　詠酒色財氣
酒……八〇
色……八〇
財……八一
氣……八一
慶壽樂府五章　與伎樂歌唱宫壺祝壽詞……八二
賀聖朝……八二
小梁州……八三
水仙子……八三
醉太平……八三
沽美酒過太平令……八四
南曲柳摇金　四時詞四首
春……八六
夏……八六
秋……八七
冬……八七
南曲柳摇金　擬子弟漂蕩風情就擬戒漂蕩子弟
敘風情……八八
戒漂蕩……八九
風情答……八九
再戒漂蕩……八九
南曲柳摇金
嘆農夫收麥時遇連陰雨……九三
南曲柳摇金
霖雨初霽農家喜晴……九四
北曲掃晴娘　有序……九六
醉太平
老病初痊戲作……九八
牡丹樂府　係筵宴賞花樂章……一〇二

慶賞寶樓臺之曲　即賀聖朝……一〇二
慶賞慶天香之曲　即小梁州……一〇五
慶賞紫雲芳之曲　即水仙子……一〇六
慶賞海天霞之曲　即折桂令……一〇七
慶賞素鸞嬌之曲　即沽美酒過太平令……一〇八
慶賞錦袍紅之曲　即滿庭芳……一〇九
慶賞玉天仙之曲　即醉太平……一一〇
慶賞舞青猊之曲　即普天樂……一一一
慶賞鞓紅之曲　即金字經……一一三
慶賞粉娥嬌之曲　即慶東原……一一四
慶賞錦團絲之曲　即紅綉鞋……一一五
慶賞醉春容之曲　即上小樓……一一六
慶賞玉盤盂之曲　即殿前歡……一一七
慶賞紫金荷之曲　即小桃紅……一一九
慶賞檀心白之曲　即牡丹春……一二〇
慶賞壽安紅之曲　即殿前喜……一二一
慶賞檀心紫之曲　即沈醉東風……一二二
慶賞七寶冠之曲　即賞花時……一二三
慶賞淺紅嬌之曲　即喜春來……一二四
珠履曲　四篇
詠浩然踏雪……一二五
詠袁安臥雪……一二六
詠剡溪棹雪……一二八
詠烹茶掃雪……一二九
罵玉郎過感皇恩採茶歌……一三〇
珠履曲
途中曉行……一三二
小桃紅……一三三

醉太平
學老更狂樂府作……一三五
普天樂
春梅……一三八
水仙子
秋霖……一三九
慶東原……一四〇
蟾宫令
夏夜……一四一
蟾宫令
秋景二十詠……一四三
賡和丹丘作【慶東原】曲意二篇曲韻二篇
自况　賡韻……一四四
追和鮮于體　賡意……一四五
水仙子
詠閨情别意……一四七
落梅風
席上贈伶者……一五〇
紅綉鞋
席上贈伶者……一五一
滿庭芳
風情……一五三
水仙子
送人回里……一五七
脱布衫過小梁州
閨情……一五九
水仙子
題情……一六〇

朝天子
中秋席上有贈……一六二
小桃紅
詠美色……一六四
殿前歡
詠酒色財氣……一六六
水仙子過折桂令
中秋夜登高翫月……一六九
賣花聲
八月十六日登高翫月……一七〇
蟾宫令
題劉長史白雲小藁……一七二
落梅風
贈妓……一七三
紅綉鞋
詠美色……一七四
紅綉鞋
新歡……一七六
一半兒
詠情……一七七
落梅風
乞美醞作……一八〇
折桂令
勸人□□……一八二
沽美酒帶過快活年
嘲子弟……一八三
滿庭芳
戲作……一八五
水仙子……一八六

醉太平……一八七
紅綉鞋
贈寶花三月十八日病中作……一九一
南北曲楚江情帶過金字經 詠閨情五更傳
一更……一九三
二更……一九三
三更……一九四
四更……一九四
五更……一九五
白鶴子
詠四景……二〇二
柳營曲 即寨兒令 詠風月擔兒
其一……二〇四
其二……二〇四
其三……二〇四
其四……二〇五
其五……二〇五
其六……二〇五
其七……二〇六
其八……二〇六
其九……二〇六
其十……二〇七
其十一……二〇七
其十二……二〇七
其十三……二〇八
其十四……二〇八
其十五……二〇八
其十六……二〇九
其十七……二〇九
其十八……二〇九

其十九……二一〇
其二十……二一〇
其二十一……二一〇
其二十二……二一一
其二十三……二一一
醉鄉詞 二十篇 即醉太平
風流老兒……二二一
風流病叟……二二一
風流散仙……二二一
風流秀才……二二一
風流貴師……二二二
風流舍人……二二二
風流故友……二二二
風流縣宰……二二三
風流令史……二二三
風流小㜷……二二三
風流客人……二二三
風流太醫……二二四
風流小僧……二二四
風流道姑……二二四
風流醉翁……二二五
風流乞兒……二二五
風流樂官……二二五
風流女娘……二二六
風流妳妳……二二六
風流姐姐……二二六
南曲柳摇金
贈別……二四一
水仙子
有所思……二四二

對玉環帶過清江引
詠水仙花…………二四三
沈醉東風
秋日湖邊晚行…………二四四

卷二　套數

席上喜雪偶成…………二四六
賞玉堂春席上作…………二五一
慶壽…………二五四
詠白海青…………二五七
得慶壽詞【南吕宫】一闋，
予就賡其韻以酬之…………二六一
送别…………二六五
合歡牡丹…………二六八
詠梅寄情…………二七一
隱居…………二七五
贈别…………二七九
苦雨有感憫農製正宫一曲有引…………二八三
無題…………二八七
題情…………二九一
風情…………二九五
代友人勸從良伶者…………二九八
代人罵伶者…………三〇三
代人勸歌者從良…………三〇八
嘲一休道者，幼年漂蕩老而醒悟…………三一一
與鶯燕解嘲…………三一八
席上雙關意詠斗戲贈歌者…………三二一
擬八段錦　戲作題情…………三二八
贈歌者…………三三三
慶壽…………三三七

早秋日暮北山登眺，遂夜宴於玉香亭……三四三
病中寄情……三四九
題情……三五三
初秋登覽，晚宴天香閣，醉中述懷……三五八
贈李氏素蓮……三六四
慶壽……三六九
代人久別詠情嘲漂蕩子弟……三七一
慶壽……三八七
賡人韻自述……三八九
贈秀蓮……三九二
解嘲……三九六
詠綉簾……四〇六

輯補

將相……四一〇
上文臣……四一二
四季行樂……四一五
賞牡丹……四一八

附録

《誠齋樂府》跋語一……四二一
《誠齋樂府》跋語二……四二四

後記……四二六

誠齋樂府引〔一〕

予既拾掇拙作詩詞，類而成卷，名之《誠齋録》矣〔二〕。復餘時曲數十紙，□□吟詠情懷，嘲弄風月之語。自愧□□，□敢□示於人，將欲付之□□，客有□□者曰：『君子耻一物之不□□，曲亦近□□製作也。元之諸名公長□□□，亦盛□□今之世，庸何傷乎？法雲道人嘗勸山谷勿作小詞。山谷云：空中語耳〔三〕。此古人不嫌於時曲之證也。便當與詩録同刊，以爲梁園風月之清賞耳。』予曰：『唯！』遂鏤於梓，名之《誠齋樂府》云。

宣德九年歲在甲寅長至日，錦窠老人書〔四〕

注釋

〔一〕案，關於《誠齋樂府》爲朱有燉雜劇集還是散曲集，早在明代中葉即有混淆，如萬曆時期沈德符《顧曲雜言》『填詞名手』條：『我朝填詞高手，如陳大聲、沈青門之屬，俱南北散套，不作傳奇。惟周憲王所作雜劇最夥，其刻本名《誠齋樂府》，至今行世，殊有金元風範。』清初徐石麒、焦循不加辨别，多本沈説，如焦循《劇説》引徐石麒《蝸亭雜訂》云：『填詞高手如陳大聲、沈青門之屬，俱南北散套，不作傳奇；惟周憲王所作雜劇，名爲《誠齋樂府》，往往調入弦索，有金、元風範。』遂致以訛傳訛，誤人匪淺，如二十世紀二十年代，吴梅據所藏二十二種宣德周藩原刻本憲王雜劇與張菊生所藏兩種彙編入《奢摩他室曲叢》二集，於卷端題作『奢摩他室曲叢雜劇之屬誠齋樂府。』三十年代，吴梅弟子盧前在所著《中國戲劇概論》中從其師説，於第七章『明代的雜劇』之『兩宗室』中云周憲王朱有燉『所作雜劇總名《誠齋樂府》』。此後，學界多以爲然。八十年代廖奔據所見北京圖書館善本部藏周藩原本提出質疑，認爲『朱有燉雜劇集總稱爲《誠齋樂府》』『頗爲不當』。楊棟《中國散曲學史研究》、張春國《〈誠齋樂府〉是朱有燉的散曲集而非雜劇集》及拙作《〈誠齋樂府〉爲朱有燉雜劇集再辨》皆予申説。憲王此序言之甚明，足爲樂府係其散曲總集題名之鐵證。又案，吴梅雖以《誠齋樂府》直稱憲王雜劇，然其曾親閲憲王樂府自刻本，並與弟子任訥鈔録副本一部。盧前刊刻時，吴梅欣然爲之作序。故《誠齋樂府》爲憲王散曲集，吴梅知之甚矣。稱雜劇爲樂府，當爲誤用，或因雜劇單行，未有合集，加之雜劇散曲體近同宗，遂致於此。後世不察，訛誤相傳，終成一段學術公案。

〔二〕吴梅藏録副本作『名之曰《誠齋録》』。吴校『「曰」字衍』。盧前本、翁敏華本、謝伯陽《全明散曲》本皆從吴藏録副本。

〔三〕法雲道人：一名法秀，曾於東京法雲寺修行，《五燈會元》卷一六有傳。山谷：黄庭堅，號山谷。黄庭堅《小山詞序》：『余少時間作樂府，以使酒玩世，道人法秀獨罪余「以筆墨勸淫，於我法中當下犁舌之獄」。』明楊慎《詞品》卷六《馬浩瀾著花影集》：『法雲道人嘗勸山谷勿作小詞，山谷云：「空中語爾。」』朱有燉雜劇《豹子和尚自還俗傳奇引》：『昔法雲道人勸黄山谷勿作小辭，魯直云：「空中語耳。不致坐此便墮惡道。」予亦云然。暇日觀元之文人有制偷兒傳奇一帙，名之曰《豹子和尚自還俗》。』其創作意圖與此序大可並觀。

〔四〕宣德九年，即一四三四年，是年，朱有燉五十六歲。又案，此序下鈐印章兩枚，題曰『遊戲音律』『梁園風月』。

卷一 散曲

快活年

賞梅花〔一〕

傳滿清香玉梅枝，恰早春到時，到時。暢飲開懷碧霞巵〔二〕。象管泥金字，寫出風流思，堪詠此。

瘦影清香散春晴，開遍了玉英，玉英。蝶静蜂閑翠禽鳴。鐵幹霜枝並，玉骨冰肌映，寫一篇詩句清。

注釋

〔一〕《盛世新聲》卷一二無題，不註撰人。案，憲王酷愛梅花，雜劇有《孟浩然踏雪尋梅》《誠齋録》收詠梅詩詞甚多，並附《梅花百詠》一卷傳世。所作花仙雜劇亦多見梅花仙影。散曲以梅開篇，愛梅之情溢於言表。

〔二〕開：《飲虹簃所刻曲》作『閞』，訛。《盛世新聲》、吳梅藏録副本、《全明散曲》本、翁敏華點校本、《朱有燉集》整理本從原刻。碧霞卮：一種比較珍貴的酒杯。明·楊慎《水調歌頭》：『六曲翠屏深掩，一架銀箏緩送，且醉碧霞卮。』

沽美酒帶過快活年

賞梅花〔一〕

傍芳叢玉雪清，香馥郁晚風輕，花下攜觴酒滿傾。直喫到梅梢上月明，撒象板撥銀箏。

一曲清歌遏□聲，不覺地二更，二更〔二〕。素質盈盈地對著娉婷。夜色□輝映〔三〕，醉裏添佳興，喚愛卿。

注釋

〔一〕《盛世新聲》卷一二無題，不註撰人。曲寫月夜賞梅，諸如象板銀箏、醉酒清歌，足見憲王素常生活雅興。

〔二〕案，憲王原刻『遏』下一字漶漫不清。《盛世新聲》作『雲』，吴梅藏録副本、盧前《飲虹簃所刻曲》本、翁敏華整理本、謝伯陽《全明散曲》本從。又，襯字『地』，《盛世新聲》作『的』，吴梅藏録副本、《飲虹簃所刻曲》本、翁敏華點校本、《全明散曲》本、《朱有燉集》整理本從原刻。

〔三〕案，憲王原刻『夜色』下缺一字。吴梅藏録副本、翁敏華點校本以『□』空出。《盛世新聲》作『相』，《飲虹簃所刻曲》《全明散曲》本、《朱有燉集》整理本據《新聲》補。

憑闌人　十篇〔一〕

露冷池塘秋水澄，夜静松風音韻清。一天涼雨晴，半彎斜月明。

門外高槐垂嫩黄，池内秋蓮凝淡妝。西風吹紙窻，小樓今夜涼。

點破蒼苔墻角螢，戰退西風簷外鈴。畫樓秋露清，玉欄梧葉零。

寶鼎香殘秋夜深，玉漏聲遲涼氣侵。月明三弄琴，誰能知此音。

戲撥琵琶窻下聽，换羽移宫無限聲。不知琴調清，誰能寄古情。

月照珠簾垂玉鈎，風透紗窻涼翠樓。淒淒蛩韻幽，盈盈花露秋。

小殿昨宵天氣涼，玉箭初傳更漏長。荷花消晚香，芙蓉添曉妝〔二〕。

酒力禁持頭懶擡，詩思縈紆情滿懷。好香天上來，木犀花正開。

著罷殘棋茶一甌，寫就新詞花滿樓。碧天銀漢秋，□蟾玉一鈎〔三〕。

獨上高臺凝望中，紫翠模糊山萬重。秋波連遠空，晴霞飛塞鴻〔四〕。

注釋

〔一〕案，《盛世新聲》卷一二無題，不註撰人，《雍熙樂府》卷二〇題作『秋懷十韻』，不註撰人。謝伯陽《全明散曲》題如《雍熙樂府》，且於該曲後註曰：「《誠齋樂府》無題，兹題從雍熙。」曲藉秋景詠懷，或淒切，或清空，一唱三歎，竭盡憲王綿綿情思。

〔二〕芙：憲王原作此字上下相連，『艹』『丷』似是而非，吴梅藏録副本作『美』，吴校改作『芙』，同《盛世新聲》《雍熙樂府》。翁敏華整理本、謝伯陽《全明散曲》本、趙曉紅《朱有燉集》整理本從，據曲意，當是。又，曉妝：《雍熙樂府》作『晚妝』，《盛世新聲》《飲虹簃所刻曲》本、翁敏華整理本、《全明散曲》本、《朱有燉集》整理本從原刻。

〔三〕憲王原本『蟾』字前脱落一字。吴梅藏録副本從，吴校補作『新』，同《盛世新聲》《雍熙樂府》《飲虹簃所刻曲》本、《全明散曲》本、《朱有燉集》整理本、翁敏華整理本從。

〔四〕晴霞：《雍熙樂府》作『晴嵐』，《盛世新聲》、吴梅藏録副本、《飲虹簃所刻曲》本、翁敏華點校本、《全明散曲》本、《朱有燉集》整理本從原刻。

清江引〔一〕

癸丑歲春時，汴中風沙極大。偶於小園中戲作此曲〔二〕。

舞香塵小園風亂飄，滿地胭脂落。金踈楊柳枝，玉減梨花萼，把春光等閑辜負了。宿雕梁一雙巢燕慵，立翠柳鶯眠重〔三〕。蜂閑報曉衙，蝶倦遊春夢，小園中幾般兒都恨風。

狂風一春十占九，搖撼的花枝瘦〔四〕。沙催杏臉愁，土蝕□腮皺，闌珊了一株金線柳〔五〕。薄情的封家十八姨，太逞狂心力〔六〕。揪撏萬片紅，捽碎千條翠，斷送了好光陰都是你。

注釋

〔一〕案，《盛世新聲》卷一二無題，不註作者。《雍熙樂府》卷一九無題，註『酸齋撰』。茲據憲王原刻本，『酸齋』當爲『誠齋』筆誤。曲寫風吹花殘，有傷春意。王國維《人間詞話刪稿》云：『昔人論詩詞，有景語、情語之别。不知一切景語，皆情語也。』故憲王序稱戲作，然融情於景，悵恨抑鬱之情難掩，的非戲作可比。

〔二〕癸丑：即宣德八年，是年憲王五十五歲。案，據拙作《朱有燉年譜長編》：宣德八年，憲王創作甚富。可考知作於是年的作品除此曲，尚有《承奉正張鑌墓碣》《張承奉挽詞》四首（《誠齋新録》），雜劇有《宣平巷劉金兒復落娼》《趙貞姬身後團圓夢》《劉盼春守志香囊怨》《紫陽仙三度長椿壽》《仙官慶會》《仗義疏財》《豹子和尚自還俗》七種，約占憲王雜劇四分之一强。

〔三〕立：《雍熙樂府》脱，《盛世新聲》、吴梅藏録副本、《飲虹簃所刻曲》本、《全明散曲》本、翁敏華點校本、《朱有燉集》整理本從原刻。

〔四〕的：《雍熙樂府》脱，《盛世新聲》、吴梅藏録副本、《飲虹簃所刻曲》本、《全明散曲》本、翁敏華點校本、《朱有燉集》整理本從原刻。

〔五〕□：憲王原刻漶漫，字形似『俺』。《盛世新聲》、吴梅藏録副本從，吴校改作『桃』，同《雍熙樂府》。《飲虹簃所刻曲》本、《全明散曲》本、翁敏華點校本、《朱有燉集》整理本從。據曲意，當是。

〔六〕封十八姨：風神，亦稱『封姨』『十八姨』等。唐谷神子《博異志·崔玄微》記封十八姨與緑衣楊氏、緋衣女醋醋與崔相會宴飲事，後爲常典，以封十八姨代指風神或風。太：《雍熙樂府》作『大』，《盛世新聲》、吴梅藏録副本、《飲虹簃所刻曲》本、《全明散曲》本、翁敏華點校本、《朱有燉集》整理本從原刻。

普天樂

園中春景[一]

柳飛綿，梨飄雪，歡騰鶯燕，戲舞蜂蝶[二]。晚風輕寒食天，香霧捲清明月，一刻千金三春夜，正輕寒輕暖時節。山杏蕊没揣謝也，海棠萼恰纔放也，牡丹花廝搆開耶[三]？

注釋

〔一〕詞寫春景宜人。案，此曲《盛世新聲》卷一二無題，《雍熙樂府》卷一八題作『春夜』，不註撰者。《樂府群珠》卷四題同《誠齋樂府》，下註『誠齋』撰。

〔二〕蜂蝶：《雍熙樂府》作『蝴蝶』，《樂府群珠》《盛世新聲》、吴梅藏録副本、《飲虹簃所刻曲》本、《全明散曲》本、翁敏華點校本、《朱有燉集》整理本從原刻。

〔三〕搆：引起，造成。此處言牡丹花次第開放。

清江引

題隱居〔一〕

軟兀剌窄藤床甘菊枕，桃竹簟清涼甚〔二〕。白石榴花朵新，紅海納枝柯蔭〔三〕，小書窗晚來獨自寢。

些兒利名争甚的，枉了著筋力〔四〕。清風荷葉杯，明月□花被，乾坤静中心似水〔五〕。

靠蒲團坐觀今古書，賡和新詩句。濃煎鳳髓茶，細割羊頭肉，與江湖做些風月主。

注釋

〔一〕寫隱居生活。案，憲王貴爲藩王，歷經明初政治傾軋，心灰意懶，故其雜劇、詩詞多以此爲題，頻繁吟詠。然亦因環境使然，歸隱似不可能，故只能藉品題抒寫懷抱，一如寧王朱權然。又，《盛世新聲》卷一二收録，不註撰人，無題。《雍熙樂府》卷一九無題，題『酸齋』撰，誤。任中敏

《酸甜樂府》於『酸齋樂府』〔清江引〕十二首下收憲王此詞，連同前此『舞香塵小園風亂飄』四首皆歸酸齋名下，並於所刊《散曲叢刊》下註云：『以上三首雜詠。』（任中敏：《散曲叢刊》上，鳳凰出版社二〇一三年版。）陳稼禾點校本據此作註云：『七首一作朱有燉作。』（［元］貫云石，徐再思：《酸甜樂府》，陳稼禾點校，上海古籍出版社一九八九年版。）案，酸齋：元貫雲石號。甜齋：徐再思號。任中敏《酸甜樂府》釋：『貫豪放而徐清麗，兩家適可代表散曲之兩大派。』（任中敏：《散曲丛刊》上。）以上三首與貫詞詞風不合，且憲王原刻載之鑿鑿，爲憲王所作明矣。

〔二〕軟兀剌：當時口語，軟綿綿。元佚名《硃砂擔》第四折：『哎喲，天那！走得我軟兀剌一絲兩氣。』

〔三〕紅海納：浩明《邊塞詩苑遊蹤》認爲此語爲鳳仙花維吾爾語音譯（浩明：《邊塞詩苑遊蹤》，上海文藝出版社一九九〇年版，第二〇二頁。），當是。

〔四〕利名：《雍熙樂府》作『名利』，《盛世新聲》、吴梅藏録副本、《飲虹簃所刻曲》本、《全明散曲》本、翁敏華點校本、《朱有燉集》整理本從原刻。

〔五〕□花被：憲王刻本脱一字，《盛世新聲》《雍熙樂府》作『盧花被』，吴梅藏録副本、《飲虹簃所刻曲》本、《全明散曲》本、翁敏華點校本、《朱有燉集》整理本從。

蟾宫令

得子嵩中秋樂府，予正值令醫者調治内人之疾，忽忽聊答［蟾宫］曲一闋，以發一笑〔一〕。

小窗前風雪蒹如〔二〕，瘦損梅花，凍損梅花。消踈了玉蕊奇葩，行也嗟呀，坐也嗟呀。美因緣惡因緣誰知是假，好時節歹時節儘自從他。醫人每言語喧譁，老夫的心緒交雜。看了你樂府清新，越著我病眼麻華〔三〕。

注釋

〔一〕《盛世新聲》卷一二無題，不註撰人。子嵩：生平不詳。内人：當爲憲王夫人韓氏。憲王《誠齋新録》《聽阮》詩序：『韓夫人疾愈，置酒玉香亭，請予同妃飲於亭上，以申吾夫婦撫眷看視之謝臆。』又，清人湯漱玉《玉臺畫史》卷一『宫掖』『韓夫人』條：『良醫夏希魯，精通醫術。韓氏得疾，説症取藥，遂得安好，可見其醫術之妙也。』謹案，憲王《誠齋録》多次寫及韓夫人病證，詩云：『爲愛冰肌玉骨神，墨花新染一枝真。瘦影闌干明月夜，清香吹滿玉樓春。』與此曲意近，當是。調治：吴梅藏録副本作『調治』，《全明散曲》本、盧前《飲虹簃所刻曲》本等皆從，誤。兹案，『調洽』爲中醫用語，意即調理使之和諧，如孫宕越《瘧疾與地理》：『然苟行之不懈，人與自然，日趨調洽，而瘧禍胥消於無形。』（孫宕越：《瘧疾與地理》，《地理學報》第三卷第三期，一九三六年九月。）

〔二〕如：《盛世新聲》作『加』，吴梅藏録副本從原刻，吴校據《盛世新聲》改作『加』，同《盛世新聲》《飲虹簃所刻曲》本、《全明散曲》本、翁敏華點校本、《朱有燉集》整理本從。據曲意，當是。

〔三〕麻華：《盛世新聲》作『麻花』，吴梅藏録副本、《飲虹簃所刻曲》本、《全明散曲》本、翁敏華點校本、《朱有燉集》整理本從原刻。

落梅風　二首

甲寅歲春三月望日，予病嗽尚未全愈。其日天氣清朗，予至園中，有興遊玩，口占小詩三首。復自笑自慰，又戲小曲〔落梅風〕二闋，以自嘲云〔一〕。

荼蘼徑，芍藥亭，强尋芳病中打挣。儘腔腔嗽得來不住聲，嗽不損惜花情興。

龍蛇字，鸞鳳紙，病麻花眼睛熟視。任腔腔嗽得來不住止，嗽不減滿懷詩思〔二〕。

注釋

〔一〕據『甲寅歲春三月望日』，知此曲作於宣德九年，是年憲王五十六歲。案，憲王晚年體弱多病，曲寫病咳未愈，清興不減。《盛世新聲》卷一二無題，《雍熙樂府》卷二〇題作『病懷』，俱不註撰人。又，戲：吴梅藏録副本誤作『我』，吴校改作『戲』，他本從原刻。

〔二〕詩思：《雍熙樂府》作『詩意』，《盛世新聲》、吴梅藏録副本、盧前《飲虹簃所刻曲》本、《全明散曲》本、翁敏華點校本、趙曉紅《朱有燉集》整理本從原刻。

天浄紗

三首

予自病嗽以來有一月，苦手顫不能執筆，又苦無興於詩詞，不能措一語。何則？蓋因痰盛迷此心竅，心不清靈，故不能置一語耳。今□使人執荼蘼花進，予驚春事又到荼蘼也！爲之感慨。稍覺今日病減，遂有興執筆，書樂府三章，乃知予病漸可也。録與爾等，觀此曲乃戲進花者爲之道亦偶成耳〔一〕。

海棠開褪嬌姿，牡丹又謝芳枝。架上荼蘼若此。可憐春事，癡呆了燕子鶯兒〔二〕。

滿懷病勢愁煩，數番花信風殘。幾遍尋芳意懶。荼蘼開綻，一年春事闌珊。

荼蘼白雪攢攢，薔薇紅粉團團。分付華亭翠館。好留春玩，明年花下重歡〔三〕。

注釋

〔一〕案，此曲與前首〔落梅風〕當作於同時或稍近。《盛世新聲》卷一一無題，《雍熙樂府》卷二〇題作『春殘』，皆不註撰人。曲寫病減春盡，憲王睹荼蘼花開頓生惜花之心，『好留春玩，明年花下重歡』，游心寓目，可知憲王因病減而心情大好。

〔二〕了：《雍熙樂府》脱。《盛世新聲》、吴梅藏録副本、《飲虹簃所刻曲》本、《全明散曲》本、翁敏華點校本、《朱有燉集》整理本從原刻。

〔三〕留：《雍熙樂府》作『描』，《盛世新聲》、吴梅藏録副本、《飲虹簃所刻曲》本、《全明散曲》本、翁敏華點校本、《朱有燉集》整理本從原刻。

天浄紗　九篇

詠山水小景〔一〕

青山一抹殘霞，丹楓幾樹寒鴉。古澗松風颯颯。夕陽西下，小橋流水人家〔二〕。

山林迴隔紅塵，清閑曠世高人。日午幽齋睡穩。客來驚問，旋呼童子開門〔三〕。

山中採藥歸來，山嵐濕透芒鞋。寂寂寒窗月色。山童何在，白雲封了丹臺〔四〕。

莎裀十里初芳，柳絲千尺纔黄。白酒新篘味香。杏花深巷，柴門犬吠汪汪〔五〕。

斜陽數曲漁歌，長江萬頃滄波。稚子山妻過活。扁舟一箇，生涯雨笠煙簑〔六〕。

房前檜柏屯門，墻頭麋鹿成群。樵徑歸來日曛。藥苗春嫩，山中斸破雲根。

小船新酒活魚，蓬窗漢史秦書。更著圍碁數局。恁般高趣，淵明怎不歸歟。

土炕柴煨榾柮，山田水長菰蒲。鄰里排樽列俎〔七〕。歸來日暮，杖頭斜□葫蘆〔八〕。

同雲布滿高崖，嚴風冷透茅齋。一夜青山失色。曉來門外，珠宮貝闕瑶臺〔九〕。

注釋

〔一〕《盛世新聲》卷一二無題，《雍熙樂府》卷二〇之第一、二、三、六首題作『山興』，第四、五、七首題作『歸湖』，第八首題作『山娱』，第九首題作『雪景』，不註撰人。案，憲王守藩餘暇，留心翰墨，於書畫一道頗有造詣，光緒間《祥符縣志》卷二三言其『博學工詩，旁通繪事』，《誠齋録》收其題畫詩甚多，結合文中所寫，此曲題『詠山水小景』亦當據畫意所作題畫小令。

〔二〕案，此首化用元代馬致遠《天浄沙·秋思》意境寫山水古澗，小橋人家，移花接木，心裁别出。

〔三〕『旋呼童子』句：《雍熙樂府》卷二〇作『呼童方出開門』。《盛世新聲》、吴梅藏録副本、後兩句全本馬作。

《飲虹簃所刻曲》本、《全明散曲》本、翁敏華點校本、《朱有燉集》整理本從原刻。

〔四〕案，此首本唐賈島《尋隱者不遇》詩意而反用之。

〔五〕莎衲：莎草墊子，此處言春草遍地。篘：古代一種用竹篾編製成的濾酒器具。新篘：新釀製意。案，『杏花深巷』以下，《雍熙樂府》卷二〇作『扁舟不纜，縱橫逐水顛狂』。《盛世新聲》、吴梅藏録副本、《飲虹簃所刻曲》本、《全明散曲》本、翁敏華點校本、《朱有燉集》整理本從原刻。又，據《雍熙樂府》：此首與第五首『斜陽數曲漁歌』次序前後顛倒。第七首次序在二者之前。

〔六〕案，此首化用元喬吉【中吕・滿庭芳・漁父詞】第五首『山妻稚子』、第十二首『漁家過活，雪篷雲棹，雨笠煙蓑』等曲意境。

〔七〕榾柮：樹根，木柴塊。宋・陸遊《霜夜》詩之二：『榾柮燒殘地爐冷，喔咿聲斷天窗明。』又，此句《雍熙樂府》作『柴扉土炕茆廬，山溪水長菖蒲。村居排樽列俎』，《盛世新聲》、吴梅藏録副本、《飲虹簃所刻曲》本、《全明散曲》本、翁敏華點校本、《朱有燉集》整理本從原刻。

〔八〕□：吴梅藏録副本作『捶』，誤。案，憲王原刻此字漶漫，似『捶』，吴梅校改作『挑』，同《盛世新聲》《雍熙樂府》。後出盧前、翁敏華諸本從，當是。

〔九〕同雲：《詩・小雅・信南山》：『上天同雲，雨雪雰雰。』朱熹《集傳》釋義：『同雲，雲一色也。將雪之候如此。』此後以『同雲』爲下雪之典。

十棒鼓

秋日席上賦〔一〕

恰西風到了，梧葉初凋，列華筵綺席，檀板輕敲。聽銀箏象管、象管按六幺〔二〕，樽前歡咲。散天香滿座、滿座金蕤落，木犀花飄。不憂愁便是、便是長生藥，散袒逍遥，得清閑自在、自在直到老，一世兒樂陶陶。

注釋

〔一〕曲寫秋日席上宴飲事，繁華綺麗處尤見憲王樂而忘憂、散袒逍遥之情懷。案，憲王晚年深受病體困擾，加之久歷明初政治風波及兄弟反目諸事，性情較永樂前大變。諸如長生久視、慕仙求道、散袒逍遥等情緒多見於詩詞曲中。《盛世新聲》卷一二收録，無題，不註撰人。

〔二〕六幺：唐代大曲名，又名《緑腰》《録要》《樂世》。憲王《誠齋録》卷一《緑腰琵琶》詩題下註曰：『亦云六幺琵琶。』郭茂倩《樂府詩集》引《樂苑》云：『羽調曲，又有急樂。』唐·段安節《樂府雜録》『琵琶』條：貞元中，長安大旱，康昆侖奉召登彩樓祈雨，『彈一曲新翻羽調録腰。』下註：『即緑腰是也，本自樂工進曲，上令録出要者，因以爲名。自後來誤言「緑腰」也。案：正文「録要」，舊訛「緑腰」。』宋·王灼《碧雞漫志》卷三：『六幺，一名《緑腰》，一名《樂世》，一名《録要》。元微之《琵琶歌》云：「《緑腰》散序多攏捻。」又云：「管兒還爲彈《緑腰》《緑腰》依舊聲迢迢。」又云：「逡巡彈得《六幺》徹，霜刀破竹無殘節。」沈亞之《歌者葉記》云：「合韻奏《緑腰》。」又志盧金蘭墓云：「爲《緑腰》《玉樹》之舞。」唐史《吐蕃傳》云：「奏《涼州》《胡渭》《録要》雜曲。」段安節《琵琶録》云：「《緑腰》，本《録要》也，樂工進曲，上令録其要者。」白樂天《楊柳枝詞》云：「《六幺》《水調》家家唱，《白雪》《梅花》處處吹。」又《聽歌六絶句》内，《樂世》一篇云：「管急弦繁拍漸稠，《緑腰》宛轉曲終頭。誠知《樂世》聲聲樂，老病人聽未免愁。」註云：「《樂世》一名《六幺》。」王建《宫詞》云：「琵琶先抹《六幺》頭。」故知唐人以「腰」作「幺」者，惟樂天與王建耳。』

山坡裏羊

夏夜避暑醉中戲作〔一〕

長天炎熱，水心亭榭，乘涼避暑更深夜。漏未絶，月半斜，筵前樽俎重羅列，放踈狂喫得金甕竭〔二〕。爺，沉醉也；歇，且慢者〔三〕。

注釋

〔一〕曲寫夏夜避暑醉中以文字爲戲。案，此曲《樂府群珠》卷一題同，下署『誠齋作』。《雍熙樂府》卷二〇異，題作『歎世』，《盛世新聲》卷一二收録，無題，皆不註撰人。

〔二〕羅列：《雍熙樂府》作『排列』，《樂府群珠》《盛世新聲》、吴梅藏録副本、《飲虹簃所刻曲》本、《全明散曲》本、翁敏華點校本、《朱有燉集》整理本從憲王原刻。

〔三〕案，《雍熙樂府》此句稍異，作『主，也醉者；賓，也醉者』。《樂府群珠》《盛世新聲》、吴梅藏録副本、《飲虹簃所刻曲》本、《全明散曲》本、翁敏華點校本、《朱有燉集》整理本從原刻。

北調山坡裏羊　八闋〔一〕

膏粱供奉，寰區知重，浮生自覺皆無用〔二〕。德尊崇，禄盈豐，渾如一枕黄粮夢〔三〕，迷到老來纔自懂。功，也是空；名，也是空。

功名爲務，勞心焦慮，半生已被人情誤〔四〕。古詩讀，法書摹〔五〕，少年惟恐清名污，算到老來乾受苦。賢，也是土；愚，也是土。

朱軒兩廈，牙籤滿架，儘蠹魚穿透書和畫〔六〕。喜恰恰，笑呷呷，近來無有閑牽掛，一任雪霜添鬢髮。閑，也好耍〔七〕；忙，也好耍。

水亭閑眺，藤床倚靠，曲闌干外遊魚躍〔八〕。午風飄，晚雲消，一番過雨纔晴了，數朵芙蓉開翠沼〔九〕。花，依舊好；人，年越老。

人活百歲，踈狂一世，謝安攜出東山妓〔十〕。管絃催，酒盈盃，花前醉了重還醉，休使心機圖甚的〔十一〕。花，也笑你；人，也笑你〔十二〕。

困來高臥，客來閑磕，無憂無慮隨緣過。飲金波，唱高歌，山聲野調誰能和，喚童僕莫將閑事聒〔十三〕。醉，也任我；醒，也任我〔十四〕。

黄蜂報曉，蝴蝶戀萼，簷前看美蜘蛛巧〔十五〕。恰春朝，又秋宵，寒暄不管疎狂老，美惡總教隨順了〔十六〕。高，也道好；低，也道好。

常無饑餓，不曾折挫，覷浮名薄利些娘大。眼觀睃，腳奔波，紅塵世事都參破，得失從天不在我〔十七〕。行，也快活；坐，也快活。

注釋

〔一〕憲王此曲言浮生虛名、閑忙美惡、醉醒高臥等，皆係飽經憂患閱世之言，從中可見歲月蹉跎、韶華不再、志向難酬所帶來的精神苦悶。或由以上因素，故才導致憲王放縱任性、疏狂頑世的生活態度。『參破』云云，個中雜有憲王諸多難言苦衷。案，《雍熙樂府》卷二〇題作『嘆世』，《盛世新聲》卷一二無題，俱不註撰人。《樂府群珠》卷一題作『省悟』，下註『誠齋作』。憲王原刻無題，《全明散曲》本從《樂府群珠》。

〔二〕自覺：《盛世新聲》作『目竟』。案，『竟』爲『覺』異體字，『目竟』或爲『自覺』，『目』『自』形近，或誤刻。《樂府群珠》《雍熙樂府》、吴梅藏録副本、《飲虹簃所刻曲》本、《全明散曲》本、翁敏華點校本、《朱有燉集》整理本從原刻。

〔三〕『黄粮夢』即『黄粱夢』，典出唐沈既濟《枕中記》吕翁度盧生事。

〔四〕勞心：《雍熙樂府》作『勞力』，《樂府群珠》、吴梅藏録副本、《飲虹簃所刻曲》本、《全明散曲》本、翁敏華點校本、《朱有燉集》整理本從原刻。

〔五〕法書摹：案，憲王好書法，臨摹前代法帖甚多。憲王《誠齋録》卷四《東書堂集古法帖序》云：『予自幼蒙尊親之教，又性亦喜書，但以不敏，未見學之有成。每欲爲書，不得晋唐人之墨本，但規摹石刻各有不同。』並云：『予侍親之暇，每閲古帖，文多不全，或有此而缺彼，或取僞而棄真，或裝池失次，或摸拓不工，往往難於臨習，因自不揣愚拙，集各家之字，考各代之書，并所得墨本，以嘗臨者臨之，未嘗臨者摹之，集爲十卷，勒之於石，以便自觀，非敢遺示於人，以爲學也。集成，輒名之曰《東書堂集古法帖》。然其間字畫多有未工，或失次序缺少者，後當續之。』卷一《蘭亭石刻宼作鐵筆行以賞鐫字王敏》《蘭亭石刻完作鐵筆行以賞鐫字陳福》皆係憲王於永樂十五年爲臨摹勒石所作。

〔六〕儘：《雍熙樂府》脱，《盛世新聲》、吴梅藏録副本、《全明散曲》本、翁敏華點校本、《朱有燉集》整理本從憲王原刻。

〔七〕耍：吴梅藏録副本作『要』，吴校改作『耍』。《樂府群珠》《雍熙樂府》《盛世新聲》《飲虹簃所刻曲》本、《全明散曲》本、翁敏華點校本、《朱有燉集》整理本從原刻。

〔八〕眺：《樂府群珠》作『睡』，吴梅藏録副本從，吴校改作『眺』。《雍熙樂府》《盛世新聲》《飲虹簃所刻曲》本、《全明散曲》本、翁敏華點校本、《朱有燉集》整理本從原刻。

〔九〕晚雲：《樂府群珠》作『晚霞』，《雍熙樂府》《盛世新聲》、吴梅藏録副本、《飲虹簃所刻曲》本、《全明散曲》本、翁敏華點校本、《朱有燉集》整理本從原刻。過雨：《雍熙樂府》倒文，作『雨過』，《樂府群珠》《盛世新聲》、吴梅藏録副本、《飲虹簃所刻曲》本、《全明散曲》本、翁敏華點校本、《朱有燉集》整理本從原刻。

〔十〕東山妓：泛指歌姬。典出《世説新語·識鑒》：『謝公在東山畜妓，簡文曰：「安石必出。既與人同樂，亦不得不與人同憂。」』南朝梁·劉孝標註引宋明帝《文章志》曰：『安縱心事外，疏略常節，每畜女妓，攜持遊肆也。』此處以謝安石自比，有疏狂散淡意。

〔十一〕花前醉了重還醉：《雍熙樂府》作『花前醒了重還醉』，《樂府群珠》、吴梅藏録副本、《飲虹簃所刻曲》本、《全明散曲》本、翁敏華點校本、《朱有燉集》整理本從憲王原刻。圖：《樂府群珠》作『團』，訛。《盛世新聲》《雍熙樂府》、吴梅藏録副本、《飲虹簃所刻曲》本、

《全明散曲》本、翁敏華點校本、《朱有燉集》整理本從原刻。

〔十二〕人：《雍熙樂府》作『酒』，《樂府群珠》《盛世新聲》、吴梅藏録副本、《飲虹簃所刻曲》本、《全明散曲》本、翁敏華點校本、《朱有燉集》整理本從原刻。

〔十三〕唱高歌：《樂府群珠》作『且高歌』。閑事：《樂府群珠》作『閑話』。以上《盛世新聲》、吴梅藏録副本、《飲虹簃所刻曲》本、《全明散曲》本、翁敏華點校本、《朱有燉集》整理本從原刻。又，山聲：《雍熙樂府》作『山腔』。喚：《雍熙樂府》無。以上《盛世新聲》、吴梅藏録副本、《飲虹簃所刻曲》本、《全明散曲》本、翁敏華點校本、《朱有燉集》整理本皆從原刻。

〔十四〕案，醉、醒二字，《雍熙樂府》與憲王原刻顛倒。《盛世新聲》、吴梅藏録副本、《飲虹簃所刻曲》本、《全明散曲》本、翁敏華點校本、《朱有燉集》整理本從憲王原刻。

〔十五〕美：《盛世新聲》《雍熙樂府》從。《樂府群珠》、吴梅鈔本、《飲虹簃所刻曲》本、翁敏華點校本、《全明散曲》本、《朱有燉集》整理本皆作『弄』。案，美蜘蛛：蜘蛛一種，因其全身顔色鮮艷，故名。

〔十六〕總：《雍熙樂府》作『都』，《盛世新聲》、吴梅藏録副本、《飲虹簃所刻曲》本、《全明散曲》本、翁敏華點校本、《朱有燉集》整理本從原刻。

〔十七〕觀晙：《樂府群珠》《盛世新聲》《雍熙樂府》從。吴梅藏録副本、《飲虹簃所刻曲》本、

《全明散曲》本、翁敏華點校本、《朱有燉集》整理本作『親睃』。

十棒鼓

夏夜席上歡飲〔一〕

行廚演撒，冰酒茶瓜，池亭那答，聽撥琵琶〔二〕。向曲闌干、闌干外閑戲耍，實然幽雅。鼕鼕的鼓兒擸斷他，堪賞堪誇。銀箏象板把玉纖拿，笑語喧嘩，直喫的花梢上月兒西沉下，醉了呵方纔罷。

其二

海老夢撒，紅兒喚咱，絮絮答答，再休撚巴〔三〕。卻不道老人家、老人家莫揹他，任吸流霞。雖然是醉得、醉得矑老花，所事通達〔四〕。將鸞箋象管安排下，樂府熟滑。幾篇詞嗓得、嗓得猱兒怕，不海噥您知麼〔五〕。

其三

笑咱老的，不知迴避，若説迴避，連您不識。卻不道老人家、老人家有鑒知，好酒貪杯。一任他醉了重還醉，百般精細。俺無星的等兒曾慣提，不曾著迷。遮莫待頂真續麻、續麻道黑鬼，不似您不伶俐〔六〕。

注釋

〔一〕案，《盛世新聲》卷一二無題，不註撰人。曲寫夏夜歡飲，憲王酒後銀箏象板，於醉眼朦朧中歌舞戲耍。

〔二〕行廚：指所攜帶的酒食。晉·葛洪《神仙傳·麻姑》：『（麻姑）入拜方平，方平爲之起立。坐定，召進行廚，皆金盤玉杯。』演撒：誘惑，引誘。

〔三〕海老：酒名，又作『海郎』。元·宮天挺《范張鷄黍》第一折：『哥哥妳不必巧語，這裏有的是海郎，打半瓶兒吃罷。』夢撒：没有，空空。元·張可久《柳營曲·酒邊有訴秀才負心爲作問答》：『望妾身，改家門。見書生可人情意親。夢撒麼分，受盡艱辛。撇丁罵，卜兒嗔，閃煞人也短命郎君。』撚巴：糾纏。不海噥：即清醒，與酒醉對。

〔四〕矑：眼珠。此處言憲王醉眼朦朧。

〔五〕猱兒：元代對妓女的稱呼。元·關漢卿《謝天香》第一折：『我怨那禮案裡幾個令史，他每都是我掌命司，先將那不會彈不會唱的除了名字，早知道做個啞猱兒。』

〔六〕遮莫待：《盛世新聲》從。吴梅藏録副本、《飲虹簃所刻曲》本、《全明散曲》本、翁敏華點校本、《朱有燉集》整理本作『遮莫待』。頂真續麻：一種首尾相連、循環往復的遊戲。黑鬼：拆白道字反，言即不精通。

折桂令

秋初席上有贈擬黑劉五體〔一〕

曉風輕露滴銀床，風也淒涼，露也淒涼。蘭蕙芬芳，蘭也生香，蕙也生香。荷葉黄柳葉黄梧桐葉黄，檜梢長柏梢長筭竹梢長〔二〕。如此時光，醒也何妨，醉也何妨。

又

醉時眠醒後何之，醒也吟詩，醉也吟詩。行坐如斯，行也紅兒，坐也紅兒。金鳳巵玉鳳巵酒斟鳳巵，折花枝撚花枝鬢插花枝〔三〕。品竹調絲，絲也宜時，竹也宜時〔四〕。

注釋

〔一〕黑劉五：元代散曲家劉庭信。案，劉庭信：生卒年不詳，行五，身長而黑，人稱『黑劉五』。《録鬼簿續編》稱其『風流蘊藉，超出倫輩，風晨月夕，唯以填詞爲事』。散曲存小令三十九首，套數七套，擅寫離情相思，風格俊麗。案，憲王此曲《盛世新聲》卷一二收録，題作『有贈』，《雍熙樂府》卷一七題作『題情』，皆不註撰人。由曲意知，該曲當係憲王爲府中侍妾紅兒所作。然亦有借題發揮，一抒個人詩酒自娱、放蕩度世浪子情懷意。曲中憲王雖意欲彰顯個人灑脱不羈，但歲月蹉跎所帶來的壯志難酬落寞情緒仍隱然可見。林辰所編《艷曲》《折桂令》八首據《雍熙樂府》等將憲王此曲與《蟾宫令》『小窗前風雪兼佳』及佚名《題情》『到黄昏更鼓聲疾』等曲合爲一組（林辰：《艷曲》，春風文藝出版社一九九三年版，第四六—四七頁。），誤。

〔二〕笋竹：《雍熙樂府》倒文，作『竹笋』，《盛世新聲》、吴梅藏録副本、《飲虹簃所刻曲》本、

《全明散曲》本、翁敏華點校本、《朱有燉集》整理本從原刻。

〔三〕金鳳巵：即刻著金鳳圖樣的酒杯。

〔四〕品竹調絲：吹彈樂器。元・王子一《誤入桃源》第二折：『品竹調絲，稱商換羽。』絲也宜時，竹也宜時：《雍熙樂府》作『竹也相宜，絲也相宜』，《盛世新聲》、吴梅藏録副本、《飲虹簃所刻曲》本、《全明散曲》本、翁敏華點校本、《朱有燉集》整理本從原刻。

水仙子帶過折桂令

題情〔一〕

並頭蓮池上錦鴛行，連理木枝間彩鳳鳴，合歡花樹底青鸞寧〔二〕。永團圓伉儷情，爲知音所事皆能。可意的逢著可意，志誠的遇著志誠，聰明的伴著聰明〔三〕。

聰明的伴著聰明，各辦堅心，共結芳盟〔四〕。爲你性格温柔，言談俊雅，體態娉婷〔五〕。我子道風流地重生箇小卿，誰承望綺羅叢再長箇鶯鶯〔六〕。儘自今生，久遠看承〔七〕。愛惜你花朵般身己，受用那錦片似前程〔八〕。

注釋

〔一〕此曲題名，據謝伯陽《全明散曲》題下註曰：『陳大聲《月香亭稿》題同，《彩筆情辭》題作「歡情」，亦屬大聲，疑誤。《新聲》無題，《雍熙》題作「題情」，俱不註作者。兹互見朱陳兩家曲中。』案，此曲曲意如題，寫兩情相悦。

〔二〕連理木：《雍熙樂府》卷二〇作『連理樹』，《盛世新聲》卷一二、吴梅藏録副本、《飲虹簃所刻曲》本、《全明散曲》本、翁敏華點校本、《朱有燉集》整理本從原刻。

〔三〕案，此句中『的』字，《雍熙樂府》皆作『人』，《盛世新聲》、吴梅藏録副本、《飲虹簃所刻曲》本、《全明散曲》本、翁敏華點校本、《朱有燉集》整理本從原刻。下同。

〔四〕各辦堅心，共結芳盟：《雍熙樂府》作『辦堅心共結芳盟』，無『各』字。《盛世新聲》、吴梅藏録副本、《飲虹簃所刻曲》本、《全明散曲》本、翁敏華點校本、《朱有燉集》整理本從原刻。

〔五〕案，《雍熙樂府》此句與憲王原刻出入較大，作『只爲你性格温柔，體態娉婷』。《盛世新聲》、吴梅藏録副本、《飲虹簃所刻曲》本、《全明散曲》本、翁敏華點校本、《朱有燉集》整理本從原刻。

〔六〕風流地：《雍熙樂府》作『風流境』，《盛世新聲》、吴梅藏録副本、《全明散曲》本、翁敏華點校本、《朱有燉集》整理本從原刻。小卿：即蘇小卿。據程毅中《宋元小説研究》，蘇事跡『見《永樂大典》卷二四〇五引《醉翁談録》，但不載於羅燁或金盈之的《醉翁談録》。』宋元間高政叔《雙漸小卿》諸宫調、王實甫《蘇小卿月夜販茶船》、馬致遠《青衫淚》雜劇等皆據此改編。鶯鶯：崔鶯鶯。本事見唐元稹《會真記》，金代董解元《西廂記》諸宫調、元代王實甫《西廂記》等皆以元本爲藍本改編。

〔七〕看承：《雍熙樂府》作『相承』，《盛世新聲》、吴梅藏録副本、《飲虹簃所刻曲》本、《全明散曲》本、翁敏華點校本、《朱有燉集》整理本從原刻。

〔八〕愛惜：《雍熙樂府》作『惜愛』。身己：《雍熙樂府》作『身』，脱『己』字。以上《盛世新聲》、吴梅藏録副本、《飲虹簃所刻曲》本、《全明散曲》本、翁敏華點校本、《朱有燉集》整理本從原刻。受用那錦片似前程：《雍熙樂府》『那』作『了』；《全明散曲》本作：『已受用那錦片似前程。』《盛世新聲》、吴梅藏録副本、《飲虹簃所刻曲》本、翁敏華點校本、《朱有燉集》整理本從原刻。

月上海棠

詠秋日海棠月夜盛開〔一〕

玉樓花影清秋夜，金屋香殘午漏徹。深院海棠開，全似那仲春二月〔二〕。盈盈頰，似向霜華乍怯〔三〕。（么）青娥銀燭高燒者，睡足嬌容怕凋謝。著意護花些，正值西風惡劣。紅芳纈，妝點園林富也。

其二

似嫌黄菊千枝放，如妬芙蓉半面妝。秋日逞妖嬈，還與那早春一樣。金風蕩，此際霜清月朗。（么）瑤光乍轉芳枝上，翠袖驚寒若悽愴〔四〕。垂首斂嬌姿，獨倚闌干佇望。開朱幌，酌酒花前共賞。

注釋

〔一〕此曲《盛世新聲》卷一二無題，《雍熙樂府》卷二〇作『秋夜海棠開』，無撰人。曲寫海棠盛開，姿容秀態，妝點王府園林。憲王意趣高雅，酌酒賞花。案，憲王甚愛海棠，曾撰《海棠仙》雜劇，據該劇小引：『正統三年，予遣童仆采藥於懷慶之地，太行之陽。仆回，具言太行山之海棠嶺海棠之盛：入山可行五十里，有高嶺深澗，其間盡是海棠，不下千萬餘本，皆長於叢林荒草之中，人迹罕到之處。訪其彼土之老，但云：「自古稱爲海棠嶺，人亦不知罕，人家亦不栽植。每遇春時，滿山如錦，但樵牧者折其花以爲玩，斫其木以爲薪耳。」予聞之，即命數十人荷鍤而往，移得三十餘本，植於苑中。及清明之時，奇葩艷質，百媚千嬌，紅紫芳菲，照耀人目，誠有睡未足之嬌態之比也。特詠《海棠吟》一篇，以寄興焉。』次年，即正統四年，憲王『復睹嬌艷之姿，欲置酒合樂以賞之，因念詩不能歌於席上，遂隱括《海棠吟》之意，假托於神仙，作《海棠仙》傳奇一帙，以爲佐樽賞花云耳。』《海棠吟》詩，《朱有燉〈誠齋録〉箋注》『補遺』收録，可參看。

〔二〕那：《盛世新聲》脱，《雍熙樂府》、吴梅藏録副本、《飲虹簃所刻曲》本、《全明散曲》本、翁敏華點校本、《朱有燉集》整理本從原刻。

〔三〕盈盈頬：《雍熙樂府》作『盈盈紅頬』。似：《雍熙樂府》脱。以上《盛世新聲》、吴梅藏録副本、《飲虹簃所刻曲》本、《全明散曲》本、翁敏華點校本、《朱有燉集》整理本從原刻。

〔四〕若：吴梅藏録副本從，吴校曰：『若，應是苦之誤。』《飲虹簃所刻曲》本、《全明散曲》本從。案，作『若』，當通『惹』，『引起、觸動』意。『翠袖驚寒若悽愴』，意即翠袖驚寒引起悽愴感傷之情。憲王原刻不誤，吴梅校改不確。《盛世新聲》《雍熙樂府》從原刻。

金字經

詠水仙花〔一〕

黄蕊呈金盞，素英展玉臺，一種奇香冒雪開〔二〕。猜，只疑天上來。遊仙界，嫦娥下寶堦。

霜壓瑶花瘦，雪侵翠葉殘，似聽仙娥玉珮環。珊，凌波羅襪寒。香風散，月明人倚欄。

注釋

〔一〕案，該曲《盛世新聲》卷一二收録，無題，不註撰人，《雍熙樂府》卷一九無題，下署『小山作』。《樂府群珠》卷二題同，署『誠齋撰』。曲寫水仙香色風姿，曲盡其態，頗得神韻。茲案，憲王癡迷於花，散曲、詩文、雜劇以花名篇或以之品題者甚多。水仙花亦然，據《誠齋新録》《水仙花詩序》：『予於東園種水仙花數畦。當此仲冬嚴凝之時，開花數百餘枝，素色清香，遥通鼻。觀山谷老人所謂「凌波仙子生塵襪」，亦能深得夫花之三昧者也！予步畦畔，採花盈把，口占成律詩一篇，深賞花之傲霜雪、凌冬寒，況高人之節操爲不誣矣！今録與本府一應能詩能文者，各製一篇，以爲吾花之清賞云。』

〔二〕呈：《盛世新聲》作『吴』，訛。《雍熙樂府》、吴梅藏録副本、《飲虹簃所刻曲》本、《全明散曲》本、翁敏華點校本、《朱有燉集》整理本從原刻。

梅花引

詠早梅〔一〕

春意枝頭即漸回，春色園林氣候催。傳芳信占春魁，披香霧靄春暉。盈盈蓓蕾，休著那嚴凝臘雪摧。

又

玉骨冰肌倚畫欄，鐵幹虬枝在遠山。都一樣待春還，托根地有炎寒。尋春較懶，因此上接來内苑看〔二〕。

注釋

〔一〕《盛世新聲》卷一二收録，無題，不註撰人。曲寫早梅玉骨冰肌，花蕊可人，憲王惜花護花，接入内苑。

〔二〕接來：《盛世新聲》作『移來』，吴梅藏録副本、《飲虹簃所刻曲》本、《全明散曲》本、翁敏華點校本、《朱有燉集》整理本從原刻。

白鶴子

詠秋景 有引[一]

予觀古詩，若『呦呦鹿鳴』等篇，皆古人之佐樽歌曲，但以聲依永，所以無分長短句，皆可以爲歌曲[二]。自漢魏以來，古風猶存，漸以字句短長，分而爲二，詩自詩，樂府自樂府，其句法尚同，而序事體製頗有分別。及李唐猶如此，若白樂天之『永豐西角荒園裏，盡日無人屬阿誰』，樂工歌此曲，宣宗聞之，問誰作者，永豐在何處？左右具以對，遂令中使取二株植於苑中[三]，可見唐時尚以詩可歌唱也。其時，已有李太白之【憶秦娥】【菩薩蠻】等詞漸流入腔調律吕，漸違於聲依永之傳。後遂全革古體，專以律吕音調，格定聲句之長短緩急，反以吟詠情性求之於音聲詞句耳。要之爲樂府歌曲，古不若今之清越精妙也。故唐末宋初以來，歌曲則全以詞體爲主，今世則呼爲南曲者是也[四]。自金、元以胡俗行乎中國，乃有『女真體』之作，又有董介元關漢卿輩知音之士，體南曲而更以北腔，然後歌曲出自北方，中原盛行之，今呼爲北曲者是也[五]。因此分而爲二，南人歌南曲，北人唱北曲。若其吟詠情性，宣暢湮鬱，和樂賓友，與古之詩又何異焉？或曰：『古詩爲正音，今曲乃鄭衛之聲，何可同日而語耶？』予曰：『不然。鄭衛之聲，乃其立意不正，聲句淫泆，非其體格音響，比之雅頌有不同也。今時但見詞曲中有《西廂記》《黑旋風》等戲謔之編爲褻狎，遂一槩以鄭衛之聲目之，豈不冤哉！國朝集雅頌正音中，以曲子【天净紗】數闋，編入名公詩列，可謂達理之見矣。體格雖與古之不同，其若可興、可觀、可群、可怨，其言志之述，未嘗不同也。』予秋初有詠秋景詩一首，自吟自和，客有哂予者曰：『非詩也，此乃曲中【白鶴子】也。』予令人以【白鶴子】腔歌之，而音調正與之協。予遂續成四首，共前五首焉。乃歎古詩亦曲也，今曲亦詩也，但不流入於穠麗淫傷之義，又何損於詩曲之道哉！因援筆識於秋香樓之右廡。

金風殘暑退，玉殿早涼生。夷則動商音，蓐收傳秋令[六]。

荷衰青蓋偃，柳敗翠絲疎。露濕響蛩螿，雨冷眠鷗鷺。

碧雲催晚意，黄葉點秋容[七]。一片雨聲來，幾陣涼颸送。

玉簪香滿徑，金鳳色輝簾。紅黍恰嚐新，白酒初篘釃[八]。

書齋涼氣爽，觚翰可相親。燈下閲詞篇，月底賡詩韻。

注釋

〔一〕《盛世新聲》卷一二無題，《雍熙樂府》卷二〇題作『秋景』，皆不註撰者。小引敘此曲創作，考鏡源流，以爲《詩經》『呦呦鹿鳴』等篇，『但以聲依永，所以無分長短句，皆可以爲歌曲』。漢魏至唐，古風雖存，而詩與樂府一分爲二。唐代以降，『歌曲則全以詞體爲主』。迄金元『以胡俗行乎中國』，南曲、北曲有別。憲王以詩論詞曲，視詩爲詞曲之源，某種程度上拉近了詩與詞曲之間的距離，提高了曲體地位。此外，值得注意的是，引言論戲曲功能，將詩歌與戲曲對舉，用詩歌功能解釋戲曲功能，對戲曲發展及古典戲曲理論建構也頗爲重要。如其後祁彪佳《孟子塞五種曲·序》：『子曰：詩可以興、可以觀、可以群、可以怨。然則詩而不可興可觀可群可怨者，非天下之真詩也。嗚呼！今天下之可興可觀可群可怨者，其孰過於曲者哉？蓋詩以道性情，而能道性情者，莫如曲。曲之中有言夫忠孝節義、可忻可敬之事者焉，則雖騃童愚婦見之，無不擊節而忭舞；有言夫奸邪淫慝、可怒可殺之事者焉，無不恥笑而唾詈。自古感人之深而動人之切，無過於曲者也。』李贄評《紅拂記》亦言：『孰謂傳奇不可以興、不可以觀、不可以怨、不可以群乎？飲食宴樂之間，起義動慨多矣。』與憲王所論差可仿佛。聯繫憲王生當明初，憲王所論可謂後者之先導。又，『秋初有詠秋景詩一首，自吟自和，客有哂余者曰：「非詩也，此乃曲中【白鶴子】也。」予令人以【白鶴子】腔歌之，而音調正與之協。』以詩爲曲，可見散曲至明已具曲作詩化傾向，而此一傾向或由憲王詩詞曲同源觀念所致。

〔二〕『呦呦鹿鳴』等篇：『呦呦鹿鳴』即《詩經·小雅·鹿鳴》。『皆古人之佐樽歌曲』，案，此詩以鹿鳴興起，言禮儀之盛、宴飲之樂及君臣、賓主間融洽相得。《毛詩序》：『《鹿鳴》，宴群臣嘉賓也。』黄震《黄氏日鈔》：『朱曰：「於朝曰君臣焉，於燕曰賓主焉。先王以禮使臣之厚，於此見矣。」』

〔三〕『永豐西角荒園裏，盡日無人屬阿誰』：本白居易《楊柳枝》：『一樹春風千萬枝，嫩於金色軟於絲。永豐西角荒園裏，盡日無人屬阿誰。』前有河南府尹盧貞題序：『永豐坊西南角園中，有垂柳一株，柔條極茂。白尚書曾賦詩，傳入樂府，遍流京都。近有詔旨，取兩枝植於禁苑。乃知一顧增十倍之價，非虛言也。』案，憲王《誠齋新録》『柳枝歌十篇』序：『柳枝，乃唐白居易所作，因其伎人小蠻，託意於楊柳枝。其詩有云：「永豐西角荒園裏，盡日無入属阿誰。」宣宗朝，樂工唱此詞，帝問誰作者，永豐在何處？左右俱以對。遂令中使取二株植於苑中。予於洪武年間至長安，尋訪永豐坊，乃在陝西城内東兩街，尚有垂楊柔枝，拂地可愛，想居易當時亦喜其柔條婀娜，取以喻舞腰之宛轉也。後人咸繼和，以傳此樂府耳。』

〔四〕南曲：宋元以來流傳於我國南方諸省的戲曲、散曲所用的各種曲調總稱。最初源於東南沿海一帶民間歌曲，後吸收唐宋大曲、宋詞而形成有别於北曲的『南曲』。

〔五〕『女真體』：案，楊棟《中國散曲史研究（續編）》：『「女真體」當指曲調音樂，與文學無關。』（楊棟：《中國散曲史（續編）》，山東大學出版社一九九八年版，第八六頁。）證之以元周德清《中原音韻》卷下：『又云作樂府切忌有傷於音律，且如女真風流體等樂章，皆以女真人音聲歌之，雖字有舛訛，不傷於音律者不爲害也。』聯繫前文『自金、元以胡俗行乎中國』及後文『又有董解元關漢卿輩知音之士』等，當是。

〔六〕夷則：古代樂律名。案，古樂分十二律，陰陽各六，夷則爲第九律。《禮記·月令》：『孟秋之月，律中夷則。』商音：五音之一。亦指旋律以商調爲主音的樂聲。晉·陶潛《詠荊軻》：『商音更流涕，羽奏壯士驚。』

〔七〕晚意：《雍熙樂府》作『曉意』，《盛世新聲》、吳梅藏録副本、《飲虹簃所刻曲》本、《全明散曲》本、翁敏華點校本、《朱有燉集》整理本從憲王原刻。

〔八〕篘：一種用竹編成的濾酒器具。元·范康《竹葉舟》第三折：『自釀下黃花酒，親提著這斑竹篘。』醲：濃，味厚。

白鶴子

八篇道情詠鉛汞〔一〕

寂心無象染，實腹有丹藏〔二〕。丹實汞難飛，象寂鉛偏旺。

欲修千歲壽，須在片時間。點得汞成銀，便覺神光燦。
黄婆心不順，鉛汞莫相親。縱有鍊丹爐，那得天仙分。
先天真一氣，莫向後天尋。若向後天尋，此理差之甚。
欲知鉛汞體，父母未生前。赤肉上真人，即是神仙眷〔三〕。
紅鉛與白汞，和合入丹爐。成得此摩尼，始覺吾家富〔四〕。
方知三教理，總是這些兒。若向異中求，不是修丹士。
達得玄機了，休輕説與人〔五〕。爲甚莫輕言，只恐人難信。

注釋

〔一〕此曲《盛世新聲》卷一二無題，《雍熙樂府》卷二〇題作『丹訣』，俱不註撰人。憲王此曲藉鉛汞言内丹修煉。曾永義《明雜劇概論》云，『憲王對於仙佛，不僅愛好，而且信仰得很入迷。』（曾永義：《明雜劇概論》，花木蘭文化出版社二〇一一年版，第一五三頁。）又，『道情』，據朱權《太和正音譜》：『道家所唱者，飛馭天表，遊覽太虛，俯視八紘，志在沖漠之上，寄傲宇宙之間，慨古感今，有樂道徜徉之情，故曰「道情」。』其於宋代即已出現，然使用不多。散曲中標明『道情』者十一首（含套數），内容分爲二，一則修道煉丹；一則隱逸出世。（吴國富：《全真教與元曲》，江西人民出版社二〇〇五年版，第二〇四頁。）憲王此首可謂兼而有之。又案，鉛汞：道教術語。據外丹派，鉛、汞爲兩種化學元素。道教以爲鉛汞入鼎煉丹，服之可以長生，因謂煉外丹之事曰鉛汞。唐·白居易《長慶集》五一《同微之贈别郭虚舟煉師五十韻》：『專心在鉛汞，餘力工琴棋。』而内丹派常以鉛喻腎，屬水，藏元陽真氣；汞喻心，屬火，爲正陽之精。《金碧五相類參同契》卷上『鉛汞並生時本體』陰長生註：『鉛汞並是下元命門之根爲橐籥中所産生於腎。左腎主壬，右腎主癸，腎之二氣合爲壹體，是鉛汞本一體。』憲王側重内丹，且曲云『縱有鍊丹爐，那得天仙分』，故此曲鉛汞當指後者。

〔二〕寂心：静寂之心，是爲禪寂。《維摩詰經·方便品》：『一心禪寂，攝諸亂惡。』無象：没有形跡或具體形象，形容道玄虚無形，後亦泛指諸種義理的玄微難測。《老子》第二章『無象之象道之綱』：『繩繩兮不可名復歸於無物，是謂無狀之狀無象之象是謂忽恍。』此處言心静恍惚，了無掛礙。

〔三〕赤肉：即皮肉。《五燈會元·臨濟玄禪師法嗣·寶壽沼禪師》：『師曰：「不斬死漢。」院曰：「斬。」師便打。院連道：「斬，斬。」師又隨聲打。師卻回方丈，曰：「適來這僧將赤肉抵他乾棒，有甚死急！」』宋·師明集《續古尊宿語要》卷五：『寸絲不掛，赤肉尚存；萬里無雲，青天猶在。』

〔四〕摩尼：珠寶總稱。此處與前句『紅鉛』『白汞』皆隱喻修行程度。

〔五〕了：《雍熙樂府》作『子』，《盛世新聲》、吴梅藏録副本、《飲虹簃所刻曲》本、《全明散曲》本、翁敏華點校本、《朱有燉集》整理本皆從原刻。

南曲四朝元　有序〔一〕

紀善余先生致仕而歸也，予既作送别圖，復係之詩，子弟諸郡王及藩憲名公、府中僚屬，咸有歌詩文字以贈其行，長篇富詠，光耀盈軸，可謂人生爲宦出處始終之榮也矣〔二〕。及臨祖帳，酌香醪，敘别意，重念分攜，當舉杯之際，驪駒之歌去古既遠，莫能發也，因綴南詞四闋，付之歌喉，以侑一觴之樂〔三〕。雖曲調近鄙，而詞則未敢失於麗則之音云耳〔四〕。

其一

春光明媚，正是榮歸故里期。羨還鄉衣錦，送別千里，把驪歌暫止，且開筵列席。無奈離思縈懷，去意徘徊，欲綰垂楊，長條難繫，寫不盡慇懃意。㖒，嘆別後漫相思，正是渭北江東，雲暮春天樹。（合唱）公歸樂有餘，親朋共欣喜；公還念予，忠言正論，也須頻寄。

其二

衣冠奕世，王門久曳裾〔五〕。秉忠肝義膽，正直無比，又精通性理，文章第一。無奈松柏年高，暮景相催，欲苦留公，但欽蒙恩例，因此上榮歸去。㖒，指日到家時，正是衣綵堂前，笑引兒童戲〔六〕。（合唱）公歸樂有餘，親朋共欣喜；公還念予，忠言正論，也須頻寄。

其三

功成名遂，投簪自古稀。嘆二疏前跡，賜金難比，況君臣重義，久如魚似水〔七〕。爭忍見春雨輕帆，曉日安車，都只爲故里桑榆，家山桃李，似緑野裴公墅。㖒，看祖道大河湄，總是藩憲名公，珎重情相契。（合唱）公歸樂有餘，親朋共欣喜；公還念予，忠言正論，也須頻寄。

其四

清和天氣，關河道路迤。願年高動止，善加將理，喜舟行順水，聽良言告啟。是必清曉加餐，薄暮添衣，補藥頻調，風寒須忌，到晚重衾寐。嗏，早起索遲遲，怕有些薄浪輕風，也索相回避。（合唱）公歸樂有餘，親朋共欣喜；公還念予，忠言正論，也須頻寄。

注釋

〔一〕謹案，此曲《盛世新聲》卷一二無題，不註撰人。曲寫紀善余先生致仕，有燉率藩憲名公詩酒話別。

〔二〕紀善余先生：即周府紀善余士美。士美，字實夫，江西德興人。康熙本《江西通志》卷八九載：『洪武間爲本邑訓導，遷國子助教。帝幸太學，命講舜典稱旨，賜座褥。尋陞磁州知州。靖難兵起，有王千户者乘機爲變，士美核奏之，反爲所誣，謫海州煎鹽，再謫泗州從戎。革除後，周王新復國，上書求爲輔導官，除周府紀善。府寮皆新進，士美一老巋然其中。有過必諫，王獵得奇獸，問諸寮莫辨，士美曰：「此騶虞也。」王獻之朝。唐賽兒以妖術作亂，王設兵備之。事聞，逮王並闔府屬，皆以輔導不恭論死。獨至士美，帝曰：「此老，朕知其素忠。」特釋之，復其官，乞休。』

謹案：唐賽兒事在永樂十八年，周王橚是否『設兵備之』，文獻闕如，不得而知。然周藩僚屬因周王『不軌』屢受牽連則有案可稽，不容置疑，士美亦在其列。後雖復官，但『乞休』云云，若《通志》所言屬實，則似乎與之不無關係。不然，恐也因輔導不周而心生退意。請辭時間，志中不明，憲王《〈蘭竹軒〉序》曾云其『爲紀善之職二十餘年』，『二十餘年』取其約數，並不確定。歸里之際，憲王作《送余紀善致仕南歸》一詩相贈，首句云：『二十二年爲紀善，八旬余歲得休官。』（《誠齋録》卷二）可見『二十餘年』實爲『二十二年』。永樂在位二十一年，如從元年算起，二十二年，當在洪熙元年。故知憲王《送余紀善致仕南歸》一詩與此曲同時，即洪熙元年。此外，《誠齋録》卷四收有《滿庭芳・題幛子送余紀善致政》一詞，由題目與詞意知亦作於是年。

又，《誠齋録》卷四《〈蘭竹軒〉序》：『暇日，持此卷謁予，曰：「蘭竹軒，士美父静學翁晚年讀書之所也。士美亦常侍側，軒外方竹森立，猗蘭秀茁，軒中惟文籍筆硯而已。士美之父今殁二十有九年，士美離此軒今又二十年矣。常思欲侍父讀書於此軒而不可得，故作此卷以寓思慕之情，敢乞序文以冠於卷首，以貽子孫，爲傳家之珍物也。」』序中記士美言其父名静學，蘭竹軒爲其父晚年讀書之所。靜學也即余靜學，清黄宗羲《宋元學案》卷八九『介軒學案』『徵君余靜學先生仲敬』條載：『余仲敬，號靜學，息齋孫也。世傳朱子之學，絶意仕進，以道自任。江、淮兵起，里中豪傑亦欲舉事，共諮之，以爲不可，乃止。避亂深山，流離顛沛，講學不輟。嘗遇山賊，亦知爲賢者而捨之。其於理學經濟之道，靡不究竟，而以主靜爲本。嘗曰：「未有憧憧往來，而其中能存者也。」太守陶安重之，入薦於朝，累徵不起。所著有《讀書日録》《靜學先生文集》。』

〔三〕祖帳：古代傳説道路的神明爲祖神，出門者爲求平安，臨行前都要祭拜祖神。後稱送人遠行，爲餞別而設的帷帳爲『祖帳』。唐・王維《齊州送祖三》：『祖帳已傷離，荒城復愁入。』驪駒之歌：逸《詩》篇名，古代告别時所賦歌詞。《漢書・儒林傳・王式》：『謂歌吹諸生曰：「歌《驪駒》。」』顔師古註：『服虔曰：「逸《詩》篇名也，見《大戴禮》。客欲去歌之。」』後以爲典，指告别。

〔四〕麗則之音：美麗典雅。漢・揚雄《法言・吾子》：『詩人之賦麗以則，辭人之賦麗以淫。』案，憲王所言『麗則』多指詩文辭賦包括所作雜劇應不離風教規範，如《團圓夢》引辭：『所謂詩人之賦，麗以則也，觀之者鑒兹。』《牡丹仙》引辭：『予於奉藩多暇，植牡丹數百余本，當谷雨之時，值花開之候，觀其色香態度，誠不減當年洛陽牡丹之豐盛耳。因假歐陽公作記之意，編制傳奇一帙，以爲牡丹之稱賞，啓翠紅春之清音，發天香圃之明艷，誠爲太平之美事，藩府之嘉慶也，所謂咀五色之靈芝，香生九竅；咽三清之瑞露，美動七情。藴藉風流之士，觀斯麗則之音，亦當稱賞焉。』

〔五〕曳裾：『曳裾王門』省稱，比喻在王侯權貴門下作食客，此處言士美在周藩供職。

〔六〕引：《盛世新聲》脱，吴梅藏録副本、《飲虹簃所刻曲》本、《全明散曲》本、翁敏華點校本、《朱有燉集》整理本從原刻。

〔七〕二疏：指漢宣帝時名臣疏廣與兄子受。廣爲太傅，受爲少傅，同時以年老乞致仕，時人賢之。歸日，送者車數百輛，設祖道，供張東都門外。案，此典出《漢書》卷七一《雋疏于薛平彭列傳·疏廣（兄子）疏受》。

寨兒令〔一〕

席上酒酣，因人以【乾風月】【使閑錢】相譏。予因直述解嘲之詞四篇，以發座中之一笑。

其一

風雨乾，雨雲慳，好花枝莫教虚過眼。日月循還，風雨摧殘，我子怕埋没了艷嬌顔〔二〕。

爲甚麽知音的怕見春闌，赤緊地惜花人不放春閑，因此上栽培在深院落，移入這玉闌干〔三〕。趄，休把做等閑看。

其二

拽大拳，使閑錢，爲知音不教空過遣。席上樽前，品竹調絃，乾風月厮相纏。怕的是送青春兔走烏旋，催白髮今日明年，受用了有見識，快活了是神仙〔四〕。天，我直教買斷了麗春園〔五〕。

其三

忽剌八，遇著咱，俏風情委實難按捺〔六〕。歡喜冤家，即世菩薩，乾風月儘猶他〔七〕。小心兒百事撑達，實情兒兩意無差，他爲俺至誠心眷戀，俺爲他音律忒熟滑〔八〕。嗏，堪作箇連理樹並頭花〔九〕。

其四

難勸止，苦相思，悶懨懨只爲他嬌艷姿〔十〕。鬢譚烏絲，臉襯臙脂，乾風月使金資。我子怕屈沉了鳳牲鸞雌，辜負了美景良時，酒席中但得他服侍著唱新詞[十一]。思，誰敢想那些兒[十二]。

注釋

〔一〕案，此曲《盛世新聲》卷一二無題，《雍熙樂府》一八題作『題情』，俱不註撰人。《彩筆情辭》卷五題作『惜花』，署『元人』辭，誤。另，據曲前小序，此曲寫惜花護花、品竹調絲、歡喜冤家及嬌艷姿色等，雖不免淺俗，然聯繫憲王本係自嘲，筆墨輕盈，自有一種趣味在焉。

〔二〕我子怕：《彩筆情辭》作『我只怕』，《盛世新聲》《雍熙樂府》、吴梅藏録副本、《飲虹簃所刻曲》本、《全明散曲》本、翁敏華點校本、《朱有燉集》整理本從原刻。

〔三〕赤緊地：《彩筆情辭》《雍熙樂府》脱，《盛世新聲》、吴梅藏録副本、《飲虹簃所刻曲》本、《全明散曲》本、翁敏華點校本、《朱有燉集》整理本從原刻。

〔四〕案，怕的是：《盛世新聲》省襯字『是』，他同。《彩筆情辭》《雍熙樂府》、吴梅藏録副本、《飲虹簃所刻曲》本、《全明散曲》本、翁敏華點校本、《朱有燉集》整理本從原刻。兔走烏旋：兔，因傳説月中有玉兔，故以玉兔代稱月亮；烏，傳説日中有三足烏，故太陽又被稱爲金烏。兔走烏旋，形容光陰迅速流逝。

〔五〕麗春園：一作『麗春院』，相傳爲名妓蘇卿住處，後爲妓院的通稱。又，『買斷了麗春院』，《彩筆情辭》作『費盡了買花錢』，《雍熙樂府》作『使盡了買花錢』，《盛世新聲》、吴梅藏録副本、《飲虹簃所刻曲》本、《全明散曲》本、翁敏華點校本、《朱有燉集》整理本從原刻。

〔六〕忽刺八：亦作『忽喇叭』或『忽刺巴兒』，突然、無端意。元·佚名《雲窗夢》第三折：『忽刺八夢斷碧天涯，空没亂無情無緒。』委實的：《雍熙樂府》作『委實』，脱『的』字，《盛世新聲》《彩筆情辭》、吴梅藏録副本、《飲虹簃所刻曲》本、《全明散曲》本、翁敏華點校本、《朱有燉集》整理本從原刻。

〔七〕猶：《雍熙樂府》作『由』，《盛世新聲》《彩筆情辭》、吴梅藏録副本、《飲虹簃所刻曲》本、《全明散曲》本、翁敏華點校本、《朱有燉集》整理本從原刻。

〔八〕撑達：解事，老練。元·張壽卿《紅梨花》第一折：『這秀才忒撑達，將我問根芽。』明·張鳳翼《紅拂記》『髯客海歸』：『我想那李公子呵，所事撑達，與他争甚麽鳳食鸞棲，我自向碧梧中别尋支節。』他爲俺：《彩筆情辭》《雍熙樂府》作『他爲我』。俺爲他：《彩筆情辭》《雍熙樂府》作『我爲他』。以上《盛世新聲》、吴梅藏録副本、《飲虹簃所刻曲》本、《全明散曲》本、翁敏華點校本、《朱有燉集》整理本從原刻。

〔九〕連理樹：《雍熙樂府》作『連理枝』，《盛世新聲》《彩筆情辭》、吴梅藏録副本、《飲虹簃所刻曲》本、《全明散曲》本、翁敏華點校本、《朱有燉集》整理本從原刻。

〔十〕勸：《彩筆情辭》作『動』。他：《彩筆情辭》作『這』。以上《盛世新聲》《雍熙樂府》、吴梅藏録副本、《飲虹簃所刻曲》本、《全明散曲》本、翁敏華點校本、《朱有燉集》整理本從原刻。

〔十一〕我子怕：《彩筆情辭》作『我只怕』。服侍：《彩筆情辭》作『扶侍』。以上《盛世新聲》《雍熙樂府》、吴梅藏録副本、《飲虹簃所刻曲》本、《全明散曲》本、翁敏華點校本、《朱有燉集》整理本從原刻。

〔十二〕案，此句《彩筆情辭》《雍熙樂府》與憲王原刻稍異，作『誰敢望那些的一些兒』，《盛世新聲》、吴梅藏録副本、《飲虹簃所刻曲》本、《全明散曲》本、翁敏華點校本、《朱有燉集》整理本從原刻。

重疊字雁兒落過得勝令

詠美色〔一〕

我誇這二八芳容一捏年紀可可喜喜真真至至的女孩兒年正嬌，他生得風風韻韻，即即世世，不長不短，不肥不瘦的有萬種天然俏〔二〕。他又會頂真續麻，拆白道字，打的雙陸，下的象棋知音的所件能，他又會彈的琵琶，吹的簫管，搊的箏纂，做的雜劇本事兒諸般妙〔三〕。他更有性兒聰明，心兒靈辯，情兒美好，龐兒端正難畫難描，怎教不心肝般愛，性命般看，手兒裏擎，懷兒中抱美滿鳳鸞交〔四〕。又不是路柳墻花，殘雲剩雨，羅風耀月，巴鏝求食雖長在鳴珂巷，到勝如深宅大院，蘭堂華屋，綉幕花裀，呼奴使婢如常居深院閣〔五〕。看了他星眸皓齒，緑鬢朱唇，纖腰似柳，玉指如蔥的一撮兒妖嬈，常在這樽前席上，花間月底，藏鬮打令，閒談散嗽會耍笑同歡樂。只願得壽比南山，福如東海，花顔不改，好事多成千歲來常教，兩意相投，兩心相愛，百年相守，一世和諧的永團圓直到老。

注釋

〔一〕案，此曲《盛世新聲》卷一二無題，不註撰人。曲寫美人，如繪事皴染竭盡其態。另，由曲辭『雖長在鳴珂巷』知所謂『美色』實爲歌姬，故能斷文識字，擅長諸般技藝。有燉貴爲藩王，此曲贊其色藝卻少有偏見，且云『兩意相投，兩心相愛，百年相守，一世和諧的永團圓直到老』，出語真誠，可見其宅心仁厚，的非虛飾。

〔二〕即即世世：世故狡猾。王實甫《西廂記》第二本第三折：『誰承望這即即世世老婆婆，著鶯鶯作妹妹拜哥哥。』此處反用，言美人聰明機靈。

〔三〕頂真續麻：又稱『聯珠』『蟬聯』，是用前一句的結尾做後一句的開頭，使鄰接的句子首尾相銜的措辭法。如梅聖俞《莫打鴨》，詩中先後以『打鴨、打鴨』『鴛鴦、鴛鴦』『禿鴿、禿鴿』蟬聯接續，增加了詩的邏輯性和趣味性。拆白道字：一種文字遊戲，把一個字拆成兩個字，或一句話。元·范康《竹葉舟》『楔子』：（行童云）『我説與妳，這個叫做拆白道字，耳東是個陳字，禾子是個季字，即夕是個卿字，卻不是妳的故人陳季卿來了。』雙陸：一種類似賭博的棋戲，相傳是在印度傳入的波羅塞戲基礎上，由建安時期曹植糅合六博的特點創設而成，初期有兩枚股子，唐朝末年後逐漸加到六枚。唐宋時極爲風行，元明兩代仍常見，清代漸少。所件：件件。

〔四〕難畫難描：《盛世新聲》作『難畫更難描』。怎教不：《盛世新聲》作『怎不教』。以上吴梅藏録副本、《飲虹簃所刻曲》本、《全明散曲》本、翁敏華點校本、《朱有燉集》整理本從原刻。

〔五〕羅風羅月：比喻招摇撞騙。鳴珂巷：一作鳴珂曲，是唐代長安靠近平康門的一處地名，蓋當時妓女多聚集此處，後遂爲妓院代稱。唐·白行簡《李娃傳》：『嘗遊東市還，自平康東門入，將訪友於西南。至鳴珂曲，見一宅，門庭不甚廣，而室宇嚴邃。闔一扉，有娃方憑一雙鬟青衣立，妖姿要妙，絶代未有。』

折桂令

題情戲漂蕩子弟〔一〕

可人心年小嬌娃，百件風流，所事撐達〔二〕。眉蹙春山，眼横秋水，鬢綰雙鴉〔三〕。乾相思撇不下一時半霎，咫尺間如隔著海角天涯〔四〕。瘦也因他，病也因他。誰與俺成就了姻緣，便是那救苦難菩薩〔五〕。

可人心二八嬌娥，有一箇板障婆婆，又遇著好色哥哥〔六〕。費寢忘餐，眠思夢想，總是因他〔七〕。有人處假意兒丟丟抹抹，無人處偷睛兒暗送秋波〔八〕。不得成合，仔細評跋。阻隔人姻緣，當甚麼嘍囉〔九〕。

注釋

〔一〕謹案，據謝伯陽《全明散曲》題下註：陳大聲《月香亭稿》僅録首曲，題作『思情』，疑誤。

《盛世新聲》卷一二、《金瓶梅詞話》僅有第一首無題，《雍熙樂府》卷一七題作『題情』，皆不註撰者。憲王此曲以戲謔筆調寫浪蕩子弟風月生活，用語辛辣，然亦不乏同情，妓女從良不得以及由此帶來的苦悶、怨恨於曲中清晰可見。

〔二〕年小：《月香亭稿》《盛世新聲》從。吴梅藏録副本、《飲虹簃所刻曲》本、《全明散曲》本、翁敏華點校本、《朱有燉集》整理本作『年少』。百件：《雍熙樂府》作『萬種』，《月香亭稿》《盛世新聲》、吴梅藏録副本、《飲虹簃所刻曲》本、《全明散曲》本、翁敏華點校本、《朱有燉集》整理本從原刻。

〔三〕綰：《雍熙樂府》作『挽』，《月香亭稿》《盛世新聲》、吴梅藏録副本、《飲虹簃所刻曲》本、《全明散曲》本、翁敏華點校本、《朱有燉集》整理本從原刻。

〔四〕乾相思：《雍熙樂府》脱，《月香亭稿》《盛世新聲》、吴梅藏録副本、《飲虹簃所刻曲》本、《全明散曲》本、翁敏華點校本、《朱有燉集》整理本從原刻。

〔五〕了：《雍熙樂府》脱，《月香亭稿》《盛世新聲》、吴梅藏録副本、《飲虹簃所刻曲》本、《全明散曲》本、翁敏華點校本、《朱有燉集》整理本從原刻。

〔六〕板障：亦作『扳障』。障礙、阻隔意。元·關漢卿《救風塵》第一折：『不是我百般板障，只怕妳久後自家受苦！』《初刻拍案驚奇》卷九：『及至該是姻緣的，雖是被人扳障，受人離間，卻又散的弄出合來，死的弄出活來。』板障婆婆，言妓院老鴇。案，《雍熙樂府》此句異，作

『可人心二八嬌娥，美貌婆婆，艷色娑娑』，《盛世新聲》、吴梅藏録副本、《飲虹簃所刻曲》本、《全明散曲》本、翁敏華點校本、《朱有燉集》整理本從原刻。

〔七〕費：吴梅藏録副本從，吴校改作『廢』。《雍熙樂府》《飲虹簃所刻曲》本、《全明散曲》本、翁敏華點校本、《朱有燉集》整理本從原刻。

〔八〕丟丟抹抹：羞羞答答。元·劉廳信【雙調·折桂令】：『得官時先報期程，丟丟抹抹遠遠的迎接。』《雍熙樂府》此句作『有人時假意丟抹，無人處暗送秋波』，《盛世新聲》、吴梅藏録副本、《飲虹簃所刻曲》本、《全明散曲》本、翁敏華點校本、《朱有燉集》整理本從原刻。

〔九〕案，此句《雍熙樂府》作『瘦也因他，病也因他，老尊堂間阻姻緣，閃殺人當甚嘍啰』，《盛世新聲》、吴梅藏録副本、《飲虹簃所刻曲》本、《全明散曲》本、翁敏華點校本、《朱有燉集》整理本從原刻。

滿庭芳

青金丹樂府贈吴光明〔一〕

神仙以肺爲皓華，目之白睛，主於肺，故謂之皓華童子〔二〕。且其源出自於金母，若以木公相遇，震兑和合，陰陽順理，故得光耀於悠久也〔三〕。吴生治目，名其丹曰『青金』，其有旨哉。因書樂府一章，假黄庭數語以酬其功效耳〔四〕。

黄庭合成，青龍制伏，白虎馴寧。金丹養就還元性，日月分明。傳妙用神仙盛境，積陰功海宇聲名。真靈應，勝似那菊潭橘井，久視樂長生〔五〕。

注釋

〔一〕《盛世新聲》卷一二無題，《雍熙樂府》卷一九題作『贈余光明』，皆不註撰人。案，吴光明：明清《開封府志》未載，生平不詳。由憲王曲前序知，吴氏当爲明初開封醫士。吴光明爲憲王治目，其效甚好，故作此曲贈之。青金丹：方劑名，《普濟方》卷一六三有載。謹案，《普濟方》爲憲王父周定王朱橚所編，初刊於永樂四年即一四〇六年，憲王精通藥理，《誠齋録》卷四《論醫贈良醫鄒士顯》：『予少也，畧涉醫書，頗識其理。』故憲王於是書頗熟，故其論頗得要領。

〔二〕白睛：又名白仁、白珠、白眼，即眼球外呈白色部分，包括球結膜與鞏膜。張大寧《中医肾病学大辞典》『白睛』條：『白睛内應於肺，屬五輪中之氣輪。』皓華童子：道教術語。指腎中白氣與肺相連的通道。《黄庭内景經・肺部》：『肺部之宫似華蓋，下有童子坐玉闕。』梁丘子

註：『童子名皓華，肺形如蓋故以下言之，玉闕者，腎中白氣上與肺連也。』

〔三〕此句金母、木公又作玄父、玄母，皆道教術語。據《洞房訣》，玄父、玄母爲陰陽，陰陽和合，化二生身：『攝吾筋骨者公子，爲吾精氣者白元。』公子即無英，爲肝神；白元即皓華，爲肺神。故憲王言皓華童子『其源出自於金母，若以木公相遇』云云。案，母：吴梅藏録副本誤作『毋』，吴校改作『母』，同原刻。

〔四〕黄庭：《黄庭經》，因曲中所言多出《黄庭經》，故云。

〔五〕勝似那菊潭橘井：《雍熙樂府》作『杏林橘井』，《盛世新聲》、吴梅藏録副本、《飲虹簃所刻曲》本、《全明散曲》本、翁敏華點校本、《朱有燉集》整理本從原刻。菊潭：又名菊泉，位於今河南省内鄉縣西北菊花山。菊潭水清澈透底，水質甘甜。山崖上菊花飄落水中，長年浸漬，飲之可清利頭目，解熱除煩。明·李廣《菊潭》：『甘菊之下潭水清，上有菊花無數生。谷中人家飲此水，能令上壽皆百齡。』橘井：典出晉葛洪《神仙傳·蘇仙公》蘇耽故事：『明年天下疾疫，庭中井水，簷邊橘樹，可以代養。井水一升，橘葉一枚，可療一人。』後代指良藥。唐·元結《橘井》：『靈橘無根井有泉，世間如夢又千年。鄉園不見重歸鶴，姓字今爲第幾仙。風泠露壇人悄悄，地閑荒徑草綿綿。如何躡得蘇君迹，白日霓旌擁上天。』

水仙子

春園夜景〔一〕

雲低彩檻鳳凰樓，風約珠簾翡翠鈎，煙消寶篆狻猊獸〔二〕。報初更第一籌，淡星河夜色清幽。玩明月海棠軒畔，惹香風桃花渡口，泄春光紅杏墻頭〔三〕。

注釋

〔一〕《盛世新聲》卷一二無題，《雍熙樂府》卷一八題作『春園夜』，俱不註撰人。案，曲題『春園夜景』，曲中雲低彩樓、風吹珠簾翠鈎及煙消寶篆、星河明月，如大筆勾勒，處處不離夜色。曲尾寫紅杏墻頭，如深山古寺，叢林隱隱鐘聲裊裊，含蓄有致而清逸莞爾。

〔二〕寶篆：薰香的美稱，焚時香如篆狀，故稱。宋・黄庭堅［畫堂春］：『寶篆煙消龍鳳，畫屏雲鎖瀟湘。』案，《雍熙樂府》作『寶鼎』，《盛世新聲》、吴梅藏録副本、《飲虹簃所刻曲》本、

《全明散曲》本、翁敏華點校本、《朱有燉集》整理本從原刻。狻猊獸：一作金猊獸，獸名，即獅子，因狻猊獸形同香爐，古人常以其形製作香爐，故名。

〔三〕海棠軒：憲王於府中所闢專門栽植海棠的花圃。《誠齋新録》『詠海棠六首』其一：『素暎春容嫩，紅凝曙色鮮。好將佳麗品，移到海棠軒。』另《朱有燉〈誠齋録〉箋注》『補遺』《海棠吟》：『根植向海棠軒，時當三月艷陽天。』

沈醉東風

詠合歡牡丹〔一〕

呈國色雕欄露清，散天香畫閣風輕〔二〕。一枝翠蓋擎，兩朵紅芳並，永合歡同意同情。感應妃賢福壽增，樂百歲繁華勝景〔三〕。

注釋

〔一〕《盛世新聲》卷一二無題，《雍熙樂府》卷一七題作『合歡牡丹』，皆不題撰人。合歡牡丹：牡丹品名，因花開並蒂，故名。徐仲雅《詠合歡牡丹》：『平分造化雙苞去，拆破春風兩面開。』周府合歡牡丹：謹案，宣德七年三月十一日，周府正妃殿前合歡牡丹盛開，憲王作南呂樂府【合歡牡丹】頌之。曲前序云：『宣德七年三月十一日，正妃閣前牡丹開二枝，合歡共萼，衆皆稱賞。予以妃内助之賢事上待下至禮，愈隆愈盛，所以前歲閣後，牡丹一叢皆作合歡花；閣畔植映山紅，樹枝交摩，結成連理，合爲一榦。此非人力之所可致也。且予後圃牡丹，何啻千余，皆未嘗作雙花者；惟妃閣前後但數本，連歲著花皆雙，寔由人之和氣，感召草木，乃得春陽和氣之锺秀也。予對花酌酒，制詩數篇，據几長歌，但得詩人之趣而未盡富貴之情也。乃命紅兒執檀板，揮南呂樂府一章，爲席間佐樽之樂。復寫合歡牡丹一幅，並書樂府，以美妃之賢，感召此瑞也。』此曲作於同時。曲題『合歡牡丹』，實如序云，『予以妃内助之賢事上待下至禮，愈隆愈盛，所以前歲閣後，牡丹一叢皆作合歡花』，故托物言志，寫王妃賢德，夫婦和合。

〔二〕畫閣：疑爲憲王讀書習文之所『東書堂』。

〔三〕感應妃賢福壽增：憲王原配呂氏，兵馬指揮使呂貴之女，據《太祖實録》卷二三六載，洪武二十八年『二月乙丑，丙戌，册兵馬指揮使呂貴女爲周世子有燉妃。』永樂四年，呂氏病逝（《明太宗實録》卷五〇）。宣德元年五月，憲王上書請封鞏氏爲妃，上從之。《宣宗實録》卷一七：『宣德元年五月，甲午朔，周王有燉奏妃位久虚，無以相祀事，宮人鞏氏由良家子入宮已久，能執婦道，請册爲妃，從之。』憲王此曲作於宣德七年，故曲中所寫王妃當爲鞏氏。

喜春來〔一〕

海棠零落空遺恨，芍藥芳菲欲斷魂。一年春事又成塵，憔悴損，消得幾黄昏。

可憐沈約腰肢瘦，堪歎潘郎鬢髮秋〔二〕。沈腰潘鬢爲花羞，凝思久，緑慘更紅愁〔三〕。

注釋

〔一〕案，憲王原刻無題，《樂府群珠》卷一、《雍熙樂府》卷一九題作『傷春』。《盛世新聲》卷一二無題，《樂府群珠》註撰人爲誠齋。《盛世新聲》《雍熙樂府》俱不註撰人。謝伯陽《全明散曲》本題作【北中吕喜春來】『傷春』，與《樂府群珠》《雍熙樂府》同。曲寫春盡花落，有惜春、傷春意，《樂府群珠》《雍熙樂府》諸本題作『傷春』實據曲意擬題，顯係後人所改。

〔二〕腰肢瘦：《梁書·沈約傳》，沈約與徐勉素善，遂以書陳情於徐勉，言己老病，『百日數旬，革帶常應移孔，以手握臂，率計月小半分。以此推算，豈能支久？』『一時以風流見稱，而肌腰清癯，時語沈郎腰瘦』。鬢髮秋：典出潘岳《秋興賦》及其序。案，序云：『晉十有四年，余春秋三十有二，始見二毛。』賦云：『斑鬢髟以承弁兮，素髮颯以垂領。』故『潘鬢』爲中年鬢髮初白的代詞，喻指歲月蹉跎。

〔三〕凝思久：《雍熙樂府》作『凝思眸』，《樂府群珠》《盛世新聲》、吴梅藏録副本、《飲虹簃所刻曲》本、《全明散曲》本、翁敏華點校本、《朱有燉集》整理本從原刻。

南曲楚江情

予居於中土，不習南方音調，詩餘亦多製北曲，以寄傲於情興，遊戲於音律耳。邇者聞人有歌南曲【羅江怨】者，予愛其韻抑揚，有一唱三嘆之妙。乃令其歌之十餘度，予始能記其音調，遂製四時詞四篇，更其名曰『楚江情』〔一〕。

春

東風綻海棠，三春艷陽，嬌紅嫩緑百媚妝，珠樓寶殿奏笙簧也。金樽瓊釀，銀壺玉漿，花前笑語成醉狂，花底歡娱須把情懷放。悠悠唱慢腔，悠悠唱慢腔，纖纖斜月朗，賞玩在花亭上。

夏

雕闌薝蔔香，樓臺晝長，披襟避暑風漸涼，坐來新月掛垂楊也。淺斟低唱，簫吹鳳凰，紗厨夢醒傾玉觴，翠袖慇懃滿捧葡萄釀〔二〕。榴花綻錦囊，榴花綻錦囊，荷花弄晚妝，賞玩在池亭上。

秋

金風送晚涼，梧桐葉黄，呀呀塞雁三兩行，菊花綻蕋吐芬芳也。草虫悽愴，流螢耀光，冷清清露兒將降霜，明朗朗中秋月似銀盤樣。筵前泛玉觴，筵前泛玉觴，花前舞翠裳，賞玩在南樓上。

冬

梅花滿樹芳，飄來暗香，長空瑞雪風力揚，漁翁罷釣在寒江也。溪橋銀滉，山林粉妝，華筵綺席開畫堂，檀板輕敲白雪雙歌唱〔三〕。龍團茶味長，龍團茶味長，羊羔酒興狂，賞玩在銷金帳〔四〕。

注釋

〔一〕案，《盛世新聲》卷一二收録，題作『春夜秋冬』。《群音類選》題作『四景』，俱不註撰人。《太霞新奏》卷七題作『四時賞玩』，下署『周獻王』，眉批：『四曲無一點寒酸之氣，信是錦衣玉食聲口。』中土：憲王藩府駐地開封，故云。不習南方音調：南音即南曲，主要是指以宋元南戲和明清傳奇爲代表的南方戲曲或散曲所用的音樂體系。宋元迄明初，由於地域限隔等原因，南曲多流行於江浙一帶。明代初期，南曲漸爲北方曲家所注意，并嘗試創作。朱有燉本人曲中便不乏南曲之作，其雜劇亦不乏南北曲合套的現象。四時詞：翁敏華點校本作『四時詩』，誤。『楚江情』：由序知，『楚江情』係憲王據南曲【羅江怨】所改。《太霞新奏》於此曲後評：『周獻王有《誠齋樂府》，大抵宴賞鳴豫之詞。此套尤合調，其詞即【羅江怨】也。誠齋增三句，而更名爲【楚江情】，今因之。』彭飛點校明梁辰魚《江東白苧》【南吕】『楚江情帶金字經』曲後釋云『【楚江情】即【羅江怨】』。曲藉四時景致寫憲王閑情。

〔二〕翠袖慇懃：案此句本宋晏幾道【鷓鴣天】『翠袖殷勤捧玉鐘，當年拚卻醉顔紅』。此處寫憲王夏日於池亭宴飲賞玩。

〔三〕檀板：簡稱板，因常用檀木制作故名。唐玄宗時，梨園樂工黄幡綽善奏此板，故又稱綽板。雙歌：指由上下兩闋相叠而成的詞。宋·張先【醉紅妝】：『更起雙歌，郎且飲。郎未醉，有金貂。』這裡指所唱白雪詞由上下兩闋組成。

〔四〕龍團茶：産生於宋代的一種小茶餅，始制於丁謂任福建官員之時，專供宫廷飲用。蓋因茶餅上印有盤龍花紋，故稱之爲『龍團』或龍茶、盤龍茶、龍焙、小團龍等。羊羔酒：亦叫羔兒酒，源於漢唐，興盛於宋。宋·陳直原《壽親養老新書》『羊羔酒』條：『米一石，如常法浸漿，肥羊肉四斤，曲十四兩，諸曲皆可。將羊肉切作四方塊，爛煮。杏仁一斤同煮。留汁七斗許，拌米飯曲，更用木香一兩，同醖，不得犯水。十日熟，味極甘滑。』銷金帳：《太霞新奏》作『紅樓上』，註云：『紅樓上，一本作銷金帳，與上三曲不配。』《群音類選》《盛世新聲》、吴梅藏録副本、《飲虹簃所刻曲》本、《全明散曲》本、翁敏華點校本、《朱有燉集》整理本從原刻。

快活年

題漁樵耕牧圖樂府四篇有序〔一〕

士子有漁樵耕牧圖四幅，求予之詩。予觀圖久之，詩懷未就，而詞興早呈。遂執筆寫【快活年】四篇以與之。所謂畫中有詩，詩中有畫，政此詞語之可見也。其詞皆擬漁樵耕牧之樂云〔二〕。

漁

小小船兒棹滄波，其實的快活、快活，打得魚來笑呵呵。醉了和衣臥，醒後推蓬坐，誰似我。

樵

挑月穿雲入煙蘿，其實的快活、快活，山逕歸來唱樵歌。困拂蒼苔臥，閑對清泉坐，誰似我〔三〕。

耕

納了官糧少差科，其實的快活、快活，雨順風調好田禾〔四〕。布被彎跧臥，土炕團圞坐，誰似我〔五〕。

牧

牛背斜陽短笛歌，其實的快活、快活，北壠驅犢下南坡〔六〕。枕著簑衣臥，靠著垂楊坐，誰似我。

注釋

〔一〕《盛世新聲》卷一二無題，《雍熙樂府》卷二〇題作『漁樵耕牧』，皆不註撰人。曲爲應邀之作，如題，『其詞皆擬漁樵耕牧之樂云』。

〔二〕畫中有詩，詩中有畫：典出宋・蘇軾《東坡題跋・書摩詰〈藍關煙雨圖〉》：『味摩詰之詩，詩中有畫；觀摩詰之畫，畫中有詩。』

〔三〕清泉：《雍熙樂府》作『青山』，《盛世新聲》、吴梅藏録副本、《飲虹簃所刻曲》本、《全明散曲》本、翁敏華點校本、《朱有燉集》整理本從原刻。閑：吴梅藏録副本作『閑』，吴校改作『閑』。《飲虹簃所刻曲》本、謝伯陽《全明散曲》本、翁敏華點校本、趙曉紅《朱有燉集》整理本從原刻。

〔四〕田：吴梅藏録副本作『曰』，吴校改作『田』。《盛世新聲》《飲虹簃所刻曲》本、謝伯陽《全明散曲》本、翁敏華點校本、趙曉紅《朱有燉集》整理本從原刻。

〔五〕彎跧：亦作『彎拴』，蜷局不伸貌。宋・范成大《鼎河口枕上作》：『漂泊離巢燕，彎跧負殼蝸。』憲王《義勇辭金》第四折：『打的妳吃不的忍不的，就地下彎拴著睡。』

〔六〕下南坡：《盛世新聲》作『過南坡』，吴梅藏録副本、《飲虹簃所刻曲》本、《全明散曲》本、翁敏華點校本、《朱有燉集》整理本從原刻。

山坡羊

甲寅歲初夏，麥熟在壠，時及收刈而陰雨連日，收麥者嗟嘆，以雨妨農；而鋤禾耘秧者，甚足其願。予笑造物者尚難爲如此，何況於人耶？遂擬民言詞一章，復擬答詞一章。樂府詞云〔一〕：

雲埋山麓，雨傾如注，水田歡笑乾田怒。穀纔鋤，麥新熟，兩般兒總是妨農務，做莊家看來没分福〔二〕。晴，也是苦；陰，也是苦。

禾田耘遍，麥畦黄遍，麥禾水旱難方便。這村喧，那村喧，祈晴禱雨心無倦，是蒼空謗言猶未免〔三〕。晴，也怨天；陰，也怨天。

注釋

〔一〕《樂府群珠》卷一題作『初夏多雨』，註『誠齋』撰。《盛世新聲》卷一二無題，《雍熙樂府》卷二題作『嘆世』，皆不註撰人。據曲意，憲王此曲寫稼穡之艱，造物之難，或亦不無歎世意。憲王矚目農事，其意似更在後者，《雍熙樂府》題作『嘆世』與憲王本意乖違，有失偏頗。甲寅歲：即宣德九年。是年三月，憲王病咳未愈，園中閑遊，作有散曲【落梅風】兩闋以自嘲。六月撰成雜劇《清河縣繼母大賢》。仲夏，開封苦雨，當地風俗，以彩紙縛製婦女之狀，手持笤，臂繫囊，囊内盛土與灰，又遺之米，懸在屋檐之下，謂之掃晴娘，憲王怪之，作《掃晴娘歌》詩及【北曲掃晴娘】曲，皆有序。其詩序云：『甲寅歲仲夏，汴中苦雨。予偶見有以綵紙縛製婦女之狀，手持箒，臂繫囊，囊貯灰與土，又遺之以米，懸於簷廡之間。予怪而問之，有對者曰：此民間癡兒娭女，苦陰雨之久，製此形，名之爲「掃晴娘」。箒者，令掃其雲霧。土者，剋水之意。亦汴中風俗，從昔有者也。予聞之大咲，遂作《掃晴娘歌》。』是年冬，散曲集《誠齋樂府》完成。十一月、十二月，雜劇《十美人慶賞牡丹園》《東華仙三度十長生》相繼完成。

〔二〕新熟：《樂府群珠》作『斷熟』，《雍熙樂府》、吴梅藏録副本、《飲虹簃所刻曲》本、《全明散曲》本、翁敏華點校本、《朱有燉集》整理本皆從原刻。兩般兒：《雍熙樂府》作『陰晴』。做：《雍熙樂府》脱。以上吴梅藏録副本、《飲虹簃所刻曲》本、《全明散曲》本、翁敏華點校本、《朱有燉集》整理本從原刻。

〔三〕是：《雍熙樂府》無，《盛世新聲》、吴梅藏録副本、《飲虹簃所刻曲》本、《全明散曲》本、翁敏華點校本、《朱有燉集》整理本從原刻。蒼空：《樂府群珠》作『蒼生』，《雍熙樂府》、吴梅藏録副本、《飲虹簃所刻曲》本、《全明散曲》本、翁敏華點校本、《朱有燉集》整理本從原刻。

折桂令

詠茶〔一〕

問仙翁何嗜先春，只因其滌穢除煩，解愠清神〔二〕。玉液輕浮，緑雲靉靆，香霧氤氲〔三〕。供蘭雪靈芽味純，倚松風沆瀣凝真。腦麝臍薰，龍鳳團珍。宜在仙家，堪伴詩人。

注釋

〔一〕《盛世新聲》卷一二無題，不註撰人。此曲寫品茶雅妙，憲王以僊翁開篇，以詩人作結，茶之不俗可見，憲王旨趣可知。

〔二〕先春：茶之異名。唐・盧仝《走筆謝孟諫議寄新茶》：『仁風暗結珠琲瓃，先春抽出黄金芽。』宋・沈遘《七言贈楊樂道建茶》：『建溪石上摘先春，萬里封包數數珍。』

〔三〕靉靆：濃雲遮日，此處言茶色濃郁。

南曲西河柳

詠酒色財氣〔一〕

酒

瀲灩觴，滑辣香，三盃五斗入醉鄉，性亂神昏没主張〔二〕。謫仙捫月光，劉伶太放狂，看來不管身飄蕩，倒巷拖街父母何曾養〔三〕。將這酒再休嘗，酒誤了高人智量。

色

紅粉肌，白玉體，美孜孜年紀恰二十，剔透玲瓏心性喜〔四〕。驪山歡笑期，後庭歌舞時，看來不管芳名墜，費盡心機落得身憔悴〔五〕。將這色再休迷，色誤了高人志氣。

財

寶貨盈，錢物亨，青蚨堆到北斗平，尚自愁窮心不寧〔六〕。董公郿塢城，石崇金谷亭，看來不管身和命，捨死亡生攢下金銀錠〔七〕。將這財再休琢，財誤了高人令名。

氣

膽志矜，勇力憑，虹霓氣吐貫月星，不肯絲毫心讓人〔八〕。漢陵芳草生，楚江空月明，看來總是閑奔競，勝負如何枉使剛强性〔九〕。將這氣再休争，氣誤了高人性命。

注釋

〔一〕《盛世新聲》卷一二無題，《雍熙樂府》卷一五題『酒色財氣』，俱不註撰人。曲寫酒色財氣誤人，隱見憲王風世婆心。謹案，憲王雜劇多次言及酒色財氣誤人，如《新編李亞仙花酒曲江池》第二折劉員外以『過來人』身份唱【耍孩兒】：『向這花門柳户均休戀，你便有賽陸賈的機謀怎展？你道有花星正照二十年，但注著郎君每赤手空拳，起初時能推房内頑石磨，間深裡買了城南金谷園，聽咱勸，做虔婆的，把千斤斧劈開腦袋，做女娘的，將九股索套住喉咽。』【八煞】：『我和他身如比目魚，情同錦水鴛，百年和合美成姻眷，閒開東閣看歌舞，悶向西樓列管絃，貪歡宴，受用些金釵十二，紅粉三千。』【七煞】：『他那陷人坑埋伏的深，迷魂陣擺佈的圓，他響叮噹放幾隻連珠箭，他白奪鐵鷂三千引，贏得青蚨十萬錢，做子弟的則索把降旗展，輸的你有家難奔，有口難言。』【六煞】：『同歸霧帳中，雙欹月枕眠，冰肌玉骨芙蓉面，準備著金冠霞帔陞三品，寶馬香車直萬千。怎比你身微賤，憑著我一生壯志，滿腹韋編。』【五煞】：『那一個不聰明不十全，不多財不有權？下場頭少不得成哀怨，送了些他鄉鹽和茶客，都只爲每日花錢共酒錢，我也親曾見，送的人爻椎瓦罐，只因是品竹調絃。』

〔二〕瀲灩：形容水盈溢。宋·司馬光《龍女祠更相酬和》：『荷花折盡不歸去，瀲灩扁舟不易勝。』此處言酒滿。斗：《雍熙樂府》作『盞』，《盛世新聲》、吴梅藏録副本、《飲虹簃所刻曲》

本、《全明散曲》本、翁敏華點校本、《朱有燉集》整理本從原刻。

〔三〕謫仙撈月光：典出五代王定保《摭言》：『李白著宫錦袍，遊采石江中，傲然自得，旁若無人，因醉，入水中捉月而死。』元·辛文房《唐才子傳》『李白』條：『白晚節好黄老，度牛渚磯，乘酒捉月，沈水中。』故云。劉伶太猖狂：劉伶，魏晋時期沛國（今安徽淮北市濉溪縣）人，字伯倫，『竹林七賢』之一。劉伶嗜酒，《晋書》列傳一九本傳載伶『淡默少言，不妄交遊，與阮籍、嵇康相遇，欣然神解，攜手入林。初不以家産有無介意。常乘鹿車，攜一壺酒，使人荷鍤而隨之，謂曰：「死便埋我。」其遺形骸如此。嘗渴甚，求酒於其妻。妻捐酒毁器，涕泣諫曰：「君酒太過，非攝生之道，必宜斷之。」伶曰：「善！吾不能自禁，惟當祝鬼神自誓耳。便可具酒肉。」妻從之。伶跪祝曰：「天生劉伶，以酒爲名。一飲一斛，五斗解酲。婦人之言，慎不可聽。」仍引酒御肉，愧然復醉。』

〔四〕二十：《盛世新聲》作：『紅粉肌，白玉體，美孜孜年紀恰一十。』吴梅藏録副本、《飲虹簃所刻曲》本、《全明散曲》本、翁敏華點校本、《朱有燉集》整理本從原刻。

〔五〕驪山歡笑：典出《史記·周本紀》：『褒似不好笑，幽王欲其笑萬方，故不笑。幽王爲烽燧大鼓，有寇至則舉烽火。諸侯悉至，至而無寇，褒似乃大笑。幽王説之，爲數舉烽火，其後不信，諸侯益亦不至。』後庭歌舞：典出《隋書·樂志》：『陳後主于清樂中造《黄驪留》及《玉樹後庭花》《金釵兩鬢垂》等曲，與幸臣等制其歌辭，綺艷相高，極於輕薄。』後爲隋滅。又，身憔悴：《盛世新聲》作『氣憔悴』，吴梅藏録副本、《飲虹簃所刻曲》本、《全明散曲》本、翁敏華點校本、《朱有燉集》整理本從原刻。

〔六〕青蚨：晉·干寶《搜神記》卷一三：『南方有蟲……形似蟬而稍大，味辛美，可食。生子必依草葉，大如蠶子。取其子，母即飛來，不以遠近。雖潛取其子，母必知處。以母血塗錢八十一文，以子血塗錢八十一文，每市物，或先用母錢，或先用子錢，皆復飛歸，輪轉無已。故《淮南子術》以之還錢，名曰青蚨。』後常用『青蚨』代指錢幣。《盛世新聲》『蚨』字脱漏，他本從原刻。

〔七〕董公郿塢城：《後漢書·董卓傳》：東漢初平三年，董卓築塢於郿，高厚七丈，與長安城相埒，號曰『萬歲塢』，世稱『郿塢』。塢中廣聚珍寶，積谷爲三十年儲。自云：『事成，雄據天下；不成，守此足以畢老。』後卓敗，塢毁。案，董公：《雍熙樂府》作『董卓』，《盛世新聲》、吴梅藏録副本、《飲虹簃所刻曲》本、謝伯陽《全明散曲》本、翁敏華點校本、趙曉紅《朱有燉集》整理本從原刻。石崇金谷亭：金谷亭，即金谷園，石崇建，遺址在今洛陽老城東北七里處的金谷澗，後得罪權臣孫秀被殺，金谷園被没入官。又，捨死亡生：《盛世新聲》作『捨生亡生』，吴梅藏録副本、《飲虹簃所刻曲》本、《全明散曲》本、翁敏華點校本、《朱有燉集》整理本從原刻。

〔八〕月星：《雍熙樂府》《盛世新聲》作『日星』，吴梅藏録副本、《飲虹簃所刻曲》本、《全明散曲》本、翁敏華點校本、《朱有燉集》整理本從原刻。

〔九〕奔競：《雍熙樂府》作『争競』。如何：《雍熙樂府》作『何如』。以上《盛世新聲》、吴梅藏録副本、《飲虹簃所刻曲》本、《全明散曲》本、翁敏華點校本、《朱有燉集》整理本從原刻。

快活年

詠酒色財氣〔一〕

酒

醉後神昏眼睛花，我其實怕他、怕他，休道忘憂飲流霞〔二〕。酒膽天來大，失禮傷風化，不是耍。

色

好色荒淫不成家，我其實怕他、怕他，休道紅妝美如花〔三〕。色膽天來大，傾國傾城價，不是耍。

財

百萬青蚨怨根芽，我其實怕他、怕他，休道通神作生涯。財膽天來大，少把心牽掛，不是耍。

氣

志氣昂昂逞豪家，我其實怕他、怕他，休道剛强敢矜誇〔四〕。膽氣天來大，禮法難容納，不是耍〔五〕。

注釋

〔一〕《盛世新聲》卷一二無題，《雍熙樂府》卷二〇題作『酒色財氣』，俱不註撰人。曲意同前。

〔二〕我其實怕他、怕他：《雍熙樂府》作『其實的怕他、怕他』，《盛世新聲》、吴梅藏録副本、《全明散曲》本、翁敏華點校本、《朱有燉集》整理本從原刻。下同，皆省『我』字。

〔三〕好色荒淫不成家，我其實怕他、怕他：《雍熙樂府》作『放浪煙花不成家，其實的怕他、怕他』。

《盛世新聲》、吴梅藏録副本、《全明散曲》本、翁敏華點校本、《朱有燉集》整理本從原刻。

〔四〕矜誇：驕傲自誇。

〔五〕膽氣：《雍熙樂府》作『氣膽』。禮法：《雍熙樂府》作『理法』。以上《盛世新聲》、吴梅藏録副本、《飲虹簃所刻曲》本、《全明散曲》本、翁敏華點校本、《朱有燉集》整理本從原刻。

慶壽樂府五章　與伎樂歌唱宫壺祝壽詞

賀聖朝〔一〕

九月之初吉日良天，玉葉金枝千萬年。共會蓬萊，福禄神仙。寶殿前，香浮篆煙，滿捧金樽，慶壽華筵。

小梁州〔二〕

喜慶筵前福禄臻，滿捧金樽，紅顔不老似仙真。承佳運，安享太平人。仙音溜亮仙娥俊，捧仙桃仙樂和勻。仙酒香，仙花嫩，神仙有分，千歲壽長春。

水仙子〔三〕

珠簾曉日上銀鈎，寶鼎名香滿畫樓，金風玉露涼時候。近重陽九月九，玳筵開滿捧金甌。南極星祥光祝壽，西王母蟠桃獻酒，衆神仙慶賀千秋。

醉太平〔四〕

列華筵玉臺，賞佳會金堦〔五〕。壽星光現綵雲開，衆神仙到來〔六〕。三千年福禄增高大，五百年恩寵春常在，一萬年歡會永和諧，飲芳樽樂哉〔七〕。

沽美酒過太平令〔八〕

寶妝成鸞鵲牖，翠鏤就鳳凰樓，十二珠簾捲玉鉤〔九〕。爇名香篆浮，正清秋好時候。聽內院仙音清溜，看蟠桃仙果初熟。福禄星相隨前後，利市仙齋擺左右。稽首、頓首，向筵前拜首，共慶賀千年永壽。

注釋

〔一〕謝伯陽《全明散曲》本、《朱有燉集》整理本作『北黄鐘賀聖朝』。《盛世新聲》卷一二同原刻，不註撰人。此曲與以下三曲皆爲宴飲祝壽應景之作。

〔二〕謝伯陽《全明散曲》本作『北正宫小梁州』。《朱有燉集》整理本作『正北宫小梁州』，誤。《盛世新聲》卷一二同原刻，不註撰人。

〔三〕謝伯陽《全明散曲》本、《朱有燉集》整理本作『北雙調水仙子』。《盛世新聲》卷一二同原刻，《雍熙樂府》題作『賞重陽壽日』，俱不註撰人。又，曲中寫神仙慶壽，案，明清宴飲慶壽多搬演雜劇，故明清雜劇有慶壽劇一類。憲王雜劇如《新編群仙慶壽蟠桃會》《新編瑤池會八仙慶壽》《新編福禄壽仙官慶會》《新編吕洞賓花月神仙會》《新編河嵩神靈芝慶壽》等皆是。另據《新編河嵩神靈芝慶壽》第一折正末云：『今奉二位尊神仙旨，爲因中國雍和，天下太平，十數年來甘露降沾於松柏，毫光顯耀於伽藍，騶虞現瑞於均州，野蠶成繭於汝蔡，鳳凰翔集於衛、鄴，白鵲飛鳴於許、潁，海東青遠來於尉氏，白毛鹿近游於南郊，五穗麥生於内黄，同穎禾出於古鄭，連理木生於後園，合歡花開在内苑。皆因中國雨順風調，民安物阜，臣忠子孝，兄友弟恭，夫義妻賢，中外和樂，以致禎祥屢現，百福咸臻。』知憲王諸劇多爲個人慶壽之作，曲中所寫神仙慶壽當係憲王演劇作樂，所演之劇當係本人所撰，《新編河嵩神靈芝慶壽》小引言應斯感物遂作此劇『以增延全陽老人之福壽耳』可證。

〔四〕《盛世新聲》卷一二同原刻，《雍熙樂府》卷一七題『警悟』，皆不註撰者。

〔五〕賞佳會：《雍熙樂府》作『會佳節』，吴梅藏録副本、《飲虹簃所刻曲》本、《全明散曲》本、翁敏華點校本、《朱有燉集》整理本從原刻。

〔六〕案，《雍熙樂府》於『壽星』前增一『看』字，吴梅藏録副本、《飲虹簃所刻曲》本、《全明散曲》本、翁敏華點校本、《朱有燉集》整理本從原刻。

〔七〕飲芳樽樂哉：《雍熙樂府》作『老先生樂哉』，吴梅藏録副本、《飲虹簃所刻曲》本、《全明散曲》本、翁敏華點校本、《朱有燉集》整理本從原刻。

〔八〕《盛世新聲》卷一二無題，不註撰者。

〔九〕鏤：《盛世新聲》作『縷』，吴梅藏録副本從，吴校『縷應作鏤』。《飲虹簃所刻曲》本、《全明散曲》本、翁敏華點校本、《朱有燉集》整理本從原刻。

南曲柳摇金　四時詞四首〔一〕

春

東風傾颶，名花早芳，園苑日初長。柳嫩鶯聲巧，簾低燕翅忙。閑看曾池塘春水，沙暖浴鴛鴦。向牡丹叢裏，開筵泛觴〔二〕。天香滿座，座滿天香〔三〕；座滿天香，歡聽素娥彈唱〔四〕。

夏

晨光偏重，炎天火烘，暑雨乍晴空。梅子枝頭熟，荷花波面紅。拂綽了紗厨藤簟，高卧水亭中。旋浮瓜沈李，冰盤自供。薰風半榻，榻畔薰風〔五〕；榻畔薰風，睡足緑槐芳夢。

秋

涼飈初到，蒼梧葉飄，清露滴花梢。菊蕊香猶淺，芙蓉秋正嬌。陡覺得園林蕭索，踈柳咽鳴蜩。賞千金良夜，中秋月高。鸞簫罷品，品罷鸞簫；品罷鸞簫，醉捧玉杯歡笑。

冬

嚴凝天氣，紛紛雪飛，正是暮冬時。松葉飄寒粉，梅花開凍枝。不見了丹崖青嶂，都做玉屏幃〔六〕。向銷金帳裏，雙斟酒巵。閑題景物，物景閑題；物景閑題，詩暢滿懷清致。

注釋

〔一〕案，《盛世新聲》卷一二收録，題作『春夏秋冬』，《雍熙樂府》卷一五題作『四時』，俱不註撰人。憲王此曲以四時擬題，寫個人日常情趣，對了解憲王個人生活很有幫助。

〔二〕案，憲王癡迷於花，對牡丹尤爲鍾愛，明·刘玉《巳疟篇》：『周王開一園，多植牡丹，號「國色園」，品類甚多，建十二亭以標目之，有玉盂、紫樓等名。』孫楷第亦云：『考憲王嗣封開封，時當承平清暇，有牡丹之好，故其散套雜劇以詠牡丹者爲多。』（孫楷第：《戲曲小説書録解題》，人民文學出版社一九九〇年版，第二七八—二七九頁。）該卷『牡丹樂府』可證。此處寫於牡丹叢中飲酒賞花樂趣。

〔三〕座滿：《盛世新聲》倒文，作『滿座』，吴梅藏録副本、《飲虹簃所刻曲》本、《全明散曲》本、翁敏華點校本、《朱有燉集》整理本從原刻。

〔四〕素娥：原指嫦娥或仙女，后爲月亮代稱。此處指憲王宫中歌女。憲王擅曲，亦愛聽曲，憲王所作雜劇前引多言以曲佐樽等事可證。

〔五〕薰風：初夏時節所颳東南風。《吕氏春秋》『有始』篇：『東南曰薰風。』明・李東陽《天津八景》其四：『層軒南向坐薰風，極目平疇遠近同。』

〔六〕青嶂：一如屏障的青山。《文選・沈約》：『鬱律構丹巘，崚嶒起青嶂。』吕向註曰：『山横曰嶂。』此處言雪大。

南曲柳摇金　擬子弟漂蕩風情就擬戒漂蕩子弟〔一〕

敘風情

章臺庭院，巫山洞天，風月散神仙〔二〕。夢裏乘鸞鳳，樽前聽管絃〔三〕。受用了春花秋月，歌扇舞裙邊。拚千金一笑，歡娱盛年〔四〕。心堅爲我，我爲心堅；我爲心堅，相伴玉人嬌面。

戒漂蕩

風情休話，風流莫誇，打鼓弄琵琶。意薄似風中絮，情空如眼内花。都是些虚脾煙月，擔閣了好生涯。想湯瓶是紙，如何煮茶？煨他莫再，再莫煨他〔五〕；再莫煨他，休等叫街時罷。

風情答

青春時候，芳年意投，騎鶴上揚州〔六〕。不枉使三千貫，空人間一遍遊。陪伴着巫娥湘女，兩意效綢繆〔七〕。向鶯花陣裏，偏能奪籌〔八〕。風流占我，我占風流；我占風流，怎落衆人之後〔九〕？

再戒漂蕩

誠心相勸，衷腸盡言，休戀惡姻緣〔十〕。笑裏藏鋒刃，綿中安套圈。一覺地青蚨虧欠，薄嬤苦熬煎〔十一〕。道調猱醲狚，須憑是錢〔十二〕。嬋娟怨你，你怨嬋娟；你怨嬋娟，慚愧怎重相見。

注釋

〔一〕此曲以下支曲，明清曲選、曲集選録時，題目略異。案，『敘風情』：《盛世新聲》卷一二題同。案，《雍熙樂府》卷一五收録，次序略有不同，其一題作『戒風情』，係憲王原刻第二首『風情休話』；其二題作『風情答』，即憲王原刻第一首『章臺庭院』；其三題作『再戒風情』，即憲王原刻第四首『誠心相勸』；其四題作『風情再答』，即憲王原刻第三首『青春時候』。以上皆不註撰人。《彩筆情辭》卷五題作『風情』，然僅録其中一『敘風情』、三『風情答』兩首，皆歸憲王名下。『戒漂蕩』：《盛世新聲》題同，《雍熙樂府》題作『戒風情』，《太霞新奏》題作『閨怨』，皆不註撰人。《南宫詞紀》題同《雍熙樂府》，下註『誠齋』作。『風情答』：《盛世新聲》題同，《雍熙樂府》題作『風情再答』，皆不註撰人。《南宫詞紀》題同《雍熙樂府》《南詞韻選》無題，俱註『誠齋』作。『再戒漂蕩』：《盛世新聲》無題，《雍熙樂府》題作『再戒風情』，俱不註撰人。《南宫詞紀》與《雍熙樂府》題同，下註『誠齋』作。案，此曲寫風月生活，採用抑揚筆法，意在誠勉勸諷，調笑戲謔，辛辣而不乏機趣。

〔二〕章臺：原指春秋時楚國離宫，一名章華臺。漢時長安城有章臺街，爲當時長安妓院集中處，後人遂以章臺指妓院等場所。《漢書·張敞傳》：『時罷朝會，過走馬章臺街，使御吏驅，自以便面拊馬。』巫山：巫山雲雨省稱，典出楚王巫山神女故事。此處所謂章臺巫山皆言青樓妓院；風月散神仙，言嫖客快活。又，風月散神仙，吴梅藏録副本『神』字脱漏，吴校補，從原刻。

〔三〕乘：《盛世新聲》作『遇』，吴梅藏録副本、《飲虹簃所刻曲》本、《全明散曲》本、翁敏華點校本、《朱有燉集》整理本從原刻。

〔四〕歡娱盛年：《雍熙樂府》作『歡樂韶華娱盛年』，《彩筆情辭》《盛世新聲》、吴梅藏録副本、《飲虹簃所刻曲》本、《全明散曲》本、翁敏華點校本、《朱有燉集》整理本從原刻。

〔五〕煮：《盛世新聲》作『者』，吴梅藏録副本、《飲虹簃所刻曲》本、《全明散曲》本、翁敏華點校本、《朱有燉集》整理本從原刻。再莫煨他：《盛世新聲》從原刻，吴梅鈔本誤作『煨他莫再』，吴校據原本改。《飲虹簃所刻曲》本、《全明散曲》本、《朱有燉集》整理本從原刻。又，翁敏華點校本『再莫』作『莫再』，誤。

〔六〕芳年：《彩筆情辭》作『芳季』，《雍熙樂府》《盛世新聲》、吴梅藏録副本、《飲虹簃所刻曲》本、《全明散曲》本、翁敏華點校本、《朱有燉集》整理本從原刻。騎鶴上揚州：典出南朝梁殷芸《小説》卷六：『有客相從，各言所志：或原爲揚州刺史，或原多貲財，或原騎鶴上升，其一人曰：「腰纏十萬貫，騎鶴上揚州。」欲兼三者。』後因以比喻欲集做官、發財、成仙於一身，或形容貪婪、妄想。此處言嫖客不惜重金與妓女交往。

〔七〕陪伴：《雍熙樂府》《彩筆情辭》作『陪奉』，《盛世新聲》、吴梅藏録副本、《飲虹簃所刻曲》本、《全明散曲》本、翁敏華點校本、《朱有燉集》整理本從原刻。

〔八〕鶯花陣：代指妓院。元·楊暹《劉行首》第一折：『我著你托化在雨雲鄉，還宿債在鶯花陣。』

〔九〕衆人：《雍熙樂府》《彩筆情辭》作『他人』，《盛世新聲》、吴梅藏録副本、《飲虹簃所刻曲》本、《全明散曲》本、翁敏華點校本、《朱有燉集》整理本從原刻。

〔十〕相勸：《雍熙樂府》作『相見』，《盛世新聲》、吴梅藏録副本、《飲虹簃所刻曲》本、《全明散曲》本、翁敏華點校本、《朱有燉集》整理本從原刻。

〔十一〕薄嬷：鴇母。憲王雜劇《香囊怨》第二折：『多囑情人，深知心友，願順乎薄嬷之情，以從夫猱狚之計。』

〔十二〕狚：吴梅藏録副本作『猖』，吴校改作『狚』。《盛世新聲》《飲虹簃所刻曲》本、《全明散曲》本、翁敏華點校本、《朱有燉集》整理本從原刻。須憑：《雍熙樂府》於此後衍一『著』字，《盛世新聲》、吴梅藏録副本、《飲虹簃所刻曲》本、《全明散曲》本、翁敏華點校本、《朱有燉集》整理本從原刻。

南曲柳摇金

嘆農夫收麥時遇連陰雨〔一〕

濃雲陰重，長河瀉空，霖雨遍寰中〔二〕。地濕生朝霧，天低掛晚紅。擔閣了庄家收麥，農事苦無功〔三〕。待天晴日朗，何時是逢〔四〕？西風待雨，雨待西風〔五〕；雨待西風，先把滿天雲送。

注釋

〔一〕《盛世新聲》卷一二收録，無題，《雍熙樂府》卷一五題作『喜雨』，俱不註撰人。案，此曲寫周藩境内陰雨連綿，農家憂心農事，憲王心存憐憫，故下筆歎惋，且不無祈禱意，《雍熙樂府》題作『喜雨』與曲意相悖，不妥，或係誤題。又據同卷［山坡羊］序：『甲寅歲初夏，麥熟在壠，時及收刈而陰雨連日，收麥者嗟嘆』，甲寅即宣德九年。由曲意略知，此曲當亦作於同時。

〔二〕長河：黄河。開封北依黄河，地勢遠高於開封及周邊平原，故云。

〔三〕擔閣了：《雍熙樂府》作『趂逐了』，《盛世新聲》、吴梅藏録副本、《飲虹簃所刻曲》本、《全明散曲》本、翁敏華點校本、《朱有燉集》整理本從原刻。苦無功：《雍熙樂府》作『有成功』，《盛世新聲》、吴梅藏録副本、《飲虹簃所刻曲》本、《全明散曲》本、翁敏華點校本、《朱有燉集》整理本從原刻。

〔四〕是逢：《雍熙樂府》作『賞郊東』，《盛世新聲》、吴梅藏録副本、《飲虹簃所刻曲》本、《全明散曲》本、翁敏華點校本、《朱有燉集》整理本從原刻。

〔五〕雨待：《雍熙樂府》倒文，作『待雨』，下句同。《盛世新聲》、吴梅藏録副本、《飲虹簃所刻曲》本、《全明散曲》本、翁敏華點校本、《朱有燉集》整理本從原刻。

南曲柳摇金

霖雨初霽農家喜晴〔一〕

浮雲風送，朝陽影紅，晴色靄空濛〔二〕。十里明芳樹，千山開翠峰。歡咲煞村中場圃，白叟共黄童〔三〕。道須勤刈麥，休遲誤功。年豐歲稔，歲稔年豐；歲稔年豐，都唱太平歌頌。

注釋

〔一〕《盛世新聲》卷一二無題，《雍熙樂府》卷一五題作『喜雨』，皆不註撰人。據曲意，此曲與前曲作於同時，霖雨：連綿大雨，《莊子・大宗師》：『霖雨十日。』『喜晴』云云，言陰雨連綿，農人包括憲王本人憂心積鬱，終隨天晴而心情頓轉。《雍熙樂府》題作『喜雨』與曲意不合，或係誤題。

〔二〕浮雲：《雍熙樂府》作『淳雲』，《盛世新聲》、吴梅藏録副本、《飲虹簃所刻曲》本、《全明散曲》本、翁敏華點校本、《朱有燉集》整理本從原刻。

〔三〕共：《雍熙樂府》脱，《盛世新聲》、吴梅藏録副本、《飲虹簃所刻曲》本、《全明散曲》本、翁敏華點校本、《朱有燉集》整理本從原刻。

北曲掃晴娘 有序[一]

【掃晴娘】曲，乃予審音定律新製，此調與雙調【殿前歡】略同，此亦雙調曲也。原其因實苦久雨，偶見人製紙妝婦女，名曰『掃晴娘』。臂懸灰土，手持掃箒，其意以土尅水，欲掃盡陰雲，乃兒女子戲劇之具耳。予遂以『掃晴娘』名曲，如曲中【柳青娘】【絡絲娘】之比也。其詞四章云：

掃晴娘，高盤雲髻鬬紅妝，手持竹掃三千丈，舞袖翩揚[二]。掃陰雲見太陽，曙色光，晴霞晃。彩鸞回馭到仙鄉，相酬進玉觴。

掃晴娘，輕移蓮步下迴廊，飛空直到青宵上，掃净晨光。將濃雲溼霧揚，山色蒼，清波漾。歸來金鼎爇名香，相酬奠酒漿[三]。

掃晴娘，臂懸灰土絳紗囊，化成萬斛空中颺，堰住銀潢[四]。看晴空日月光，日月光，羅星象[五]。歸來相勸酒殽香，人間喜氣揚。

掃晴娘，腰身可喜好衣裳，便將雲霧先除蕩，盡力掀揚[六]。掃晴天萬里長，打麥場，農夫望[七]。歸來相謝救民荒，佳名百世芳。

注釋

〔一〕《盛世新聲》卷一二收録，無題，《雍熙樂府》卷二〇題作『述興』，皆不註撰人。案，憲王序云『掃晴娘』實不過『兒女子戲劇之具』，頗有戲謔意。但意不止此，所謂『掃陰雲見太陽，曙色光晴霞晃』，『將濃雲溼霧揚，山色蒼清波漾』，『看晴空日月光，日月光羅星象』，『掃晴天萬里長，打麥場農夫望』等，頗有代民立言與民同喜共憂意，非『述興』一題所可籠罩，不確。此曲與同卷【山坡羊】當作於同時，即宣德九年。

〔二〕掃：《盛世新聲》從。吴梅藏録副本然，吴校改作『帚』。《雍熙樂府》《飲虹簃所刻曲》本、《全明散曲》本、翁敏華點校本、《朱有燉集》整理本從原刻。

〔三〕案，『相酬奠酒漿』句，《盛世新聲》脱『相』字，『酬』簡寫爲『州』。《雍熙樂府》《全明散曲》本、翁敏華點校本、《朱有燉集》整理本從原刻。

〔四〕斛：吴梅藏録副本作『斞』，吴校改作『斛』。《盛世新聲》《雍熙樂府》《飲虹簃所刻曲》本、《全明散曲》本、翁敏華點校本、《朱有燉集》整理本從原刻。銀潢：銀河。宋·蘇軾《和文與可洋川園池·天漢台》：『漾水東流舊見經，銀潢左界上通靈。』此處言掃晴娘以灰土沙囊堰住銀潢，以期雨止天晴。

〔五〕晴空：《雍熙樂府》作『晴天』，《盛世新聲》、吴梅藏録副本、《飲虹簃所刻曲》本、《全明散曲》本、翁敏華點校本、《朱有燉集》整理本從原刻。

〔六〕腰身：《雍熙樂府》作『一身』，《盛世新聲》、吴梅藏録副本、《飲虹簃所刻曲》本、《全明散曲》本、翁敏華點校本、《朱有燉集》整理本從原刻。盡力掀揚：謝伯陽《全明散曲》本作『盡力掀揚掃』，誤。案，『掃』字實爲下句首字。

〔七〕晴天：《雍熙樂府》作『青天』。麥場：《雍熙樂府》作『麥揚』。以上《盛世新聲》、吴梅藏録副本、《飲虹簃所刻曲》本、《全明散曲》本、翁敏華點校本、《朱有燉集》整理本從原刻。

醉太平

老病初痊戲作〔一〕

戰篤速手腳，軟兀剌軀勞〔二〕。强支吾扶不起沈郎腰，乜斜着矑老〔三〕。熱不熱冷不冷空懡㦬，眠不成睡不穩干黑㤯，頭不梳臉不洗忒鏖糟，把老先生病倒〔四〕。

春容回面頰，喜色上眉睫〔五〕。聽吹者舞者更彈者，喚紅兒在那些？病形骸打掙得身子撦，悶情懷抖擻的心腸熱，小丫鬟簇擁定叫爺爺，老先生好也〔六〕。

稀粥湯半合，軟羊肉新割。不付能自覺的好也囉，早絮叨叨念聒〔七〕。也不用撚汗貨把銚兒向爐中坐，被那火桃皮每一謎哩胡商和，我如今有精神，再不怕造化的小兒魔，老先生較可〔八〕。

瘦身軀不懶，劣病證纔安。等閑歡笑便開顏，舊風情早嘶。入排場調音律嗓的猱兒憚，倚花門説聲嗽嗑的書生訕，會席中攧八叉且是手兒慳，老先生撒頑〔九〕。

藥須治理，病要將息〔十〕。人生災疹只憑醫，本不當求神告鬼〔十一〕。禮讖的鼓兒鼕鼕地，看經的鑼兒璫璫地，一任他小的每亂胡爲，老先生笑你〔七〕。

注釋

〔一〕《盛世新聲》卷一二無題，《雍熙樂府》卷一七題作『警悟』，《北宫詞紀外集》僅録第一首題作『述病』，皆不註撰人。案，憲王晚年多病，詩詞曲多寫及。此曲題曰『老病初痊戲作』，説明憲王病已痊愈，心情甚好，故以戲謔之筆寫病中之態、病愈后喜悦之情及闔府上下爲求其病愈而於鬼神前禱告等熱鬧情景。

〔二〕戰篤速：亦作『戰都速』或『戰篤索』，形容因驚恐或寒冷而顫抖。明·康海《中山狼》雜劇第一折：『俺只怕驚鴛打鴨，恰閃煞俺戰篤速力難加。』軟兀剌：無力乏勁。

〔三〕矑老：眼睛，眼珠子。

〔四〕慠懆：一作憋懆，著急、煩懆意。元·無名氏《連環計》第二折：『霎時間朱顏易改，皓首相纏，憋懆的我渾如痴挣。』鏖糟：骯髒。元·岳伯川《鐵拐李》第四折：『一個鏖糟叫化頭，出去！』把：《雍熙樂府》本、翁敏華點校本、《朱有燉集》作『托』，誤。吴梅藏録副本、《飲虹簃所刻曲》本、《全明散曲》本、翁敏華點校本、《朱有燉集》整理本從原刻。

〔五〕喜色：《雍熙樂府》作『喜氣』，《盛世新聲》、吴梅藏録副本、《飲虹簃所刻曲》本、《全明散曲》本、翁敏華點校本、《朱有燉集》整理本從原刻。

〔六〕撦：撕裂，裂開，此處言憲王身體因病而極度疲倦。

〔七〕不付能：《雍熙樂府》作『不甫能』。的：《雍熙樂府》脱。以上《盛世新聲》、吴梅藏録副本、《飲虹簃所刻曲》本、《全明散曲》本、翁敏華點校本、《朱有燉集》整理本皆從原刻。

〔八〕銚兒：即銚子，煎藥或燒水用的器具。那火桃皮：火即夥；桃皮，即調皮；那火桃皮，指爲憲王煎煮湯藥的下人，因憲王素日和善，對下人甚是尊重，故有此語。如今：吴梅藏録副本作『和今』，《飲虹簃所刻曲》本從，訛。又，《雍熙樂府》與憲王原刻稍異，作『撚汗貨把銚兒向爐中坐，大桃皮一謎裹胡商和，有精神再不怕小兒魔，老先生較可』。《盛世新聲》、吴梅藏録副本、

《飲虹簃所刻曲》本、《全明散曲》本、翁敏華點校本、《朱有燉集》整理本皆從原刻。

〔九〕嗓的：《雍熙樂府》脱。嗑的：《雍熙樂府》脱。且是：《雍熙樂府》脱。以上《盛世新聲》、吴梅藏録副本、《飲虹簃所刻曲》本、《全明散曲》本、翁敏華點校本、《朱有燉集》整理本皆從原刻。

〔十〕案，此句《雍熙樂府》作『藥品須治理，病體要將息』，《盛世新聲》、吴梅藏録副本、《飲虹簃所刻曲》本、《全明散曲》本、翁敏華點校本、《朱有燉集》整理本從原刻。

〔十一〕本不當求神告鬼：《雍熙樂府》作『本不求神告鬼』，《盛世新聲》、吴梅藏録副本、《飲虹簃所刻曲》本、《全明散曲》本、翁敏華點校本、《朱有燉集》整理本從原刻。

〔十二〕禮讖：又作拜懺，即通過誦讀佛經等方式禮拜諸佛、菩薩，懺悔所造諸惡業。驀驀地：《雍熙樂府》作『驀驀擂』。瑺瑺地：《雍熙樂府》作『瑺瑺擊』。以上《盛世新聲》、吴梅藏録副本、《飲虹簃所刻曲》本、《全明散曲》本、翁敏華點校本、《朱有燉集》整理本從原刻。

牡丹樂府　係筵宴賞花樂章〔一〕

慶賞寶樓臺之曲　即賀聖朝〔二〕

『寶樓臺』牡丹，千葉，高樓子，紅花。舊名『粉梢牡丹』，開至大，花瓣邊白内紅，古名『魏紅』者，即此花也〔三〕。

紫霧紅雲，七寶樓台，麗質芳容迎日開。翠擁紅遮，掩映瑶堦，粉襯着腮。嬌姿艷色，常向樽前，賞玩開懷。

注釋

〔一〕謹案，憲王《牡丹樂府》，又稱《牡丹譜》。憲王鍾愛牡丹，詩詞曲及其雜劇多有著述，兹不贅言。宣德五年所作《牡丹百詠引言》云：『牡丹爲花中之魁，自唐以來，詩人始稱之。及宋天聖間，洛中諸公尤多爲吟賞。當春和景明之時，花之形色香韻，富麗環異，誠知造化之妍美，草木之鍾秀者，莫踰於此花也。近年予植百餘本於天香圃，覽其佳者，得十餘品。常遇花開之候，置酒合樂，樂與諸親朋共享太平繁華之勝事焉，因各賦詩以賞之。偶憶元本中峰有詠梅花詩百篇同一韻者，遂用其韻以詠牡丹。援毫於酒闌客歸之後，移座於花陰樹影之間，不二日乃成百篇。就於花間酌美酒，歌新詩，以適夫情興之樂耳！雖未足以揄揚太平之象，萬物咸亨之至音，而於形容花之情狀無纖遺焉。因書此以爲牡丹百詠引。』可見憲王養植牡丹近乎癡迷，儼然已爲其生活之重要組成。而所謂『偶憶元本中峰有詠梅花詩百篇同一韻者，遂用其韻以詠牡丹』云云，説明《牡丹百詠》係憲王借前代（元）明本禪師《梅花百詠》新創之作。其中第三十一首詩云：『根荄蠹蝕每傷神，早發天葩便失真。芸閣譜中尋治術，門園子是慣栽人。』所謂『芸閣譜』，據筆者考證，亦即憲王所撰《牡丹樂府》散曲。台灣學者任遵時《周憲王研究》以爲該譜與明代萬曆年間王象晉《群芳譜》『所作牡丹之敘介』多相吻合，推究當時朱有燉所作《牡丹譜》還在，後讀《誠齋樂府》，發現牡丹散曲即爲《牡丹譜》之全部。兹案，憲王雜劇《牡丹品》收牡丹散曲十五首，每首各吟一種，共十五類。《誠齋樂府》所收《牡丹樂府》增補四首四種，共十九類，當爲後出。吴梅先生《明雜劇·誠齋樂府》『《牡丹品》』：『《牡丹品》四折，爲内府賞花之樂。誠齋散套中亦載宴賞牡丹散曲，即與此雜劇第四折相類。中以内廷教習爲主角，而以歌姬爲輔佐，蓋純爲歌舞劇也。此劇情節，本無足論，唯爲名花品藻，宴樂升平，足征奉藩安逸。』『《牡丹園》』雜劇：『《牡丹園》五折，亦宴賞牡丹之作。所謂十美人者，即十種佳品，如姚黃、魏紫、壽安紅、素鸞、粉嬌娥、鞓紅、寶樓台、紫雲芳、玉天仙、醉春容是也。與《牡丹品》所列名目不甚相同。汴中此花固勝，王析圭此土，宜其富美矣。』憲王二劇所列牡丹名目稍異，然皆爲《牡丹樂府》收録。憲王以牡丹諸品入劇，不僅足證有燉奉藩安逸，亦可證憲王鍾情牡丹甚矣。

值得注意的是，憲王不僅以散曲形式寫有《牡丹譜》，還曾以詩歌形式作有《芍藥譜》（此譜《誠齋録》卷四收録）。相對《牡丹譜》廣爲人知，後者則湮没無聞，知者寥寥。兩譜同出一人之手，一爲詩，一爲曲，堪稱姊妹篇，有意無意姑且不論，能如此者，明前及此後罕有匹敵。況芍藥與牡丹本爲近親，宋・鄭樵《通志》：『牡丹初無名，依芍藥得名，故其初名木芍藥。』兩譜之於憲王大可相提並論，亦可謂詠花文學之佳話。另，《誠齋録》卷四收《〈芍藥譜詩〉序》一文，據文末『既作爲花譜，復賦詩於各品之下，以賞詠之用』，與《詠芍藥》組詩『前譜後詩』體例正相吻合。又云：『以千葉樓子淡黃色爲首；其次紫色，金蕋其中，葉葉皆金線，正廣陵名品號「金帶圍」者，式符韓魏公之貴，《東軒筆録》所謂「腰金紫」是也；又其次，或黃，或紫，惟以穠麗高大爲前列，皆出已見。』凡此可見《詠芍藥譜詩》與《詠芍藥》組詩其實一也。

〔二〕憲王《天香圃牡丹品》雜劇收此曲。『寶樓台』：牡丹品名，一作胡紅、紫雲英、魏紫。唐・秦懷玉《牡丹》：『好是酒闌絲竹罷，倚風含笑向樓臺。』宋・丘璿《牡丹榮辱誌》：『姚黃爲王……魏紅爲妃。』清汪灝《廣群芳譜・花譜十三・牡丹三》引宋人蔡襄《李閣使新種洛花》詩云：『堂下朱欄小魏紅，一枝穠艷占春風。』

〔三〕邊白内紅：吴梅藏録副本作『邊紅内白』，吴校據原本改。《飲虹簃所刻曲》本、《全明散曲》本、翁敏華點校本、《朱有燉集》整理本從原刻。

慶賞慶天香之曲　即小梁州〔一〉

『慶天香』牡丹，千葉，粉紅花，舊名『壽安紅』。開至大，色嬌紅，比諸花尤香。

春滿瑶臺錦綉芳，國色天香。黄金蕋間緑羅裳，和風蕩，嬌態出新妝。曉來千朵紅雲放，賽朝霞麗色增光。玳瑁筵，葡萄釀，淺斟低唱，共歡樂萬年長。

注釋

〔一〕憲王《天香圃牡丹品》雜劇收此曲。『慶天香』：牡丹品名，一作『壽安紅』。宋・范成大《壽安紅》詩：『豐肌弱骨自喜，醉暈妝光總宜。獨立風前雨裏，嫣然不要人持。』另據胡正山等《花卉鑒賞辭典》：『壽安紅因出自河南壽安縣錦屏山而得名。此花平頭，黄心，花瓣桃紅色；每花均二十瓣，花面直徑大達二十一厘米。因花面特大，顯出一種雍容富貴的美；又因花葉細小，花枝孱弱，頗有一種不勝其負的美態。壽安紅有粗葉和細葉兩種，粗葉者花香濃郁，細葉者幾乎無香。』（胡正山，陳立君主編：《花卉鑒賞辭典》，湖南科學技術出版社一九九二年版，第二二〇頁。）可辨憲王此曲所詠當係粗葉者。

慶賞紫雲芳之曲

即水仙子〔一〕

『紫雲芳』牡丹，千葉，深紫，花枝弱，花大色鮮而甚香可喜〔二〕。

一枝穠艷露凝香，數朵妖嬈靓曉妝，幾叢麗色輝屏障。倚朝霞絢日光，靄深紅千葉芬芳。收暖霧輕綃帳，舞春風異錦裳，紫雲堆十里仙鄉。

注釋

〔一〕憲王《天香圃牡丹品》雜劇收此曲。『紫雲芳』：牡丹品名，一名紫雲英，或紫雲仙。案，唐時，牡丹以紫爲貴，《南部新書》載裴璘詩：『長安豪貴惜春殘，争賞先開紫牡丹。别有玉杯承露冷，無人肯向月中看。』唐·元稹《西明寺牡丹》：『花向琉璃地上生，光風炫轉紫雲英。自從天女盤中見，直到今朝眼更明。』

〔二〕甚香可喜：翁敏華點校本於『甚香』『可喜』間衍一『一』字，訛。吴梅藏録副本、《飲虹簃所刻曲》本、《全明散曲》本、《朱有燉集》整理本從原刻。

慶賞海天霞之曲 即折桂令〔一〕

『海天霞』牡丹，千葉，大紫花。盛開者可徑一尺而平面，舊名『真紫』。一朵盛者，可七百餘葉，古名『平頭紫』者，即此也。

海天晴一帶朝霞，日照紅葹，露浥丹砂。蕋散香雲，花攢寶蓋，葉簇輕紗。瑪瑙盎重重玉罜，玻璃盤朵朵金花〔二〕。堪賞堪誇，滿飲香醪，富貴榮華。

注釋

〔一〕憲王《天香圃牡丹品》雜劇收此曲。『海天霞』：牡丹品名，又名真紫、左花，或平頭紫。歐陽修《洛陽牡丹記》『花釋名第二』：『左花者，千葉紫花，葉密而齊如截，亦謂之平頭紫。』清陳淏子《花鏡》附録『牡丹釋名』『紫色』二十六品『平頭紫』：『即左紫也，千葉，花大徑尺，面齊如截，宜陽。』《鄢陵縣文史資料》第七輯《鄢陵花卉專輯》據《王兆雲客窗隨筆》輯『牡丹六十二品』之『平頭紫』條：『亦曰海天霞，古名左花，又有粉平頭紅凡三種。』

〔二〕玉斝：玉制的酒器。唐・杜甫《朝享太廟賦》：『福穰穰於絳闕，芳霏霏於玉斝。』

慶賞素鸞嬌之曲

即沽美酒過太平令〔一〕

『素鸞嬌』牡丹，千葉樓子，白花。花中微淡紅，古名『鶴翎紅』者，即此也。

看瑤池舞素鸞，皎潔似玉盃盤，翠幄輕籠雪月團。粉腮融笑攢，素質把艷妝换。如美女酥胷玉腕，似嫦娥寶髻金冠。看了他月下精神一段，端的是閬苑神仙侶伴〔二〕。我這裏盤桓，細觀，列筵宴共歡，願千載常教珎玩。

注釋

〔一〕憲王《天香圃牡丹品》雜劇收此曲。『素鸞嬌』：牡丹品名，一作『鶴翎紅』。《群芳譜·花二·牡丹》：『其白色有玉芙蓉、素鸞嬌、緑邊白、玉重樓……玉綉球。』歐陽修《洛陽牡丹記》『花釋名第二』：『鶴翎紅者，多葉花，其末白而本肉紅，如鴻鵠羽色。』明人薛風翔《亳州牡丹譜》『能品』：『鶴翎紅：其花輪菌緊密，本肉紅而末白，永叔謂如鴻鵠羽毛。舊品中最有聲價，今人厭其重濁，稍抑之。』

〔二〕閬苑：閬鳳山之苑，爲神仙居住之所。

慶賞錦袍紅之曲

即滿庭芳〔一〕

『錦袍紅』牡丹，千葉樓子，鮮紅。花比『寶樓臺』微小，色深枝弱，但顏色甚鮮明可觀。古名『潛溪緋』者，此也。

紅如錦袍，一團風韻，萬種妖嬈。向春光開滿芳菲萼，百斛香飄。羨玠重鸞臺鳳沼，愛清奇霧縠霞綃〔二〕。同歡樂，高人品藻，常是占春嬌。

注釋

〔一〕憲王《天香圃牡丹品》雜劇收此曲。『錦袍紅』：牡丹品名，一作『潛溪緋』。宋人歐陽修《洛陽牡丹記》『花釋名第二』：『潛溪緋者，千葉緋花。出於潛溪寺，寺在龍門山後，本唐相李藩别墅。今寺中已無此花，而人家或有之。本是紫花，忽於聚中特出緋者不過一二朵，明年移在他枝，洛人謂之轉枝花，故其接頭尤難得。』

〔二〕鸞臺：吴梅藏録副本作『鸞鳳』，吴校據原刻改，《飲虹簃所刻曲》本、《全明散曲》本、翁敏華點校本、《朱有燉集》整理本從。霧縠：像輕紗一樣的煙雲薄霧。宋·蘇軾《龍尾石月硯銘》：『萋萋兮霧縠，宛宛兮黑白。』霞綃：像薄綢一樣的紅霞。明·徐弘祖《徐霞客遊記·滇遊日記六》：『北崖皆插天盤雲，如列霞綃。』

慶賞玉天仙之曲

即醉太平〔一〕

『玉天仙』牡丹，單葉檀心，白花，色如白玉，鮮潔可愛。雖無千葉，而風韻特勝之。花瓣既白而深，紫檀心，舊名『玉燈籠』，即古所謂『玉板白』也。

綻群芳滿園，賞三月春天。名花只數玉天仙，風流不淺。玳筵前恰似新妝面，月宮中疑是嫦娥現，寶闌邊堪比玉盤圓，樂昇平萬年〔二〕。

注釋

〔一〕憲王《天香圃牡丹品》雜劇收此曲。『玉天仙』：牡丹品名，一作『玉燈籠』或『玉板白』。《鄢陵縣文史資料》第七輯《鄢陵花卉專輯》據王兆雲《客窗隨筆》輯『牡丹六十二品』之第二『玉天仙』條：『玉天仙：千葉、白花，近萼微有淡紅色。』宋歐陽修《洛陽牡丹記》『花釋名』：『玉板白者，單葉白花，葉細長如拍板，其色如玉，而深檀心。洛陽人家亦少有。余嘗從思公至福嚴院見之，問寺僧而得其名，其後未嘗見也。』

〔二〕玳筵：吴梅藏録副本作『玳瑁』，吴校改同原刻，《飲虹簃所刻曲》本、《全明散曲》本、翁敏華點校本、《朱有燉集》整理本從。

慶賞舞青猊之曲

即普天樂〔一〕

『舞青猊』牡丹，千葉，淡紅花。花中心出二緑葉，捲如獅子樣，此即古名『睡露蟬』，乃浙花之種，舊名『獅子滚綉球』，今改爲『舞青猊』。

暖雲晴，韶光媚，紅芳深處，戲舞狻猊。絳英攢錦綉團，緑葉捲狰獰勢。金粉飄香春風細，倚新妝淺淡偏宜〔二〕。論高品園中第一，賞艷冶樽前可喜，玩丰標花裏奪魁。

注釋

〔一〕憲王《天香圃牡丹品》雜劇收此曲。案，《全明散曲》本於此曲題解：原刻無『即普天樂』四字，兹據《樂府群珠》補。又，《樂府群珠》卷四題作『慶賞舞青猊牡丹』，下註『誠齋』作。查憲王原刻，該曲題下此四字赫然在目，可證《全明散曲》本所言不實。又，『舞青猊』：牡丹品名，又作『睡露蟬』，或『獅子滚綉球』等。清陳淏子《花鏡》卷三：『舞青猊，千葉，有五青瓣。』《廣群芳譜》『花譜十三』引王敬美言：『余澹圃中絶盛，遂冠一州，其中如緑蝴蝶、大紅獅頭、舞青猊、尺素，最難得。』《稀見上海史志資料叢書》第一册『牡丹之種類』『法華種凡四十七』『曰大紅舞青猊，即瑞露蟬結綉，中出五青瓣，難開，含蕋時，須以竹刀劃破，性宜陽。曰銀紅舞青猊，中出五青瓣，一名銀紅飄錦。曰白舞青猊，即萬山雪，花心堆起，瓣細簇如雪團，中抽青瓣。曰紫舞青猊，即青蓮飄錦，中抽青瓣。』（熊月之主編：《稀見上海史誌資料叢書》第一册，上海書店出版社二〇一二年版，第六一七頁。）知舞青猊种類繁多，憲王此品或爲銀紅舞青猊。

〔二〕金粉：吴梅藏録副本作『金風』，吴校本改同原刻，《飲虹簃所刻曲》本、《全明散曲》本、翁敏華點校本、《朱有燉集》整理本從。

慶賞鞓紅之曲　即金字經〔一〕

『鞓紅』牡丹，多葉殷紅，色如猩血，即古之『鞓紅』也。

穀雨晴時候，艷陽三月天，千朵鞓紅綻滿園。日色喧，花前奏管絃。排佳宴，瑶臺列衆仙。

注釋

〔一〕憲王《天香圃牡丹品》雜劇收此曲。《樂府群珠》卷二題作『慶賞鞓紅』，下註『誠齋作』。案，『鞓紅』：牡丹品名。宋·歐陽修《洛陽牡丹記》『花釋名第二』：『鞓紅者，單葉深紅花，出青州，亦曰青州紅……其色類腰帶鞓，故謂之鞓紅。』宋·陸游《栽牡丹》一詩：『攜鋤庭下剷蒼苔，墨紫鞓紅手自栽。』

慶賞粉娥嬌之曲　即慶東原〔一〕

『粉娥嬌』牡丹，千葉樓子，一色淡紅花。舊名『膩粉白』，開較晚，香甚清馥。

膩粉新妝態，嬌紅淺暈腮，佔芳菲艷質堪憐愛。斜簪在玉釵，高擎在鳳臺，低覆在瑶堦〔二〕。賞春景列芳樽，延麗色張青蓋。

注釋

〔一〕憲王《天香圃牡丹品》雜劇收此曲。『粉嬌娥』：牡丹品名，一作『膩粉白』或『膩粉妝』。明·高濂《遵生八箋》卷四三〇『牡丹花譜』：『粉嬌娥：千葉，白色帶淺紅，即膩粉妝』。《鄢陵縣文史資料》第七輯《鄢陵花卉專輯》據王兆雲《客窗隨筆》輯『牡丹六十二品』之『粉嬌娥』條：『粉娥嬌：古譜即膩粉妝也。千葉、白色，略帶淺紅，俗或以西天香爲之，或各稱名異耳。』

〔二〕斜簪：吴梅藏録副本作『斜暮』，吴校改同原刻，《飲虹簃所刻曲》本、《全明散曲》本、翁敏華點校本、《朱有燉集》整理本從。

慶賞錦團絲之曲　即紅綉鞋〔一〕

『錦團絲』牡丹，千葉密瓣，捲簇如絲，色深紅，舊名『波斯頭』，言其捲瓣若波斯之髮也，亦爲異品。

春睡穩低垂錦幔，曉妝慵亂綰雲鬟，細簇輕攢綉絨般〔二〕。色妖嬈臨畫閣。香馥郁滿雕闌，賞紅芳斟玉盞〔三〕。

注釋

〔一〕憲王《天香圃牡丹品》雜劇收此曲。《樂府群珠》卷四『朱履曲』題作『慶賞錦團絲牡丹』，下註『誠齋』作。『錦團絲』：牡丹品名，一作『波斯頭』『萬卷書』或『錦閨絲』。明·高濂《遵生八箋》卷四三〇『牡丹花譜』：『萬卷書：千葉，花瓣皆卷筒，又名波斯頭，又名玉玲瓏。

一種千葉桃紅，亦同名。』《鄢陵縣文史資料》第七輯《鄢陵花卉專輯》據王兆雲《客窗隨筆》輯『牡丹六十二品』之『錦閨絲』：『錦閨絲：千葉、紅花，一名波斯頭，花葉密處看似卷筒，如波斯之髮，今人謂萬卷書非也。』

〔二〕錦幔：《樂府群珠》卷四『朱履曲』作『錦帳』，訛。殷：《樂府群珠》卷四『朱履曲』作『般』，訛。吴梅藏録副本、《飲虹簃所刻曲》本、《全明散曲》本、翁敏華點校本、《朱有燉集》整理本從原刻。

〔三〕香馥郁滿雕闌：《樂府群珠》卷四『朱履曲』作『香馥郁都滿雕闌』。吴梅藏録副本、《飲虹簃所刻曲》本、《全明散曲》本、翁敏華點校本、《朱有燉集》整理本從原刻。

慶賞醉春容之曲

即上小樓〔一〕

『醉春容』牡丹，千葉，白樓子。牡丹開時，垂英向下，若醉之狀，舊名『醉楊妃』。

芳容酒持，檀心沈醉。舞徹霓裳，宴罷瑶池，情酣春日。素面低，粉頸垂。嬌羞無力，倚東風鎮常春睡。

注釋

〔一〕憲王《天香圃牡丹品》雜劇收此曲。《樂府群珠》卷一題作『慶賞醉春容牡丹』，下註『誠齋』作。『醉春容』：牡丹品名，一作『醉楊妃』。《鄢陵縣文史資料》第七輯《鄢陵花卉專輯》據王兆雲《客窗隨筆》輯『牡丹六十二品』之『醉楊妃』條：『醉楊妃：一曰醉春榮（校者案，榮當爲蓉），古譜云：白花微有淡紅色，開時垂英向下，今各色俱有，未詳孰是。』清人吴其濬《植物名實圖考長編》卷一一『芳草』附『牡丹史』『醉玉環』條：『醉玉環：方顯仁所種，乃醉楊妃子花，花房倒綴，故以醉志之。胎體園緑，其花下乘五、六大業，闊三寸許，圍擁周匝，如盆盂盛花狀。質本白而間以藕色，輕紅輕藍，相錯成綉，其母醉楊妃，作深藍色。』與憲王此曲所寫略有出入，或爲異品。

慶賞玉盤盂之曲　即殿前歡〔二〕

『玉盤盂』牡丹，多葉，純白花，中有大金蕋，圓如盎，香氣清遠。此花大者可徑一尺，又且比諸花開早，過清明即開也。

玉盤盂，東風吹綻占春魁，清香素色先呈瑞。恰便似皓鶴徘徊，向瑶臺月下窺，添佳麗賞玩宜沈醉。玉盤高捧，金盞低垂。

注釋

〔一〕憲王《天香圃牡丹品》雜劇收此曲。『玉盤盂』：牡丹品名。案，『玉盤盂』原指白芍藥，典出蘇軾《玉盤盂》詩序：『東武舊俗，每歲四月大會於南禪、資福兩寺，以芍藥供佛，而今歲最盛，凡七千餘朵，皆重附累萼，繁麗豐碩。中有白花，正圓如覆盂，其下十餘葉稍大，承之如盤，姿格絶異，獨出於七千餘朵之上。云：得之於城北蘇氏園中，周宰相莒公之别業也。而其名俚甚，乃爲易之「玉盤盂」。』後人借以爲典，用以詠牡丹，宋·辛棄疾《臨江仙·昨日得家報，牡丹漸開。連日少雨多晴，常年未有。仆留龍安蕭寺，諸君亦不果來，豈牡丹留不住爲可恨耶？因取來韻，爲牡丹下一轉語》：『只恐牡丹留不住，與春約束分明。未開微雨半開晴。要花開定準，又更與花盟。魏紫朝來將進酒，玉盤盂樣先呈。鞓紅似向舞腰横。風流人不見，錦綉夜間行。』清陳淏子《花鏡》附録『牡丹釋名』白色二十二品『玉盤盂』條：『玉盤盂，多葉大瓣，開早。』

慶賞紫金荷之曲　即小桃紅〔一〕

『紫金荷』牡丹，多葉，紫花。開如荷葉之平，即古名『多葉紫』者也。

花如荷蓋倚春風，承曉露金盤重。月底看來似鸞鳳，畫闌中，紫雲不作陽台夢。春光正濃，玳筵陪奉，宜捧紫金鍾。

注釋

〔一〕憲王《天香圃牡丹品》雜劇收此曲。『紫金荷』：牡丹品名，一作『多葉紫』。宋·歐陽修《洛陽牡丹記》『花釋名第二』：『多葉紫，不知其所出。初，姚黃未出時，牛黃爲第一；牛黃未出時，魏花爲第一；魏花未出時，左花爲第一；左花之前，唯有蘇家紅、賀家紅、林家紅之類，皆單葉花，當時爲第一。自多葉、千葉花出後，此花黜矣。今人不復種也。』《鄢陵縣文史資料》第七輯《鄢陵花卉專輯》據王兆雲《客窗隨筆》輯『牡丹六十二品』之『紫金荷』條：『紫金荷：千葉、淺紫花，開如荷葉之半，大者可徑尺。』清·余鵬年《曹州牡丹譜》：『紫金荷：莖挺出，花大而幹，如荷葉狀，開時側立翩然，紫赤色，黄蕊。』

慶賞檀心白之曲

即牡丹春〔一〕

『檀心白』牡丹，重葉，白花。花瓣長細，中有紫檀心。其枝葉深緑，而豐腴可愛。

雪月精神冰玉姿，香蕤散金絲〔二〕。吐檀心色素宜春事。奉金巵，喜樂賞花時。

注釋

〔一〕憲王《天香圃牡丹品》雜劇收此曲。『檀心白』牡丹：牡丹品名。諸譜未載，《鄢陵縣文史資料》第七輯《鄢陵花卉專輯》據王兆雲《客窗隨筆》輯『牡丹六十二品』之『玉盤盂』條：『玉盤盂：類有青絲白、檀心白、出咀白，皆千葉白花，獨此花無檀心。』知『檀心白』與『玉盤盂』同類，爲白牡丹之一種。

〔二〕金絲：《飲虹簃所刻曲》本作『金緑』，訛。吴梅藏録副本、《全明散曲》本、翁敏華點校本、

《朱有燉集》整理本從原刻。

慶賞壽安紅之曲　即殿前喜[一]

千葉，粉紅花，中有大金蕋，花葉深緑可觀。

賞花對酒歡顔開，胭脂添嫩色。赤金聚蕋凝香腮。七寶臺，紅雲蓋。天香亭閣是仙宅，看花也樂哉[二]。

注釋

〔一〕憲王《天香圃牡丹品》雜劇未收此曲，當爲後作。『壽安紅』：牡丹品名。案，憲王《牡丹樂府》【小梁州・慶賞慶天香之曲】序：『「慶天香」牡丹，千葉，粉紅花，舊名「壽安紅」。開至大，色嬌紅，比諸花尤香。』知『壽安紅』即『慶天香』舊名。故此曲所詠與前曲係同出。又，憲王此曲，雜劇未收，係后作，重出。《誠齋樂府》收此曲，憲王或未細察。所謂《牡丹樂府》十九首分詠十九種牡丹，案此，則誤。

〔二〕天香亭：因憲王於王府設天香圃，故云。看：吴梅藏録副本作『香』，吴校改同原刻，《飲虹簃所刻曲》本、《全明散曲》本、翁敏華點校本、《朱有燉集》整理本從。

慶賞檀心紫之曲　即沈醉東風〔一〕

多葉，淡粉紫花，深檀點花瓣之心，香甚清馥。

映晴旭千重異錦，殢春芳一點檀心。國色穠天香沁，暖融融蕋散黄金。會受用東君眷愛深，賞宴將清樽暢飲。

注釋

〔一〕憲王《天香圃牡丹品》雜劇未收此曲，當爲後作。『檀心紫』：牡丹品名。清陳淏子《花鏡》卷三：『檀心紫，中有深檀心。』鄧裕洹編著《〈花鏡〉研究》列舉《花鏡》牡丹品名中六種爲前代所無，分别爲：金帶腰（黄色）、雲葉紅、滿園春（粉紅色）、紫金盤、檀心紫、魏家紫（紫色）。『這些品種，並不能肯定即爲《花鏡》中的新品種』，例如『檀心紫』與《群芳譜》中

『檀心玉鳳』同，可見『同種異名，同名異種在所難免。』（鄧裕洹編著：《〈花鏡〉研究》，農業出版社一九五九年版，第三一頁。）案，《廣群芳譜》卷三二『牡丹一』：『檀心玉鳳，瓣中有深檀色。』

慶賞七寶冠之曲　即賞花時〔一〕

千葉，醋紅樓子花，花中出數高瓣如冠，花瓣皆深檀心。風韻比諸花尤盛，香更清馥。

一種檀心分外香，百媚嬌紅勝曉妝。迎日色，燦霞光，翠翹宮樣，千葉冠群芳。（么）生處人間錦綉鄉，長在仙家白玉堂。凝粉面舞霓裳，宜歡宜賞，福壽慶延長。

注釋

〔一〕憲王《天香圃牡丹品》雜劇未收此曲，當爲後作。『七寶冠』：牡丹品名。《稀見上海史志資料叢書》第一册『牡丹之種類』『洞庭山種凡八』：『七寶冠，大紅起樓子，瓣簇不易開，又謂之緑須火楞。』（《稀見上海史志資料叢書》第一册，第六一八頁。）清・陳淏子《花鏡》卷三附『牡丹釋名』：『七寶冠：千葉樓子，難開。』清徐珂編纂《清稗類鈔》第四十四册『植物類下』載與《稀見上海史志資料叢書》第一册『牡丹之種類』同。清・計楠《牡丹譜》『洞庭山種』：『七寶冠，大紅，起樓，瓣簇不易開，土人謂之緑須火楞。』清・陳夢雷《博物匯編・草木典》第二百八十八『牡丹部』：『七寶冠，難開，又名七寶綻心。』

慶賞淺紅嬌之曲

即喜春來〔一〕

千葉，淡紅花。諸花之瓣中心色深，至邊則淡；惟此花中外一色嬌紅，微有檀心，花葉嫩緑可愛。

淺妝鉛粉花容整，淡抹胭脂玉質明。天香開遍牡丹亭。明媚景，嬌艷喜春晴。

注釋

〔一〕憲王《天香圃牡丹品》雜劇未收此曲，當爲後作。案，《樂府群珠》卷一題作『慶賞淺紅嬌牡丹』，下註『誠齋』作。又，『淺紅嬌』：牡丹品名。《鄢陵縣文史資料》第七輯《鄢陵花卉專輯》據王兆雲《客窗隨筆》輯『牡丹六十二品』：『淺紅嬌：千葉、淡紅花，諸花近蕚色淡，此花中外一色，今稱西施嬌。』王象晉《群芳譜》：『淺紅嬌，嬌紅，葉緑可愛。開最早。』黄愛菊等主編《曹州春秋》所載常見牡丹品種：『春紅争艷：花千層，桃紅色，花開最早；葉尖而皺，一名「淺紅嬌」。』清·陳夢雷《博物匯編·草木典》第二百八十八『牡丹部』與王象晉《群芳譜》所載同，或係過録。

珠履曲　四篇

詠浩然踏雪〔一〕

踏瑞雪蹇驢破帽，訪幽梅野徑荒郊，赤緊的待沽酒前村價尤高〔二〕。白茫茫銀海島，寒凜凜玉溪橋〔三〕，把一箇老先生干凍倒〔四〕。

注釋

〔一〕案，《盛世新聲》卷一二收録，與憲王原刻同題，《雍熙樂府》卷一八題作『踏雪尋梅』，皆不註撰人。又，憲王原刻『珠履曲』四首，《雍熙樂府》作『紅綉鞋』。《樂府群珠》卷四題同《雍熙樂府》，下註『誠齋』撰。此曲寫孟浩然窮困潦倒，與其所作《孟浩然踏雪尋梅》雜劇略有不同，可參看。孟浩然：唐代著名詩人，一生落拓不得意。孟浩然踏雪尋梅：明張岱《夜航船》卷一『天文部』『踏雪尋梅』條：『孟浩然情懷曠達，常冒雪騎驢尋梅，曰：「吾詩思在灞橋風雪中驢背上。」』

〔二〕赤緊的：《雍熙樂府》作『又』。以上《樂府群珠》《盛世新聲》、吴梅藏録副本、《飲虹簃所刻曲》本、《全明散曲》本、翁敏華點校本、《朱有燉集》整理本從原刻。

〔三〕此句寫雪大天冷。

〔四〕把：《盛世新聲》作『托』，《雍熙樂府》作『險』。《樂府群珠》、吴梅藏録副本、《飲虹簃所刻曲》本、《全明散曲》本、翁敏華點校本、《朱有燉集》整理本從原刻。

詠袁安臥雪〔一〕

飛六出平鋪街市，見一人僵臥在茅茨，他將那怕人干的言語强推辭〔二〕。若不是洛陽城逢令尹，喚的他夢醒時，把一箇老先生險睡死〔三〕。

注釋

〔一〕《樂府群珠》卷四題作『袁安臥雪』，下註『誠齋』作。《雍熙樂府》卷一八與《樂府群珠》題同。《盛世新聲》卷一二無題，與前此皆不註撰人。案，袁安臥雪事，典出《後漢書·袁安傳》李賢註引晉周斐《汝南先賢傳》：『時大雪積地丈余，洛陽令身出案行，見人家皆除雪出，有乞食者。至袁安門，無有行路。謂安已死，令人除雪入户，見安僵臥。問何以不出。安曰：「大雪人皆餓，不宜干人。」令以爲賢，舉爲孝廉。』憲王此曲寫袁安臥雪，本於史而不爲史所泥，言袁安睡死，令尹驚夢，風趣調達，頗具新意。

〔二〕六出：花分瓣叫出，雪花六角，因以爲雪之別名。《太平御覽》卷一二引《韓詩外傳》：『凡草木花多五出，雪花獨六出。雪花曰霙。』將：吴梅藏録副本作『轉』，吴校據憲王原刻改。的：《雍熙樂府》脱，《樂府群珠》《盛世新聲》《飲虹簃所刻曲》本、《全明散曲》本、翁敏華點校本、《朱有燉集》整理本從原刻。

〔三〕令尹：《盛世新聲》從，吴梅藏録副本作『君』，吴校本改同原刻，《飲虹簃所刻曲》本、謝伯陽《全明散曲》本、翁敏華點校本、趙曉紅《朱有燉集》整理本從。喚：《盛世新聲》此字漫漶，吴梅藏録副本、《飲虹簃所刻曲》本、《全明散曲》本、翁敏華點校本、《朱有燉集》整理本從原刻。

詠剡溪棹雪〔一〕

乘興去雖然美話，興闌歸也自猶他，著梢公怎地不嗟呀〔二〕。忍著饑催去棹，捱著冷又還家，把一箇老先生埋怨煞〔三〕。

注釋

〔一〕《樂府群珠》卷四題作『剡溪棹雪』，下註『誠齋』作。《雍熙樂府》卷一八題同《樂府群珠》、《盛世新聲》卷一二無題，皆不註撰人。剡溪棹雪：典出《世説新語·任誕》：『王子猷居山陰，夜大雪，眠覺，開室命酌酒。四望皎然，因起彷徨，詠左思《招隱詩》。忽憶戴安道（戴逵）。時戴在剡，即便夜乘小船就之。經宿方至，造門不前而返。人問其故，王曰：「吾本乘興而行，興盡而返，何必見戴！」』憲王此曲從旁觀者角度，代梢公立言，機趣横生。所謂憲王以此表現『自己的人生歸趨』（唐先田等：《安徽文學史》第二卷〈南宋至近代卷〉，安徽文藝出版社二〇一三年版，第一三四頁。），可備一説。

〔二〕猶：《樂府群珠》作『由』，當是。《雍熙樂府》《盛世新聲》、吴梅藏録副本、《飲虹簃所刻曲》本、《全明散曲》本、翁敏華點校本、《朱有燉集》整理本從原刻。

〔三〕棹：《樂府群珠》作『掉』，訛。《雍熙樂府》《盛世新聲》、吴梅藏録副本、《飲虹簃所刻曲》本、《全明散曲》本、翁敏華點校本、《朱有燉集》整理本從原刻。又，去棹：《雍熙樂府》作『棹去』，《盛世新聲》、吴梅藏録副本、《飲虹簃所刻曲》本、《全明散曲》本、翁敏華點校本、《朱有燉集》整理本從原刻。怨煞：《盛世新聲》此二字漫漶，吴梅藏録副本、《飲虹簃所刻曲》本、《全明散曲》本、翁敏華點校本、《朱有燉集》整理本從原刻。

詠烹茶掃雪〔一〕

那一箇賞玩在銷金帳下，這一箇掃將來石鼎煎茶，他兩箇各將風味自矜誇〔二〕。白衣甘冷淡，紅粉愛奢華，把一箇老先生慚愧煞〔三〕。

注釋

〔一〕《樂府群珠》卷四題作『烹茶掃雪』，下註『誠齋』作。《雍熙樂府》卷一八題同《樂府群珠》。《盛世新聲》卷一二無題，皆不註撰人。『烹茶掃雪』：典出宋人皇都風月主人《緑窗新話》卷下引《湘江近事》：『陶穀學士，嘗買得党太尉家故妓。過定陶，取雪水烹團茶，謂妓曰：「党太尉家應不識此？」妓曰：「彼粗人，安有此景，但能銷金暖帳下，淺斟低唱，飲羊羔美酒耳。」穀悔其言。』後遂爲典，明陳繼儒《小窗幽記》卷二『情』：『臨風弄笛，欄杆上桂影一輪；掃雪烹茶，籬落邊梅花數點。』憲王此曲分寫陶穀與党太尉不同情趣，所謂『白衣甘冷淡，紅粉愛奢華』，以故妓眷戀奢靡與陶穀甘於冷淡作比，打趣揶揄意明矣。

〔二〕煎茶：《雍熙樂府》作『烹茶』，《樂府群珠》《盛世新聲》、吴梅藏録副本、《飲虹簃所刻曲》本、《全明散曲》本、翁敏華點校本、《朱有燉集》整理本從原刻。

〔三〕煞：《雍熙樂府》作『殺』，《樂府群珠》《盛世新聲》、吴梅藏録副本、《飲虹簃所刻曲》本、《全明散曲》本、翁敏華點校本、《朱有燉集》整理本從原刻。

罵玉郎過感皇恩採茶歌〔一〕

湘裙睡損臙脂皺，非病酒是悲秋，自從他去了懨懨瘦。瘦多應腹内愁，愁番成鏡裏羞，羞説起神前咒。

本待要同效綢繆，誰承望被他僝僽〔二〕。空想得病纏身，恰盼得書在手，不覺得淚盈眸。去時説長安赴選，這其間何處淹留。火半温串香香，門半掩燈上上，簾半捲玉鈎鈎。蒼樹杳暮雲稠，紅葉落晚風颼，淒涼光景甚時休〔三〕。豈料相思直恁陡，悔教夫婿覓封侯〔四〕。

注釋

〔一〕案，《盛世新聲》卷一二無題，不註撰者。《樂府群珠》卷二題作『閨情』，下註『誠齋』作。又，『罵玉郎過感皇恩採茶歌』爲帶過曲，由［罵玉郎］［感皇恩］［採茶歌］三支小令組成，一般寫閨中怨情，此曲亦然。

〔二〕僝僽：困惱，煩惱。

〔三〕杳：《盛世新聲》作『杳』，吴梅藏録副本、《飲虹簃所刻曲》本、《全明散曲》本、翁敏華點校本、《朱有燉集》整理本從原刻。

〔四〕悔教夫婿覓封侯：語出唐人王昌齡《閨怨》：『閨中少婦不知愁，春日凝妝上翠樓。忽見陌頭楊柳色，悔教夫婿覓封侯。』

珠履曲

途中曉行〔一〕

懸碧漢一彎月影，隔荒村三唱雞聲，客途人枕上夢魂驚〔二〕。溪山高下路，風雨短長亭，嘆人生如泛梗〔三〕。

注釋

〔一〕《盛世新聲》卷一二無題，《雍熙樂府》題作『旅懷』，皆不註撰人。《樂府群珠》卷四題同《誠齋樂府》，下註『誠齋』作。案，『途中曉行』與『旅懷』同意，皆言遊子在外不易，人生漂泊艱辛。孫廣才等《中國古代詩歌選讀》於此曲賞析云：『由旅途勞頓聯想到人生之顛簸無定，發人深思。』（孫廣才等主編：《中國古代詩歌選讀》，東南大學出版社二〇一四年版，第三一一頁。） 甚是。

〔二〕碧漢：天河，銀河，泛指天空。三唱雞聲：雞叫三遍，意言夜深。唐・陳陶《雞鳴曲》：『雞聲春曉上林中，一聲驚落蝦蟆宮。二聲喚破枕邊夢，三聲行人煙海紅。平旦慵將百雛語，蓬松錦綉當陽處。愧君飲食長相呼，爲君晝鳴下高樹。』

〔三〕泛梗：《樂府群珠》作『乏梗』，訛。《盛世新聲》、吴梅藏録副本、《飲虹簃所刻曲》本、《全明散曲》本、翁敏華點校本、《朱有燉集》整理本從原刻。

小桃紅〔一〕

花前月下偶相逢，疑是巫山夢。翠被香消有誰共，意無窮，忽忽未得相陪逢。烏雲髻鬆，黃金釵重，宜插小桃紅。

柳腰纖瘦舞東風，似帶雨花枝重〔二〕。窄窄弓鞋露雙鳳，兩心中，傳情暗使秋波送。金杯滿捧，朱唇微動，宜唱小桃紅。

海棠庭院正歡濃，又把春光送。龜背簾垂玉鉤控，畫樓東，一聲啼鳥驚幽夢。風聲是猛，雨聲偏重，落盡小桃紅〔三〕。

流蘇帳冷綉幃空，孤枕難成夢。月下誰將玉簫弄，粉墻東，聽來盡訴孤飛鳳。蒼苔逕中，金蓮微動，踏碎小桃紅。

注釋

〔一〕案，《盛世新聲》卷一三與《誠齋樂府》無題，《雍熙樂府》卷一九題作『詠美』。《盛世新聲》《雍熙樂府》皆不註撰人。又，憲王此曲不僅『詠美』，且寫美人遲暮及孤單無侶所帶來的深深幽怨。是以，《雍熙樂府》所題並不全面，無題而題更能曲盡其情。

〔二〕似：《雍熙樂府》脱。《盛世新聲》、吴梅藏録副本、《飲虹簃所刻曲》本、《全明散曲》本、翁敏華點校本、《朱有燉集》整理本從原刻。

〔三〕是猛：《雍熙樂府》作『太猛』，《盛世新聲》、吴梅藏録副本、《飲虹簃所刻曲》本、《全明散曲》本、翁敏華點校本、《朱有燉集》整理本從原刻。盡：《盛世新聲》從，吴梅鈔本作『畫』，吴校改同原刻，《飲虹簃所刻曲》本、謝伯陽《全明散曲》本、翁敏華點校本、《朱有燉集》整理本從。

醉太平

學老更狂樂府作〔一〕

越羅衾熨貼，蘄竹簟鋪設〔二〕。象牙牀琥珀枕鳳頭褡，三般兒打疊。鳳頭褡縮不住心狂劣，象牙床温不暖情僥怯，琥珀枕辟不斷性乖斜，賺煞人也麽姐姐〔三〕。

恰珠樓宴徹，把玉液斟竭。困朦騰嬌眼半睁者，綻桃花嫩頰。步香塵立不穩金蓮趄，啟朱唇語不定嬌鶯咽，嚲烏雲扶不起緑鬟斜，醉了也麽姐姐〔四〕。

恰雲收雨歇，覺意懶情賒。睡魔王眼睫上早盤趄，料佳人困也〔五〕。映夭桃腮斗兒氳氤熱，蹙春山眉黛兒低排列，閉秋波星眼兒放乜斜，欲待睡也麽姐姐〔六〕。

煮龍團暫啜，分鳳帳高揭。起來雲鬟尚偏斜，唤梅香在那些〔七〕？倚圍屏困騰騰寶鼎熏沈麝，近清流意遲遲綵筆題霜葉，下瑶階咲忻忻羅扇撲蝴蝶，醒了也麽姐姐〔八〕。

注釋

〔一〕《雍熙樂府》卷一七題作『學老叟狂』，不註撰人。《彩筆情辭》卷五題同《雍熙樂府》，下題『元人辭』。《盛世新聲》卷一三無題，不註撰人。《北宫詞紀外集》分别題作『妓嗛』『妓醉』『妓睡』『妓醒』，下註『誠齋』作。案，憲王此曲由四支小令組成，雖各無題，但卻如《北宫詞紀外集》所題，分寫妓女嗛、醉、睡、醒四種生活情態。

〔二〕竹簟：竹席。唐·元稹《竹簟》：『竹簟襯重茵，未忍都令卷。』

〔三〕僥怯：《雍熙樂府》《彩筆情辭》作『嬌怯』，案，僥怯與嬌怯、喬怯意同，皆驚恐、羞怯意。《盛世新聲》、吴梅藏録副本、《飲虹簃所刻曲》本、《全明散曲》本、翁敏華點校本、《朱有燉集》整理本從原刻。煞：《雍熙樂府》《彩筆情辭》作『殺』，《盛世新聲》、吴梅藏録副本、《飲虹簃所刻曲》本、《全明散曲》本、翁敏華點校本、《朱有燉集》整理本從原刻。也麼：《彩筆情辭》脱，《盛世新聲》《雍熙樂府》、吴梅藏録副本、《飲虹簃所刻曲》本、《全明散曲》本、翁敏華點校本、《朱有燉集》整理本從原刻。

〔四〕嬌鶯：《彩筆情辭》作『雛鶯』，《盛世新聲》《雍熙樂府》、吴梅藏録副本、《飲虹簃所刻曲》本、《全明散曲》本、翁敏華點校本、《朱有燉集》整理本從原刻。醉了也麼姐姐：《彩筆情辭》脱『也』字。吴梅藏録副本脱『了』字，吴校據憲王原刻補。《盛世新聲》《雍熙樂府》

《飲虹簃所刻曲》本、《全明散曲》本、翁敏華點校本、《朱有燉集》整理本從原刻。

〔五〕早：《盛世新聲》作『平』，《雍熙樂府》、吴梅藏録副本、《飲虹簃所刻曲》本、《全明散曲》本、翁敏華點校本、《朱有燉集》整理本從原刻。�：言睡意朦朧。

〔六〕眉黛：《盛世新聲》作『眉伭』，《雍熙樂府》《彩筆情辭》、吴梅藏録副本、《飲虹簃所刻曲》本、《全明散曲》本、翁敏華點校本、《朱有燉集》整理本從原刻。欲：《雍熙樂府》《彩筆情辭》脱，《盛世新聲》、吴梅藏録副本、《飲虹簃所刻曲》本、《全明散曲》本、翁敏華點校本、《朱有燉集》整理本從原刻。也：《彩筆情辭》脱，《雍熙樂府》《盛世新聲》、吴梅藏録副本、《飲虹簃所刻曲》本、《全明散曲》本、翁敏華點校本、《朱有燉集》整理本從原刻。

〔七〕尚：《彩筆情辭》作『半』。偏：《彩筆情辭》作『欹』。以上《雍熙樂府》《盛世新聲》、吴梅藏録副本、《飲虹簃所刻曲》本、《全明散曲》本、翁敏華點校本、《朱有燉集》整理本從原刻。

〔八〕也：《彩筆情辭》脱，《雍熙樂府》《盛世新聲》、吴梅藏録副本、《飲虹簃所刻曲》本、《全明散曲》本、翁敏華點校本、《朱有燉集》整理本從原刻。

普天樂

春梅〔一〕

問春梅，何時放，包藏素色，出落幽香。香也曾透西風角韻中，色也曾伴明月琴絃上〔二〕。月冷風清平康巷，一枝横泄漏春光〔三〕。怕過了暖烘烘艷陽，等的你酸溜溜子噹，那其間静悄悄殘妝〔四〕。

注釋

〔一〕《樂府群珠》卷四題同，下註「誠齋」作。《盛世新聲》卷一三無題，《雍熙樂府》卷一八題作「嘲侍妾名春梅者」，皆不註撰人。《北宫詞紀外集》題同《雍熙樂府》，唯作者題署「元人」。案，此曲由曲意，知所寫内容如題，並非所謂「嘲侍妾名春梅者」。

〔二〕案，句中襯字「也」，《雍熙樂府》皆省。《樂府群珠》《盛世新聲》、吴梅藏録副本、《飲虹簃所刻曲》本、《全明散曲》本、翁敏華點校本、《朱有燉集》整理本從原刻。角韻：角聲，五聲之一。元·張可久《梧葉兒·早行》：『鷄聲罷，角韻殘，落月五更寒。』

〔三〕月：《雍熙樂府》脱。泄漏：《雍熙樂府》作『漏泄』。以上《樂府群珠》《盛世新聲》、吴梅藏録副本、《飲虹簃所刻曲》本、《全明散曲》本、翁敏華點校本、《朱有燉集》整理本皆從原刻。

〔四〕暖烘烘：《雍熙樂府》作『暖溶溶』。那期間：《雍熙樂府》作『只落的』。以上《盛世新聲》《樂府群珠》、吴梅藏録副本、《飲虹簃所刻曲》本、《全明散曲》本、翁敏華點校本、《朱有燉集》整理本皆從原刻。

水仙子

秋霖〔一〕

黑沈沈寒霧壓城頭，踈刺刺陰風連夜吼，淅零零細雨無昏晝。漲江湖萬頃秋，三般兒妝點風流：瀑布泉中雕簷彩棟，海龍宫内蘭堂畫燭，水簾洞裏舞榭歌樓〔二〕。

注釋

〔一〕《雍熙樂府》卷一八題作『江南秋霽』，不註撰人。案，憲王此曲寫寒霧陰風，而重在狀秋雨之大，所謂『三般兒妝點風流』是也，與『江南秋聲』似是而非，不甚準確，故當以憲王原刻爲是。

〔二〕彩棟：《雍熙樂府》作『畫棟』。『畫燭』：《雍熙樂府》作『彩燭』。以上吳梅藏録副本、《飲虹簃所刻曲》本、《全明散曲》本、翁敏華點校本、《朱有燉集》整理本從原刻。又，樓：吳梅藏録副本脱，吳校據原刻補。《飲虹簃所刻曲》本、《全明散曲》本、翁敏華點校本、《朱有燉集》整理本從原刻。

慶東原〔一〕

賞玩在三春候，栽培在八月秋，都只爲牡丹花枉了閑僝僽。惜花時簾垂玉鈎，看花時香傳畫樓，對花時酒滿金甌。每日爲花忙，半世因花瘦。

注釋

〔一〕憲王原刻無題。曲寫惜花、看花、對花，所謂花即牡丹，『每日爲花忙，半世因花瘦』，牡丹之外，憲王固然喜愛梅花、荷花、菊花、芙蓉、海棠等，但由此曲及憲王詩詞等作品看，其對牡丹則更爲鍾情。

蟾宫令

夏夜〔一〕

步閑堦散髮披襟，畫閣清涼，小院深沈。露滴松梢，風生竹韻，月轉花陰〔二〕。將美酒花前自斟，寫新詩月下獨吟。欲操瑶琴，流水高山，那箇知音〔三〕。

注釋

〔一〕《盛世新聲》卷一三無題，不註撰人。曲寫夏夜閑步，静寂清幽環境中，不免『知音少，弦斷有誰聽』（岳飛《小重山·昨夜寒蛩不住鳴》）之憾。

〔二〕露滴句：吴梅藏録副本於『露』字下脱『滴』字，吴校據原刻補。《盛世新聲》《飲虹簃所刻曲》本、《全明散曲》本、翁敏華點校本、《朱有燉集》整理本從原刻。

〔三〕流水高山：典出《列子·湯問》：『伯牙善鼓琴，鍾子期善聽。伯牙鼓琴，志在高山，鍾子期曰：「善哉，峨峨兮若泰山！」志在流水，鍾子期曰：「善哉，洋洋兮若江河！」伯牙所念，鍾子期必得之。子期死，伯牙謂世再無知音，乃破琴絶弦，終身不復鼓。』案，《誠齋樂府》完成於宣德九年（一四三四），是年憲王五十六歲。縱其一生，早年歷經父親貶謫、靖難之役等諸多驚心動魄大事，晚年又目睹兄弟之間爲王位承襲而相互傾軋等手足紛争之事，凡此皆讓憲王心有餘悸而痛心疾首，同時亦深感孤寂落寞而了無知音可以傾訴，此曲所謂『欲操瑶琴』云云或即言此。

蟾宫令

秋景二十詠〔一〕

上高樓閑對秋風，抹秋天一帶秋雲，列秋光數點秋峯。秋意在蒼梧，秋聲在翠竹，秋色在丹楓。感秋氣秋懷冗冗，望秋波秋思重重。結秋陰秋雨溟濛，弄秋晴秋月朦朧〔二〕。助秋涼幾箇秋蟬，傳秋信一字秋鴻。

注釋

〔一〕《盛世新聲》卷一四無題，不註撰人。案，憲王此曲所謂『二十詠』並非通常意義上的二十首，而是就所詠物象而言的，費振剛主編《中國歷代名家流派詞傳》於此曲釋云：『這首秋令景曲寫得很別緻。曲子分詠了秋景中具特色的二十種物象，嵌入二十個秋字，使全曲音節鏗鏘，讀來回環往復，有一種流暢痛快之感。』（費振剛主編：《中國歷代名家流派詞傳》，吉林人民出版社一九九九年版，第二八四頁。）

〔二〕溟濛：亦作『溟蒙』，小雨貌。元·張昱《船過臨平湖》：『只因一霎溟濛雨，不得分明看好山。』

賡和丹丘作【慶東原】曲意二篇曲韻二篇

自況　賡韻〔一〕

心安分，身不貧，咲談中美惡皆隨順。也不誇好人，也不罵歹人，也不咲他人。管甚世間名，一任高人論。

妝些坌，撒會村，半生狂花酒相親近〔二〕。學一箇古人，是一箇老人，做一箇愚人。管甚世間名，一任高人論。

注釋

〔一〕《盛世新聲》卷一四無題，不註撰人。案，丹丘：曾永義以爲或即寧獻王朱權，所著《論説戲曲〈太和正音譜〉的作者問題》於此曲後有論：『這兩支【慶東原】所寫的正是周憲王晚年的心境。他賡和的對象是「丹丘」，則「丹丘」必是他的親友或僚屬。可見在明初確實有一位號「丹丘」的人，他和周憲王的關係似乎頗爲密切。我們雖然不敢遽指這位「丹丘」就是寧獻王朱權，但與寧獻王的身份卻頗有吻合之處。因爲周憲王和寧獻王不止誼屬叔侄，而憲王卻只比獻王少一歲。憲王這兩支曲子雖屬「自況」，但與獻王那時的心境，其實不殊。而這兩支曲子既爲「賡和」之作，則丹丘頗有即獻王的可能。（元人柯九思亦號丹丘，但時代與周憲王不相及，且亦不作曲。）』（曾永義：《論説戲曲》，臺北聯經出版事業公司一九九七年版，第五九一六〇頁。）曲寫個人安時隨分不問世事心境。

〔二〕坌：古同『笨』，蠢笨、粗笨。村：粗俗、粗野。

追和鮮于體　賡意〔一〕

自樂閑中道，學些老後瓢，便踈狂不敢將人傲〔二〕。寬穿領布袍，歪戴頂磕腦，鬆繫箇長條〔三〕。我不咲別人，一任教別人咲。

一世身無患，從來意自閑，順時光不把流年嘆。花間酒闌，茶餘客還，睡後心安。我不看別人，一任教別人看。

注釋

〔一〕《盛世新聲》卷一四無題，不註撰人。學者楊棟認爲：『所謂「鮮于體」可能指元曲家鮮于樞或鮮于必仁創造的一種小令表達形式。從朱有燉擬作看，首末二句分別爲「我不咲別人，一任教別人咲」「我不看別人，一任教別人看」，可能這種句式或句意就是此體的標誌。』（楊棟：《中國散曲學史研究·續編》，山東大學出版社一九九八年版，第八六頁。）此曲曲意與前此略同，由此亦可見憲王晚年心境及生活方式、態度。

〔二〕瓢：劉瑞明《性文化詞語匯釋》釋義：『「嫖」的諧音趣説。』（劉瑞明：《性文化詞語匯釋》，百花洲文藝出版社二〇一三年版，第二五三頁。）

〔三〕磕腦：包額覆腦之巾帽，宋時多以虎皮作虎頭形，亦稱『虎磕腦』。後俗小兒多戴之。元·關漢卿《哭存孝》第四折：『你戴一頂虎磕腦，馬跨著黄驃。』

水仙子

詠閨情別意〔一〕

月明閑照小紅樓，低簌珠簾不上鈎，帶圍寬陡恁腰肢瘦〔二〕。爲多嬌憶舊遊，自相別減盡風流〔三〕。對美景難消悶，飲香醪怎解愁，下眉頭又上心頭。

月明閑照小亭軒，斜倚闌干懶去眠，對嫦娥欲訴心中怨。撫瑶琴意慘然，畧相别又早十年。鸞影隻恩情斷，雁聲孤音信遠，過青春甚日團圓〔四〕。

月明閑照小簾櫳，冷落了巫山十二峯，朝雲暮雨成何用〔五〕。嘆鴛鴦錦被空，間別來水遠山重〔六〕。消寶篆金爐火，鬧秋簷鐵馬風，料今宵好夢誰同〔七〕。

月明閑照小窻紗，爲憶多情夢見他，俊龐兒越恁堪描畫〔八〕。笑吟吟閑戲耍，褪羅裙恰待歡洽。剛説罷心間事，猛驚回簷外馬，覺來時依舊天涯〔九〕。

月明閑照小池塘，空對荷花弄粉妝，相思直恁無情況。最難禁夏夜長，三般兒助起凄涼〔十〕：近玉砌愁聞蟀織，枕瑶琴羞彈鳳凰，倚雕闌驚散鴛鴦〔十一〕。

月明閑照小闌干，翠被香消斗帳寒，悶淹淹枉把佳期盼。爐銀燈玉漏殘，夢魂飛楚水吳山。辜負煞雲情雨意，剛落得愁眉淚眼，暗消磨緑鬢紅顔〔十二〕。

注釋

〔一〕《盛世新聲》卷一四無題，《雍熙樂府》卷一八題作『閨情別意』，皆不註撰人。《柯雪齋稿》存前四首，題同《雍熙樂府》，謝伯陽《全明散曲》本疑爲『編訂者誤收』。案，曲意如題，寫閨情別意哀婉悲涼，細膩如繪，很見功力，於同類曲中堪稱佳構。

〔二〕陡：《盛世新聲》作『徒』，《雍熙樂府》、吳梅藏録副本、《飲虹簃所刻曲》本、翁敏華點校本、《全明散曲》本、《朱有燉集》整理本從原刻。

〔三〕多嬌：《雍熙樂府》作『多情』，《盛世新聲》、吳梅藏録副本、《飲虹簃所刻曲》本、翁敏華點校本、《全明散曲》本、《朱有燉集》整理本從原刻。

〔四〕雁聲孤音信遠：吳梅藏録副本『孤』字脱，吳校據憲王原刻補。《雍熙樂府》《盛世新聲》《飲虹簃所刻曲》本、翁敏華點校本、《全明散曲》本、《朱有燉集》整理本從原刻。

〔五〕了：《雍熙樂府》脱，《盛世新聲》、吳梅藏録副本、《飲虹簃所刻曲》本、翁敏華點校本、《全明散曲》本、《朱有燉集》整理本從原刻。

〔六〕間：《雍熙樂府》《盛世新聲》、吴梅藏録副本、《全明散曲》本、《朱有燉集》整理本從原刻。

〔七〕今宵：翁敏華點校本作『今昔』，訛。《雍熙樂府》《盛世新聲》、吴梅藏録副本、《飲虹簃所刻曲》本、《全明散曲》本、《朱有燉集》整理本從原刻。誰同：《雍熙樂府》作『難同』，《盛世新聲》、吴梅藏録副本、《飲虹簃所刻曲》本、翁敏華點校本、《全明散曲》本、《朱有燉集》整理本從原刻。

〔八〕越：《雍熙樂府》作『陡』，《盛世新聲》、吴梅藏録副本、《飲虹簃所刻曲》本、翁敏華點校本、《全明散曲》本、《朱有燉集》整理本從原刻。

〔九〕簷外馬：《盛世新聲》作『簷馬馬』，訛。《雍熙樂府》、吴梅藏録副本、《飲虹簃所刻曲》本、翁敏華點校本、《全明散曲》本、《朱有燉集》整理本從原刻。

〔十〕夜：《雍熙樂府》作『日』，《盛世新聲》、吴梅藏録副本、《飲虹簃所刻曲》本、翁敏華點校本、《全明散曲》本、《朱有燉集》整理本從原刻。

〔十一〕玉砌愁聞：《雍熙樂府》空出，全脱。蟀：《雍熙樂府》作『促』。以上《盛世新聲》、吴梅藏録副本、《飲虹簃所刻曲》本、翁敏華點校本、《全明散曲》本、《朱有燉集》整理本從原刻。

〔十二〕煞：《雍熙樂府》脱，《盛世新聲》、吴梅藏録副本、《飲虹簃所刻曲》本、翁敏華點校本、

《全明散曲》本、《朱有燉集》整理本從原刻。

落梅風

席上贈伶者[一]

包藏著俏，出落著嬌，風塵中粉香零落[二]。可惜這海棠花一枝開較早，辜負了暮春天道[三]。

注釋

[一]《盛世新聲》卷一二無題，《雍熙樂府》二題作『病懷』，皆不註撰人。案，憲王此曲寫伶人貌美，『可惜』一句，表明憲王爲其過早淪落風塵報以同情、惋惜。《雍熙樂府》題作『病懷』，與曲意不符，誤。

[二]著：《雍熙樂府》脱，《盛世新聲》、吴梅藏録副本、《飲虹簃所刻曲》本、翁敏華點校本、

《全明散曲》本、《朱有燉集》整理本從原刻。

〔三〕可惜這：《雍熙樂府》脱，《盛世新聲》、吴梅藏録副本、《飲虹簃所刻曲》本、翁敏華點校本、《全明散曲》本、《朱有燉集》整理本從原刻。

紅綉鞋

席上贈伶者〔一〕

性格兒玲瓏剔透，心腸兒軟欵温柔，又能彈又能唱又風流〔二〕。既相陪鸞鳳友，撇罷了燕鶯儔，怎做的出墻花臨路柳〔三〕。

注釋

〔一〕《樂府群珠》卷四題作『席上贈妓』，下註『誠齋』作。《盛世新聲》卷一二無題，《雍熙樂府》卷一八題作『題情』，皆不註撰人。《彩筆情辭》卷四題作『贈妓』，下署『元人辭』，誤。

憲王此曲爲伶者所寫，故曲中贊伶人性格、心腸及才藝風流等，並對其節操予以殷殷寄許，用世婆心深矣。

〔二〕軟欵：《樂府群珠》作『軟款』。《盛世新聲》《雍熙樂府》《彩筆情辭》、吴梅藏録副本、《飲虹簃所刻曲》本、《全明散曲》本、翁敏華點校本、《朱有燉集》整理本從原刻。案，『又能唱』前襯字『又』，《彩筆情辭》脱，《盛世新聲》《雍熙樂府》、吴梅藏録副本、《飲虹簃所刻曲》本、《全明散曲》本、翁敏華點校本、《朱有燉集》整理本從原刻。

〔三〕鸞鳳友：《樂府群珠》作『鸞鳳交』。《盛世新聲》《雍熙樂府》《彩筆情辭》、吴梅藏録副本、《飲虹簃所刻曲》本、《全明散曲》本、翁敏華點校本、《朱有燉集》整理本從原刻。案，鸞鳳友：指夫妻。唐·韓氏《婚宴集上索筆爲詩》：『今日卻成鸞鳳友，方知紅葉是良媒。』燕鶯儔：爲『燕侶鶯儔』簡稱，代指相愛中的青年男女。元·徐琰《青樓十詠·小酌》：『結鳳世鸞交鳳友，盡今生燕侶鶯儔。』做：吴梅藏録副本作『敢』，吴校改同原刻。出墻花臨路柳：皆指妓女。元·關漢卿【南吕·一枝花·不伏老】：『攀出墻朵朵花，折臨路枝枝柳；花攀紅蕊嫩，柳折翠條柔。浪子風流。憑著我折柳攀花手，直煞得花殘柳敗休。半生來折柳攀花，一世裏眠花臥柳。』又，罷：《盛世新聲》作『能』，誤。《雍熙樂府》《彩筆情辭》、吴梅藏録副本、《飲虹簃所刻曲》本、《全明散曲》本、翁敏華點校本、《朱有燉集》整理本從原刻。

滿庭芳

風情〔一〕

風情熱沾，巫雲暗結，楚雨重淹〔二〕。搭下座錦模糊花洞兒把春光苫，抵多少眼角眉尖〔三〕。受用些鴛鴦帳春來夢甜，休怪俺鳳凰衾老後情忺〔四〕。試把平康占，鶯花簿撿，將風月擔兒拈〔五〕。

鸞笙鳳簫，銀箏欵按，象板輕敲。二十年撇罷了閑情調，抵多少夢斷魂勞〔六〕。我待要重整頓鸞鳳配交，再安排翡翠窩巢〔七〕。尋幾箇知音樂，做一回拈花摘草，將風月擔兒挑〔八〕。

風流事耽，湘裙晚皺，紅袖春滲。子俺向麗春園世不著虛賺，陣馬曾諳〔九〕。斷不得三生話百年夢酣，揩不了半生狂一縷涎饞〔十〕。煙月債重新勘，把鶯花再攬，將風月擔兒擔〔十一〕。

注釋

〔一〕《盛世新聲》卷一二無題，《雍熙樂府》卷一九題作『風月』，皆不註撰人。《彩筆情辭》卷四題同《雍熙樂府》，且此曲首支《彩筆情辭》位列第二，居『風塵艷娃，堪題堪詠』下，一並題作『元人辭』，誤。曲寫妓院風流快活，筆法灑脱不羈，情烈而不頹廢，於同類曲中堪稱别調。又，《雍熙樂府》所題『風月』與憲王原刻所題『風情』，其意略同，然前者重在聲色，後者重在言情，由曲意看，後者更爲確切。

〔二〕重淹：《雍熙樂府》《彩筆情辭》作『偷淹』，《盛世新聲》、吴梅藏録副本、《全明散曲》本、翁敏華點校本、《朱有燉集》整理本從原刻。

〔三〕錦模糊：錦，原意指精緻的絲織品，多有美麗的圖案。模糊，猶言覆蓋，非模糊不清意。錦模糊，意言色彩鮮艷華美。花洞兒：妓院俗稱。苫：藏或遮蓋意。此句言青樓妓女身著華衣，使許多嫖客陷入富貴温柔鄉中不能自拔。又，此句《雍熙樂府》《彩筆情辭》稍異，作『錦場花洞春光占，眼角眉尖』。《盛世新聲》、吴梅藏録副本、《飲虹簃所刻曲》本、《全明散曲》本、翁敏華點校本、《朱有燉集》整理本從原刻。

〔四〕案，此句《雍熙樂府》《彩筆情辭》無『受用些』『休怪俺』等襯字。吴梅藏録副本、《飲虹簃所刻曲》本、《全明散曲》本、翁敏華點校本、《朱有燉集》整理本從原刻。

〔五〕案，此句《雍熙樂府》《彩筆情辭》稍異，作『平康院，鶯花簿上，風月擔兒擔』。《盛世新聲》、吴梅藏録副本、《飲虹簃所刻曲》本、《全明散曲》本、翁敏華點校本、《朱有燉集》整理本從原刻。

〔六〕案，此句《雍熙樂府》《彩筆情辭》差異較大，作『幾年忘卻閑情調，夢斷魂勞』。《盛世新聲》、吴梅藏録副本、《飲虹簃所刻曲》本、謝伯陽《全明散曲》本、翁敏華點校本、《朱有燉集》整理本從原刻。

〔七〕我待要：《雍熙樂府》《彩筆情辭》脱。鸞鳳：《雍熙樂府》《彩筆情辭》作『鴛鴦』。以上《盛世新聲》、吴梅藏録副本、《飲虹簃所刻曲》本、《全明散曲》本、翁敏華點校本、《朱有燉集》整理本皆從原刻。

〔八〕尋幾箇：《雍熙樂府》《彩筆情辭》脱。做一回：《雍熙樂府》《彩筆情辭》脱。摘草：《雍熙樂府》作『美草』，《彩筆情辭》作『弄草』。將：《雍熙樂府》《彩筆情辭》脱。以上《盛世新聲》、吴梅藏録副本、《飲虹簃所刻曲》本、《全明散曲》本、翁敏華點校本、《朱有燉集》整理本皆從原刻。

〔九〕子俺向：《雍熙樂府》《彩筆情辭》脱。麗春園：《雍熙樂府》《彩筆情辭》作『梨園』。以上《盛世新聲》、吴梅藏録副本、《飲虹簃所刻曲》本、《全明散曲》本、翁敏華點校本、《朱有燉集》整理本皆從原刻。世：《彩筆情辭》作『誓』，《雍熙樂府》《盛世新聲》、吴梅藏録副本、《飲虹簃所刻曲》本、《全明散曲》本、翁敏華點校本、《朱有燉集》整理本皆從原刻。虛賺：謊騙。唐·羅虬《比紅兒》：『馬嵬好笑當時事，虛賺明皇幸蜀川。』陣馬：宋明時行院市語行話，爲男人隱語。又，宋明兩代時常言與妓女勾搭或交往成功爲『入馬』，憲王雜劇亦常以此與寫秀才書生與心意妓女交往，故此處陣馬當指嫖客與妓女往來等一些相關情事。

〔十〕斷不得：《雍熙樂府》《彩筆情辭》脱。夢酣：《雍熙樂府》《彩筆情辭》作『夢甜』。揩不了：《雍熙樂府》脱。以上《盛世新聲》、吴梅藏録副本、《飲虹簃所刻曲》本、《全明散曲》本、翁敏華點校本、《朱有燉集》整理本皆從原刻。三生話：佛家語，即三世轉生意。涎饞：即饞涎，意云沉溺青樓，熱衷與妓女往來。

〔十一〕煙月債：《雍熙樂府》《彩筆情辭》脱。把鶯花再攬：《雍熙樂府》《彩筆情辭》作『鶯花陌上』。將：《雍熙樂府》《彩筆情辭》脱。以上《盛世新聲》、吴梅藏録副本、《飲虹簃所刻曲》本、《全明散曲》本、翁敏華點校本、《朱有燉集》整理本從原刻。又，此句中『勘』字，《彩筆情辭》作『看』，訛。《雍熙樂府》《盛世新聲》、吴梅藏録副本、《飲虹簃所刻曲》本、《全明散曲》本、翁敏華點校本、《朱有燉集》整理本從原刻。

水仙子

送人回里〔一〕

梁園輕霧濕征衫，驕馬嘶風滿玉銜，畫船帶雨收絨纜〔二〕。向離筵酒半酣，畧相别地北天南〔三〕。我這裏蒙雨露恩波廣，你那裏玩雲山風月耽，保天和忠厚須諳〔四〕。

注釋

〔一〕《盛世新聲》卷一四無題，《雍熙樂府》卷一八題作『隱逸』，皆不註撰人。憲王此曲爲送别之作，所送何人不詳。由題云『回里』及曲云『略相别地北天南』，知爲周藩僚屬，且籍貫相對周藩駐地開封所處的北方而言，當在南方。結合『你那裏玩雲山風月耽，保天和忠厚須諳』等句，所送之人或有可能因年齡問題致仕。周藩僚屬中符合此條件者以紀善余士美最有可能。同卷有【蟾宫令·題劉長史白雲小稿】小令，中云『四十爲官，八十致仕』，似乎亦合，然由首句

『想當年長史劉淳，德行文章，高古清純』，可知此時劉淳已致仕多年，與此曲所寫情形不合。且劉淳籍里南陽，同在今河南境内，由開封至南陽多爲陸路，無須乘船。又，余士美，江西德興人，康熙本《江西通志》卷八九有傳，拙作《朱有燉〈誠齋録〉箋注》（卷二《送余紀善致仕南歸》註〔一〕、《朱有燉年譜長編》有考，可參看，兹不贅述。憲王此曲寫送别，叮嚀期許，言短情長，可見賓主間相處和諧。

〔二〕輕霧：《雍熙樂府》作『輕露』，《盛世新聲》、吴梅藏録副本、《飲虹簃所刻曲》本、謝伯陽《全明散曲》本、翁敏華點校本、《朱有燉集》整理本從原刻。梁園：西漢梁孝王劉武於今開封東南古吹臺一帶所建園林，此處代周藩封地開封。

〔三〕署相别：《雍熙樂府》作『這一朝』，《盛世新聲》、吴梅藏録副本、《飲虹簃所刻曲》本、謝伯陽《全明散曲》本、翁敏華點校本、《朱有燉集》整理本從原刻。

〔四〕案，此句《雍熙樂府》作『你居官恩波大，我歸山風月耽，我只圖保天和調養餘年』。《盛世新聲》、吴梅藏録副本、《飲虹簃所刻曲》本、《全明散曲》本、翁敏華點校本、《朱有燉集》整理本從原刻。

脱布衫過小梁州

閨情〔一〕

樂繁華倚翠偎紅，聽笙歌换羽移宫，行步處珠圍翠擁，相伴著彩鸞嬌鳳。錦帳春寒綉被重，暖烘烘褥隱芙蓉。列金釵十二畫堂中，耽歡寵，風月此情同。知音的自有知音重，占排場别是家風，玳瑁筵，相陪奉，又惹起舊時春夢，臨老也入花叢〔二〕。

注釋

〔一〕《雍熙樂府》卷二〇收録，題同憲王原刻，《盛世新聲》卷一四無題，皆不註撰人。《彩筆情辭》卷三題作『歡情』，下署『元人辭』，誤。憲王此曲寫閨情，由曲意，所寫女子或爲歌姬，『風月此情同』及『玳瑁筵，相配奉』等可證。儘管如此，憲王對曲中女子仍表現出極大的尊重，如云『知音的自有知音重』等。

〔二〕知音的：《雍熙樂府》《彩筆情辭》脱『的』字，他同。《盛世新聲》、吴梅藏録副本、《飲虹簃所刻曲》本、《全明散曲》本、翁敏華點校本、《朱有燉集》整理本從原刻。玳瑁筵：一作『瑇瑁筵』，豪華珍貴的筵席。唐太宗《帝京篇》之九：『羅綺昭陽殿，芬芳瑇瑁筵。』前蜀·尹鶚《金浮圖》：『繁華地，王孫富貴，玳瑁筵開，下朝無事。』

水仙子

題情〔一〕

纖腰恰褪綉羅裙，寶髻斜堆玉枕雲，扭回身遮掩龐兒俊〔二〕。一半兒羞一半兒親，放乜斜攧惜温存〔三〕。香噴噴舌尖唾，汗浸浸腮上粉，困騰騰春透十分。

注釋

〔一〕《盛世新聲》卷一四無題，《雍熙樂府》卷一八題作『交歡』，皆不註撰人。案，此曲寫男女歡愛，描摹竭盡香艷。《雍熙樂府》題作『交歡』，過於淺露，不如原刻蘊藉。又，陳鐸《可雪齋稿》【北仙侶一半兒·風情四首】其二與憲王此首多有相同處，兹録於此：『纖腰恰褪綉羅裙，寶髻斜堆玉枕雲，粉腮春透熱氤氲。汗津津，一半兒佯羞一半兒親。』謹案，憲王樂府同卷【一半兒·詠情】四首與陳鐸《可雪齋稿》所收全同，可知後者過録或後人整理時誤收。亦可知，憲王此首原爲【一半兒·詠情】四首中的一首，或原爲一首，後與其他三首聯爲一組。情理上看，以後一種情形最有可能，編輯時，未曾細察而被重複收録。

〔二〕纖腰：《雍熙樂府》作『腰肢』，《盛世新聲》、吴梅藏録副本、《飲虹簃所刻曲》本、《全明散曲》本、翁敏華點校本、《朱有燉集》整理本從原刻。

〔三〕乜斜：眼睛瞇成一條縫斜視。摑：輕拍。此處言女子對情人的温存憐愛。

朝天子

中秋席上有贈〔一〕

要些，笑些，休辜負梁園月。好花好酒好時節，又遇著中秋夜〔二〕。舞者彈者，吹者唱者，儘今宵沈醉也。喚紅兒在那些，怕鶯兒對説，將樽俎重排列〔三〕。

老來，恰乖，會受用能擔帶。好時光儘我自開懷，列筵宴同歡愛〔四〕。醉眼朦騰，何妨何礙，玩銀蟾離大海〔五〕。紅卿將酒釃，翠卿把盞擡，直喫的月轉西樓外〔六〕。

告天，可憐，只顧得身康健〔七〕。好花休謝月常圓，遂俺平生願〔八〕。美滿因緣，歡娱繾綣，儘今生同過遣。自從這一年，和您意堅，閑雲無心戀〔九〕。

注釋

〔一〕《盛世新聲》卷一四無題，《雍熙樂府》卷一八題作『樂花』，皆不註撰人。憲王此曲寫中秋宴飲，歌舞繁華，極盡富貴。所謂『好花休謝月常圓』『美滿姻緣，歡娱繾綣』，可見憲王樂天知命、惜時知足以及夫妻諧和之情。案，憲王歷經政治風波有驚無險，學界常以爲與其生當其時而與世無争的處世方式有關，如從曲中所反映的生活内容及流露的思想情緒看，当是。又，《雍熙樂府》所題『樂花』只是憲王宴飲生活的一部分，以偏概全，不如原題確當。

〔二〕又：《雍熙樂府》作『喜』，《盛世新聲》、吴梅藏録副本、《飲虹簃所刻曲》本、《全明散曲》本、翁敏華點校本、《朱有燉集》整理本從原刻。

〔三〕紅兒：與下句鶯兒同爲周藩王府宫女。案，憲王詩曲經常寫到紅兒，如《誠齋録》卷四《得多亭説》：『少焉，復至花下，自製新詞，口占一曲，呼青衣，命紅兒高歌白雪之腔，輕撒紅牙之板。』可知，紅兒爲憲王最爲得意賞識寵愛的宫女之一。怕鶯兒：《雍熙樂府》《盛世新聲》作『悄聲兒』，吴梅藏録副本、《飲虹簃所刻曲》本、《全明散曲》本、翁敏華點校本、《朱有燉集》整理本從原刻。

〔四〕光：《雍熙樂府》脱。筵：《雍熙樂府》脱。以上《盛世新聲》、吴梅藏録副本、《飲虹簃所刻曲》本、《全明散曲》本、翁敏華點校本、《朱有燉集》整理本從原刻。

〔五〕朦騰：《雍熙樂府》作『朦朧』，《盛世新聲》、吴梅藏録副本、《飲虹簃所刻曲》本、《全明散曲》本、翁敏華點校本、《朱有燉集》整理本從原刻。

〔六〕紅卿：即上首紅兒。《雍熙樂府》徑改作『紅兒』，《盛世新聲》、吴梅藏録副本、《飲虹簃所刻曲》本、《全明散曲》本、翁敏華點校本、《朱有燉集》整理本從原刻。翠卿：亦爲周藩王府宫女之一。又，翠卿：《雍熙樂府》脱，且此句與憲王原刻稍異，作『醒又醉放懷，曉月轉西樓我外』，《盛世新聲》、吴梅藏録副本、《飲虹簃所刻曲》本、《全明散曲》本、翁敏華點校本、《朱有燉集》整理本從原刻。

〔七〕顧：《盛世新聲》作『願』。又，只顧得：《雍熙樂府》作『且容我』，吴梅藏録副本、《飲虹簃所刻曲》本、《全明散曲》本、翁敏華點校本、《朱有燉集》整理本從原刻。

〔八〕俺：《雍熙樂府》脱，《盛世新聲》、吴梅藏録副本、《飲虹簃所刻曲》本、《全明散曲》本、翁敏華點校本、《朱有燉集》整理本從原刻。

〔九〕您：《盛世新聲》作『恁』，吴梅藏録副本、《飲虹簃所刻曲》本、《全明散曲》本、翁敏華點校本、《朱有燉集》整理本作『你』。又，《雍熙樂府》此句與憲王原刻及以上諸本異，作『喚紅兒在那廂，整雲雨不妨，諧老同心戀』。與憲王原刻比，低俗鄙俚，差之甚矣。

小桃紅

詠美色〔一〕

桃腮杏臉暈臙脂，眼角眉頭事。乍相逢便得情無二，理新詞，聰明性格多才思〔二〕。嬌滴滴艶姿，可喜娘名字，誰似俺這人兒〔三〕。

注釋

〔一〕《盛世新聲》卷一四無題，《雍熙樂府》卷一九題作『詠美』，皆不註撰人。案，此首，諸多艶情詩詞曲選多有選録，如林辰《艷曲》［小桃紅］八首第一首即是。然林選於此題下註曰『原題：詠美』，知所據爲《雍熙樂府》而非誠齋原本。所選八首作者不一，實由明清相關曲集中選録重組而成。又，憲王題作『詠美色』，曲中寫腮、寫臉、寫眼角、寫聰明艶姿及其才藝皆能曲盡其態，靈動鮮活如見其人、如聞其聲。又，林辰選本與憲王原作稍異，兹録於此：『桃腮杏臉暈臙脂，眼角眉頭事。相逢便得情無二，理新詞，聰明性格多才思。嬌羞艶姿，可喜名字，誰似這龐兒。』（林辰：《艷曲》，春風文藝出版社一九九三年版，第七七頁。）

〔二〕乍：《雍熙樂府》脱，《盛世新聲》、吴梅藏録副本、《飲虹簃所刻曲》本、《全明散曲》本、翁敏華點校本、《朱有燉集》整理本從原刻。

〔三〕可喜娘：言姑娘可愛喜人。元·王實甫《西廂記》第一本第二折：『可喜娘的龐兒淺淡妝，穿一套縞素衣裳。』此處言美人如其名，動人可愛。又，此句《雍熙樂府》與之稍異，作『嬌羞艶姿，可喜名字，誰似這庬兒』。《盛世新聲》、吴梅藏録副本、《飲虹簃所刻曲》本、《全明散曲》本、翁敏華點校本、《朱有燉集》整理本從原刻。

殿前歡

詠酒色財氣〔一〕

您須知，好時光休要皺雙眉〔二〕。有花有酒同歡會，滿飲金杯。酒淹的衫袖濕，醉了呵齁齁睡，醒來也重還醉。喫了穿了，快活是便宜。

您須知，好時光儘我恣情爲〔三〕。嬌花嫩蕋成佳配，翠繞珠圍。保元陽且莫題，每日家鴛鴦會，儘夜裏鸞鳳對〔四〕。要了笑了，快活是便宜。

您須知，黄金難買咲嬉嬉〔五〕。有錢有鈔休慳細，有甚希奇。轉回首白髮催，積攢下成何濟，收拾著勞心力〔六〕。使了用了，快活是便宜。

您須知，饒人忍事不爲癡〔七〕。平生莫要争閑氣，枉費心機〔八〕。得讓時儘讓你，争甚麽名和利，論甚麽能和會〔九〕。忍了容了，快活是便宜〔十〕。

注釋

〔一〕《盛世新聲》卷一四無題，《雍熙樂府》卷一九題作『酒色財氣』，皆不註撰人。此曲寫酒色財氣，一首一題。案，明清散曲多以『酒色財氣』爲題，憲王曲中亦然。學者指出，『元明時期散曲俗調傳統之中，詠酒色財氣者甚多，乃是當時流行的風氣。』（鄭培凱：《酒色財氣與〈金瓶梅詞話〉的開頭》，《中華文史論叢》。一九八三年第四輯。）又，以酒色財氣入曲多言其害，諷世者多，憲王同類曲大多亦然。此曲不同，曲借酒色財氣表達及時行樂思想，其因或與憲王所處環境有關。

〔二〕您須知：《雍熙樂府》無此句，下同。《盛世新聲》、吴梅藏録副本、《飲虹簃所刻曲》本、《全明散曲》本、翁敏華點校本、《朱有燉集》整理本從原刻。

〔三〕好時光儘我恣情爲：《雍熙樂府》作『好時光盡我放心爲』。《盛世新聲》、吴梅藏録副本、《飲虹簃所刻曲》本、《全明散曲》本、翁敏華點校本、《朱有燉集》整理本從原刻。

〔四〕元陽：與元陰相對，指腎或元氣。清·董西園《醫級》卷一『論陰陽』：『元陽者即無形之火，以生以化，神機是也，性命係之，故亦曰元氣。』

〔五〕黄金難買咲嬉嬉：《雍熙樂府》作『黄金散盡還來日』。《盛世新聲》、吴梅藏録副本、《飲虹簃所刻曲》本、謝伯陽《全明散曲》本、翁敏華點校本、《朱有燉集》整理本從原刻。

〔六〕轉回首白髮催：《雍熙樂府》作『擠回首海塵飛』。積趲下成何濟：《雍熙樂府》作『杠積下成何濟』。收拾著勞心力：《雍熙樂府》作『興和寐勞心力』。以上《盛世新聲》、吴梅藏録副本、《飲虹簃所刻曲》本、《全明散曲》本、翁敏華點校本、《朱有燉集》整理本從原刻。

〔七〕饒人忍事不爲癡：《雍熙樂府》作『饒人一步不爲癡』。《盛世新聲》、吴梅藏録副本、《飲虹簃所刻曲》本、《全明散曲》本、翁敏華點校本、《朱有燉集》整理本從原刻。

〔八〕平生莫要争閑氣：《雍熙樂府》作『存仁存義休争氣』。《盛世新聲》、吴梅藏録副本、《飲虹簃所刻曲》本、《全明散曲》本、翁敏華點校本、《朱有燉集》整理本從原刻。

〔九〕得讓時儘讓你：《雍熙樂府》作『得讓時且讓伊』。争甚麽名和利，論甚麽能和會：《雍熙樂府》作『争待甚名和利，夸買甚能和會』。以上《盛世新聲》、吴梅藏録副本、《飲虹簃所刻曲》本、《全明散曲》本、翁敏華點校本、《朱有燉集》整理本從原刻。論：《盛世新聲》作『論』，《雍熙樂府》、吴梅藏録副本、《飲虹簃所刻曲》本、《全明散曲》本、翁敏華點校本、《朱有燉集》整理本從原刻。

〔十〕忍了容了：《雍熙樂府》作『忍了耐了』。《盛世新聲》、吴梅藏録副本、《飲虹簃所刻曲》本、《全明散曲》本、翁敏華點校本、《朱有燉集》整理本從原刻。

水仙子過折桂令

中秋夜登高翫月〔一〕

萬花臺上正中秋，坐對冰輪飲玉甌，夜深樓閣明如晝。露華清雲氣收，九霄中風力颼颼。任笑語驚神鬼，怕松篁碍斗牛，看河山襟帶中州〔二〕。看河山襟帶中州，歲稔時豐，物穰人稠〔三〕。手撫星河，口談風月，身在瀛洲。聽鳳管朱脣韻悠，按鸞箏素指滑熟。翠袖風流，玉液香浮〔四〕。直喫到月轉西巖，日上東樓〔五〕。

注釋

〔一〕《盛世新聲》卷一二無題，《雍熙樂府》卷二〇題作『中秋』，皆不註撰人。案，憲王此曲寫中秋登高賞月，全曲緊扣登高、翫月展開，境界闊達，氣勢非凡，足見憲王於風流自賞、不與世争外尚存狂放一面。

〔二〕河山：《雍熙樂府》倒文，作『山河』，《盛世新聲》作『浦山』，吴梅藏録副本、《飲虹簃所刻曲》本、《全明散曲》本、翁敏華點校本、《朱有燉集》整理本從原刻。笑語：吴梅藏録副本作『笑話』，《全明散曲》本、《飲虹簃所刻曲》本、翁敏華點校本從，誤。原刻如此，從。河山襟帶中州：案，中州指周藩駐地開封及其所轄土地。河山襟帶，説明周藩地處中原腹地，位置險要。

〔三〕河山：《雍熙樂府》倒文，作『山河』，《盛世新聲》、吴梅藏録副本、《飲虹簃所刻曲》本《全明散曲》本、翁敏華點校本、《朱有燉集》整理本從原刻。

〔四〕玉液：《雍熙樂府》作『玉體』。案，據曲意，誤。《盛世新聲》、吴梅藏録副本、《飲虹簃所刻曲》本、《全明散曲》本、翁敏華點校本、《朱有燉集》整理本從原刻。

〔五〕西巖：《雍熙樂府》作『西廊』，《盛世新聲》、吴梅藏録副本、《飲虹簃所刻曲》本、《全明散曲》本、翁敏華點校本、《朱有燉集》整理本從原刻。

賣花聲

八月十六日登高翫月〔一〕

月過十五光明好，人到中年氣勢豪，萬花臺上按箏簫〔二〕。太平時世，宫廷歡樂，永團圓百年和好〔三〕。

注釋

〔一〕《樂府群珠》卷一題同憲王原刻，下註『誠齋』作。《盛世新聲》卷一二無題，不註撰人。此曲創作時間與前首相鄰。寫中秋後一日即八月十六日登高翫月，由此曲末句知憲王感於太平盛世心境大好，故此曲境界氣勢與前此略可仿佛。

〔二〕『月過十五』句：本元人雜劇常用語『月過十五光明少，人到中年萬事休』，如關漢卿《蝴蝶夢》楔子：『月過十五光明少，人到中年萬事休。兒孫自有兒孫福，莫爲兒孫作遠憂。』此處憲王反用之，豪氣頓增。

〔三〕和好：《樂府群珠》作『和合』，《盛世新聲》、吴梅藏録副本、《飲虹簃所刻曲》本、《全明散曲》本、翁敏華點校本、《朱有燉集》整理本從原刻。

蟾宫令

題劉長史白雲小藁〔一〕

想當年長史劉醇，德行文章，高古清純。四十爲官，八十致仕，衆所推尊〔二〕。看晚節菊莊舊隱，發天葩梁苑閑人。掩卻衡門，守道修真〔三〕。閑將那胷内珠璣，醖釀做嶺上白雲〔四〕。

注釋

〔一〕《盛世新聲》卷一二無題，《雍熙樂府》卷一七題作『歸隱』，皆不註撰人。案，劉醇：一作劉淳，《明史》卷一三七有傳：『劉淳，南陽人。洪武末爲原武訓導。周王聘爲世子師。尋言於朝，補右長史，以正輔王。端禮門槐盛夏而枯。淳陳咎徵進戒。王用其言修省，枯枝復榮。王旌其槐曰「攄忠」。致仕十餘年而卒，年九十有七。』他如《太祖實録》卷二五〇、《國朝獻徵録》卷一〇五《周府長史劉先生淳傳》《横雲山人集》列傳三、康熙本《開封府志》卷二六

『人物』三有載，可參看。

〔二〕『四十爲官』句：據《國朝獻徵録》卷一〇五《周府長史劉先生淳傳》：『洪武二十五年（劉淳）以原武令陳義薦爲邑學訓導，周府辟東書堂，請劉淳爲之（有燉）師。』八十致仕，則劉淳致仕當在宣德八年，亦即《誠齋樂府》完成前一年。

〔三〕修真：《雍熙樂府》作『真誠』，《盛世新聲》、吴梅藏録副本、《飲虹簃所刻曲》本、《全明散曲》本、翁敏華點校本、《朱有燉集》整理本從原刻。

〔四〕案，此句《雍熙樂府》與憲王原刻異，作『胸藏珠璣，醞釀白雲』，《盛世新聲》、吴梅藏録副本、《飲虹簃所刻曲》本、《全明散曲》本、翁敏華點校本、《朱有燉集》整理本從原刻。

落梅風

贈妓〔一〕

蜂黄散，蝶粉乾，早春時可憐開綻。休把做殘花一例看，終則是牡丹風範。

注釋

〔一〕《盛世新聲》卷一二無題，《雍熙樂府》卷二〇題作『牡丹』，皆不註撰人。案，憲王此曲由『終則是牡丹風範』知所詠當非牡丹，蓋據牡丹習性，其開放時間在北方中原一帶已在四五月間，非曲中所謂『早春時可憐開綻』，故《雍熙樂府》所題當係望文生義所致。憲王原刻題作『贈妓』，以牡丹喻妓，云其雖爲殘花，終不失牡丹風範，可見憲王對妓女等下層女性之尊重，與其對女性一貫態度尤其是對青樓女子予以同情憐憫等態度可謂一脈相承。

紅綉鞋

詠美色〔一〕

黑鬒鬒鴉堆雲髻，曲彎彎黛掃蛾眉，綻櫻桃微露玉粳齊〔二〕。十分的嬌體態，一捏兒小年紀，也消得靠龍床挨鳳椅〔三〕。

注釋

〔一〕《樂府群珠》卷四題同憲王原刻《誠齋樂府》，下註『誠齋』撰。《盛世新聲》卷一二無題，《雍熙樂府》卷一八題作『題情』，皆不註撰人。《彩筆情辭》卷四題作『贈妓』，下署『元人辭』，誤。憲王所詠不在情而在色，《雍熙樂府》所題不當。曲寫美色反復皴染，於同類曲中確爲動人，而尤可稱道者在末句，『靠龍牀挨鳳椅』，風趣不乏仁厚憐愛之情，題作『詠美色』，卻無褻玩不敬意。

〔二〕鵶堆：《雍熙樂府》《彩筆情辭》作『高堆』，《樂府群珠》《盛世新聲》、吴梅藏録副本、《飲虹簃所刻曲》本、《全明散曲》本、翁敏華點校本、《朱有燉集》整理本從原刻。

〔三〕體態：《雍熙樂府》《彩筆情辭》作『艷體』。靠龍牀挨鳳椅：《雍熙樂府》《彩筆情辭》作『靠鴛屏挨鳳體』。《樂府群珠》《盛世新聲》、吴梅藏録副本、《飲虹簃所刻曲》本、《全明散曲》本、翁敏華點校本、《朱有燉集》整理本從原刻。又，捏：《樂府群珠》作『搯』。《樂府群珠》《盛世新聲》《雍熙樂府》、吴梅藏録副本、《飲虹簃所刻曲》本、《全明散曲》本、翁敏華點校本、《朱有燉集》整理本從原刻。挨：《樂府群珠》、翁敏華點校本作『换』。《樂府群珠》《盛世新聲》《雍熙樂府》、吴梅藏録副本、《飲虹簃所刻曲》本、《全明散曲》本、翁敏華點校本、《朱有燉集》整理本從原刻。

紅綉鞋

新歡〔一〕

原不慣星前月下，乍禁持雨困雲乏，被東風吹綻牡丹芽〔二〕。柳眉輕減翠，雲鬟亂堆鴉，風流病直害煞〔三〕。

注釋

〔一〕《樂府群珠》卷四題同憲王原刻，下註『誠齋』作。《盛世新聲》卷一二無題，《雍熙樂府》卷二〇題作『嘲竊情』，皆不註撰人。陳大聲《樂府全集·月香亭稿》收此曲，題同憲王原刻，疑誤。憲王此曲如題，寫男女風流。《雍熙樂府》題『嘲竊情』，由首句『原不慣星前月下，乍禁持雨困雲乏』知所謂新歡確有偷情之嫌，末句『風流病直害煞』似亦不無嘲諷意，故《雍熙樂府》所題似較原刻確當。

〔二〕星前月下：指月夜良宵。禁持：忍耐把持意。《喻世明言》卷二十三《張舜美燈宵得麗女》：『説那女子被舜美撩弄，禁持不住。』吴梅藏録副本、《飲虹簃所刻曲》本、翁敏華點校本、《全明散曲》本、《朱有燉集》整理本作『禁待』，案憲王原刻偏旁部分字跡漶漫，似『持』，近代以來諸本作『待』，誤。《樂府群珠》《盛世新聲》《雍熙樂府》《月香亭稿》作『持』，當是。雨困雲乏：喻男女情事後羞澀疲倦。東風吹綻牡丹芽：喻男女情事。芽：《雍熙樂府》脱，《樂府群珠》《盛世新聲》、吴梅藏録副本、《飲虹簃所刻曲》本、《全明散曲》本、翁敏華點校本、《朱有燉集》整理本從原刻。

〔三〕直：《雍熙樂府》作『索』，《樂府群珠》《盛世新聲》、吴梅藏録副本、《飲虹簃所刻曲》本、《全明散曲》本、翁敏華點校本、《朱有燉集》整理本從原刻。煞：《月香亭稿》作『殺』，他本從原刻。

一半兒

詠情〔一〕

懷兒中摑惜費温存，燈兒下觀擔越可人，床兒前央及到半時辰〔二〕。笑忻忻，一半兒誰辭，一半兒肯〔三〕。

纖腰恰褪綉羅裙，寶髻斜堆玉枕雲，粉腮春透熱氤氳〔四〕。汗津津，一半兒佯羞，一半兒親。

不禁春色眼兒涎，不慣行雲猶氣喘，金釵斜墜鬢雲邊〔五〕。鏡臺前，一半兒鬔鬆，一半兒偏。

俏心腸端的性難拿，冷句兒將人傒落煞，盟山誓海口熟滑〔六〕。俏冤家，一半兒真誠，一半兒假。

注釋

〔一〕《盛世新聲》卷一二無題，《雍熙樂府》卷二〇題作『題情』，《群音類選》題作『詠俏』，皆不註撰人。《彩筆情辭》卷四收第一、三首，題作『麗情』，作者署『陳大聲』。陳氏《樂府全集·可雪齋稿》題作『風情』，收此四首，當爲編者誤選。憲王此曲由四首小令組成，一首一景，分寫男女調情入巷四種情形，第一首情挑，女方半推半就；第二首寫男女親暱，情感熱烈；第三、四首寫男女交歡及雲雨過後海誓山盟。用語淺俗，頗具時調風味，惜乎寫情過於香艷。

〔二〕案，擔：《飲虹簃所刻曲》本作『瞻』，同《雍熙樂府》《盛世新聲》、吴梅藏録副本。《全明散曲》本、翁敏華點校本、《朱有燉集》整理本從。又，此句所有『兒』化韻，《雍熙樂府》《彩筆情辭》皆脱。《盛世新聲》、吴梅藏録副本、《飲虹簃所刻曲》本、《全明散曲》本、翁敏華點校本、《朱有燉集》整理本同原刻。惜：《盛世新聲》作『懽』，《雍熙樂府》《彩筆情辭》、吴梅藏録副本、《飲虹簃所刻曲》本、《全明散曲》本、翁敏華點校本、《朱有燉集》整理本同原刻。下：《盛世新聲》作『丁』，《雍熙樂府》《彩筆情辭》、吴梅藏録副本、《飲虹簃所刻曲》本、《全明散曲》本、翁敏華點校本、《朱有燉集》整理本皆同原刻。擔：《盛世新聲》《雍熙樂府》《彩筆情辭》《可雪齋稿》、吴梅藏録副本、《飲虹簃所刻曲》本、《全明散曲》本、翁敏華點校本作『瞻』。央：吴梅藏録副本作『安』，吴校改作『央』。《雍熙樂府》《彩筆情辭》《盛世新聲》《飲虹簃所刻曲》本、《全明散曲》本、翁敏華點校本、《朱有燉集》整理本同原刻。

〔三〕誰：《盛世新聲》《雍熙樂府》《彩筆情辭》作『推』，《可雪齋稿》《飲虹簃所刻曲》本、《全明散曲》本、翁敏華點校本、《朱有燉集》整理本從《盛世》《雍熙》。又，吴梅藏録副本同原刻，吴校改作『推』，当是。

〔四〕斜堆：《雍熙樂府》作『斜垂』，《盛世新聲》、吴梅藏録副本、《飲虹簃所刻曲》本、《全明散曲》本、翁敏華點校本從原刻。又，《雍熙樂府》所收第二首、三首次序顛倒。

〔五〕斜墜：《雍熙樂府》作「斜溜」，《盛世新聲》、吴梅藏録副本、《飲虹簃所刻曲》本、《全明散曲》本、翁敏華點校本從原刻。

〔六〕俏心腸：《雍熙樂府》作「俏心」，脱「腸」字。《盛世新聲》《彩筆情辭》、吴梅藏録副本、《飲虹簃所刻曲》本、《全明散曲》本、翁敏華點校本從原刻。泠句兒：《雍熙樂府》《彩筆情辭》同前脱「兒」字。《盛世新聲》、吴梅藏録副本、《飲虹簃所刻曲》本、《全明散曲》本、翁敏華點校本從原刻。又，泠：吴梅藏録副本作「泠」，吴校改作「冷」。《盛世新聲》《雍熙樂府》《彩筆情辭》《飲虹簃所刻曲》本、《全明散曲》本、翁敏華點校本從原刻。

落梅風

乞美醖作〔一〕

清香透，醅甕開，味甘如醍醐沆瀣〔二〕。願相慰老兄吟詠懷，分與我一壺春色〔三〕。

注釋

〔一〕《盛世新聲》卷一二無題，《雍熙樂府》卷二〇題作『病懷』，皆不註撰人。美醞：美酒。《宋史》『文苑傳四·郭忠恕本傳』：『多遊王侯公卿家，或待以美醞。』乞美醞作，顯然是爲乞美酒而作。曲前半部分寫美酒之美，後半部分寫美酒同享。曲雖短，味悠長，一掃平素藩王尊貴氣象，從中可見憲王爲人之謙和。

〔二〕醅甕：酒壇子。元·吴弘道【金字經】：『這家村醪盡，那家醅甕開。賣了肩頭一擔柴，哈，酒錢懷内揣。』沆瀣：珍貴的飲料。唐·楊巨源《春日奉獻聖壽無疆詞》其八：『樂報《簫韶》發，杯看沆瀣生。』此處言美酒味美令人回味無窮。

〔三〕老兄：自指。《雍熙樂府》作『老夫』，《盛世新聲》、吴梅藏録副本、《飲虹簃所刻曲》本、《全明散曲》本、翁敏華點校本、《朱有燉集》整理本從原刻。一壺春色：一壺好酒。南宋·陸游《夢中作》：『一壺春色常供醉，萬里煙波懶問程。』

折桂令

勸人□□〔一〕

本是箇章臺前路柳墻花，怎做得鸞鳳雙飛，美玉無瑕。可惜了良夜千金，止算了春風一度，知他是明月誰家〔二〕。想當日蝶粉蜂黄在那答，見如今鶯朋燕友交雜。拖狗皮從他，踏狗尾休誇，補填了李孔目的缺兒，挑剔了王臘梅的根芽〔三〕。

注釋

〔一〕案，此曲題目第三字漶漫不清，第四字脱落。《盛世新聲》卷一二無題，不註撰人。曲言妓女無情，難有恩愛姻緣。故題目所謂『勸人』云云，當係勸人誡嫖之類。

〔二〕止算了：《盛世新聲》作『也算了』，吴梅藏録副本、《飲虹簃所刻曲》本、《全明散曲》本、翁敏華點校本、《朱有燉集》整理本從原刻。

〔三〕李孔目：元雜劇人物，多扮演姦夫淫婦受害者，如元水滸劇《大夫小妻還牢末》所謂『補填了李孔目的缺兒』，意即步李孔目後塵。王臘梅：元雜劇中多用來作爲通姦害夫的淫婦代稱，典型者如元水滸雜劇《争報恩三虎下山》。又，根芽：吴梅藏録副本作『根第』，吴校改作『芽』，且云：『恨似應作根。』

沽美酒帶過快活年

嘲子弟〔一〕

鍮石銅生性格，魚目珠少光澤，假骨董相瞞零碎買〔二〕。怎比那金廂的項牌，千人偷萬人賣〔三〕。

致令的數十日相思骨如柴，你也索自裁、自裁，强尋著野薔薇内園裏栽〔四〕。虧欠下鶯花債，忔憁的懨懨害，端的是因甚來。

注釋

〔一〕《雍熙樂府》卷二〇題同憲王原刻，《盛世新聲》卷一二無題，皆不註撰人。憲王此曲嘲子弟沉淪風月貽害無窮。案，憲王詩詞曲及雜劇類似作品甚多，對風月子弟等勸導不遺餘力，用世之心良苦。如《香囊怨》第一折劉盼春唱【仙侣·點絳唇】『你則待錢蓋門楣，錢鋪堦砌。你則待鑽在錢内，將錢做牀席，横躺在錢堆上睡。』可見風月生活唯錢是尊，害人匪淺。

〔二〕鍮石：一種黄色有光澤的礦石，即黄銅礦石。與『銅生』意同，皆言子弟性格愚頑。又，鍮：吴梅藏録副本作『鑰』，吴校改同原刻。《雍熙樂府》《盛世新聲》《飲虹簃所刻曲》本、《全明散曲》本、翁敏華點校本、《朱有燉集》整理本從原刻。魚目珠：常與明珠相對，言其質地低劣，毫無價值。又，文學作品常以此比喻女子由於世故而漸失天真。如《紅樓夢》第五十九回賈寶玉言：『女孩兒未出嫁，是顆無價之寶珠；出了嫁，不知怎麽就變出許多不好的毛病來，雖是顆珠子，卻没有光彩寶色，是顆死珠了；再老了，更變的不是顆珠子，竟是魚眼睛了。分明一個人，怎麽變出三樣來。』賈寶玉所説『魚眼睛』，其意與此處所言『魚目珠』相近。瞞：即瞞意。《雍熙樂府》作『瞞』，吴梅藏録副本、《飲虹簃所刻曲》本、《全明散曲》本、翁敏華點校本、《朱有燉集》整理本從原刻。此處言子弟性格愚頑，妓女唯錢是尊，難有真情。

〔三〕怎比那：《雍熙樂府》脱『怎』字。的：《雍熙樂府》脱。以上《盛世新聲》、吴梅藏録副本、《飲虹簃所刻曲》本、《全明散曲》本、翁敏華點校本、《朱有燉集》整理本從原刻。

〔四〕案，此句《雍熙樂府》脱『致令的』『你也索』等襯字，《盛世新聲》、吴梅藏録副本、《飲虹簃所刻曲》本、《全明散曲》本、翁敏華點校本、《朱有燉集》整理本從原刻。

滿庭芳

戲作〔一〕

當家體統，奴僕温飽，倉庫盈豐。便有那子弟每要串花衕衕，正與他倒舵隨風〔二〕。便使了一錠鈔無虧歲用，便將了半斤銀未必貧窮。相和閧，常言道不癡不聾，不做大家翁。

注釋

〔一〕《盛世新聲》卷一二無題，不註撰人。憲王此曲以戲謔口吻嘲富家子弟迷戀風月，揮霍敗家。所謂『便使了一錠鈔無虧歲用，便將了半斤銀未必貧窮』等，語含譏刺，辛辣犀利，正可謂『正語反説』，效果明顯。

〔二〕花衚衕：一作花街，代妓院。明·賈仲明《玉壺春》第二折：『我是個翠紅堆傅粉的何郎，花衚衕畫眉的張敞。』正：《盛世新聲》作『且』，吴梅藏録副本、《飲虹簃所刻曲》本、《全明散曲》本、翁敏華點校本、《朱有燉集》整理本從原刻。舵：吴梅藏録副本作『舥』，吴校改作『舵』。《盛世新聲》《飲虹簃所刻曲》本、《全明散曲》本、翁敏華點校本、《朱有燉集》整理本從原刻。

水仙子

今歲汴中，大風數次，揚塵播土，街市園圃，咫尺不辨。偶值席上戲佐樽之伶者，且感舊云〔一〕。

粉團兒刮做了土團兒，花朵兒吹成了泥朵兒，錦堆兒埋做了沙堆子〔二〕。便有那俊龐兒憔悴死，想當日曾陪在帝輦京師〔三〕。鬧穰穰風流行市，齊整整鶯花擔兒，幾曾見灰老鼠般包手帕的人兒〔四〕。

注釋

〔一〕《盛世新聲》卷一二無題，不註撰人。今歲：不詳。開封瀕臨黄河，每年春季風起，黄沙滿天，憲王詩文詞曲多有反映，此曲亦然。比較來説，此曲與前此相異處在於，寫風大，以側筆出之，寫佐樽伶者爲風沙摧殘，前後相映，筆法輕盈，幽默風趣，戲謔而不乏尊重。

〔二〕粉團兒、花朵兒、錦對兒：寫伶者之美。土團兒、泥朵兒、沙對子：言伶者遭風沙摧殘，反襯風沙之大。

〔三〕京師：當指南京。此處照應『且感舊云』，言伶者昔日侍從京師富貴繁華生活。

〔四〕行：《盛世新聲》脱，吴梅藏録副本、《飲虹簃所刻曲》本、《全明散曲》本、翁敏華點校本、《朱有燉集》整理本從原刻。

醉太平

賞樂工家伶女劉盼春貞烈自盡〔一〕

貞烈似王凝妻性格，清標如卓氏女情懷〔二〕。他比那蔣蘭英死的又明白，與您衆猱兒出色〔三〕。（這孩兒）一生不欠煙花債，一心不惹風塵態，一身不到雨雲臺，落一箇婦名兒也喝采〔四〕。

注釋

〔一〕《盛世新聲》卷一二無題，《雍熙樂府》卷一七題作『妓節』，皆不註撰人。《彩筆情辭》卷一二題『傷妓節』，下署『元人辭』，誤。《北宮詞紀外集》題作『妓劉盼春死節』，下署『誠齋』作。憲王此曲贊劉盼春貞烈操守，堪爲風塵楷模。兹案，劉盼春事跡不見當地志書，正所謂：『惜乎此女子出於風塵之中，不能如良家者同，聞諸上司。』（憲王《新編劉盼春守志香囊怨序》）其事跡，憲王《香囊怨序》載云：『三綱五常之理，在天地間未嘗泯絶，惟人之物欲交蔽，昧夫天理，故不能咸守此道也。近者山東卒伍有婦人，死節於其夫，予喜新聞紙事，乃爲之作傳奇一帙，表其行操，繼而思之，彼乃良家之子，閨門之教，或所素聞猶可以爲常理耳。至若構肆中女童而能死節於其良人，不猶爲難耶？去歲河南樂籍中樂工劉鳴高之女，年及笄配於良民周生者，與之情好甚篤。而生之父母訓嚴，苦禁其子，拘緊之不令往來，自後遂絶不通。女子亦能守志，貞潔不污，女之父母以衣食之艱，逼令其女復爲迎送之事。值富商賫金帛往求之，母必欲奪其志，加之捶楚，女終不從。周生聞之，致書綴詞，令其從彼父母之命，勿以生爲念累。女得詞，咲而謂曰：「妾豈常人比也，既委身於子，豈可他適耶？」居數日，其父母復欲逼之，使與富商爲配。女從容入房，自縊而死。及火其尸，焚其餘燼，而所配香囊尚存。其父母取而觀之，中藏所得生寄之詞簡一紙，宛然如故。衆嘆驚異，以爲情之所鍾，堅如金石，雖經乎水火，終不能消其怨也。予因爲製傳奇，名之曰《香囊怨》，以表其節操。惜乎此女子出於風塵之中，不能如良家者同，聞諸上司。旌表其行，憐其生於難守節操之所，而又難能表白於後世，可爲之深嘆也矣。故爲之序。』明梅鼎祚《青泥蓮花記》卷六亦載：『劉盼春者，汴梁樂工劉鳴高女。年十八，初定情於汴人周恭，兩情甚篤。而恭父嚴禁之，不令往來，絶不通者半載，盼春杜門以待。有雲間富商賫金帛往，母必欲奪其志，固不應，加之箠楚。恭聞之，致書使且從母命，其略云：縱遠鶯朋燕友，難禁蝶使蜂媒。既居月户雲窗，莫吝風期雨會。暫時依彼，將就瓦全；終日違他，恐防玉碎。因綴以詞曰：阻佳期，盼佳期，欲寄鸞箋雁字稀，新詞和淚題。怕分離，又分離，無限相思訴與誰？此情風月知。蓋《長相思》調也。盼春得詞，笑曰：「妾豈常人比哉！既委身於子，可他適耶？」居數日，復逼之，投繯而死。及火其尸，餘燼悉焚而所佩香囊獨鮮好。取而發之，中藏所得恭詞簡，一紙宛然如故。衆皆驚異。事在宣德七年。周藩誠齋爲傳奇曰《香囊怨》，且自序以表其節焉。』明王九思《碧山樂府》：「【梁州】他曾學孟光女齊眉舉案，他勝似劉盼春守志香囊。」又，劉盼春：憲王刻本「盼」字與「聘」字似是而非，吴梅等人及此後諸本作「聘」，聯繫憲王雜劇及《青泥蓮花記》，當爲「盼」。

〔二〕王凝妻：五代時人，姓李。宋·司馬光《家範》卷八『妻上』：『周虢州司户王凝妻李氏，家青齊之間。凝卒於官，家素貧，一子尚幼。李氏攜其子，負其遺骸以歸。東過開封，止旅舍，主人見其婦人獨攜一子而疑之，不許其宿。李氏顧天已暮，不肯去。主人牽其臂而出之。李氏仰天慟曰：「我爲婦人，不能守節，而此手爲人執耶！不可以一手並汙吾身。」即引斧自斷其臂。路人見者，環聚而嗟之，或爲之泣下。開封尹聞之，白其事於朝官，爲賜藥封瘡，恤李氏而笞其主人。若此，可謂能清潔矣。』卓氏女：即卓文君，事見司馬遷《史記·司馬相如列傳》《西京雜記》卷三亦載。

〔三〕蔣蘭英：元雜劇人物，生平事跡未詳。錢南揚先生《宋元戲文輯佚》『蔣蘭英生死夫妻』條：『《南詞敘録》「宋元舊篇」著録，作《生死夫妻》。《曲譜》徵引，或題《蔣蘭英》，或題《生死夫妻》，當然都是簡稱，今題作《蔣蘭英生死夫妻》。』馮沅君先生《古劇説匯》云：『在寫《南戲拾遺》時，我們對於蔣蘭英的本事是完全茫然的。後於《雍熙樂府》中得些許材料。該書無名氏的（妓節）《醉太平》云：「貞烈似王凝妻性格，清標如卓氏女情懷。他比那蔣蘭英死的不明白（案，馮先生所引如此），與您衆猱兒出色。」據此則蔣蘭英似乎是個妓女之守節者。』（馮沅君：《古劇説匯》，商務印書館一九四七年版，第二二〇頁。）案，死的又明白：《彩筆情辭》作『死得不明白』，意反，訛。您：《彩筆情辭》作『恁』。《盛世新聲》《雍熙樂府》、吴梅藏録副本、《飲虹簃所刻曲》本、《全明散曲》本、翁敏華點校本、《朱有燉集》整理本從原刻。

〔四〕這孩兒：《雍熙樂府》《彩筆情辭》脱，《盛世新聲》、吴梅藏録副本、《飲虹簃所刻曲》本、《全明散曲》本、翁敏華點校本、《朱有燉集》整理本從原刻。婦名兒：《彩筆情辭》作『清名兒』，《盛世新聲》、吴梅藏録副本、《飲虹簃所刻曲》本、《全明散曲》本、翁敏華點校本、《朱有燉集》整理本從原刻。

紅綉鞋

贈寶花三月十八日病中作〔一〕

三月暮春容漸老，一枝花恰簇瓊瑶，玉蕋金枝正妖嬈。怎教人不歎息，怎教人不心焦，把這等好光陰辜負了〔二〕。

花撲撲蟬開玉翅，顫巍巍蕋散金絲，寶妝成翠葉簇花枝〔三〕。年紀兒纔二八，嬌滴滴正當時，怎地肯倦尋芳辜負尔〔四〕。

注釋

〔一〕《盛世新聲》卷一二無題，《雍熙樂府》卷二〇第一首題作『贈妓寶花兒』，第二首題作『題情』，皆不註撰人。《樂府群珠》卷四題作『暮春贈妓寶花』，下註『誠齋』作。《彩筆情辭》録第二首，下署『元人辭』，誤。寶花：由曲意似爲周藩王府歌姬。曲題『三月十八日病中作』，然因曲中除此並無更爲詳細的時間信息，其具體創作時間難考。由同卷【落梅風】序『甲寅歲春三月望日，予病咳痊愈』云云，如此曲與【落梅風】作於同時，其創作時間當爲宣德九年。惜二曲並無直接或間接證據予以證實，故只能存疑。曲寫憲王病體不堪，春光漸老，惜春之餘，兼及惜人。『年紀兒纔二八』，點題，且隱約可見作者所詠對象非物。或亦因此，《雍熙樂府》《樂府群珠》諸書徑題『贈妓寶花兒』『暮春贈妓寶花』等。

〔二〕光陰：《雍熙樂府》作『光景』，《盛世新聲》、吴梅藏録副本、《飲虹簃所刻曲》本、《全明散曲》本、翁敏華點校本、《朱有燉集》整理本從原刻。

〔三〕案，此處寫寶花年正青春，風姿綽約。以花比人，狀其美。案，此曲纏綿婉約，含蓄藴藉。如無『年紀兒纔二八』句，很容易讓人誤解爲寫春、寫花。

〔四〕怎地肯：《雍熙樂府》作『我怎肯』。《樂府群珠》作『怎的看』。倦：《雍熙樂府》作『別』。以上《盛世新聲》、吴梅藏録副本、《飲虹簃所刻曲》本、《全明散曲》本、翁敏華點校本、《朱有燉集》整理本從原刻。尓：《飲虹簃所刻曲》本作『你』，《雍熙樂府》《盛世新聲》《樂府群珠》、吴梅藏録副本、《全明散曲》本、翁敏華點校本、《朱有燉集》整理本從原刻。

南北曲楚江情帶過金字經

詠閨情五更傳〔一〕

一　更〔二〕

一更夜氣清，瑶堦露零，奴家等得燈半昏，强將針指寄閑情也〔三〕。思量薄倖，全無志誠，今宵那答花徑行〔四〕？撇得人冷冷清清，門掩孤幃静〔五〕。紅鴛被怎温？紅鴛被怎温，青鸞夢未成，又感起相思病，又感起相思病〔六〕。

感起相思病，一更來不來？斜倚定銀筝淚滿腮〔七〕。淚滿腮，敲才忒分外〔八〕。做下了風流債，這因緣簿怎揩〔九〕？

二　更

二更露正涼，金爐爇香，簷間鐵馬聲韻揚，悶推鴛枕唤梅香也〔十〕。把銀燈點上，羅衾欸張，知他在誰家繫馬嘶緑楊〔十一〕。多管是路柳墻花，引得他心飄蕩。月兒過粉墻，月兒過粉墻，風兒透紙窗，怎受得淒涼況〔十二〕。

怎受淒涼況，二更夜轉深，短嘆長吁淚滿襟。淚滿襟，休將盟誓尋。想著他薄情甚，寃家忒負心〔十三〕。

三　更

三更玉漏遲，殘燈影移，堦前促織兒相伴啼。早知他不是箇志誠的也。因緣匹配，如何肯依，到如今落得空怨悽〔十四〕。他將那説過的盟言，只做箇牙疼誓〔十五〕。芭蕉細雨催，芭蕉細雨催，梧桐清露滴，都做了傷情淚〔十六〕。

都做傷情淚，三更心越焦，倒枕捶牀眼怎交〔十七〕。眼怎交，偷睛窗外瞧。只恐怕他來到，把門兒休閉了〔十八〕。

四　更

四更睡思纏，騰騰困眠，分明夢裏來近前，我罵他薄情相負是何緣也〔十九〕。他心兒又善，口兒又甜，牀兒前跪膝稱可憐，怎下得將他惡語相埋怨〔二十〕。一輪明月圓，一輪明月圓，千金良夜天，欲共效于飛愿〔二十一〕。

共效于飛愿，香羅帶解開，玉軟香温抱滿懷〔二十二〕。抱滿懷，霎然驚覺來〔二十三〕。孤燈在，空閑了雲雨臺〔二十四〕。

五　更

五更覺夜長，教奴怎當，終宵錦被閑了半牀，方纔得睡又驚慌也。梅香來報，情人在堂，奴家不應閃了燈光，低簌羅幃，强把他攔擋。傷心淚兩行，傷心淚兩行，薄情紙半張，他認了夜宿在平康巷〔二十五〕。

夜宿平康巷，鐘鳴恰到家，我百樣禁持傒落他〔二十六〕。傒落他，床兒前忙跪下。他道是今番罷，再來呵花街也不去踏〔二十七〕。

注釋

〔一〕《盛世新聲》卷一二無題，《雍熙樂府》卷一五題作『盼望』，皆不註撰人。《吴歈翠雅》題作『夜懷』，《詞林逸響》《萬錦清音》題作『野思』，皆署『梅禹金』作。《南音三籟》題作

『野思』。《南詞新譜》卷一二録首曲，皆註『誠齋』作。《吴騷二集》題同《詞林逸響》《吴騷合編》題作『閨怨』，皆註『古調』。《古今奏雅》題同《南音三籟》，惟目次闕頁，不詳撰者。《樂府萬象新》卷一《南北教坊新此傳賽鬧五更銀紐絲》於《鬧五更銀紐絲》後接此曲，未署撰者。謝伯陽先生《全明散曲》本於此曲後註甚詳，可參看。又案，傅：憲王原刊如此，當係誤刻。吴梅藏録副本從，吴校曰：『傅應作轉』，當是。謝伯陽《全明散曲》本、趙曉紅《朱有燉集》本等皆然。曲題『閨情』，作者以五更爲序，寫女主人公盼郎及情人不至所帶來的情感波動，有對美好婚姻愛情的憧憬，有對情人未至所産生的不滿，乃至『怨恨』，全篇層次井然，寫情細膩，如泣如訴，真摯感人。

〔二〕案，『一更』曲，《南詞新譜》卷一二『羅江風』散曲條下於所引【香羅帶】【一江風】曲後云：『舊譜末三句式【怨别離】，而無考。然此三句與【一江風】正同，只以【一江風】唱之爲是。又案，《誠齋樂府》將此調改作【楚江情】，蓋惡怨字也。然觀一更夜氣清諸曲中，多思量薄倖三句，梁伯龍以爲似【皂羅袍】，非也。思量二句即是擔閣你度青春二句，但每句各增一字耳。今有那搭一句，即【香羅帶】中珠□翠□一句也，今載於後。』又一題【楚江情】者下署『《誠齋樂府》』，下註『周獻（憲）王作』，所引曲即此曲。

〔三〕閑情：《雍熙樂府》作『多情』，《樂府萬象新》《萬錦清音》《盛世新聲》《飲虹簃所刻曲》本、《全明散曲》本、翁敏華點校本、《朱有燉集》整理本從原刻。

〔四〕思量薄倖：《雍熙樂府》作『才郎薄倖』，《樂府萬象新》《萬錦清音》《盛世新聲》、吴梅藏録副本、《飲虹簃所刻曲》本、《全明散曲》本、翁敏華點校本、《朱有燉集》整理本從原刻。今宵那答花徑行：《南詞新譜》卷一二作『今宵那搭兒花徑行』。曲後附言：『那搭猶言那邊、那廂，北曲中每用之，不知者改作那得，可笑之甚。』《雍熙樂府》『那答』作『那得』，《樂府萬象新》《萬錦清音》《盛世新聲》、吴梅藏録副本、《飲虹簃所刻曲》本、《全明散曲》本、翁敏華點校本、《朱有燉集》整理本從原刻。花徑：花街柳巷，即妓院。

〔五〕案，此句《雍熙樂府》稍異，作『冷冷清清，撇得孤幃静』，《樂府萬象新》《萬錦清音》《盛世新聲》、吴梅藏録副本、《飲虹簃所刻曲》本、《全明散曲》本、翁敏華點校本、《朱有燉集》整理本從原刻。

〔六〕未成：《雍熙樂府》作『未諧』。又：《雍熙樂府》脱。相思病：《雍熙樂府》作『相思病體些』。以上《樂府萬象新》《萬錦清音》《盛世新聲》、吴梅藏録副本、《飲虹簃所刻曲》本、《全明散曲》本、翁敏華點校本、《朱有燉集》整理本從原刻。

〔七〕感起相思病：《雍熙樂府》脱。一更：《雍熙樂府》作『一更裡』。定：《雍熙樂府》脱。以上《樂府萬象新》《萬錦清音》《盛世新聲》、吴梅藏録副本、《飲虹簃所刻曲》本、《全明散曲》本、翁敏華點校本、《朱有燉集》整理本從原刻。

〔八〕敲才：即喬才，對情人昵稱。

〔九〕案,此句襯字『做下了』『這』,《雍熙樂府》脱。《樂府萬象新》《萬錦清音》《盛世新聲》、吴梅藏録副本、《飲虹簃所刻曲》本、《全明散曲》本、翁敏華點校本、《朱有燉集》整理本從原刻。

〔十〕鐵馬:風鈴别稱。也:《雍熙樂府》脱,《樂府萬象新》《萬錦清音》《盛世新聲》、吴梅藏録副本、《飲虹簃所刻曲》本、《全明散曲》本、翁敏華點校本、《朱有燉集》整理本從原刻。下同。

〔十一〕把:《雍熙樂府》脱,《樂府萬象新》《萬錦清音》《盛世新聲》、吴梅藏録副本、《飲虹簃所刻曲》本、《全明散曲》本、翁敏華點校本、《朱有燉集》整理本從原刻。緑:吴梅藏録副本作『緣』,吴校改作『緑』,同原刻。

〔十二〕泥:吴梅藏録副本作『泥』,吴校改作『泥』。《樂府萬象新》《南詞新譜》《萬錦清音》《盛世新聲》《飲虹簃所刻曲》本、《全明散曲》本、翁敏華點校本、《朱有燉集》整理本從原刻。

〔十三〕薄情:《雍熙樂府》作『别情』。負心:《雍熙樂府》作『狠心』。以上《樂府萬象新》《萬錦清音》《盛世新聲》、吴梅藏録副本、《飲虹簃所刻曲》本、《全明散曲》本、翁敏華點校本、《朱有燉集》整理本從原刻。

〔十四〕匹配:《雍熙樂府》作『配』,脱『匹』字。《樂府萬象新》《萬錦清音》《盛世新聲》、吴梅藏録副本、《飲虹簃所刻曲》本、《全明散曲》本、翁敏華點校本、《朱有燉集》整理本從原刻。到如今落得空怨悽：《萬錦清音》此句作『到如今只落得空怨悽』。《盛世新聲》作『到如今落篇空怨悽』，《樂府萬象新》《南詞新譜》、吴梅藏録副本、《飲虹簃所刻曲》本、《全明散曲》本、翁敏華點校本、《朱有燉集》整理本從原刻。

〔十五〕此句《雍熙樂府》稍異，作『説來的盟言，都做了牙疼誓』，《樂府萬象新》《南詞新譜》、吴梅藏録副本、《飲虹簃所刻曲》本、《全明散曲》本、翁敏華點校本、《朱有燉集》整理本從原刻。

〔十六〕芭蕉細雨催：《雍熙樂府》兩句脱一句，《樂府萬象新》《南詞新譜》、吴梅藏録副本、《飲虹簃所刻曲》本、《全明散曲》本、翁敏華點校本、《朱有燉集》整理本從原刻。清露滴：《萬錦清音》作『清露垂』；傷情淚：《萬錦清音》作『相思淚』。以上《樂府萬象新》《雍熙樂府》《南詞新譜》《盛世新聲》、吴梅藏録副本、《飲虹簃所刻曲》本、《全明散曲》本、翁敏華點校本、《朱有燉集》整理本從原刻。

〔十七〕捶：《雍熙樂府》作『垂』，《樂府萬象新》《南詞新譜》、吴梅藏録副本、《飲虹簃所刻曲》本、《全明散曲》本、翁敏華點校本、《朱有燉集》整理本從原刻。

〔十八〕只恐怕：《雍熙樂府》省作『只怕』，《樂府萬象新》《盛世新聲》《南詞新譜》吴梅藏録副本、《飲虹簃所刻曲》本、《全明散曲》本、翁敏華點校本、《朱有燉集》整理本從原刻。把：吴梅藏録副本作『杷』，吴校改作『把』。《雍熙樂府》脱。《樂府萬象新》《南詞新譜》

《盛世新聲》、吴梅藏録副本、《飲虹簃所刻曲》本、《全明散曲》本、翁敏華點校本、《朱有燉集》整理本從原刻。

〔十九〕近前：《雍熙樂府》作『相見』，《樂府萬象新》《南詞新譜》《盛世新聲》、吴梅藏録副本、《飲虹簃所刻曲》本、《全明散曲》本、翁敏華點校本、《朱有燉集》整理本從原刻。

〔二十〕跪膝：《雍熙樂府》作『跪著』。得：《雍熙樂府》作『的』。將他惡語：《雍熙樂府》倒文，作『惡語將他』。《樂府萬象新》《南詞新譜》《盛世新聲》、吴梅藏録副本、《飲虹簃所刻曲》本、《全明散曲》本、翁敏華點校本、《朱有燉集》整理本從原刻。

〔二十一〕天：《雍熙樂府》作『來』，訛。欲共效于飛愿：《雍熙樂府》異，作『共效于飛兩意諧』。以上《樂府萬象新》《南詞新譜》《盛世新聲》、吴梅藏録副本、《飲虹簃所刻曲》本、《全明散曲》本、翁敏華點校本、《朱有燉集》整理本從原刻。

〔二十二〕共效于飛愿：《雍熙樂府》作『兩意諧』。帶：《雍熙樂府》脱。香温：《雍熙樂府》作『香嬌』。以上《樂府萬象新》《南詞新譜》《盛世新聲》、吴梅藏録副本、《飲虹簃所刻曲》本、《全明散曲》本、翁敏華點校本、《朱有燉集》整理本從原刻。

〔二十三〕抱滿懷：《雍熙樂府》脱。雯然：《雍熙樂府》作『雯時間』。以上《樂府萬象新》《南詞新譜》《盛世新聲》、吴梅藏録副本、《飲虹簃所刻曲》本、《全明散曲》本、翁敏華點校本、《朱有燉集》整理本從原刻。

〔二十四〕案，《樂府萬象新》於此句後多出「怎挨」二字。《雍熙樂府》《南詞新譜》《盛世新聲》、吴梅藏録副本、《飲虹簃所刻曲》本、《全明散曲》本、翁敏華點校本、《朱有燉集》整理本從原刻。了：《雍熙樂府》脱，《樂府萬象新》《南詞新譜》《盛世新聲》、吴梅藏録副本、《飲虹簃所刻曲》本、《全明散曲》本、翁敏華點校本、《朱有燉集》整理本從原刻。

〔二十五〕傷心淚兩行：《雍熙樂府》兩句脱一句。認了：《雍熙樂府》脱。以上《樂府萬象新》《南詞新譜》《盛世新聲》、吴梅藏録副本、《飲虹簃所刻曲》本、《全明散曲》本、翁敏華點校本、《朱有燉集》整理本從原刻。

〔二十六〕夜宿平康巷：《雍熙樂府》於「宿」「平」間衍一「在」字。我：《雍熙樂府》脱。他：《雍熙樂府》作「殺」，下句同。以上《樂府萬象新》《南詞新譜》《盛世新聲》、吴梅藏録副本、《飲虹簃所刻曲》本、《全明散曲》本、翁敏華點校本、《朱有燉集》整理本從原刻。傒落：即奚落，説話尖酸刻薄意。

〔二十七〕再來呵花街也不去踏：《雍熙樂府》稍異，作「花街也再不踏」，《樂府萬象新》《南詞新譜》《盛世新聲》、吴梅藏録副本、《飲虹簃所刻曲》本、《全明散曲》本、翁敏華點校本、《朱有燉集》整理本從原刻。

白鶴子

詠四景〔一〕

和風開柳眼，春色上桃腮。沽酒緑村中，攬轡青山外〔二〕。
薰風清竹塢，驟雨過荷池〔三〕。避暑小樓中，列宴涼亭内。
金風飄敗葉，玉露下疎桐。蛩響助秋聲，雁叫驚幽夢〔四〕。
嚴風如箭急，朔雪似花飛〔五〕。梅綻玉枝横，松積銀鱗細。

注釋

〔一〕案，《盛世新聲》卷一二無題，《雍熙樂府》卷二〇題作『春夏秋冬』，皆不註撰人。由曲中首句『和風』『薰風』『金風』『嚴風』，知所詠四景爲四季之景，與《雍熙樂府》所題合。曲中，憲王以風入題，不僅暗伏節氣時令，亦且引出所詠景物，結構精巧，頗富匠心。

〔二〕緑：《雍熙樂府》從，吴梅藏録副本作『緣』，誤，吴校改作『緑』。《盛世新聲》《飲虹簃所刻曲》本、《全明散曲》本、翁敏華點校本、《朱有燉集》整理本從憲王原刻。

〔三〕塢：吴梅藏録副本作『搗』，吴校改作『塢』，與《盛世新聲》《飲虹簃所刻曲》本、《全明散曲》本、翁敏華點校本、《朱有燉集》整理本同，從原刻。

〔四〕蛩響：蛩聲。唐王維《早秋山中作》：『草間蛩響臨秋急，山裏蟬聲薄暮悲。』此處言秋意蕭疏淒清。

〔五〕嚴風：《雍熙樂府》作『朔風』。朔雪：《雍熙樂府》作『瑞雪』。以上《盛世新聲》、吴梅藏録副本、《飲虹簃所刻曲》本、《全明散曲》本、翁敏華點校本、《朱有燉集》整理本從原刻。

柳營曲　即寨兒令　詠風月擔兒〔一〕

嘗觀元人張小山、張鳴善及劉庭信諸人皆有詠風月擔兒樂府〔二〕。予乃效其遺音，製此詞語二十二篇，畧不蹈襲前人之作，且能曲盡构肆中之情態，懲戒漂蕩子弟，爲風月解嘲云〔三〕。

其　一

占柳營，據花城，展旗幡少年休太逞[四]。賣弄你體健身輕，智巧心靈，千戰更千贏[五]。起初時火塊似恩情，下場頭水面上浮萍[六]。錦拴成絆馬索，花簇定陷人坑。聽，再休將風月擔兒爭。

其　二

瓦罐提，破蓆披，下翻的九分輪到你。每日家舞只彈只，陪酒陪食，穿柳陌入花蹊。金銷成打眼目新衣，銅鑄就敲腦袋沈錘[七]。姨夫每如虎猛，鴇兒每似狼飢[八]。呸，再休將風月擔兒題[九]。

其　三

錦套竿，玉連環，紅綿索圓頭兒十字拴[十]。嬌艷容顏，巧妙機關，説誓海與盟山。藍橋下浪滾波翻，陽臺上雨澁雲慳[十一]。香團兒屏障列，花朵兒鋪蓆攤。難，再休將風月擔兒看[十二]。

其　四

贍表情，謊書生，唤薄嬷做娘不住聲〔十三〕。帶月披星，膽戰心驚，剛落得半分情〔十四〕。一覺地夢撒撩丁，臉兒上刮下冬凌〔十五〕。七星錘沈點點，雙舞劍響錚錚。醒，再休將風月擔兒迎。

其　五

歌舞臺，柳花街，錦模糊一天煙月色〔十六〕。小膽兒難捱，大注子忙揣，真和閧假搶白。狠撅丁不伏燒埋，嗟頂老忑是狂乖〔十七〕。涎乾了犀瓠齒，粉淡了旱蓮腮。來，再休將風月擔兒擡。

其　六

語話斬，性情貪，乜斜著眼腦饞上饞〔十八〕。酒濕衣衫，花插冠簪，出賣著錦孛籃〔十九〕。迷魂洞千里雲緘，相思悔萬丈波瀺。花容般庬道俊，蜜鉢似口兒甘。諳，再休將風月擔兒擔。

其七

熱表兼，鏝底苫，一千層樺皮鞔做臉〔二十〕。女劣娘嚴，寸步拘鉗，供米麵買茶鹽〔二十一〕。虛飄飄半霎情忺，實丕丕一世傷廉〔二十二〕。心兒中懷著苦，口兒裏喫些甜。嫌，再休將風月擔兒拈。

其八

珠落索，錦窠巢，渲房中小哥尋箇瓢〔二十三〕。每日家雨嫩雲嬌，月夜花朝，歌皓齒舞纖腰。喜孜孜咲裏藏刀，熱烘烘鬧裏喫敲。屎盆兒刷不浄，溺罐子洗還臊。教，再休將風月擔兒挑。

其九

開硬呵，發乾科，潑生涯這般爲計左〔二十四〕。休逞嘍囉，索自評跋，都是些花太歲女閻羅〔二十五〕。笋條兒似年小哥哥，花枝兒般可意嬌娥。美紺紺鶯燕友，惡狠狠虎狼窠〔二十六〕。哦，再休將風月擔兒挪。

其　十

性軟者，意勤者，見姨夫便索回避些。每日家供送巴劫，侍養唫喠，撒旖旎放乜斜〔二十七〕。被一箇母貓兒摑打熟腐，見一箇玉天仙軟了腰截。有錢時强拼捨，無鈔後苦絣拽〔二十八〕。嗟，再休將風月擔兒賒。

其十一

金鳳凰，玉螳蜋，木犀油攏掠的雲鬟光〔二十九〕。口似沙糖，舌賽鋒鋩，不設誓便燃香〔三十〕。一百條花柳街坊，五百層錦綉排場。頑涎兒容易刮，甜唾兒怎生當〔三十一〕。央，再休將風月擔兒湯。

其十二

麵好吃，磨難推，喫麵的使昏了推磨的。賣弄虚脾，不辯真實，佯孝順假慈悲。上梢兒蔭子封妻，下場頭瓦罐爻錘。鄭元和遭坎軻，李孔目被禁持〔三十二〕。知，再休將風月擔兒隨。

其十三

難救拔，怎收煞，捨身崖路兒滑擦擦〔三十三〕。歡喜冤家，煩惱根芽，會打鼓弄琵琶。推磨時力困筋乏，喫麵時俐齒伶牙〔三十四〕。雙通叔千里馬，馮員外一船茶〔三十五〕。嗏，再休將風月擔兒拿。

其十四

孛老貪，小倈憨，潑風聲做得來實大膽〔三十六〕。涕唾腌臢，鬔髮髭鬖，尚兀自苦著渰〔三十七〕。妻兒每篤篤喃喃，朋友每兩兩三三。鹽支了收舊引，茶盡了剩空籃。參，再休將風月擔兒攙。

其十五

煙月牌，雨雲臺，劣柳青自來能放乖〔三十八〕。舞袖弓鞋，粉面香腮，單等著子弟每撞將來。陳殿直苦痛哀哉，王俊民日值年灾〔三十九〕。真心兒將彼待，謊話兒把人猜。開，再休將風月擔兒挨。

其十六

會撚酸，强成歡，生牛皮鼓兒著力鞔〔四十〕。儘意稟盤，不放鬆寬，實指望永團圓。尖錐兒連理枝鑽，鋼刀兒比目魚剜〔四十一〕。水局門空蕩蕩，花招子一般般〔四十二〕。瞞，再休將風月擔兒搬。

其十七

熱廝煎，暗相牽，迷魂陣一週遭擺得圓。銅斗兒家緣，案板兒盤纏，使盡了不疼錢。紅套索軟似白綿，黃桑棍硬似鋼鞭〔四十三〕。披蓑衣來救火，隔屋脊去攛椽。天，再休將風月擔兒專。

其十八

常串瓦，愛分茶，没人處便學閑磕牙〔四十四〕。棄業抛家，儘自由他，衝陣馬慣踏踏〔四十五〕。暖融融火内開花，虚飄飄水上捺瓜。破馬杓常不滿，無星秤有争差。呀，再休將風月擔兒誇。

其十九

眼打睃，腳奔波，有錢呵每朝無間闊〔四十六〕。翻滾滾油鍋，明晃晃鍬鑁，不是箇善婆婆。入馬時喧滿鳴珂，點湯也引起蜂窠〔四十七〕。拔羊皮尋飯喫，蓋藁薦打頦歌〔四十八〕。哥，再休將風月擔兒奪。

其二十

炙肉籤，釤禾鐮，比目魚鰾膠一味粘。撇末添鹽，嗻作胡呫，撚汗貨要情忺〔四十九〕。低簌下斑竹門簾，披掛著生鐵鈎鉗。咽羊頭乾熱腦，踏狗尾不曾嫌〔五十〕。廉，再休將風月擔兒沾。

其二十一

髻綰雲，臉生春，壓秋波兩彎眉黛分。檀板金樽，皓齒朱唇，攛斷煞慌郎君。敲一敲腦暈頭昏，刮一刮帶骨連筋。調猱的無了鏝，幫虎的不離門。_哏，再休將風月擔兒親。

其二十二

假撇清，不實誠，喫豆粥卻嫌羊肉羹。每日家撥阮搊箏，鼓瑟吹笙，一分鈔一分情。大廝八同坐同行，小名兒聲叫聲應。紙湯瓶煨不熱，鐵臥單冷如冰〔五十一〕。醒，再休將風月擔兒評。

其二十三

花一攢，錦千團，炒郎君滚油熱銚盤〔五十二〕。筋骨刀剜，腦袋錐鑽，虚應付假偷瞞。費精神買咲追歡，放啞鶻殺虎論官。八埸家干罷手，寸步兒不鬆寬〔五十三〕。拚，再休將風月擔兒觀。

注釋

〔一〕案，《群音類選》（無第二十二首）題同，《盛世新聲》卷一二無題，《雍熙樂府》卷一八題作『風月擔兒』，皆不註撰人。憲王此曲乃仿效元代張小山、張鳴善等曲家遺音所作，其目的及曲意如序中所言，即藉描摹『构肆中之情態』，意在『懲戒漂蕩子弟，爲風月解嘲』。揶揄辛辣，有元曲『蛤蜊』『蒜酪』風味。

〔二〕張小山：元代曲家張可久（約一二七〇年—約一三五〇年）字。張可久，慶元（今浙江鄞縣）人。先以路吏轉首領官，後爲桐廬典史，至正初遷爲昆山幕僚。存世小令八百五十五首，套曲九首，數量爲元代之冠。近人孫楷第《元曲家考略》『張小山』條考之甚詳，可參看。張鳴善：名擇，號頑老子，生卒年不詳，平陽（今山西臨汾）人。元末，曾官至宣慰司令使、江浙提學。元滅後稱病辭官，隱居吴江。所作雜劇三種，均無存。現存散曲套數兩套，小令十三首。孫楷第《元曲家考略》『張鳴善』條有考，可參看。

〔三〕二十二篇：憲王原刻如此，吴梅藏録副本亦然。吴校：『二應作三』，即『二十三篇』，《飲虹簃所刻曲》本從。案，核集中實收篇數，後者當是，憲王原刻、吴梅藏録副本、《全明散曲》本、翁敏華點校本、《朱有燉集》整理本等皆誤。

〔四〕柳營：與『花城』皆指妓院。此曲勸少年子弟勿要沉溺風月。

〔五〕嬴：戰勝。此處寫少年心性。

〔六〕面：《雍熙樂府》脱，《盛世新聲》、吴梅藏録副本、《飲虹簃所刻曲》本、《全明散曲》本、翁敏華點校本、《朱有燉集》整理本從原刻。

〔七〕『金銷成』句：言風月場上皆以金錢爲尊，所謂眼前繁華皆因錢盡成空，受到鴇兒等人欺凌。

〔八〕姨夫：《盛世新聲》作『姊夫』，《雍熙樂府》、吴梅藏録副本、《飲虹簃所刻曲》本、《全明散曲》本、翁敏華點校本、《朱有燉集》整理本從原刻。案，姨夫：妓院隱語，即兩男共狎一妓。元·張可久【普天樂收心】：『姨夫暗攢，行院斗侃，子弟先赸。』

〔九〕題：《雍熙樂府》作『提』，《盛世新聲》、吴梅藏録副本、《飲虹簃所刻曲》本、《全明散曲》本、翁敏華點校本、《朱有燉集》整理本從原刻。

〔十〕圛：圈套。此句言風月場所暗伏機關，令人迷戀而不知返。又，紅綿索圛頭兒：《盛世新聲》作『紅錦圈頭』，《雍熙樂府》作『紅綿圈頭』，吴梅藏録副本、《飲虹簃所刻曲》本、《全明散曲》本、翁敏華點校本、《朱有燉集》整理本從原刻。

〔十一〕藍橋：典出唐裴鉶《傳奇·裴航》：長慶中，有秀才裴航，行於湘漢。同行有樊夫人，國色天姿。裴航欲求之，夫人與詩曰：『一飲瓊漿百感生，玄霜搗盡見雲英。藍橋便是神仙宫，何必崎嶇上玉清。』後常借指文人風流艷遇。此處言風月子弟與妓女儘管如膠似漆，實則都是建立在金錢買賣基礎上的，毫無真情可言。

〔十二〕看：《雍熙樂府》作『擔』，《盛世新聲》、吴梅藏録副本、《飲虹簃所刻曲》本、《全明散曲》本、翁敏華點校本、《朱有燉集》整理本從原刻。

〔十三〕瞻表：《盛世新聲》從，《雍熙樂府》《全明散曲》本、趙曉紅《朱有燉集》整理本、翁敏華點校本皆作『膽表』，誤。瞻表：宋明時期妓院隱語，意指嫖客迷戀妓女。

〔十四〕星：《盛世新聲》作『生』，《雍熙樂府》、吳梅藏録副本、《飲虹簃所刻曲》本、《全明散曲》本、翁敏華點校本、《朱有燉集》整理本從原刻。情：《雍熙樂府》作『精』。薄嬤：《雍熙樂府》作『鴇媽』。以上《盛世新聲》、吳梅藏録副本、《飲虹簃所刻曲》本、《全明散曲》本、翁敏華點校本、《朱有燉集》整理本從原刻。

〔十五〕撩丁：錢。元·石德玉《曲江池》第二折：『我直著你夢撒了撩丁，倒折了本。』

〔十六〕錦模糊：色彩鮮艷華美。此處言舞臺花街（妓院）富麗堂皇。

〔十七〕撅丁：妓院中管事的男子，即龜奴。元·劉庭信【越調·寨兒令·戒嫖蕩】：『撅丁威凜凜，鴇兒惡哏哏，摇撼的個寨兒吸淋淋。』頂老：妓女、歌妓。《清平山堂話本·柳耆卿詩酒翫江樓記》：『這三個頂老陪錢，争養著那柳七官人。』

〔十八〕斬：《盛世新聲》作『嶄』，《雍熙樂府》、吳梅藏録副本、《飲虹簃所刻曲》本、《全明散曲》本、《朱有燉集》整理本、翁敏華點校本作『漸』。案，斬有特别、果斷意。憲王原作『斬』，意即話語非常果斷决絶。

〔十九〕錦孛籃：孛籃，乞食者所用的圓形竹籃。錦孛籃，説明風月子弟錢財揮霍殆盡，境況日下。

〔二十〕鏝：銅錢。此處言妓女嫖客交往以錢財作爲基礎，妓女對嫖客的冷熱態度與嫖客是否有錢休戚相關。嫖客與妓女之間的交往不受倫理道德約束，自然也就無所謂羞恥之感。

〔二十一〕米：吳梅藏録副本作『采』，吳校改作『米』。《雍熙樂府》《盛世新聲》《飲虹簃所刻曲》

本、《全明散曲》本、《朱有燉集》整理本、翁敏華點校本從原刻。

〔二十二〕忺：高興、快樂。此處言雙方只圖肉欲之樂，自然於道德有虧。廉：廉潔清白，意即有節操、操守。又，實丕丕：《飲虹簃所刻曲》本第一個「丕」字誤作「不」，他本從原刻。

〔二十三〕渲房：茶房、茶館。元·湯式【哨遍·新建勾欄教坊求贊】：「這壁廂酒肆裡笙歌聒耳來，那壁廂渲房中麝蘭撲鼻吹。」哥：《盛世新聲》作「奇」，《雍熙樂府》、吴梅藏録副本、《飲虹簃所刻曲》本、《全明散曲》本、《朱有燉集》整理本、翁敏華點校本從原刻。

〔二十四〕呵：《盛世新聲》、吴梅藏録副本從，吴校：「呵疑是河」。發：吴梅藏録副本作「潑」，吴校改作「發」。《雍熙樂府》《盛世新聲》《飲虹簃所刻曲》本、《全明散曲》本、《朱有燉集》整理本、翁敏華點校本從原刻。潑：討厭可惡。此處言嫖客與妓女追歡賣笑，雖彼此有意，實則雙方都迫於無奈。計左：考慮不周，計慮不當。清·陳維崧【哨遍·曾庭聞至】：「近日前輩，何其計左。東風下第渡滹沱，笑洛陽黑貂裘破。」

〔二十五〕閣：吴梅藏録副本作「闊」，吴校改作「閣」。《雍熙樂府》《盛世新聲》《飲虹簃所刻曲》本、《全明散曲》本、《朱有燉集》整理本、翁敏華點校本從原刻。

〔二十六〕甘甘：吴梅藏録副本作「紺紺」，吴校「紺紺應作甘甘」。《雍熙樂府》《盛世新聲》《飲虹簃所刻曲》本、《全明散曲》本、《朱有燉集》整理本、翁敏華點校本從原刻。

〔二十七〕巴劫：奉承討好。唫：口閉。啤：傳説中守廟門的鬼，東邊門的稱「啤」，西邊門的稱

『嗻』。侍養：《盛世新聲》作『待養』，《雍熙樂府》、吴梅藏録副本、《飲虹簃所刻曲》本、《全明散曲》本、《朱有燉集》整理本、翁敏華點校本從原刻。

〔二十八〕絣拽：用力拉繩子，此處言嫖客無錢後苦苦支撑，勉强挣扎。

〔二十九〕螳蜋：即螳螂。

〔三十〕鋩：吴梅藏録副本作『錯』，吴校改作『鋩』。《雍熙樂府》《盛世新聲》《飲虹簃所刻曲》本、《全明散曲》本、《朱有燉集》整理本、翁敏華點校本從原刻。此處言妓女甜言蜜語，口舌如簧。

〔三十一〕頑涎：猶饞涎，比喻强烈的貪欲。元·張可久【寨兒令·妓怨】：『哆著口不斷頑涎，腆著臉待喫癡拳。』□：案憲王原刻此字漫漶不清，依字形，似『刮』或『甜』，《雍熙樂府》、吴梅藏録副本、《飲虹簃所刻曲》本、《全明散曲》本、《朱有燉集》整理本、翁敏華點校本作『刮』，《盛世新聲》作『甜』，據曲意，當是，故從。

〔三十二〕鄭元和：典出唐·白行簡《李娃傳》，後被元代劇作家石君寶改編成雜劇《曲江池》，寫鄭府尹之子鄭元和，愛上妓女李亞仙。因資用耗盡，被鴇兒所逐，流落街頭，爲父親所不容。後由於亞仙的援助和感化，登第成名。

〔三十三〕此句寫風月子弟留戀風月如行走懸崖，迷途難返，很是危險。

〔三十四〕伶：憲王原作如此，吴梅所録副本亦然，吴校改作『伶』，據曲意，當是。

〔三十五〕雙通叔：即雙漸。典出《永樂大典》卷二四〇五『蘇』字韻引《醉翁談録》。宋元戲文有《蘇小卿月夜泛茶船》，元劇作家庾天錫《蘇小卿麗春園》雜劇、佚名《趕蘇卿》《豫章城人月兩圓》雜劇等。馮員外：馮魁，與雙通叔同出《醉翁談録》。雙漸與廬州府名妓蘇小卿相愛。茶商馮魁聞其名，以重金賄賂蘇母。雙漸求官未歸，蘇母將其賣於馮魁。雙漸狀元及第，尋訪小卿，知小卿被馮魁騙走。後雙漸官臨川令，上任途中，張帆追趕。至金山，見小卿事先所留書信，遂不遠千里，趕至豫章城。小卿歸雙漸，二人終獲團圓，結爲夫婦。馮魁受到嚴懲。

〔三十六〕孛老：宋元俗語，原爲對父親的俗稱。元雜劇引申爲對演員所扮老年男子的通稱。有時劇中亦指心地不善的女性，如鴇母之流。元・曾瑞【嘲妓家】：『奴非不愛雙生俊，孛老嚴，坡撇狠，錢上緊。』此處即指後者。小俫：小孩、孩童。

〔三十七〕髭鬖：毛髮下垂貌。

〔三十八〕柳青：本指唐代歌妓，因曲牌有《柳青娘》之目，且妓女稱鴇母爲娘，後遂借以代指鴇母。放乖：做事乖張不講理。

〔三十九〕陳殿直：陳叔文，典出《青瑣高議》：陳叔文授常州宜興主簿，家貧不能赴任。後陳得妓女蘭英相助，便瞞著自己的妻子與其結婚同去。三年後解官歸家，陳怕事發被訟，遂把蘭英與女奴推入水中。兩人化爲厲鬼，追索陳命。元人據此演爲《陳叔文三負心》雜劇，今佚。王俊民：北宋萊州掖縣（今山東萊州）人，字康侯。嘉祐六年（一〇六一）進士第一，爲應天府發解官。得狂疾，未幾卒。王魁負心，典出《侍兒小名録拾遺》所引《摭遺》，宋戲文有《王魁負桂英》，今佚。

〔四十〕撚酸：吃醋，嫉妒。鞔：蒙鼓，將皮或皮鼓固定在鼓框上，做成鼓面。此處言風月子弟與妓女逢場作戲，各取所需。

〔四十一〕尖錐兒：《盛世新聲》作『方捱兒』，吴梅藏録副本、《飲虹簃所刻曲》本、《全明散曲》本、《朱有燉集》整理本、翁敏華點校本從原刻。

〔四十二〕水局：妓院，娼家。元·關漢卿《金線池》第二折：『往常個侍衾綢，都做了付東流，這的是娼門水局下場頭。』花招子：戲曲演出海報。最早叫『招子』，始於宋元時期。爲了醒目，多爲彩色，又稱『花招子』。一般般：各種各樣。

〔四十三〕黄桑棍：《盛世新聲》作『黄葉棍』。硬：《盛世新聲》作『梗』。以上《雍熙樂府》、吴梅藏録副本、《飲虹簃所刻曲》本、《全明散曲》本、《朱有燉集》整理本、翁敏華點校本從原刻。

〔四十四〕瓦：瓦舍、瓦肆省稱，因瓦舍與青樓歌妓關繫密切，故此處與水局等一樣皆指妓院。分茶：宋代流行的一種『茶道』，又稱茶百戲、湯戲或茶戲，大約始於北宋初年。陸游《臨安春雨初霽》：『矮紙斜行閑作草，晴窗細乳戲分茶。』

〔四十五〕蹅踏：踐踏、踩踏，引申爲欺侮糟蹋。元·佚名《貨郎擔》第一折：『你蹅踏的我太過，這妮子欺負的我没奈何。』

〔四十六〕打眏：宋明行院市語，環顧、巡視意。間闊：相隔時間長，久别意。宋·馮去非【喜遷鶯】：『間闊故山猿鶴，冷落同盟鷗鷺。』此處言風月子弟一旦手中有錢便周旋於青樓妓院，意即風月場所誘惑太甚。又，腳：《盛世新聲》脱，吴梅藏録副本、《飲虹簃所刻曲》本、《全明散曲》本、《朱有燉集》整理本、翁敏華點校本從原刻。

〔四十七〕入馬：宿妓或勾搭女人得手。《水滸傳》第二十六回：『那婦人驚得魂魄都没了，只得從實招説，將那時放簾子因打著西門慶起，因做衣裳入馬通奸，一一地説。』點湯：宋時風俗，客到奉茶；客去送湯，叫點湯，後代指送客。

〔四十八〕打頦歌：打顫、顫抖。元·楊顯之《酷寒亭》第三折：『僧住將手心兒搓，賽娘把指頭兒呵，凍的他戰篤速打頦歌，他可也性子利害母閻羅。』

〔四十九〕呫：念叨。元·趙顯宏【一枝花·行樂】：『本性謙謙，到處干風欠，人將名姓呫。』忺：吴梅藏録副本作『恢』，誤。吴校改作『忺』。《雍熙樂府》《盛世新聲》、吴梅藏録副本、《飲虹簃所刻曲》本、《全明散曲》本、《朱有燉集》整理本、翁敏華點校本從原刻。

〔五十〕咽：『啨』異體字，啨咬意。吴梅藏録副本、翁敏華點校本從，《盛世新聲》作『咽』，《雍熙樂府》《全明散曲》本、《朱有燉集》整理本從。

〔五十一〕紙湯瓶：紙做的熱水瓶，在火上一烤就熱，比喻女子輕浮，一接觸異性就親熱起來。元·關漢卿《金線池》第一折：『這紙湯瓶再不向紅爐頓，鐵煎盤再不使清油混。』鐵臥單：喻硬漢或冷漠的人。元·馬致遠《陳摶高臥》第四折：『你便有粉白黛緑妝宮様，茜裙羅襪縷金裳，則我這鐵臥單，有甚風流况。』

〔五十二〕銚盤：一種類似平底鍋的炊具。此處言妓院花團錦簇，令人迷戀，實際上卻是坑人錢財，害人性命之所。

〔五十三〕八場家：多次，屢次。元·劉庭信【折桂令】：『瘦怯怯，相思病八場家害倒；鬧烘烘，斷腸聲一弄兒尋著。』

醉鄉詞

二十篇〔一〕 即醉太平

嘗觀昔人劉庭信有【風流體】樂府，皆豪放不羈，乃酒席中戲漂蕩子弟之語。予因衰病，或置杯酒宴樂，奉予爲歡。予因酒酣，乃效顰走筆，製【風流體】『醉鄉詞』二十篇，以繼前聲。雖未足以追蹤前人之工巧，但寄一時之踈狂、興趣，抑且爲予席上之一歡笑也。知我者恕其狂斐焉。

風流老兒

倒溜油黑染了鬢絲，旋添綿紅暈了丰姿〔二〕。拄一條仙杖是連枝，將縷金腔教子〔三〕。錦圍屏布列在香山寺，翠紅鄉出落著耆英志，花胡同傳寫得壽星詞〔四〕，是一箇風流老兒。

風流病叟

就輕紅焐手，喚小玉扶頭〔五〕。少年狂番作老來羞，不傷春便中酒。腔腔渴肺因花嗽，稜稜衰骨耽花瘦，蕭蕭白髮爲花愁〔六〕，是一箇風流病叟。

風流散仙

小鶯花洞天，閑風月芝田。長生會上舞蹁躚，聽瑤池管絃。嘆香醪曾赴金鑾宴，幻名花曾到藍關甸，步芳春曾入武陵源，是一箇風流散仙〔七〕。

風流秀才

論文章在舞臺，赴考試在花街〔八〕。束脩錢統鏝似使將來，把《西廂記》註解〔九〕。演樂庭捏下箇酸丁怪，教學堂睬下些勤兒債，看書幃苫下箇女裙釵，是一箇風流秀才〔十〕。

風流貴師

鉢盂爲酒巵，錫杖扣花枝〔十一〕。晌古麻紅褪染胭脂，戴左雞帽兒。撇花鈸摒滂撲察的爲佛事，呪花米赤溜兀剌的談文字，揚花旛吸哏糊突的唱番詞〔十二〕，是一箇風流貴師〔十三〕。

風流舍人

玉兔鶻妝著帶銀，金孔雀綉著襴裙〔十四〕。皂皮靴剌著倒提雲，塔納珠墜著耳輪〔十五〕。許猱兒一夜一箇夫人分，噴撅丁一日一箇從良運，閧虔婆一句一箇改家門，是一箇風流舍人〔十六〕。

風流故友

掃愁懷玉帚，釣詩興金鉤。相逢索喚不曾休，直喫的醉醺醺罷守〔十七〕。夢池塘每夜同衾宿，宴秦樓數遍相攜手，入桃源幾度共追遊，是一箇風流故友。

風流縣宰

晉潘安俊材，宋柳七情懷〔十八〕。陶淵明歸去向彭澤，都是貪花秀才。似河陽桃李春風在，似江樓夜月扁舟待，似東籬詩酒菊花開，是一箇風流縣宰。

風流令史

銅駝巷判詞，金斗郡分司〔十九〕。麗春園雙漸拜爲師，李孔目是他老子。攛廂時勘問了些煙花事，刷卷時改抹了些鴛鴦字，斷案時出脱了些燕鶯兒，是一箇風流令史〔二十〕。

風流小搜

著青衫會耍，騎竹馬學踏〔二十一〕。紫鸞簫打徤徤手中拿，未曾行要串瓦〔二十二〕。玉温柔懷抱裹聲嗚啞，翠娉婷幃幙内學説話，錦模糊裀褥上恰能爬，是一箇風流小搜〔二十三〕。

風流客人

鶯花市販本，風月店調籫，懷揣掌記入花門，似茶鹽的鈔引〔二十四〕。識江湖深淺把船兒運，品姿才高下把心兒順，散恩情輕重把等兒分，是一箇風流客人〔二十五〕。

風流太醫

製牡丹在柳隄，採芍藥在花蹊。千金方權改做樂章集，看傷春的脉息〔二十六〕。洞春膏靈驗曾調治，素女論玄妙常熟記，房中術幽奥頗能知，是一箇風流太醫〔二十七〕。

風流小僧

雨雲臺上講經，風月所裏修行〔二十八〕。小禪床擺列錦團屏，習煙花密乘。細樂中響盞是天王磬，撇末中靠背是菩薩幀，舞旋中歌曲是禮佛聲，是一箇風流小僧〔二十九〕。

風流道姑

裹鄉函綉袱，鑄瀏鵂香爐〔三十〕。縷金詞改作玉樞讀，把青天歌舞作鷓鴣〔三十一〕。玉清庵認做章臺路，長生録寫入姻緣簿，九陽巾換了翠冠梳，是一箇風流道姑〔三十二〕。

風流醉翁

阮步兵眷寵，李太白遺風〔三十三〕。慇懃翠袖捧金鍾，共歡伯興濃〔三十四〕。紫駝牽載得葡萄甕，金龜換暢飲酴醾洞，玉山頹扶入牡丹叢，是一箇風流醉翁〔三十五〕。

風流乞兒

破瓦窯綴詞，悲田院吟詩〔三十六〕。一生衣祿在於斯，窮則窮窮的來浪子〔三十七〕。唱一箇蓮花落不忘了傳心事，掛著箇舊爻槌常走入鶯花市，做得箇乾風情纏著那女嬌姿，是一箇風流乞兒〔三十八〕。

風流樂官

開呵時韻寬，發焰處堪觀〔三十九〕。薦子梁把戲數十般，都曾教管〔四十〕。能歌時曲能踏爨，能翻古本能妝判，能收新諢助情歡，是一箇風流樂官〔四十一〕。

風流女娘

花衢中占場，柳陌内名揚〔四十二〕。冰肌玉骨自然香，伴著箇知音的粉郎〔四十三〕。多温柔多嬌媚多情況，能吹彈能編揑能歌唱，會閑談會耍笑會梳妝，是一箇風流女娘〔四十四〕。

風流妳妳

肉鰾膠怎解，錦套索難開〔四十五〕。兔羔兒子弟撞將來，不亡魂也喪魄。眉兒來眼兒去先賒下風情債，擔兒沉價兒重高擡著煙花賣，酒兒烘情兒熱冷句子早嘶來，是一箇風流妳妳〔四十六〕。

風流姐姐

紙糊鍬莽钁，銅磨笴疾擭〔四十七〕。陽關一曲唱三疊，但沾著的弄撅〔四十八〕。點朱櫻檀口噴蘭麝，壓秋波眉黛彎新月，露春葱纖手慣敲傑，是一箇風流姐姐。

注釋

〔一〕案,《雍熙樂府》卷一七、《盛世新聲》卷一二無題,皆不註撰人。《北宫詞紀外集》題同憲王原刻,下註『誠齋』撰。《彩筆情辭》卷二僅收第一八、二〇首,題作『贈風流妓』,下註『元人辭』,誤。憲王此曲創作用意如其所序。吴梅《誠齋樂府跋語》:『【柳營曲】之「風月擔兒」二十二篇,【醉太平】之「風流體」二十篇,詠嘲謔浪,微傷鄙僿。』然委婉勸諷處,仍可見憲王用世苦心。趙曉紅《朱有燉研究》以爲,朱有燉【北正宫·醉太平】二十首,『用漫畫式的滑稽手段嘲諷了社會二十種人的醜態』,『嘲諷了他們的不務正業。更有甚者,還有對「風流小僧」「風流道姑」的描寫,在這些嘲諷中,看到的是一個皇室貴族爲自娱而諷刺别人,與元曲的莊諧雜出、滑稽俳達還是有一定距離的。』(趙曉紅:《朱有燉研究》,齊魯書社二〇一二年版,第二一一頁。)似是而非,與憲王創作初衷相去甚遠。

〔二〕綿:《盛世新聲》作『綿』,《雍熙樂府》、吴梅藏録副本、《飲虹簃所刻曲》本、《全明散曲》本、翁敏華點校本、《朱有燉集》整理本從原刻。

〔三〕連枝:即連理枝,此處借以嘲諷曲中男主人公年壽雖高,但風流不減少年。縷金腔:即富貴腔,此句照應前句,言風流老兒老來得子,並以功名富貴等家教訓子。

〔四〕案,此處香山寺、翠紅鄉、耆英志、花胡同、壽星詞等暗用白居易隱居洛陽故事。白居易晚年退居洛陽，與歌姬樊素、小蠻等關繫深厚。樊素善唱，小蠻善舞，爲白居易晚年生活增添不少樂趣，亦留下不少詩篇。香山寺位於洛陽龍門東山山腰，白居易在洛，曾予以重修。七十四歲時，曾召集劉真、鄭據等六人結成『尚齒七老人會』。後李元雙、禪師如滿等加入，號『香山九老』，盛名天下。此處用白居易故事，寫風流老兒風流且不乏儒雅。

〔五〕焐：吴梅藏抄録副本從，任訥增校：『「焐」，按《雍熙樂府》衆作「焐」。「焐」，俗語取暖也。訥。』訥即任訥。案，『焐』亦即取暖意，輕紅、小玉皆爲少女名，與『焐』構成施動關係，且憲王原作如此，故任訥先生所改雖與曲意合，然亦應以原作爲是。《雍熙樂府》《全明散曲》本、翁敏華點校本、《朱有燉集》整理本從原刻。又，此曲寫風流病叟，聯繫憲王晚年多病，且與宫中侍妾關繫融洽，即如其詩詞文集《誠齋録》收録多首與宫女小紅等人的作品，故曲中所寫或爲憲王自嘲，輕紅等人或即周藩王府中宫女。

〔六〕腔腔渴肺因花嗽：聯繫同卷【落梅風】序『甲寅歲春三月望日，予病嗽尚未痊愈。其日天氣晴朗，予至園中，有興遊玩，口占小詩三首』及【天净紗】『予自病嗽以來有一月，苦手顫不能執筆，又苦無興於詩詞，不能措一語』等，知晚年憲王病症多咳，大體可證曲中所寫多係憲王自嘲。

〔七〕此曲題名『風流散仙』，曲中所寫多用道家故事或與之相關的意象，如『洞天』『芝田』『長生會』『瑶池』等，至如藍關、武陵源分别典出《太平廣記》卷五四引《仙傳拾遺》韓湘子頃刻花、陶潛《桃花源記》桃花源。正如韓國學者梁會錫於此曲所言：『一面探望「洞天」「芝田」「長生會」，一面追求「鶯花」「管絃」的人，才叫「風流散仙」。』聯繫憲王晚年好佛嚮道，且於花叢歌舞中樂此不彼，故所謂『風流散仙』（［韓］梁會錫：《論劇作家史九敬先》《戲史辨》，中國戲劇出版社二〇〇一年。）實即憲王本人寫照。

〔八〕案，襯字『在』《雍熙樂府》於兩處皆省。以上吴梅藏録副本、《飲虹簃所刻曲》本、《全明散曲》本、翁敏華點校本、《朱有燉集》整理本從原刻。花街：與柳巷同意，婉指妓院或妓院集中之處。宋·黄庭堅【滿庭芳·妓女】：『初綰雲鬟，才勝羅綺，便嫌柳陌花街。』於舞台論文，於花街赴試，既切合所詠人物『秀才』身份，亦點出其風流秉性。

〔九〕統鏝：廣有錢財。元·關漢卿《金線池》第一折：『你可早耳朶閉眼睛昏，前門裏統鏝客，後門裏一個使錢勤。』用束脩註解《西廂記》，可見其與作爲深受儒家思想熏陶的讀書人不同。案，古代傳統士人視小説戲曲爲小道，甚或爲洪水猛獸，與娼妓同流，曲中秀才沉溺此道，並註解《西廂記》，正是其風流習性體現。聯繫憲王屏藩守土，卻於戲曲創作馳騁才情，所謂風流秀才何嘗不是作者自謂。又，蓋因此曲關涉名著《西廂記》，而曲作者即憲王本人亦是名重一時的雜劇作家，故此曲頗受學者關注，如趙春寧《〈西廂記〉傳播研究》以爲，曲中『描寫一位秀才放棄功名、投身雜劇事業，在戲曲舞台上演繹崔張故事。從「花街」「演樂亭」等語詞來看，當是職業戲班在城市勾欄等處演出。明前期戲曲演出是以全本戲爲主，故此處演出當是全本戲。

這是明初的《西厢記》演出記載。』（趙春寧：《〈西厢記〉傳播研究》，廈門大學出版社二〇〇五年版，第一一六頁。）張人和《〈西厢記〉論證》則認爲，『這首「寄一時之疏狂興趣」富有喜劇性的散曲，表面上是對「不識時務」的讀書人的嘲諷，實際上卻是對鄙棄功名、背逆傳統的科舉考試道路而獻身於戲曲藝術的知識分子的讚美。這位秀才竟然不求仕進而甘願與民間藝人結合，在舞台上論文章，在演樂亭註解《西厢記》，使創作、詮釋、鑒賞與演出緊密結合。正是由於這些「風流秀才」和民間藝人的共同努力和獻身，才使《西厢記》得以活躍舞台。』（張人和：《〈西厢記〉論證》，東北師範大學出版社一九九五年版，第一一三頁。）黄季鴻則從序云『酒席中戲嫖蕩子弟』入手説明其創作意旨是效法『劉庭信《風流體》樂府』『以繼前聲』，爲『酒席中戲嫖蕩子弟』而作，『即「戲戒」，委婉其勸戒嫖蕩子弟之意，内容主要是説「風流秀才」註解《西厢記》等整日不務正業，揮金如土，終將禍及下輩兒孫，迫使他們辛苦勞作，其勸戒意味正濃。』（黄季鴻：《論周憲王〈西厢記〉之真僞》《社會科學戰綫》，二〇〇一年第一期。）凡此可知，當下對此曲解讀見仁見智，略不相同。又，句中『似』，《雍熙樂府》脱，吴梅藏録副本、《飲虹簃所刻曲》本、《全明散曲》本、翁敏華點校本、《朱有燉集》整理本從原刻。

〔十〕案，此句三處襯字『箇』『些』『箇』，《雍熙樂府》皆省。吴梅藏録副本、《飲虹簃所刻曲》本、《全明散曲》本、翁敏華點校本、《朱有燉集》整理本從原刻。酸丁：舊時對貧寒迂腐讀書人的稱呼，含譏諷意。金·董解元《西廂記諸宫調》卷一：『秀才家那箇不風魔，大抵這箇酸丁忒劣角，風魔中占得箇招討。』

〔十一〕鉢盂爲酒巵，錫杖扣花枝：鉢盂、錫杖皆爲佛教用具，僧人本與花、酒無緣，此處言其爲酒巵、扣花枝，正見其風流不入俗眼。由此推知，所謂『貴師』即得道高僧，或曰法師。又，『扣』字，《雍熙樂府》作『做』，吴梅藏録副本、《飲虹簃所刻曲》本、《全明散曲》本、翁敏華點校本、《朱有燉集》整理本從原刻。

〔十二〕赤溜兀剌：亦作赤留兀剌，形容走動的樣子。佚名【柳營曲·題章宗出獵】：『剔溜禿魯説體例，赤溜兀剌笑微微，呀剌剌齊和凱歌回。』《盛世新聲》作『亦溜兀剌』。又，《雍熙樂府》此句稍異，作『撇花鈸屏旁撲察爲佛事，呪花米一六兀剌談文字，揚花播吸哴糊突唱番詞』。吴梅藏録副本、盧前飲虹簃所刻曲本、《全明散曲》本、翁敏華點校本、《朱有燉集》整理本從原刻。

〔十三〕貴師：《盛世新聲》作『尚師』，《雍熙樂府》、吴梅藏録副本、《飲虹簃所刻曲》本、《全明散曲》本、翁敏華點校本、《朱有燉集》整理本從原刻。

〔十四〕銀：《盛世新聲》《雍熙樂府》作『根』，誤。吴梅藏録副本、《飲虹簃所刻曲》本、《全明散曲》本、翁敏華點校本、《朱有燉集》整理本從原刻。襴：吴梅藏録副本作『欄』，《飲虹簃所刻曲》本、翁敏華點校本、《全明散曲》本、《朱有燉集》整理本亦然。據憲王原刻，當作

『襴』，意即上下衣相連的服裝，與裙合。『欄』，從木，無此意。

〔十五〕塔納珠：蒙古語 tana 的另一種音譯，意爲大珠。明・王世貞《弇山堂别集》（四）卷七七：『（永樂）十四年，賜可汗織金蟒龍文綺彩絹一百八十四疋，金銀各五錠，塔納珠一千六百顆（下省）。』憲王（一作其父周定王朱橚）《元宫詞》：『隊裏惟誇三聖奴，清歌妙舞世間無。御前供奉蒙深寵，賜得西洋塔納珠。』可知此珠爲西洋所産。

〔十六〕噴：向上推動意，此處引申爲勸説。舍人：宋元明時期對顯貴子弟的俗稱。元・無名氏《碧桃花》『楔子』：『小生不是歹人，是隔壁縣丞衙裏的舍人張道南。』

〔十七〕罷守：停止，住手。案，《盛世新聲》、吴梅藏録副本從。吴校：『罷守作罷手。』《雍熙樂府》《飲虹簃所刻曲》本、《全明散曲》本、翁敏華點校本、《朱有燉集》整理本作『罷手』。

〔十八〕潘安：即潘岳，字安仁，西晉著名文學家。鞏縣（今河南鞏義）人。美姿儀，少以才名。晉武帝時，武帝躬耕藉田，岳作賦以美其事，灑灑千言，辭藻優美，爲衆所疾，遂十年不得升遷。後出爲河陽縣令。《白孔六帖》云：『潘岳爲河陽令，樹桃李花，人號曰：「河陽一縣花。」』有政績，太傅楊駿引岳爲太傅主簿。楊駿被誅，遂除名。庾信《枯書賦》：『若非金谷滿園樹，即是河陽一縣花。』曲中『河陽桃李春風在』用其典。柳七：宋代詞人柳永，崇安人，字耆卿，初名三變，因排行第七，亦稱『柳七』。宋仁宗景佑元年進士，官至屯田郎，有《樂章集》傳世。生平事迹見宋人筆記如《能改齋漫録》《澠水燕談》《後山詩話》等。曲中『江樓夜月扁舟待』典出宋話本《柳耆卿詩酒翫江樓》柳永故事。案，柳七：《雍熙樂府》作『柳玉』，訛。吴梅藏録副本、《飲虹簃所刻曲》本、《全明散曲》本、翁敏華點校本、《朱有燉集》整理本從原刻。

〔十九〕銅駝巷：古代洛陽街名，爲輕浮少年冶遊處。當時俗云：『金馬門前聚衆賢，銅駝陌上集少年。』金斗郡：典出雙漸趕蘇卿故事。因蘇卿係金斗郡人氏，故云。

〔二十〕案，此句襯字『了』，《雍熙樂府》皆省。吴梅藏録副本、《飲虹簃所刻曲》本、《全明散曲》本、翁敏華點校本、《朱有燉集》整理本從原刻。

〔二十一〕竹馬：兒童遊戲時當馬騎的竹竿。《後漢書·郭伋傳》：『始至行部，到西河美稷，有童兒數百，各騎竹馬，道次迎拜。』

〔二十二〕健健：案，此詞較難理解，兹據顧隨《元曲方言考》『健健及（附：打）』條考釋：『《雍熙樂府》所録，「打健健」作「打捷幾」。竊疑「打健健及」與「打健健」「打捷幾」當是一詞。「健健及」與「健健」俱不可得解，「捷幾」則《太和正音譜》釋之曰：「古謂之滑稽，院本中便『捷幾』諢者是也。」「滑稽」之「滑」，本讀若「骨」，與「捷」（北音）「健」皆爲「見」母。至「幾」則又「稽」之音轉也。劉時中之《紅綉鞋》小令乃贈妓之名「娃娃」者，娃娃本義爲小孩（今京戲《白良關》尉遲恭尚呼尉遲寶琳爲娃娃）。憲王之「醉太平」乃詠「風流小孺」，小孺亦即小孩。故諸曲皆就小孩立意遣詞，而俱用「打健健」。其實即由「捷幾」一詞引申孳乳而出，其意蓋指小孩之遊戲要笑耳。』『曰「打」者，宋人謂扮演往往曰「打」。朱希真《樵歌》有句曰：「雜劇打了，戲衫脱與呆底。」』（顧隨：《元曲方言考》，見《顧隨全集》〈卷三〉，河北教育出版社二〇一四年版，第一三四—一三五頁。）又，健，翁敏華點校本於其后加註，曰『一作捷幾』，同《雍熙樂府》。《全明散曲》本、《朱有燉集》整理本從。吴梅藏録副本亦從，吴校：『《雍熙》作打捷幾，應從。』《飲虹簃所刻曲》本從原刻，下註：『前案，《雍熙》作捷譏。』

〔二十三〕娉婷：吴梅藏録副本作『娉娉』，吴校據《雍熙樂府》改作『娉婷』。案，憲王原刻本作『娉婷』。《飲虹簃所刻曲》本從原刻，下註：『前案，《雍熙》作娉婷。』小孾：即小孾、小孩意。《全明散曲》徑改作『小孩』，意雖同，然有違憲王原刻。《飲虹簃所刻曲》本、吴梅藏録副本、翁敏華點校本、《朱有燉集》整理本從。

〔二十四〕箏：《雍熙樂府》作『箏』。的：《雍熙樂府》脱。以上吴梅藏録副本、《飲虹簃所刻曲》本、《全明散曲》本、翁敏華點校本、《朱有燉集》整理本從原刻。花門：妓院。明·康海《王蘭卿》第一折：『做一個三從四德好人妻，不强如朝雲暮雨花門婦。』鈔引：案，宋代茶、鹽等物生産運銷均由政府管制，政府發給特許商人支領和運銷這類産品的證券，名茶引、鹽引，統稱『鈔引』。《宋史·食貨志下三》：『乃造關子付婺州，召商人入中，執關於榷貨務請錢，願得茶、鹽、香貨鈔引者聽。』

〔二十五〕案，此句襯字「把」，《雍熙樂府》皆省。吴梅藏録副本、《飲虹簃所刻曲》本、《全明散曲》本、翁敏華點校本、《朱有燉集》整理本從原刻。

〔二十六〕的：《雍熙樂府》脱，吴梅藏録副本、《飲虹簃所刻曲》本、《全明散曲》本、翁敏華點校本、《朱有燉集》整理本從原刻。

〔二十七〕洞春膏：不詳。聯繫後文素女論、房中術皆與女性有關，及此曲所諷對象爲風流太醫，故洞春膏或當係春藥之類。此處言太醫風流，專治與女性相關病症。又，驗：《盛世新聲》作「騐」，案「驗」「騐」異體字，可通用。

〔二十八〕雲雨臺、風月所皆風花雪月場所，爲男女交歡之處，於此講經、修行，顯然有違佛教清規戒律。離經叛道，正是小僧風流習性。又，此句襯字「上」「裏」，《雍熙樂府》皆省。吴梅藏録副本、《飲虹簃所刻曲》本、《全明散曲》本、翁敏華點校本、《朱有燉集》整理本從原刻。

〔二十九〕幀：《盛世新聲》作「幪」，《雍熙樂府》、吴梅藏録副本、《飲虹簃所刻曲》本、《全明散曲》本、翁敏華點校本、《朱有燉集》整理本從原刻。

〔三十〕瑯函：一般指書匣，有時亦指道家書。據所詠對象，此處當指後者。綉袱：用貼綉、齊綉和鑲納等方法織成的刺綉。鸂鶒：亦作「鸂鵣」，水鳥名。形大於鴛鴦，多紫色，好並遊，俗稱紫鴛鴦。

〔三十一〕縷金詞：即金縷詞，一名賀新郎。内容多寫男女情愛，尤其是蕩子與妓女愛情。玉樞：玉樞經，全真教外修『五經』之一（其他四部分别爲：《玉皇經》《度人經》《三官經》《北斗經》）。青天歌：源於全真教祖師長春真人丘處機所作同名詩歌，所著《磻溪集》卷三收録，全詩云：『青天莫起浮雲障，雲起青天遮萬象。萬象森羅鎮百邪，光明不顯邪魔旺。我初開廓天地清，萬户千門歌太平。有時一片黑雲起，九竅百骸俱不寧。是以長教慧風烈，三界十方飄蕩澈。雲散虚空體自真，自然現出家家月。月下方堪把笛吹，一聲響亮振華夷。驚起東方玉童子，倒騎白鹿如星馳。逡巡别轉一般樂，也非笙兮也非角。三尺雲璈十二徽，歷劫年中混元斫。玉韻琅琅絶鄭音，輕清遍貫達人心。我從一得鬼神輔，入地上天超古今。縱横自在無拘束，心不貪榮身不辱。閑唱壺中白雪歌，静調世外陽春曲。我家此曲皆自然，管無孔兮琴無絃。得來驚覺浮生夢，晝夜清音滿洞天。』後廣爲傳唱，編爲歌舞。不僅成爲道教經典，並爲通俗小説戲曲、民間小調吸收，流傳至今。又，憲王雜劇如《蟠桃會》《八仙慶壽》《半夜朝元》諸劇，均有《青天歌》穿插。且情況較爲複雜，《蟠桃會》第三折與賈仲明《金童玉女》雜劇大同小異。《八仙慶壽》第四折《青天歌》，其内容按劇中提示與丘氏原作同。《半夜朝元》第四折穿插《青天歌》三支，由旦扮小天香演唱，據曲詞，其第一支『青天莫起浮雲障，雲起青天遮萬象。』與長春真人首聯全同，又云『將全篇唱』，故知此歌即爲丘氏原作，蓋因丘作膾炙人口，不必全文引出。第二支『青天有月心自清，普照山河萬里明。玉露金風動仙掌，夜深還聽步虚聲。』第三支『青天有月净無塵，塵斷寰緣暫出神。仙鹿銜花仙鶴舞，騎鸞跨鳳上青雲。』則不見於前人著述，若聯繫憲王學元而不拘於元之事實，後兩支很有可能係其仿丘氏之作。凡此可見，憲王不僅對『青天歌』甚熟，且頗爲喜愛。

〔三十二〕了：《雍熙樂府》作『做』，《盛世新聲》、吴梅藏録副本、《飲虹簃所刻曲》本、《全明散曲》本、翁敏華點校本、《朱有燉集》整理本從原刻。又案，玉清庵本爲道教修行之所，長生久視爲道教孜孜追求的理想，但對所詠道姑而言，雖道服在身，卻嚮往夫婦間舉案齊眉，白頭終老，可見其塵心未斷，心不在焉。

〔三十三〕阮步兵：阮籍。阮籍嗜酒，故云。

〔三十四〕歡伯：憲王原刻如此，吴梅藏録副本亦然，吴校：『《雍熙》作歡娱，應從。』《飲虹簃所刻曲》及近代以來諸本從《雍熙樂府》。案，《盛世新聲》作『勸伯』。

〔三十五〕玉山：典出南朝宋劉義慶《世説新語·容止》：『嵇康身長七尺八寸，風姿特秀，見者歎曰：「蕭蕭肅肅，爽朗清舉。」或云：「肅肅如松下風，高而徐引。」山公（山濤）曰：「嵇叔夜（嵇康字）之爲人也，岩岩若孤松之獨立；其醉也，傀俄（巍峨）若玉山之將崩。」』嵇康好酒，用其典恰到好處。案，此曲所用典故皆爲文人詩酒風流之典，故曲中所寫可謂夫子自道，詼諧調達，不失風趣。

〔三十六〕『破瓦窯』句：典出元王實甫《吕蒙正風雪破窯記》雜劇，此劇寫吕蒙正早年窮居破窯故事。悲田院：亦稱『養濟院』或『卑田院』，爲佛教寺院經營的撫養鰥寡孤獨之所。吕蒙正早年受苦破窯，爲活命，只得於附近寺廟乞食。後遭僧人嫌棄，齋後鳴鐘，奚落蒙正。此處借言乞兒雖在窮途卻不綴其志。以下寫乞兒風流。案，曲中寫乞兒歌唱蓮花落、奔走鶯花市及與女嬌姿相纏等，皆爲突出乞兒風流使然。曲云『一生衣禄在於斯』，不難推知，所詠乞兒與那些沉溺風月不能自拔的浪子還是有天壤之别的。其詩詞吟唱等，足見所詠乞兒當非一般乞兒，其身份當是讀書人，只是家道淪落如此而已。文人與妓女歷史上本就夾雜著一種説不清的關係，文人以此爲風流，妓女借此以揚名，凡此並不意味著所詠乞兒頽廢不堪，實則係古代風氣使然。

〔三十七〕窮則窮窮的來浪子：《雍熙樂府》作『窮則窮浪子』，《盛世新聲》、吴梅藏録副本、《飲虹簃所刻曲》本、《全明散曲》本、翁敏華點校本、《朱有燉集》整理本從原刻。

〔三十八〕案，此句襯字『了』『走』，《雍熙樂府》皆省。《盛世新聲》、吴梅藏録副本、《飲虹簃所刻曲》本、《全明散曲》本、翁敏華點校本、《朱有燉集》整理本從原刻。爻槌：江湖賣卜者占卜的用具。明・袁宏道《與桑武進書》：『獨留此區區皮骨，了卻前生爻槌衲衣債耳。』女嬌姿：吴梅藏録副本作『女嬌婆』，吴校改作『姿』。

〔三十九〕開呵：開場。明・徐渭《南詞敘録開場》：『宋人凡勾欄未出，一老者先出，夸説大意以求賞，謂之開呵。今戲文首一出謂之開場，亦遺意也。』韻：《雍熙樂府》作『運』，誤。吴梅藏録副本、《飲虹簃所刻曲》本、《全明散曲》本、翁敏華點校本、《朱有燉集》整理本從原刻。發焰：表演焰段。焰，又作『艷』，宋雜劇演出時先演一節『艶段』，其最早形式即一小段歌舞，謂之爨。然後再演正雜劇。

〔四十〕把戲：遊戲，雜技。《元史·祭祀志》：『祥和署掌雜把戲。』案，『都曾教管』前，《雍熙樂府》增衍襯字『盡』，吴梅藏録副本、《飲虹簃所刻曲》本、《全明散曲》本、翁敏華點校本、《朱有燉集》整理本從原刻。

〔四十一〕踏爨：即焰段。爨由五個角色表演，又被稱爲『五花弄爨』。妝扮：即妝孤。明·朱權《太和正音譜》：『孤，當場裝官者。』判：官名，地方長官之僚屬，佐理政事，元代各州府均有設置。明代僅州置，無定員。諢：詼諧幽默令人發笑的言行。樂官：掌管音樂的官吏。『曲中的這位樂官，一般認爲是宫廷藝人』。（李真瑜：《明代宫廷戲劇史》，紫禁城出版社二〇一〇年版，第九七頁。）作爲樂官，其職能，據韓國學者梁會錫考證：『文章（筆者案，即憲王此曲）表明：「樂官」能「開呵」「發焰」「歌時曲」「踏爨」「妝扮」，既能「扮演」，能「翻古本」「收新諢」，又能「編劇」，但是他的根本任務乃是「教管」演出活動。换句話説，不管是否參加演出活動，不管是否編劇，他仍然是「教管」一個書會或戲班的領頭人。』（〔韓〕梁會錫：《論劇作家史九敬先》《戲史辨》〈第二輯〉，中國戲劇出版社二〇〇一年。）可備一説。又，能收新諢助情歡：《雍熙樂府》作『能收新韻助情歡』，吴梅藏録副本、《飲虹簃所刻曲》本、《全明散曲》本、翁敏華點校本、《朱有燉集》整理本從原刻。

〔四十二〕内：《雍熙樂府》作『裡』，《盛世新聲》、吴梅藏録副本、《飲虹簃所刻曲》本、《全明散曲》本、《朱有燉集》整理本從原刻。

〔四十三〕伴著箇知音的粉郎：《彩筆情辭》《雍熙樂府》作『伴知音粉郎』，《盛世新聲》、吴梅藏録副本、《飲虹簃所刻曲》本、《全明散曲》本、翁敏華點校本、《朱有燉集》整理本從原刻。

〔四十四〕閑談：《雍熙樂府》作『言談』，《盛世新聲》、吴梅藏録副本、《飲虹簃所刻曲》本、《全明散曲》本、翁敏華點校本、《朱有燉集》整理本從原刻。又，能編捏：《彩筆情辭》脱『能』字。會要笑：《彩筆情辭》脱『會』字。以上《雍熙樂府》《盛世新聲》、吴梅藏録副本、《飲虹簃所刻曲》本、《全明散曲》本、翁敏華點校本、《朱有燉集》整理本從原刻。

〔四十五〕鰾膠：用魚鰾或豬皮等熬制的膠，粘性大。由曲意知所詠『妳妳』實爲鴇兒。此句寫鴇兒設下圈套，令嫖蕩子弟難以擺脱。

〔四十六〕早：《雍熙樂府》作『甲』，誤。《盛世新聲》、吴梅藏録副本、《飲虹簃所刻曲》本、《全明散曲》本、翁敏華點校本、《朱有燉集》整理本從原刻。嘶：譏笑、調笑意。妳妳：奶奶。

〔四十七〕钁：憲王原刻如此，《雍熙樂府》《盛世新聲》、吴梅藏録副本、《全明散曲》本、《朱有燉集》整理本從。案，《時尚南北雅調萬花小曲》作『拙』。『銅磨笴』：即石磨上用來轉動磨盤的銅制磨杆。元・關漢卿《金線池》第一折：『這紙湯瓶再不向紅鑪頓，鐵煎盤再不使清油混，銅磨笴再不把頑石運。』『搜』：《漢語大字典》釋義：①乾枯。②撮其皮；剥刮。③亂。此處應取『亂』意。按照曲詞創作規則，前句應與後句相對，故用『钁』當非。憲王原刻或誤。另『銅磨笴疾菚』，《全明散曲本》作『銅磨笴菚疾』，誤。

〔四十八〕陽關一曲唱三疊：即陽關三疊，唐代著名歌曲，又稱《陽關曲》《渭城曲》，係由唐代著名詩人王維《送元二使安西》一詩譜寫而成。沾：《彩筆情辭》《雍熙樂府》作『沾』。的：《雍熙樂府》脱。以上《盛世新聲》、吴梅藏録副本、《全明散曲》本、《朱有燉集》整理本等從原刻。撅：《彩筆情辭》作『譎』，《雍熙樂府》《盛世新聲》、吴梅藏録副本、《全明散曲》本、《朱有燉集》整理本等從原刻。

南曲柳摇金

贈别〔一〕

關河迢遞，行裝整齊，送别正秋時。地迥霜華早，天高鴈影遲〔二〕。遥想是馬頭風月，山水入詩題。把離筵美酒，慇懃玉卮。相思兩處，兩處相思；兩處相思，千里遠懷誰寄。迢迢山徑，遲遲曉行，千里太行程。遠别心難捨，遥思意每縈。念此際斯文相會，何日敘交情？向驪歌聲里，征車暫停。頻傾緑醑，緑醑頻傾；緑醑頻傾，少慰老夫離興。

注釋

〔一〕《雍熙樂府》卷一五題同，《盛世新聲》卷一二無題，皆不註撰人。《翰院詞珍》録首曲，題作『送段古松行』，下註『夏桂洲作』，誤。曲寫與友人話别，情深意濃，感人至深。惜所送之人不詳。

〔二〕地迥：地遠。此處言所送之人所至之所路途遥遠。

水仙子

有所思〔一〕

銀箏絃斷鎖紅樓，湘竹簾閑控玉鈎，錦幃塵滿侵羅袖。一番春乾罷手，楚陽臺霧慘雲愁。纔展放眉間皺，早攢來心内有，下眉頭又上心頭。

注釋

〔一〕《雍熙樂府》卷一八與憲王原刻題同，《盛世新聲》卷一二無題，皆不註撰人。案，有所思，本爲漢樂府鼓吹鐃歌十八曲之一，蓋因樂府首句『有所思，乃在大海南』，故名。後人多有擬作，内容似亦固定，即寫離别相思悲苦。憲王此曲亦然，由曲云『楚陽臺霧慘雲愁』，知所思之人爲遠方情人，曲中人物爲閨中少婦。憲王爲寫情妙手，曲中寫少婦閨怨愁緒細膩動人，起句『絃斷』『閑控』『塵滿』説明情人久離，少婦了無情緒，用語巧妙。末句『下眉頭又上心頭』脱胎李清照【一剪梅】『此情無計可消除，才下眉頭，卻上心頭』，情與景會，别出新意，頗盡少婦情態。

對玉環帶過清江引

詠水仙花〔一〕

月魄霜容，天生淺淡妝〔二〕；玉骨冰肌，風傳馥郁香。美女舞霓裳，仙人披素氅，疑是嫦娥蟾宮來獻觴，誰喚飛瓊瑶臺同慶賞〔三〕。伴寒梅晚來清興長，次第花枝放。凌波體態輕，傲雪精神漾，月明中似聞環珮響。

注釋

〔一〕《盛世新聲》卷一二無題，不註撰人。憲王此曲詠水仙花色、香、態，以人狀物，頗盡其妙，很有特色。

〔二〕月魄：亦稱『金魄』，指月亮。南朝・梁簡文帝《相宮寺碑銘》：『珠生月魄，鐘應秋霜。』

〔三〕飛瓊：仙女名，後泛指仙女。《漢武帝内傳》：『王母乃命諸侍女……許飛瓊鼓震靈之簧。』宋・晏殊【拂霓裳】：『管絃清，旋翻紅袖學飛瓊。光陰無暫住，歡醉有閑情。』

沈醉東風

秋日湖邊晚行〔一〕

泛遠水衰浦敗葦，護村居瘦竹踈籬。天寒沙鳥栖，日晚漁舟繫，望湖光萬頃玻璃〔二〕。

山色空濛雨亦奇，宜寫在丹青畫裏〔三〕。

注釋

〔一〕《雍熙樂府》卷一七題作『秋晚湖邊行』，不註撰人。憲王此曲寫秋日黄昏湖邊所見，衰浦敗葦、瘦竹踈籬寫時令，『日晚漁舟繫』緊扣題目即『晚行』，全曲以所見景色依次鋪開，而所見景物之所即『湖邊』貫穿始終。全曲清麗踈淡，境界淒迷空闊，宛如一幅水墨山水，韻味蕭疏悠長。後世曲選多有選録。

〔二〕萬頃玻璃：形容水波清瑩。杜甫《渼陂行》：『天地黤慘忽異色，波濤萬里堆玻璃。』

〔三〕山色空濛雨亦奇：語出蘇軾《飲湖上初晴後雨》『水光瀲灩晴方好，山色空濛雨亦奇』。此處言湖邊景色宜人，很適宜繪入圖中。又，空濛：《雍熙樂府》作『朦朧』。雨亦奇：《雍熙樂府》作『夜雨奇』。宜寫在：《雍熙樂府》作『堪寫入』。以上吴梅藏録副本、《全明散曲》本、翁敏華點校本、《朱有燉集》整理本從原刻。

卷二　套數

席上喜雪偶成〔一〕

【黄鐘】【醉花陰】寶殿珠樓玉花糝，萬里同雲一覽〔二〕。遍世界滿山巖，柳絮風攙，似織就鵝毛毯〔三〕。

【喜遷鶯】莫不是戰退玉龍酣，萬萬片銀鱗滿翠嵐，將這禎祥推勘，太平時瑞應宜堪〔四〕。須參，臘前白喜見三，聽四境歡聲民庶談，將天地感〔五〕。盡都道豐年有象，飽暖先諳。

【出隊子】雕欄寶檻，列華筵樂事耽。見滿空皓鶴翅相摻，撲萬隊蝴蝶粉亂糝，凍千里銀河冰細劖〔六〕。

【刮地風】

有一派仙音供奉著喒，列兩行珠履瓊簪。紫金杯到手休辭暫，果擘黃柑。乘醉想梅花將探，遣興把霜毫頻蘸。酒半酣，詞一函，唤紅兒雅歌清談〔七〕。衣披著黑貂裘，酒裝在白玉墰，列珎羞紫蟹紅蚶〔八〕。

【四門子】

颭蒼松翠竹風摇撼，積瓊瑶映舞衫。看亭臺遠近銀妝嵌，灑紗窗似食葉蚕〔九〕。鎖翠峯，凍碧潭，遍乾坤萬里雲霧緘。詩句清，酒味甘，直喫的醉醺醺紅遮緑揜。

【水仙子】

想少年忒是憨，向郊原正宜將圍獵貪，看俊鶻擊駕鵝，在白茫茫雪湖中曾淰〔十〕。凍剥剥的履頑冰馬脱了轡嚼，撲鼕鼕的鞭鼓兒波面上聲含，笑呷呷得雋的喜氣都自擔，明滴溜的金頭玉頸鵝盈檐，響璫璫的鞭敲著金鐙候回驂〔十一〕。

【尾聲】

到今日老後心中樂恬憺，遇冬寒賞雪在梅庵，相伴著酒社詩壇受用煞俺。

注釋

〔一〕《詞林摘艷》壬集題作『雪中畋獵』，下署『誠齋散套』。《盛世新聲》卷二、《盛世詞林》子集無題，《雍熙樂府》卷一題作『賞雪』，皆不註撰人。憲王此套寫雪大、雪中壯觀景象及作者個人觀雪興致。【水仙子】『想少年忒是憨』，聯繫憲王早年曾如曲中所寫，所想當是對少年往事的追憶，非實寫，正照應【尾聲】所云『到今日老後心中樂惦憺』，由追憶再次回到現實。全套曲意連貫，境界恢弘熱烈，冷暖色調張弛有度，相得益彰。又，《詞林摘艷》題作『雪中畋獵』僅與【水仙子】支曲合，與全套曲意相違，故所題以偏概全，謬。

〔二〕同雲：《盛世詞林》《雍熙樂府》《盛世新聲》《詞林摘艷》作『彤雲』，吳梅藏録副本、《飲虹簃所刻曲》本、《全明散曲》本、《朱有燉集》整理本從原刻。覽：《詞林摘艷》作『攬』，《盛世詞林》《雍熙樂府》《盛世新聲》吳梅藏録副本、《飲虹簃所刻曲》本、《全明散曲》本、《朱有燉集》整理本從原刻。

〔三〕風攙：《盛世新聲》《盛世詞林》《詞林摘艷》作『相攙』。似織就鵝毛毯：《盛世新聲》《盛世詞林》《詞林摘艷》作『似織鵝毛毯』。以上《雍熙樂府》、吳梅藏録副本、《飲虹簃所刻曲》本、《全明散曲》本、《朱有燉集》整理本從原刻。

〔四〕玉龍：代指雪。推勘：考察、推求。案，憲王原刻如是。《盛世詞林》《雍熙樂府》《詞林摘艷》

《盛世新聲》、吴梅藏録副本、《飲虹簃所刻曲》本、《全明散曲》本、《朱有燉集》整理本從。翁敏華點校本作『掛勘』，誤。

〔五〕臘前白喜見三：即臘前三白。案，三白，即雪。春秋時期范蠡《陶朱公書》：『臘前得兩三番雪，謂之臘前三白。諺云：「若要麥，見三白。」』意即三白見則豐收在望，故百姓歡躍慶賀，『聽四境歡聲民庶談，將天地感』，『盡都道豐年有象』。

〔六〕皓鶴翅：寫風，大風卷雪，漫天飛舞，故所到之處猶如白鶴展翅。摻：即摻和，言風助雪威。《雍熙樂府》作『參』，訛。《盛世新聲》《詞林摘艷》、吴梅藏録副本、《飲虹簃所刻曲》本、翁敏華點校本、《全明散曲》本、《朱有燉集》整理本從原刻。蝴蝶粉：形容雪被風卷起，經風猛吹如白色蝴蝶一般。亂糝：亂作一團，言雪花雪片在大風作用下亂如粉粒。

〔七〕清談：《雍熙樂府》作『清唱』，《盛世新聲》《詞林摘艷》、吴梅藏録副本、《飲虹簃所刻曲》本、翁敏華點校本、《全明散曲》本、《朱有燉集》整理本從原刻。

〔八〕衣披著黑貂裘：《盛世詞林》脱，《盛世新聲》《雍熙樂府》《詞林摘艷》、吴梅藏録副本、《飲虹簃所刻曲》本、翁敏華點校本、《全明散曲》本《朱有燉集》整理本從原刻。裝：《盛世新聲》《詞林摘艷》《雍熙樂府》作『注』，《盛世詞林》作『住』。吴梅藏録副本、《飲虹簃所刻曲》本、翁敏華點校本、《全明散曲》本、《朱有燉集》整理本從原刻。案，此曲言雪天作樂及憲王雅興。又，憲王生當繁華，享樂本是其生活的一部分。但亦不能斷然否定，以爲其脱離群衆，或體現了貴族階級一味享樂不能體貼民情等低級趣味。聯繫套曲前半部分寫三白得見百姓歡樂，憲王在此前提下享受詩酒歌舞，亦不無與民同樂之意。蚶：蛤類的一種，俗稱瓦楞子。

〔九〕灑：《盛世新聲》《盛世詞林》《詞林摘艷》《雍熙樂府》作「哨」，訛。吴梅藏録副本、《飲虹簃所刻曲》本、翁敏華點校本、《全明散曲》本、《朱有燉集》整理本從原刻。

〔十〕向：《盛世詞林》作「白」，訛。《盛世新聲》《雍熙樂府》《詞林摘艷》、吴梅藏録副本、《飲虹簃所刻曲》本、翁敏華點校本、《全明散曲》本、《朱有燉集》整理本從原刻。俊鶻：鶻，鷹科，或係海東青。聯繫憲王詩詞文中常以鶻稱海東青，當是。俊鶻，意即矯健之鷹或海東青。唐·元稹《兔絲》：「俊鶻度海食，應龍升天行。」駕鵝：野鵝。《楚辭·東方朔》：「鸞皇孔鳳日以遠兮，畜鳧駕鵝。」洪興祖補註引郭璞曰：「駕鵝，野鵝也。」《盛世新聲》《詞林摘艷》《盛世詞林》作「佳鵝」，誤。《雍熙樂府》、吴梅藏録副本、《飲虹簃所刻曲》本、翁敏華點校本、《全明散曲》本、《朱有燉集》整理本從原刻。滰：雲興起貌。此處言俊鶻捕獵於風雪中若隱若現。又，憲王《誠齋録》卷三收《題〈俊鶻擒鵝圖〉》一詩，可參看。

〔十一〕波面：吴梅藏録副本作「波兒」，吴梅據憲王原刻改作「波面」，《盛世詞林》作「皮面」，誤。《盛世新聲》《雍熙樂府》《詞林摘艷》《飲虹簃所刻曲》本、翁敏華點校本、《全明散曲》本、《朱有燉集》整理本從原刻。雋：美味，此處代指所獲獵物，即駕鵝等。盈檐：檐，古代車子遮蓋突出的部分，此處言狩獵所獲獵物甚多。案，憲王原刻如是，吴梅藏録副本從。《盛世新聲》《盛世詞林》《詞林摘艷》《雍熙樂府》《飲虹簃所刻曲》本、《全明散曲》本、翁敏華點校本、《朱有燉集》整理本作『盈擔』。其意亦可通，然一則與前句重韻，不合曲作規範；一則或與憲王原意有違。驂：古代駕在車前兩側的馬，可證前述不誤。

賞玉堂春席上作〔一〕

【南吕】【一枝花】

玉温成軟欵情，玉琢就玲瓏樣。玉生來丰韻美，玉出落姓名香，骨玉肌香，香透徹瓊瑤像，玉包涵腦麝香〔二〕。只因他壓名園花裏奪魁，致令得開畫閣花前宴享〔三〕。

【梁州】

我本是遊花塢風流病叟，到做了步瑶臺嫵媚仙郎，看了他蟾精月魄從天降〔四〕。銀鱗簇瓣，金粉團黄，霜紈日朗，縞帶風長〔五〕。引的些遊蜂兒採蕋心忙，空教那蝴蝶兒戀色情荒。飄揚著暖融融五百斛素色清香，栽培的壽遥遥十萬載根生地長，相伴著美姿姿八千春奕葉流芳〔六〕。將這花玉堂、品量，比牡丹别是種神仙况〔七〕。錦樓臺，翠屏障，吐盡春心盡是香，逸興徜徉〔八〕。

【尾聲】輕敲檀板高歌唱，滿捧金樽飲玉漿，直喫到花影重疊月初上。那其間酒興未央，詩懷正狂，草一幅新詞恣歡賞〔九〕。

注釋

〔一〕《盛世新聲》卷六、《盛世詞林》巳集無題，《雍熙樂府》卷八題作『梅花』，皆不註撰者。憲王此曲寫宴賞玉堂春，曲中先贊玉堂春天香國色，次寫賞花雅興及由此所引發的詩詞創作激情。吴梅評憲王雜劇《牡丹品》云：『唯爲名花品藻，宴樂升平，足徵奉藩安逸。』（吴梅：《瞿安讀曲記》，見《吴梅戲曲論文集》，中國戲劇出版社一九八三年版，第三九九頁。）憲王此曲亦然。

〔二〕姓名：《盛世新聲》作『性名』，《盛世詞林》《雍熙樂府》、吴梅藏録副本從，訛。《飲虹簃所刻曲》本、《全明散曲》本、翁敏華點校本、《朱有燉集》整理本從原刻。

〔三〕宴享：《盛世詞林》《雍熙樂府》作『宴賞』，吴梅藏録副本從，《全明散曲》本、翁敏華點校本、《朱有燉集》整理本從原刻。

〔四〕我本是遊花塢風流病叟：憲王晚年多病，且耽於詩酒名花，故常以風流病叟自稱，此處亦是。李萬鈞《中國古今戲劇史》（上）云『除了道教世界，朱有燉喜歡遁跡的另一個天地，就是名花逞艷的自然王國。』並稱『我本是遊花塢風流病叟』乃其自況（李萬鈞：《中國古今戲劇史》〈上〉，廣東高等教育出版社一九九七年版，第四一九頁。），甚是。他：《盛世新聲》《盛世詞林》《雍熙樂府》脱，吴梅藏録副本從，《飲虹簃所刻曲》本、《全明散曲》本、翁敏華點校本、《朱有燉集》整理本從原刻。蟾精：與月魄同意，皆指月，爲月之代稱。

〔五〕縞帶：《盛世新聲》《雍熙樂府》作『縞素』，《盛世詞林》同。吴梅藏録副本、《飲虹簃所刻曲》本、《全明散曲》本、翁敏華點校本、《朱有燉集》整理本從原刻。

〔六〕飄揚：《盛世詞林》作『飄楊』，《盛世新聲》《雍熙樂府》、吴梅藏録副本、《全明散曲》本、翁敏華點校本、《朱有燉集》整理本從原刻。相伴：《盛世新聲》《盛世詞林》《雍熙樂府》作『相傳』，訛。吴梅藏録副本、《飲虹簃所刻曲》本、《全明散曲》本、翁敏華點校本、《朱有燉集》整理本從原刻。奕葉：世世代代。《隋書・禮儀志七》：『宣尼制法，云行夏之時，乘殷之輅。奕葉共遵，理無可革。』明・宋濂《元徵士周君墓志銘》：『君自以奕葉爲儒，繼承不易，孳孳問學。』

〔七〕將這花：《雍熙樂府》作『將他』，《盛世新聲》《盛世詞林》、吴梅藏録副本、《飲虹簃所刻曲》本、《全明散曲》本、翁敏華點校本、《朱有燉集》整理本從原刻。

〔八〕吐盡：《雍熙樂府》作『畫』，《盛世詞林》作『賞盡』，《盛世新聲》脱『吐』字。吴梅藏録副本、《飲虹簃所刻曲》本、《全明散曲》本、翁敏華點校本、《朱有燉集》整理本從原刻。

〔九〕案，《雍熙樂府》於『新詞』前增『新體』二字，《盛世新聲》《盛世詞林》、吴梅藏録副本、《飲虹簃所刻曲》本、《全明散曲》本、翁敏華點校本、《朱有燉集》整理本從原刻。

慶壽〔一〕

【南吕】【一枝花】玳筵排翡翠屏，香篆裊狻猊獸。捲珠簾迎五福，開寶殿慶千秋。瑞靄輕浮，日色遲宫漏，懽聲滿鳳樓。喜孜孜仙女擎杯，嬌滴滴仙娥勸酒。

【梁州】簪寶髻仙花馥郁，列金堦仙樂滑熟，更有那八仙九老來添壽〔二〕。盈玉盎仙桃高捧，合瑶笙仙曲齊謳，展素羽仙鶴對舞，飲清泉仙鹿馴遊。四般兒妝點的仙境清幽；三般兒成就了千載遐修：採靈芝授仙籙青帝遥臨，嚥玉液嗽華池黄庭内守，鍊丹砂騰寶氣紫府名留〔三〕。寰中更有，壽山福地同高厚。保天恩，自天祐，陰隲須教福禄酬，永永源流。

【餘音】正值著九秋天氣重陽候，百歲芳容不老秋，露菊霜蓉正清秀〔四〕。聚十方九洲，衆神仙稽手，共祝千秋萬年久〔五〕。

注釋

〔一〕《盛世新聲》卷六、《盛世詞林》巳集無題，《雍熙樂府》卷八題作『祝壽』，皆不註撰人。憲王此曲爲慶壽之作，故曲中多寫祝壽場面，排場熱鬧繁瑣，富貴之氣逼人。朱權《太和正音譜》分『新定樂府體式一十五家』，中有『承安體』，釋云：『承安體，華觀偉麗，過於軼樂，承安，金章宗正朔。』任二北先生所著《散曲之研究》於朱權此體後云：『按承安體中，包含慶賞、祝壽，與及時行樂等作。』（任二北：《散曲之研究》，見張燕謹等主編《二十世紀中國文學研究論文選》，社會科學文獻出版社二〇一〇年版，第四〇三頁。）所舉實例即憲王此套首支。羊春秋《散曲通論》亦認爲，憲王此曲『一派富貴氣象，鐘鳴鼎食，翠倚紅偎，是享樂的典型』（羊春秋：《散曲通論》，岳麓書社一九九二年版，第二八八頁。）

〔二〕八仙：歷史上，八仙成員多有出入。案憲王雜劇如《八仙慶壽》《蟠桃會》等，其成員分别爲漢鍾離、鐵拐李、吕洞賓、張果老、韓湘子、曹國舅、藍采和、徐神翁（徐信守）等八位。九老：

香山九老，分别爲唐代白居易、胡杲、吉旼、鄭據、劉真、盧慎、張渾、狄兼謨、盧貞九人。案，以八仙九老慶壽在朱有燉雜劇中爲常套，如《新編瑶池會八仙慶壽》第四折（扮香山九老上，云）：『俺是九箇年高之人，中有白樂天侍郎，在中原香山聚會，壽皆百餘歲。那山前有一寺，名曰香山寺，常往來此處，遇神仙授了長生之術，時朝玉闕，每謁天關。今有西王母請福壽禄三星，又請上八位天仙，並衆位天仙，同赴瑶池之會，賞蟠桃仙果。俺來到瑶池，説話中間，兀的衆位神仙都來慶壽也。』

〔三〕嗽：《盛世新聲》《盛世詞林》同原刻。吴梅藏録副本從，吴校：『嗽，應作漱。』《飲虹簃所刻曲》本、《全明散曲》本、《朱有燉集》整理本皆從『漱』。

〔四〕值：《盛世詞林》作『直』，《盛世新聲》《雍熙樂府》、吴梅藏録副本、《飲虹簃所刻曲》本、《全明散曲》本、翁敏華點校本、《朱有燉集》整理本從原刻。霜蓉：《雍熙樂府》作『霜凝』，《盛世新聲》《盛世詞林》、吴梅藏録副本、《飲虹簃所刻曲》本、《全明散曲》本、翁敏華點校本、《朱有燉集》整理本從原刻。

〔五〕稽手：《盛世新聲》《盛世詞林》、吴梅藏録副本從，吴校改作『稽首』。《雍熙樂府》、吴梅藏録副本、《飲虹簃所刻曲》本、《全明散曲》本、翁敏華點校本、《朱有燉集》整理本作『稽首』，同吴校。萬年久：《雍熙樂府》作『億萬久』，《盛世新聲》《盛世詞林》、吴梅藏録副本、《飲虹簃所刻曲》本、《全明散曲》本、翁敏華點校本、《朱有燉集》整理本從原刻。

詠白海青[一]

宣德八年，歲在癸丑。正月十七日，河南開封府尉氏縣得白海東青一聯。十八日校尉進於本府，且明日值予初度[二]。予喜珍異貴禽來此中原，乃即具奏進獻於朝，作此樂府以自慶賞焉。其詞曰：

【南吕】【一枝花】霜翎雪握成，素羽銀妝就。老拳金鑄鍊，勁翮玉雕鎪[三]。電掣雙眸，壯志衝牛斗，英氣播九洲[四]。過千尋碧海高飛，渺萬里青雲顧首。

【梁州】珍重比麒麟上瑞，禎祥如鸞鳳同流，玉海青自古爲希有[五]。方輿紀載，簡册名留，昇平吉兆，盛世嘉猷。他本自遠方來慶賀千秋，單注著億千春壽禄遐修[六]。正值著豐稔歲樂雍熙國泰民安，太平日享富貴天長地久，封域中保康寧物穰人稠。似這般俊鶻在手，高擎著至寶非虚謬[七]。賞嘉祥，祝延壽，樂中土康衢擊壤謳，萬載千秋[八]。

【尾聲】

九重宫苑歡聲湊，七奏笙歌曲調熟，聽一派清新樂音溜〔九〕。遥瞻著錦韝，滿斟著玉甌，進一盞千秋慶喜酒〔十〕。

注釋

〔一〕《盛世新聲》卷六、《盛世詞林》巳集無題，《雍熙樂府》卷八題作『白鷴鵡慶壽』，皆不註撰人。案，由曲前序，知此曲專爲宣德八年所獲白海青所作，曲中主要藉贊白海青英姿寫其爲稀有祥瑞之物，進而鼓吹休明，頌揚聖德。憲王所著《誠齋新録》收《無題》一詩，前存詩序，云：『維皇明之宣德八年，歲在癸丑，孟春十有七日，河南開封府尉氏縣東北鄭店堡得白海東青一聯。羽毛光潔，顧盼英俊，白如温玉，花若朗星，體重異常，爪喙剛利，寔中原千載一有也。仰惟聖世雍熙，聲教遠被，是以天地之氣，無間南北，皆化域中，珍禽瑞獸，駢臻疊至，以兆萬萬年太平之象也！』知此詩與《詠白海青》套曲作於同時，爲便於比較，兹將此詩過録於此：『海東鷙禽名海青，羽毛如玉温且明。高飛遠舉渡滄溟，渺視萬里青雲程。三陽應候日色晴，時惟初度天宇澄。來我中原爲嘉禎，得此珍重如瓊瑛。遥望五雲拜神京，星馳驛騎獻彤庭。感兆盛世海岳清，五穀豐登萬類成。德化遠被四裔寧，梯山航海咸懽聲。老臣作歌歌太平，仰柷聖壽億萬齡。』

又，憲王《誠齋録》收録詠白海青詩作甚多，如《誠齋録》卷二《白海青二首》《題白海青詩二首》《題〈白海青朝日圖〉》；《誠齋新録》中《題白海青詩二首》等。此外，據《誠齋録》卷四《海東青賦》序：『永樂十五年仲冬，黄河之北，封丘之野，得海東青，作《海東青賦》。』《海東青後賦》：『永樂十五年仲冬，河北得海東青。余既作賦書之於圖，暇日復繪其形，乘興而爲斯後賦。自適懷抱，非敢擬於麗則之音也。』知在此前，周藩亦曾獲得海東青。海東青，學名矛隼、鶻鷹。其産地在今中國東北邊緣一帶，中原甚難見到，宋遼金元皆視其爲珍禽祥瑞。海東青類型較多，其中白海青最爲珍貴。又，自永樂元年亦即從憲王父周定王橚起，周藩由於與朝廷關繫特殊，便不斷以進獻祥瑞的名義向朝廷竭忠輸誠，如永樂二年，周藩於神亙山捕獲騶虞進獻於朝，憲王不僅爲此作有《神亙山神廟瑞獸碑》，還進而捏合事實，作有雜劇《得騶虞》一部；同年七月，進獻佳禾。有燉承襲王位後，明初政治鬥争及周藩内部矛盾加劇，在此前提下，憲王亦效法其父，頻繁向朝廷進獻獻瑞，此即其一。

〔二〕初度：生日誕辰。由此句知憲王生日爲正月十九日。

〔三〕鏤：雕刻、鏤刻。

〔四〕壯志：《雍熙樂府》作『壯氣』，《盛世新聲》《盛世詞林》、吴梅藏録副本、《飲虹簃所刻曲》本、《全明散曲》本、翁敏華點校本、《朱有燉集》整理本從原刻。英氣：《盛世新聲》《盛世詞林》《雍熙樂府》作『英風』。吴梅藏録副本、《飲虹簃所刻曲》本、《全明散曲》本、翁敏華點校本、《朱有燉集》整理本從原刻。

〔五〕希有：《盛世詞林》《雍熙樂府》作「稀有」，《盛世新聲》、吴梅藏録副本、《飲虹簃所刻曲》本、《全明散曲》本、翁敏華點校本、《朱有燉集》整理本從原刻。

〔六〕億：《盛世新聲》作「意」，《雍熙樂府》《盛世詞林》、吴梅藏録副本、《飲虹簃所刻曲》本、《全明散曲》本、翁敏華點校本、《朱有燉集》整理本從原刻。

〔七〕俊鶻：《盛世新聲》《盛世詞林》作「俊禽」，《雍熙樂府》省作「禽」，吴梅藏録副本、《飲虹簃所刻曲》本、《全明散曲》本、翁敏華點校本、《朱有燉集》整理本從原刻。

〔八〕嘉祥：《盛世新聲》《盛世詞林》《雍熙樂府》作「佳祥」，吴梅藏録副本從，吴校改作「嘉祥」。《飲虹簃所刻曲》本、《全明散曲》本、翁敏華點校本、《朱有燉集》整理本從原刻。擊壤謳：典出王充《論衡·藝增》：「《論語》曰：『大哉！堯之爲君也，蕩蕩乎民無能名焉。』傳曰：『有年五十擊壤於路者，觀者曰：大哉！堯之德乎！擊壤者曰：吾日出而作，日入而息，鑿井而飲，耕田而食，堯何等力？』」後世用擊壤歌、擊壤謳等描寫太平盛世，表示對朝廷政績的頌揚。

〔九〕溱：《雍熙樂府》作「轃」，《盛世新聲》《盛世詞林》、吴梅藏録副本、《飲虹簃所刻曲》本、《全明散曲》本、翁敏華點校本、《朱有燉集》整理本從原刻。

〔十〕慶喜酒：《盛世新聲》《盛世詞林》《雍熙樂府》作「慶壽酒」，吴梅藏録副本、《飲虹簃所刻曲》本、《全明散曲》本、翁敏華點校本、《朱有燉集》整理本從原刻。

得慶壽詞【南呂宮】一闋，予就賡其韻以酬之[一]

【南呂】【一枝花】

恰三陽漸暖辰，逢初度新春日[二]。喜桑榆延晚景，幸康健樂雍熙。忝在宗室，藩屏中原地，忠良守社稷[三]。志誠心理國尊朝，端謹道齊家正己。

【梁州】

感聖主洪恩大德，托天朝英武神威，芳名保守無他異[四]。立身呵謙恭是務，拊心呵本分爲期[五]。醉來呵詩學李杜，醒時節字習繇羲[六]。將仁義立定根基，方寸地端的是平夷[七]。只因我心寬和懶飾邊幅，意曠達不親瑣碎，性疎狂慵整冠緌[八]。從頭識尾，論風流堪作箇名書會[九]。和壽詞，向丹陛，唱一曲高歌飲數杯，聽您那祝壽聲齊[十]。

【尾聲】

我念著劬勞罔極恩非細，因此上厚惠相酬禮待的遲，葵藿羹墻憶先世[十一]。樂昇平共喜，仰君親厚德，我將這忠孝持心億千紀[十二]。

注釋

〔一〕《盛世新聲》卷六、《盛世詞林》卷巳集無題，《雍熙樂府》卷八題作『自詠壽』，皆不註撰人。案，此套曲創作時間與前首同時或相近，即憲王生日當天或前後不久，『恰三陽漸暖辰，逢初度新春日』可證。曲言自己『忝在宗室，藩屏中原地，忠良守社稷』等，其藉壽誕向朝廷表達忠誠、歌頌聖德之意甚明。聯繫憲王所在周藩與朝廷關係，以及永樂一朝及此後朝廷對諸藩包括周藩不信任態度，乃至如佚名《金粱夢影録》載，王居藩邸，『甚著聲譽，朝廷忌之。會有希旨謂開封有王者氣，詔毀城南繁塔七層以厭之。王懼，乃溺情聲伎以自晦云。』憲王深知其中厲害，故生活中表現尤爲低調，詩詞文曲多自明心跡之作，此套亦然。全套言忠言孝鼓吹聖明，曲意單薄，殊少新意，然氣象醇厚，形式典麗，與同時代風靡一時的『臺閣體』異曲同工。

〔二〕三陽：《易》以十月爲坤，純陰之象；十一月爲復，一陽生於下；十二月爲臨，二陽生於下；正月爲泰，三陽生於下。陰消陽長，冬去春來，新的一年即將到來，故有『三陽開泰』之説，常用於歲首，以示祝福。

〔三〕忝在：《雍熙樂府》作『生忝列』，《盛世新聲》《盛世詞林》、吴梅藏録副本、《飲虹簃所刻曲》本、《全明散曲》本、翁敏華點校本、《朱有燉集》整理本從原刻。藩屏中原地：案，周藩駐地開封，故云。

〔四〕英武：《盛世新聲》《盛世詞林》《雍熙樂府》作『聖武』，吴梅藏録副本、《飲虹簃所刻曲》本、《全明散曲》本、翁敏華點校本、《朱有燉集》整理本從原刻。

〔五〕拊心：《盛世新聲》《盛世詞林》《雍熙樂府》作『持心』，吴梅藏録副本從，《飲虹簃所刻曲》本、《全明散曲》本、翁敏華點校本、《朱有燉集》整理本從原刻。

〔六〕李杜：即唐代大詩人李白、杜甫。繇羲：即魏晉時期著名書法家鍾繇、王羲之。案，憲王好書法，曾臨刻王羲之《蘭亭集帖》，《誠齋録》卷一《蘭亭石刻完，作鐵筆行以賞鐫字陳福》等詩可證。並將所摹之作，集爲十卷，勒之於石，名之曰《東書堂集古法帖》（《誠齋録》卷四）。

〔七〕根基：憲王原刻如此，《盛世新聲》作『根畿』，吴梅藏録副本從，吴校：『畿，應作基。』《盛世詞林》《雍熙樂府》《飲虹簃所刻曲》本、《全明散曲》本、翁敏華點校本、《朱有燉集》整理本從原刻。平夷：平静安定。此處言周藩以仁義立國，百姓安居樂業，和睦安定。

〔八〕寬和：《盛世新聲》《盛世詞林》作『寬弘』，《雍熙樂府》、吴梅藏録副本從，《飲虹簃所刻曲》本、《全明散曲》本、翁敏華點校本、《朱有燉集》整理本從原刻。曠達：《雍熙樂府》作『曠蕩』，《盛世新聲》、吴梅藏録副本從，《飲虹簃所刻曲》本、《全明散曲》本、翁敏華點校本、《朱有燉集》整理本從原刻。此處言憲王心性慵懶。案，憲王之所以如此，聯繫早年受祖父朱元璋器重，多次巡邊塞外等事實，可知憲王疏離於政治主要還在於本人對明初政治鬥争親歷目睹，心有餘悸，故不得不然。冠緌：古代公侯礼帽帽带下垂部分。

〔九〕從頭：《盛世新聲》《盛世詞林》《雍熙樂府》作『道頭』，吴梅藏録副本從，《飲虹簃所刻曲》本、《全明散曲》本、翁敏華點校本、《朱有燉集》整理本從原刻。書會：據錢玉林等主編《中華傳統文化辭典》釋義：『書會：宋元時各種戲曲、曲藝作者的行會組織。多設立於杭州、温州、蘇州、大都（北京）等大城市中。參加書會的作者稱爲書會才人。』（錢玉林等主編：《中華傳統文化大辭典》，上海大學出版社二〇〇九年版，第五二五頁。）案，書會作爲行會組織，於明初仍存在，劉念兹《南戲新證》第五章『南戲總目』第二節『明代南戲的劇目』認爲：『到了明代，書會組織似乎不再存在。』（劉念兹：《南戲新證》，文化藝術出版社二〇一四年版，第八三頁。）顯然没有注意到憲王作品關於書會的記載。又，憲王關於書會記載，除此處，其雜劇《香囊怨》第一折男主人公周恭亦曾提到：『這《玉盒記》正可我心，又是新新近老書會先生做的，十分好關目。』

〔十〕唱：《盛世新聲》作『喝』，《盛世詞林》《雍熙樂府》、吴梅藏録副本從，《飲虹簃所刻曲》本、《全明散曲》本、翁敏華點校本、《朱有燉集》整理本從原刻。您：《盛世新聲》《盛世詞林》作『你』，《雍熙樂府》、吴梅藏録副本從，《飲虹簃所刻曲》本、《全明散曲》本、翁敏華點校本、《朱有燉集》整理本從原刻。

〔十一〕我念著：《盛世新聲》《盛世詞林》《雍熙樂府》脱，吴梅藏録副本從，《飲虹簃所刻曲》本、《全明散曲》本、翁敏華點校本、《朱有燉集》整理本從原刻。厚惠相酬禮待的遲：《雍熙樂府》作『厚惠禮相待的遲』，《盛世新聲》《盛世詞林》、吴梅藏録副本同，《飲虹簃所刻曲》本、《全明散曲》本、翁敏華點校本、《朱有燉集》整理本從原刻。

〔十二〕千紀：《雍熙樂府》作『萬紀』，《盛世新聲》《盛世詞林》、吴梅藏録副本同，《飲虹簃所刻曲》本、《全明散曲》本、翁敏華點校本、《朱有燉集》整理本從原刻。

送别〔一〕

【雙調】【新水令】

馬蹄香襯落花泥，近清和日長天氣。幾樽辭别酒，三唱報辰雞。一望平堤，緑暗紅稀，留春住百無計。

【駐馬聽】

翠柳煙迷，迎客青山數點齊。緑槐風細，可人黄鳥一聲啼。麥藏鴉、蠶入簇、穀初犂，燕營巢、鳩唤友、禾分畬。官路上慢驅馳，一鞭行色忽忽意。

【沈醉東風】

護遠水青蒲緑葦，映村居瘦竹疎籬。郵亭古道長，野渡扁舟繫，望天涯雲樹凄迷。山色空濛雨亦奇，宜寫在丹青畫裏〔二〕。

【慶東原】

薄酒逢村醉，新詩遇景題，好山一路隨征旆。童僕弱行裝檐遲，香塵滚驊騮去疾，風力緊紗帽檐低〔三〕。曉出大梁城，晚宿延津驛〔四〕。

【離亭宴帶歇指煞】

我向那金臺一望霞光霽，你去也歸鴻幾點催征騎，赤緊的心忙意急。準備著待玉漏鳳樓前，列鵷班金殿側，秉象笏丹墀内。看香煙傍衮龍，曉色明旗幟。耿耿的丹衷向日，方表我一片老臣心，萬年磐石國，千里中原地〔五〕。托天朝雨露恩，永帶礪河山勢〔六〕。囑咐你先生要知：我常是謹守分報皇恩，秉忠誠立家國〔七〕。

注釋

〔一〕《雍熙樂府》卷一一題作『餞别』，《北宫詞紀》卷四題作『送别入燕』，皆不註撰人。憲王此套曲意如題，所送之人不詳。然由『準備著待玉漏鳳樓前，列鵷班金殿側，秉象笏丹墀内』等句推知，所送之人當由周藩駐地開封入京，且爲朝中大臣。聯繫此曲作於憲王晚年，明朝京師已由最初南京遷至北京，故《北宫詞紀》題作『送别入燕』，甚是。案，憲王此套雖爲送别之作，然亦自有特色，正如當下學者所言，『其妙處在於對沿途景物的生動描繪』，如【駐馬聽】寫暮春初夏景物，簡筆勾畫，『頗能傳達出萬物欣欣向榮、處處生機勃勃的氣象』（王筱雲等主編：《中國古典文學名著集成·詞曲卷》，百花文藝出版社一九九四年版，第五〇六頁。）；【沈醉東風】刻畫工細，確有『丹青畫』的神韻。最後言忠表孝，雖未免大煞風景，然如前述，亦有不得已苦衷，讀者不可過於苛責。且由曲中用詞及語氣大致窺測，憲王屢屢剖白，甚是謙卑，所送之人當非一般大臣，或不無特殊使命，聯繫永樂及其後朝廷屢次向各地宗藩封國派駐使臣予以監督等事實，此一可能不能排除。

〔二〕山色空濛雨亦奇：語出蘇軾《飲湖上初晴後雨》『水光瀲灧晴方好，山色空濛雨亦奇』，曾爲憲王《誠齋樂府》卷一【沈醉東風·秋日湖邊晚行】化用。

〔三〕檐：憲王原作如是，吴梅藏録副本從。《北宫詞紀》《雍熙樂府》《飲虹簃所刻曲》本、《全明散曲》本、翁敏華點校本、《朱有燉集》整理本作『擔』。據曲意，『檐』或爲『擔』之誤。

驊騮：赤紅色的駿馬。

〔四〕大梁：即周藩駐地開封。延津驛：據康熙十四年所編《河南全省驛站》《延津縣志》等書記載，其舊址在延津縣官衙東邊。案，延津縣今屬新鄉市管轄，其東南離開封約五十公里，係當時由開封入京交通要衝。

〔五〕千里中原地：《雍熙樂府》作『千古中華地』，《北宫詞紀》、吴梅藏録副本、《飲虹簃所刻曲》本、《全明散曲》本、翁敏華點校本、《朱有燉集》整理本從原刻。

〔六〕河山：《雍熙樂府》倒文，作『河山』，吴梅藏録副本、《飲虹簃所刻曲》本、《全明散曲》本、翁敏華點校本、《朱有燉集》整理本從原刻。

〔七〕囑咐你先生要知：《雍熙樂府》稍異，作『囑河山先生要知』，意不通，誤。《北宫詞紀》、吴梅藏録副本、《飲虹簃所刻曲》本、《全明散曲》本、翁敏華點校本、《朱有燉集》整理本從原刻。

合歡牡丹〔一〕

宣德七年三月十一日，正妃閣前牡丹開二枝，合懽共蕚，衆皆稱賞〔二〕。予以妃内助之賢，事上待下之禮，愈隆愈盛，所以前歲閣後，牡丹一叢皆作合歡花。閣畔植映山紅，樹枝交摩，結成連理，合爲一幹。此非人力之所可致也。且予後圃牡丹，何啻千餘，皆未嘗作雙花者；惟妃閣前後，但數本，連歲著花皆雙，寔由人之和氣，感召草木，乃得春陽和氣之鍾秀也〔三〕。予對花酌酒，製詩數篇，據几長歌，但得詩人之趣而未盡富貴之情也〔四〕。乃命紅兒執檀板，揮【南吕】樂府一章，爲席間佐樽之樂。復寫合歡牡丹一幅，并書樂府，以美妃之賢感召此瑞也。

【南吕】【一枝花】

宫廷喜氣多，園圃春光盛。王妃能待下，庶媵各柔貞，因此上感召嘉禎。國色花雙應，天香蕋共生，似嬌娥粉面同歡，如美女檀心各整。

【梁州】

似這花比任姒賢明，内助若英皇□德□承，我□□閑將綵筆書新令〔五〕。要見俺一家和氣，千歲安寧，百年姻眷，萬世芳名。荷天公雨露生成，感妃賢瑞應相呈。事上呵伉儷間恭敬堅心，待親呵妯娌輩雍和意誠，接下呵媵妾每懽悦同情。致令得名花將艷逞，合歡生向宫闈正。德愈隆名愈盛，喜色洋洋滿内庭，永樂昇平。

【尾聲】

輔中原藩屏閫門政，聽七奏簫韶曲調清，每日價共對名花賞佳興。共宴在龍樓鳳檻，共坐在鴛幃翠屏，共懽樂千秋萬年景。

注釋

〔一〕案，憲王此套《誠齋樂府》無題，吴梅藏録副本、《飲虹簃所刻曲》本、謝伯陽《全明散曲》本以及趙曉紅《朱有燉集》整理本皆然。翁敏華點校本題作『合歡牡丹』，爲便於校釋，兹從。憲王此曲主要藉牡丹雙蕊贊正妃賢明、閨門風正及本人與妻妾間伉儷深情。同書卷一小令【沈醉東風・詠合歡牡丹】與此套作於同時，見該曲註釋〔一〕。案，此乃周藩王府盛事，當時臣僚不乏與之相和者，如李禎《運甓漫稿》之《合歡牡丹三首應教作》《合歡牡丹二首奉教作》即其任職河南時應憲王而作。

〔二〕正妃：即鞏氏，見同書卷一小令【沈醉東風・詠合歡牡丹】註釋〔三〕。

〔三〕後圃：即周藩天香圃。憲王《牡丹仙》雜劇前引：『予奉藩餘暇，植牡丹數百餘本，當穀雨之時，值花開之後，觀其色香態度，誠不減當年洛陽牡丹之豐盛耳。』明・劉玉《巳瘧編》：『周王開一園，多植牡丹，號國色園，品類甚多，建十二亭以標目之，有玉盂、紫樓等名。』

〔四〕案，憲王詩詞文集《誠齋録》收牡丹詩甚多，詠合歡牡丹者未見，憲王命鄭義等詞臣編録時或有脱漏，存疑。據此句，知憲王創作此套另一原因，即『盡富貴之情』。

〔五〕任姒：炎帝之母。《史記・五帝本紀第一》：『神農氏，姜姓也。母曰任姒，有蟜氏女，登爲少典妃，遊華陽，有神龍首，感生炎帝。』任姒以賢德著稱，爲歷代公認賢后典範。宋・蘇轍《請太皇太后受册表》：『伏惟太皇太后陛下，躬任姒之至德，蹈舜禹之休功。』元·揭徯斯《藝文監賀表》：『陛下如日東昇，以天下養，雖任寄伊霍之重，足以發皇明，必治資任姒之賢，有以基王化。』憲王於此言正妃鞏氏賢明。英皇：娥皇女英。□德□承：原刻漶漫不清，吴梅藏録副相應空出，《飲虹簃所刻曲本》、《全明散曲》本、翁敏華點校本、《朱有燉集》整理本從。我□□：原刻漶漫不清，吴梅藏録副本相應空出，他本從。

詠梅寄情〔一〕

【南吕】【一枝花】温柔玉有香，旖旎香生玉。結成心上友，愛似掌中珠。無半點塵俗，有德行傳佳譽，更聰明不諂諛。一團兒耍笑迎人，萬種兒風流透骨。

【梁州】帶一付自可意輕盈環珮，穿一套比尋常素淡衣服，俏聲名喧滿章臺路〔二〕。看了你妖嬈體態，穩重規模，想當時秋波微溜，怎禁伊春色先驅〔三〕。□羞你姓名兒曾入天都，卻怎生再重來柳陌花衢〔四〕。雖生在驛途中常子是冷清清鐵石心腸，雖長在風塵内不涴了香噴噴芝蘭笑語，雖居在溪橋畔培養出素瑩瑩玉雪肌膚〔五〕。看了這嬌姝艷女，莫不是羅浮山下把神仙遇〔六〕？唤一聲翠雲嬌，怕甚麽歲華暮，正值著明月梢頭花未吐，春透芳腴〔七〕。

【尾聲】看了你數十般美艷著人處，端的似五百載因緣結髮初，我將這一刻千金不虚度〔八〕。共知心可腹，是天來大分福，稱了我惜玉憐香願心足〔九〕。

注釋

〔一〕《盛世新聲》卷六、《盛世詞林》已集無題，《雍熙樂府》卷八題同《誠齋樂府》，皆不註撰人。憲王此套題作詠梅，曲贊梅花素雅高潔。憲王愛梅，作有《孟浩然踏雪尋梅》雜劇，詩詞文集《誠齋録》收憲王梅花甚多，並有《誠齋梅花百詠詩》一卷傳世。其序（《梅花百詠詩》序）可與此套相互參看，兹録其中部分文字如下：『夫梅，不過一草木之秀者，而前賢多好尚之，吟詠之若此，則知梅之爲花，亦何幸耶！夫梅，産於南土，開最先於百卉。當窮冬閉塞，草木黄落，天地嚴凝，霰雪交集之時，人心鬱然而不舒，梅獨先春而開。又且香色清素，有高人隱士之風，觀之者心暢意融，可勝言哉！故人多以爲清玩，形於賦詠耳。予自弱冠南遊，經湘潭，涉武陵，登金馬，至碧雞，上白崖之高，下黄陵之險，居滇海者，三閲寒暑，此方皆産梅之地。每臨深溪幽壑，崇山峻嶺之間，於輕寒薄雪之中，幽姿照眼，若氣襲人，誠如所謂高人隱士之風味也。及於壯年，泛楚江，望洞庭，居京邑，渡濠泗，往來江湖之間。主花草風月之夏盟，備觀江南之梅尤其嵬異，或生於官舍、華林、古寺、孤村、荒山、野圃，或經栽接，或置盆盎，屈蟠其枝幹。或紅或白，奇狀多端，不可枚舉。今予老矣，蒙聖恩守國，安居中土，以樂昇平。乃於所居之西，製一小園。園内建一小閣，閣前植梅一本。當早春之時，值花開之候，素色清香，可珍可愛，誠有端潔貞明之節操，略無紅紫妖冶之妍容，爲予坐間之清玩，以適夫老來之情興耳。』

〔二〕付：案，憲王原刻如此，《盛世新聲》《盛世詞林》、吴梅藏録副本從，吴梅據《雍熙樂府》校曰：『付應作副。』《飲虹簃所刻曲》本、《全明散曲》本、翁敏華點校本、《朱有燉集》整理本從。素淡：《雍熙樂府》作『素縞』，吴梅藏録副本從。《盛世新聲》《盛世詞林》《飲虹簃所刻曲》本、《全明散曲》本、翁敏華點校本、《朱有燉集》整理本從原刻。

〔三〕體態：憲王原刻如是，吴梅藏録副本作『體輕』，任訥校曰：『體輕或係體態之訛，訥。』《盛世新聲》《盛世詞林》《雍熙樂府》《飲虹簃所刻曲》本、《全明散曲》本、翁敏華點校本、《朱有燉集》整理本從原刻。微溜：微微滑落。此處形容梅花一如美人眼波横生嬌艷欲滴。

〔四〕☐羞你：憲王原刻如此，吴梅藏録副本、翁敏華點校本從。《盛世新聲》《盛世詞林》《雍熙樂府》《盛世新聲》作『問著你』，《飲虹簃所刻曲》本、《全明散曲》本、《朱有燉集》整理本從。卻怎生：憲王原刻如此，《雍熙樂府》脱「卻」字，《盛世新聲》《盛世詞林》、吴梅藏録副本從，翁敏華點校本、《飲虹簃所刻曲》本、《全明散曲》本、《朱有燉集》整理本從原刻。

〔五〕常子是：《盛世詞林》作「常則是」，《雍熙樂府》、吴梅藏録副本從，《盛世新聲》《飲虹簃所刻曲》本、《全明散曲》本、翁敏華點校本、《朱有燉集》整理本從原刻。冷清清：《雍熙樂府》作「冷清」，脱一「清」字，《盛世新聲》《盛世詞林》、吴梅藏録副本、《飲虹簃所刻曲》本、《全明散曲》本、翁敏華點校本、《朱有燉集》整理本從原刻。肌膚：憲王原刻如此，《雍熙樂府》作「香膚」，《盛世新聲》《盛世詞林》、吴梅藏録副本從，翁敏華點校本、《飲虹簃所刻曲》本、《全明散曲》本、《朱有燉集》整理本從原刻。

〔六〕羅浮山：所指不一，一在廣東境内，爲嶺南道教名山；一爲蓬萊山别稱。後世文獻不無將其混淆者，《南嶽志》：「此山（羅浮山）本名蓬萊山，一峰在海中與羅山合，因名焉。」《太平御覽》卷四一引《廣州記》：「（羅山）之陽，有一小嶺，云蓬萊邊山，浮來著此，因合號羅浮山。」《元和郡縣圖誌》卷三四「嶺南道一」：「羅山之西有浮山，蓋蓬萊之一阜，浮海而至，與羅山並體，故曰羅浮。」道教史上，罗浮山與蓬萊山淵源有自，皆爲道教仙山。

〔七〕歲華：《雍熙樂府》作「歲寒」，《盛世新聲》《盛世詞林》、吴梅藏録副本從，《飲虹簃所刻曲》本、《全明散曲》本、翁敏華點校本、《朱有燉集》整理本從原刻。

〔八〕端的似：《雍熙樂府》脱。我將這：《雍熙樂府》脱。以上《盛世新聲》《盛世詞林》、吴梅藏録副本從，翁敏華點校本、《飲虹簃所刻曲》本、《全明散曲》本、《朱有燉集》整理本從原刻。

〔九〕腹：《盛世新聲》《盛世詞林》作『復』。我：《盛世新聲》《盛世詞林》脱。以上《雍熙樂府》、吴梅藏録副本從，《飲虹簃所刻曲》本、《全明散曲》本、翁敏華點校本、《朱有燉集》整理本從原刻。

隱居〔一〕

【南吕】【一枝花】

鋤瓜畦訪邵平，種梅樹思和靖〔二〕。賞夭桃憐禹錫，對黄菊憶淵明〔三〕。消遣心情，富貴皆前定，清閑老此生。只你這掩衡門鍊德修真，不樂如居帥府封侯列鼎〔四〕。

【梁州】

但守著幾口兒山妻稚子，便休題半星兒蠅利蝸名，四時野景俱相稱。到春來花香日麗，到夏來柳暗風清，到秋來場登黍積，到冬來炕暖窻明〔五〕。誰似你無憂愁恣意經營，想起那三般兒夢裏猶驚〔六〕：煩的是勞著心理案牘繫繫縈縈，悶的是拘著身因冠帶齊齊整整，怕的是提著膽有言責戰戰兢兢〔七〕。自思、自省，那般兒快樂安身命。惟隱逸，較閑静，每日價飲盡田家老瓦瓶，抵多少畫戟簪纓〔八〕。

【尾聲】對著這一川殘照波光暝，兩岸西風樹色明，看了這山水清幽足佳興〔九〕。醒時節共樵夫將古人細評，醉時節就蓬窗將衾裯欹拇，一任那鼻息齁齁唤不醒〔十〕。

注釋

〔一〕《北宫詞紀》卷三題同，下署『明誠齋』撰。《盛世新聲》卷六、《盛世詞林》巳集無題，《詞林白雪》卷六無題，《雍熙樂府》卷八題作『歸隱』，皆不註撰人。憲王此套將隱居之樂與宦途之憂對照來寫，反映了本人倦於宦海而心繫林泉的隱逸思想。案，曲中所寫『三般兒夢裏猶驚』，聯繫憲王生平遭際不難理解。正因如此，才使其對宦途心生憂懼，進而羨慕林泉悠遊之樂。趙曉紅《朱有燉研究》認爲，『這首曲描繪出來的人文景觀和自然景觀，没有枯寂、静穆、淒冷、幽獨之感，而是迴蕩著强烈的生命律動，衍射出濃郁的生活氣息，給人以美的享受，深深注入了作者的熱愛與眷戀之情。』（趙曉紅：《朱有燉研究》，齊魯書社二〇一二年版，第二〇四頁。）表面看來，或許不錯；深入來看，或有憲王個人源於明初政治壓力、内訌等外部環境所帶來的種種無奈，故其所寫隱居之樂、林泉之景絶非尋常意義上的逸趣。鄭振鐸《插圖本中國文學史》第五十三章『散曲的進展』云其曲『多陳腐的套語，遠不如他的雜劇之能奔放自如，别辟天地』，且舉此套【尾聲】【粉蝶兒・嘲子弟省悟修道】認爲，『都不是什麽上乘的曲子』（鄭振鐸：《插圖本中國文學史》，花城出版社二〇一五年版，第七八〇頁。）。細細品讀，其説或不盡然。

〔二〕瓜畦：《雍熙樂府》作『瓜田』，吴梅藏録副本從，《北宫詞紀》《盛世新聲》《盛世詞林》《詞林白雪》《飲虹簃所刻曲》本、《全明散曲》本、翁敏華點校本、《朱有燉集》整理本從原刻。邵平：一作召平，典出《史記》卷五三《蕭相國世家》：『召平者，故秦東陵侯。秦破，爲布衣。貧，種瓜於長安東。瓜美，故世俗謂之「東陵瓜」，從召平以爲名也。』後世常藉以詠隱士之典。王安石《臨川先生文集》卷三〇《邵平》：『天下紛紛未一家，販繒屠狗尚雄誇。東陵豈是無能者，獨傍青門手種瓜。』和靖：即林和靖。名逋，字君復。北宋著名隱逸詩人。

〔三〕禹錫：唐代著名詩人劉禹錫。劉禹錫曾先後作有《遊玄都觀》《再遊玄都觀》，詩中以夭桃喻趨炎附勢、攀高結貴之徒。淵明：東晉詩人陶淵明。

〔四〕只你這：《雍熙樂府》作『只恁這』，《北宫詞紀》《盛世新聲》《盛世詞林》《詞林白雪》、吴梅藏録副本從，《飲虹簃所刻曲》本、《全明散曲》本、翁敏華點校本、《朱有燉集》整理本從原刻。不樂如：《雍熙樂府》作『不弱如』，《盛世新聲》《盛世詞林》作『不若如』，《詞林白雪》《北宮詞紀》作『不强如』，吴梅藏録副本同，《飲虹簃所刻曲》本、《全明散曲》本、翁敏華點校本、《朱有燉集》整理本從原刻。

〔五〕黍：《盛世新聲》作『禾』。窻：《盛世新聲》作『黍』。以上《北宮詞紀》《盛世詞林》《雍熙樂府》《詞林白雪》、吴梅藏録副本從。《飲虹簃所刻曲》本、《全明散曲》本、翁敏華點校本、《朱有燉集》整理本從原刻。

〔六〕誰似你：《雍熙樂府》作『誰似俺』，《北宮詞紀》《盛世新聲》《詞林白雪》、吴梅藏録副本同，《飲虹簃所刻曲》本、《全明散曲》本、翁敏華點校本、《朱有燉集》整理本從原刻。

〔七〕縈縈：《雍熙樂府》作『冗冗』。拘：《雍熙樂府》作『鞠』。以上《北宮詞紀》《盛世新聲》《盛世詞林》《詞林白雪》、吴梅藏録副本同，《飲虹簃所刻曲》本、《全明散曲》本、翁敏華點校本、《朱有燉集》整理本從原刻。因冠帶：《盛世新聲》《盛世詞林》《雍熙樂府》《詞林白雪》《北宮詞紀》、吴梅藏録副本、《飲虹簃所刻曲》本、《全明散曲》本、《朱有燉集》整理本從，翁敏華點校本作『束冠帶』。言責：因言賈禍。

〔八〕每日價：《盛世詞林》《雍熙樂府》作『每日家』，《北宮詞紀》《盛世新聲》《詞林白雪》、吴梅藏録副本同，《飲虹簃所刻曲》本、《全明散曲》本、翁敏華點校本、《朱有燉集》整理本從原刻。瓶：《雍熙樂府》作『金』，《北宮詞紀》《盛世新聲》《盛世詞林》《詞林白雪》、吴梅藏録副本同，《飲虹簃所刻曲》本、《全明散曲》本、翁敏華點校本、《朱有燉集》整理本從原刻。

〔九〕暝：《雍熙樂府》作『映』。樹色：《雍熙樂府》作『柳色』。以上《北宫詞紀》《盛世詞林》《詞林白雪》、吴梅藏録副本同，《飲虹簃所刻曲》本、《全明散曲》本、翁敏華點校本、《朱有燉集》整理本從原刻。

〔十〕欵挣：用力拉扯使其整潔無皺。任：《盛世新聲》《盛世詞林》作『恁』，《北宫詞紀》《雍熙樂府》《詞林白雪》、吴梅藏録副本同，《飲虹簃所刻曲》本、《全明散曲》本、翁敏華點校本、《朱有燉集》整理本從原刻。

贈别〔一〕

【南吕】【一枝花】

兩堤煙柳垂，十里夭桃映。半篙春水緑，一帶曉山青。三月朝京，酌别酒添詩興，聽驪歌緩去程。鞚雕鞍行色怱怱，載畫舸行裝整整。

【梁州】

暫留戀風流秀士，罯相別通變儒生，愛你那錦心綉腹文學正。你將那溪山飽玩，風月閑賡，暮雲觀鴈，春樹聞鶯。你與我片時間等待消停，我將這三般兒囑咐叮嚀〔二〕：早晨間取一丸辟風寒壯筋力藥餌頻服，到晚來尋一間曾廝認會温存店房兒自寢，天明罷問一條有人煙無泥濘官路長行〔三〕。只我這下情、志誠，遥瞻上闕心忙併〔四〕。感洪恩，樂安静，滿引香醪醉太平，老我平生。

【尾聲】

俺如今身擔舊日文園病，帶減當年沈約鞓。若見俺相知問時呵應〔五〕，你道我年紀正五旬，百無那一能，常子在花酒鄉中喚不醒〔六〕。

注釋

〔一〕《盛世新聲》卷六、《盛世詞林》巳集無題，《雍熙樂府》卷八題作『春别』，皆不註撰人。憲王此套寫春天與人話别。由『三月朝京』，知所送之人爲周藩僚屬。案，洪武時期，宗室入朝有禁，《皇明祖訓》規定，一王『朝，還國無虞，信報别王，方許來朝。諸王不拘歲月，自長至幼，以嫡先至，嫡者朝畢，方及庶者，亦分長幼而至。周而復始，毋得失序。凡諸王居邊者，無警則依期來朝，有警則從便，不拘朝期。』成祖即位，爲拉攏諸王，曾廢除朝禁，『永樂朝親王入覲者不絶』（沈德符《萬曆野獲篇》卷四）。宣德初則又趨於嚴格，王世貞《弇山堂別集》卷一一：宣德初『止漢代趙二邸入臨，大行以後親王無入朝者』。故明初宗藩事務多由僚屬代爲入朝奏請，憲王《誠齋録》收有多首僚屬朝京詩作，如卷一《送鄭長史進表》：『長史朝京去，河梁送別時。早梅呈遠驛，新柳發長絲。久別寧無過，嘉言顧有遺。五雲遥望處，代我拜丹墀。』又，【梁州】：『暫留戀風流秀士，畧相別通變儒生，愛你那錦心綉腹文學正。你將那溪山飽玩，風月閑賡，暮雲觀鴈，春樹聞鶯。』可知代爲朝京者年齡不大，且頗有才學。憲王博古好學，才思不窮，其『身邊的圈子中頗有一些當時名士』（〔英〕柯律格著，黄曉娟譯：《藩屏——明代中國的皇家藝術與權力》，河南大學出版社二〇一六年版，第三五頁。），此處所送之人即其一焉。由三般叮嚀，可見賓主相得，關係深厚。同時由『感洪恩，樂安静，滿引香醪醉太平，老我平生』及【尾聲】部分不難發現憲王一再表白心跡，屢示朝廷放心的無奈與痛苦。聯繫憲王早年作爲，以及受其父周王橚所謂『有異謀』、多不法、屢犯禁牽連等事實，憲王晚年屢屢剖白心曲，其心境不言而喻。

〔二〕片時間：憲王原刻如是，《盛世新聲》《盛世詞林》《雍熙樂府》、吴梅藏録副本、謝伯陽《全明散曲》本、趙曉紅《朱有燉集》整理本從。翁敏華點校本作『片刻間』。

〔三〕一丸：《盛世新聲》作『一帖』，《盛世詞林》《雍熙樂府》、吴梅藏録副本、《全明散曲》本、翁敏華點校本、《朱有燉集》整理本從原刻。又，《飲虹簃所刻曲》本『丸』作『九』。案，『丸』與『九』形似，當係誤刻。罷：《雍熙樂府》作『尋』，吴梅藏録副本從，《盛世新聲》《盛世詞林》《飲虹簃所刻曲》本、《全明散曲》本、翁敏華點校本、《朱有燉集》整理本從原刻。

〔四〕只我這：《盛世新聲》《盛世詞林》《雍熙樂府》作『則爲這』，吴梅藏録副本從，《飲虹簃所刻曲》本、《全明散曲》本、翁敏華點校本、《朱有燉集》整理本從原刻。下情：即自己的心情、情況或心意。志誠：對朝廷的忠誠。併：合在一起。聯繫起來，此句言本人對朝廷忠心耿耿，毫無二心。

〔五〕文園病：典出《史記·司馬相如列傳》：司馬相如曾任孝文園令，『常有消渴疾』。因此稱病閑居。此處言自己身體多病，亦如當年司馬相如一樣，無法料理政事，更無不軌野心，藉以打消皇帝顧慮，所以【尾聲】部分作者才要求所送之人代爲傳達：『你道我年紀正五旬，百無那一能，常子在花酒鄉中唤不醒。』

〔六〕常子在：《盛世詞林》《雍熙樂府》作『常則是』，《盛世新聲》作『常子是』。吴梅藏録副本、《飲虹簃所刻曲》本、《全明散曲》本、翁敏華點校本、《朱有燉集》整理本從原刻。

苦雨有感憫農製正宮一曲有引〔一〕

予既作苦雨詩數日，雨猶不止，朝暮滂沱淅瀝已半月矣。無可以慰老夫憫農之懷，乃製【正宮】一調五章，今録與長史觀之〔二〕。曲雖俗體，而詞語不失乎典則，復令樂工度之於聲，以暢抑鬱之懷，豁朗霽之襟胷焉〔三〕。就令歌詠與長史聽之，知我者恕其狂斐耳。

【正宮】【端正好】月令值蕤賓，佳節逢端午，正民間二麥秋初〔四〕。連朝萬里停陰霧，憐憫妨農務。

【滚綉球】雨如傾半月餘，雲如堆滿太虚，雨淋漓不曾停住〔五〕。看桑田變作江湖，低田潢潦汙，高田泥濘淤〔六〕。麥和粟總傷陰雨，遍鄉村感歎嗟吁。看場頭蛾出田飛鷺，聽竈底蛙鳴井躍魚，水滿郊墟。

【倘秀才】緑莎映漁汀小渚，昏霧暗樵山遠嶼，見兩箇漁樵自歌舞。一箇將柴擔倚著蒼樹，一箇把船棹纜在青蒲，他兩箇說一會人生造物。

【滚綉球】

他道是去年時晴乾了半載餘，黍和粟種不出，告旱災的百十成聚，憂愁煞村叟農夫〔七〕。不付能今年的雨澤濡，濕爛得麥種無。他又待告水災冒瀆官府，看那些老庄家精著箇頭顱〔八〕。他道是兩場麥穗和泥打，抵多少十里山田帶雨鋤，枉費功夫。

【塞鴻秋】

争如俺打魚人船棹向滄波去，採樵人家近著青山住。打魚人賸得些鮮鱗聚，採樵人飽玩著雲林趣。豐歉不相關，雨旱無憂慮，做漁樵的到落得安身處。

【尾聲】

看了這人生可憐惟農務，蚕麥相兼每歲須。養得蚕成箱内虚，種得粮多倉裏無。冬暖兒號衣不敷，歲稔妻啼食不足。有一等游食清閑懶士夫，粉面妖嬈潑妓徒，豈識人生衣食劬，深巷重門樂有餘。一任天時旱潦除，不理生涯無定居，博戲誇豪較勝輸，絃管争妍日以娱〔九〕。坐食農夫米麥蓟，坐衣農夫絹布服，看了這漁子樵夫説來的喻，他是那深嘆息爲農的最辛苦〔十〕。

注釋

〔一〕案，憲王此套如曲前小引係作者抒發憫農情懷而寫。曲中既有正面描寫農民稼穡之艱，亦有側面描寫，即通過漁夫、樵夫生活之樂，『豐歉不相關，雨旱無憂慮』，藉以説明農民最辛苦，對不勞而獲者包括官府給予了批評甚至嘲諷。尤可貴者，作者雖身爲皇室宗親，但能不以此養尊處優，對農民辛苦及勞而無功抱之以同情，對造成農民這一悲慘生活的原因進行了頗爲深入的思考，表現出一位作家本應具有的良知。而且，由【滾綉球】所寫農村生活場景，不難推知，憲王雖身居王府，但並未由此隔絶與下層民衆的聯繫，其對農村生活描寫如此真切，很有可能源於作者生活體驗，否則，單憑想象很難達到如此熟稔的程度。學者指出，『作者身爲錦衣玉食的皇室宗親，能如此關懷民生疾苦，有如此真切的憫農之情，實屬罕見』。（彭久安：《文史英華・散曲卷》，湖南出版社一九九三年版，第二一一頁。）又，憲王除作有以憫農爲主題的散曲，如《誠齋樂府》卷一《掃晴娘四首有序》及此套，還創作了不少憫農詩，如《誠齋新録》所收《麥登之時苦雨偶成拗體詩二首》《夏夜苦雨起步長廊漫成四首》《苦雨詩一字至七字體》《掃晴娘子歌有序》等。

〔二〕今：吴梅藏録副本、《飲虹録所刻曲》本、《全明散曲》本、翁敏華點校本、《朱有燉》整理本作『令』。長史：聯繫《誠齋樂府》編纂完成於宣德九年，鄭義於宣德二年左右入幕周藩供職，故此處長史即爲鄭義。鄭義：萬曆間郭棐所著《粵大記》卷二三《獻徵録》有傳：『鄭義，字伯集，潮陽人。豐儀峻整，見者起敬，自少以穎敏稱。刻意讀書，凡經傳子史百家，靡不究竟，兼以草聖妙絶，時髦歎服。暨入邑庠，博洽《春秋》書史，最後鋭情於詩，卒以詩成。其所教人讀書，於膠轕肯綮處多有致疑義，洞燭其微，剖析詳明，以啓迪之。平日爲文，淵奥雄健，上司考校，每出人右。將應賓興，蜚聲遠播，及角藝秋闈，果中永樂辛卯首選。會試南宫弗捷，授以教職。秩滿，擢升周府長史。曆俸年深，輔導之功居多。晚年工於述作，有文集若干卷、梅花百詠等詩藏於家塾。長子曼，早服庭訓，後從劉主事習舉子業，念二親仕遠方，弗終其業。以一女有淑德，册爲項城王妃，曼封南城兵馬副指揮。次子曰昇，神采玉立，絶類離群，選爲周府儀賓。』拙作《朱有燉年譜長編》有考，可參看。

〔三〕懷：翁敏華點校本作『懷抱』，誤。吴梅藏録副本、《飲虹簃所刻曲》本、《全明散曲》本、《朱有燉集》整理本從原刻。

〔四〕蕤賓：中國古代十二樂律中第七律。地支第七爲午，陰曆以地支紀月，正月爲寅，順次至五月爲午，因此五月稱爲午月，别稱蕤賓。

〔五〕太虚：天、天空。《莊子·知北遊》：『是以不過乎昆侖，不遊乎太虚。』

〔六〕潢潦汙：雨後低窪積水處。

〔七〕煞：吴梅藏録副本作『殺』，《飲虹簃所刻曲》本、《全明散曲》本、翁敏華點校本、《朱有燉集》整理本同。

〔八〕精著：光著。

〔九〕博戲：用棋牌等手段進行的一種賭博遊戲，可泛指賭博。

〔十〕蓟：高粱。

無題〔一〕

【南吕】【一枝花】

黄花助酒情，紅葉添詩興。碧雲催晚意，白鴈送秋聲〔二〕。景物清寧，處處堪遊幸，閑中老此生〔三〕。論仙宗已結同盟，説禪派曾經頓省〔四〕。

【梁州】

想世事名繮利鎖，嘆韶華石火風燈，林泉四景俱相稱。到春來花間戲蝶，到夏來柳外啼鶯，到秋來塗紅減緑，到冬來翦雪裁冰〔五〕。幾莊兒費卻經營，三般兒咲煞平生〔六〕：這些時把一箇俊潘安老得來兀兀騰騰，瘦沈約害得來涎涎憕憕，漢相如送得來悄悄冥冥〔七〕。到如今老成恰醒，怕風流打疊起踈狂性〔八〕。保天和，樂天命，拚取箇盡醉樽前老瓦瓶，每日將詩酒忘情〔九〕。

【尾聲】藥爐丹竈雲霞暝，琴室書窻日月明，最好是松風静中聽〔十〕。愛溪流玉聲，看山圍翠屏，寫不盡秋懷畫不盡景〔十一〕。

注釋

〔一〕《北宫詞紀》卷三題作『秋興』，下題『前人』，即此曲前首所署『明誠齋』撰。謝伯陽《全明散曲》本從。《盛世新聲》卷六、《盛世詞林》巳集無題，《雍熙樂府》卷九題作『詩酒陶情』，皆不註撰者。《詞林白雪》卷六無題，不註撰者。憲王此套重在藉秋景抒發個人胸襟懷抱，即保天和，樂天命，委運大化，無關名利，惟以詩酒忘情。《北宫詞紀》題作『秋興』，甚當。憲王原刻無題，故從。

〔二〕催：吴梅藏録副本作『摧』，吴校：『摧應作催』。《北宫詞紀》《盛世新聲》《盛世詞林》《雍熙樂府》《詞林白雪》《飲虹簃所刻曲》本、《全明散曲》本、翁敏華點校本、《朱有燉集》整理本從原刻。

〔三〕清寧：《詞林白雪》《北宫詞紀》作『幽清』，《盛世詞林》《盛世新聲》《雍熙樂府》、吴梅藏録副本、《飲虹簃所刻曲》本、《全明散曲》本、翁敏華點校本、《朱有燉集》整理本從原刻。

〔四〕案，此句所謂仙宗、禪派分别指道教、佛教。憲王溺於釋道，故云。

〔五〕戲蝶：《雍熙樂府》倒文，作『蝶戲』。塗紅：《雍熙樂府》作『凋紅』。《北宫詞紀》《盛世新聲》《詞林白雪》、吴梅藏録副本、《飲虹簃所刻曲》本、《全明散曲》本、翁敏華點校本、《朱有燉集》整理本從原刻。

〔六〕莊：《雍熙樂府》作『樁』，《詞林白雪》作『粧』，《北宫詞紀》《盛世新聲》《盛世詞林》《飲虹簃所刻曲》本、《全明散曲》本、翁敏華點校本、《朱有燉集》整理本從原刻。又吴梅藏録副本作『莊』，吴校：『庄應作樁。』咲煞平生：《北宫詞紀》《雍熙樂府》《詞林白雪》作『嘆盡平生』，《盛世新聲》《盛世詞林》、吴梅藏録副本、《飲虹簃所刻曲》本、《全明散曲》本、翁敏華點校本、《朱有燉集》整理本從原刻。

〔七〕這些時：《雍熙樂府》脱。得：案此句三處『得』，《雍熙樂府》皆作『的』。涎涎憕憕：憲王原刻如此，《盛世新聲》、吴梅藏録副本、《全明散曲》本、《朱有燉集》整理本從。案，任訥校改吴梅藏録副本曰：『《北宫詞紀》作「涎涎瞪瞪」。』《飲虹簃所刻曲》本依憲王原刻，並於詞下註曰：『前案，《北宫詞紀》作「瞪瞪」。』《盛世詞林》《雍熙樂府》《詞林白雪》同。翁敏華點校本從憲王原刻，下註『一作瞪瞪』。漢相如：憲王原刻如此，《盛世詞林》、吴梅藏録副本從，任訥校改曰：漢相如，『又作渴相如』，與前此『皆應從。』《飲虹簃所刻曲》本依憲王原刻，註曰『《北宫詞紀》作渴』。翁敏華點校本從原刻，下註『一作渴』。《全明散曲》本改作『渴』，並出校説明：『「渴」，原作「漢」，兹從《詞紀》等。』與《詞林白雪》同，《朱有燉集》整理本從。聯繫前用『俊』『瘦』寫人物，此處當以『渴』爲是，憲王原刻或誤。《盛世新聲》《雍熙樂府》從原刻。悄悄冥冥：《雍熙樂府》作『杳杳冥冥』，《盛世新聲》《詞林白雪》、吴梅藏録副本、《飲虹簃所刻曲》本、《全明散曲》本、翁敏華點校本、《朱有燉集》整理本從原刻。

〔八〕到如今：《雍熙樂府》脱，《北宫詞紀》《盛世詞林》《詞林白雪》、吴梅藏録副本、《飲虹簃所刻曲》本、《全明散曲》本、翁敏華點校本、《朱有燉集》整理本從原刻。

〔九〕箇：《雍熙樂府》脱，《北宫詞紀》《盛世新聲》《盛世詞林》《詞林白雪》、吴梅藏録副本、《飲虹簃所刻曲》本、《全明散曲》本、翁敏華點校本、《朱有燉集》整理本從原刻。樽前：《北宫詞紀》《詞林白雪》作『山中』，《雍熙樂府》《盛世新聲》《盛世詞林》、吴梅藏録副本、《飲虹簃所刻曲》本、《全明散曲》本、翁敏華點校本、《朱有燉集》整理本從原刻。瓦瓶：《雍熙樂府》作『瓦盆』。每日將：《雍熙樂府》脱。以上《北宫詞紀》《盛世新聲》《盛世詞林》、吴梅藏録副本、《飲虹簃所刻曲》本、《全明散曲》本、翁敏華點校本、《朱有燉集》整理本從原刻。又，每日將，《詞林白雪》作『每口將』，訛，他同諸本。

〔十〕琴室：《北宫詞紀》《雍熙樂府》《詞林白雪》作『琴榻』，又，室：《盛世新聲》作『空』，訛。《盛世詞林》、吴梅藏録副本、《飲虹簃所刻曲》本、《全明散曲》本、翁敏華點校本、《朱有燉集》整理本從原刻。

〔十一〕流玉：《雍熙樂府》作『流水』，《北宫詞紀》《盛世新聲》《盛世詞林》《詞林白雪》、吴梅藏録副本、《飲虹簃所刻曲》本、《全明散曲》本、翁敏華點校本、《朱有燉集》整理本從原刻。又，吴梅藏録副本於『秋』字下脱『懷』字，畫字誤作『盡』，吴校據原刻改。

題情〔一〕

【南吕】【一枝花】温柔竊玉心，俊俏偷香膽。行雲常不慣，待月豈曾諳〔二〕。淚濕春衫，强把這風聲揜，瘦形骸怎地擔〔三〕。半霎時不見早難禁，頃刻間離别怎堪〔四〕。

【梁州】熱廝火情緣坎壈，可喜娘美事魑魊，俏冤家陡恁將人賺〔五〕。想著那花前共攆，柳外同驂，樓中夜宴，帳底春酣〔六〕。好恩情阻隔的兩兩三三，畧相别早篤篤喃喃〔七〕。房兒静影兒孤兩葉眉攢，被兒單枕兒冷三更夢感，酒兒烘情兒熱一縷涎饞。自誇，便敢，向花叢悄把才郎探〔八〕。腳剛那，早心慘，當不得閑人冷話兒嘶，自索羞慚〔九〕。

【尾聲】莫不是小心兒不會把因緣勘，因此上密約偷期做得不岩，惹下些歡喜風情作餘濫〔十〕。任教人咲談，端的是爲喒，瘦怯怯腰肢漸漸的減。

注釋

〔一〕《雍熙樂府》卷九題作『風情』，不註撰人。《彩筆情辭》卷六題作『恨思』，下題『元人辭』，誤。憲王此套以女主人公口吻寫情人偷香、二人過往恩愛及情人離别再會無期所帶來的刻骨思念。案，曲中所謂『腳剛那，早心慘，當不得閑人冷話兒嘶，自索羞慚』，知女主人公與情人密約偷期等大膽追求愛情行爲在當時所面臨的世俗壓力。憲王此套寫情委婉曲折細緻，女主人公如工筆浮雕情態逼真。學者以爲此曲帶有『花間』『香奩』印記，不無道理。然如聯繫憲王爲女性代言不僅見之於曲，詩亦然，可知這一風格並非憲王特意學『花間』或『香奩』諸體，而是創作習慣使然。至於由此可見『明初南散曲初興之徵兆』（趙曉紅：《朱有燉研究》，齊魯書社二〇一二年版，第二〇六頁。），恐不盡然。憲王散曲包括雜劇雖有學南曲者，南曲亦的確以寫閨中之思、感傷之情見長，但憲王此類作品一則爲其創作習慣使然，二則南北文學隨著南方文人入北供職、交游（實際上，周藩僚屬即不乏籍貫南方者，如長史鄭義籍貫廣東朝陽，良醫副嚴性善籍貫嘉興等）以及北方文人南下等交流日益深入，憲王向南曲學習並於其作品中有所體現亦是很自然的事情。

〔二〕行雲：典出宋玉《神女賦》：『旦爲朝雲，暮为行雨。朝朝暮暮，陽臺之下。』行雲原指神女，此處指情人外出。諳：熟或熟悉。此處化用唐・元稹《鶯鶯傳》詩《明月三五夜》：『待月西廂下，迎風户半開，隔牆花影動，疑是玉人來。』《鶯鶯傳》中此詩由鶯鶯寫給張生，言二人密約偷期，此處亦然。

〔三〕强把這風聲揜：《雍熙樂府》《彩筆情辭》作『强把風雲揜』，吴梅藏録副本、《飲虹簃所刻曲》本、《全明散曲》本、翁敏華點校本、《朱有燉集》整理本從原刻。

〔四〕半霎時：《雍熙樂府》《彩筆情辭》作『半霎兒』。早：《雍熙樂府》《彩筆情辭》脱。堪：《雍熙樂府》《彩筆情辭》作『敢』。以上吴梅藏録副本、《飲虹簃所刻曲》本、《全明散曲》本、翁敏華點校本、《朱有燉集》整理本從原刻。

〔五〕廝：《雍熙樂府》作『似』。坎壈：《雍熙樂府》作『忺懔』。以上吴梅藏録副本、《飲虹簃所刻曲》本、《全明散曲》本、翁敏華點校本、《朱有燉集》整理本從原刻。魑魅：即尷尬，神色態度不正常，或行爲鬼鬼祟祟。

〔六〕共攩：《彩筆情辭》作『攩手』，《雍熙樂府》作『共樂』，吴梅藏録副本、《飲虹簃所刻曲》

本、《全明散曲》本、翁敏華點校本、《朱有燉集》整理本從原刻。樓中夜宴：《雍熙樂府》《彩筆情辭》作『堂中夜飲』。以上吴梅藏録副本、《飲虹簃所刻曲》本、《全明散曲》本、翁敏華點校本、《朱有燉集》整理本從原刻。

〔七〕早：《雍熙樂府》《彩筆情辭》作『可又早』，吴梅藏録副本、《飲虹簃所刻曲》本、《全明散曲》本、翁敏華點校本、《朱有燉集》整理本從原刻。

〔八〕悄：《雍熙樂府》《彩筆情辭》作『悢』，誤。吴梅藏録副本、《飲虹簃所刻曲》本、《全明散曲》本、翁敏華點校本、《朱有燉集》整理本從原刻。探：《雍熙樂府》作『担』，《彩筆情辭》、吴梅藏録副本、《飲虹簃所刻曲》本、《全明散曲》本、翁敏華點校本、《朱有燉集》整理本從原刻。

〔九〕腳剛那：當爲『腳剛挪』。案，《雍熙樂府》《彩筆情辭》『那』作『邁』。早心慘：《彩筆情辭》作『心早慘』。得：《雍熙樂府》《彩筆情辭》作『住』。以上吴梅藏録副本、《飲虹簃所刻曲》本、《全明散曲》本、翁敏華點校本、《朱有燉集》整理本從原刻。又，慚：《雍熙樂府》作『漸』，訛，他本同原刻。

〔十〕堪：《雍熙樂府》《彩筆情辭》作『勘』。得：《彩筆情辭》脱，《雍熙樂府》作『的』。岩：《雍熙樂府》作『嚴』。作：《雍熙樂府》《彩筆情辭》作『這』。餘濫：《雍熙樂府》作『愚濫』。以上吴梅藏録副本、《飲虹簃所刻曲》本、《全明散曲》本、翁敏華點校本、《朱有燉集》整理本從原刻。

風情〔一〕

【南呂】【一枝花】

烏雲綰髻鴉，翠柳分眉黛〔二〕。秋波凝鳳眼，春色上桃腮。琴瑟和諧，正你那花胡同行休再，錦排場少去挨〔三〕。從今後撇罷了送舊迎新，打疊起零羅碎買〔四〕。

【梁州】

常住在珠樓畫閣，但行時玉砌瑤堦，這風光不比您平康陌〔五〕。近著的雕雲靠椅，對著的彩鳳妝臺〔六〕。喫的是肥羊法酒，帶的是寶釧金釵〔七〕。不比您鬧烘烘柳陌花街，磣可可燕妬蜂猜〔八〕。我子待喚醒了困朦騰昏人夢雲雨巫山，趓離了錦模糊迷人路鶯花世界，收拾了明滴溜引人魂烟月招牌〔九〕。近來，你性格，賒下些芙蓉帳裏鴛鴦債〔十〕。子要你學貴人，爲貴客，抵多少統鏝勤兒大塊，子扢踈散情懷〔十一〕。

【尾聲】

將你那花枝般身體須憐愛，錦片似前程索自裁，小可里填還了柳青債。也休愁無米共柴，也休憂沒錢與帛，你但得脱離了風塵大古里采〔十二〕。

注釋

〔一〕《雍熙樂府》卷八與憲王原刻題同，下署『元人辭』。《盛世新聲》卷六、《盛世詞林》巳集無題，皆不註撰者。憲王此套題作『風情』，然由曲意看，作者要求妓女『從今後撇罷了送舊迎新』『唤醒了困朦騰昏人夢雲雨巫山，趓離了錦模糊迷人路鶯花世界』以及『子要你學貴人，爲貴客』云云，頗具勸人從良藥世苦心。

〔二〕鴉：《雍熙樂府》作『雅』，《盛世新聲》、吴梅藏録副本、《飲虹簃所刻曲》本、《全明散曲》本、翁敏華點校本、《朱有燉集》整理本從原刻。

〔三〕正你那：《雍熙樂府》脱，《盛世詞林》作『則你那』，《盛世新聲》作『子你那』。吴梅藏録副本、《飲虹簃所刻曲》本、《全明散曲》本、翁敏華點校本、《朱有燉集》整理本從原刻。

〔四〕零糴碎買：一件件購買，比喻過日子節儉。

〔五〕您：《雍熙樂府》作『得』，《盛世新聲》《盛世詞林》脱。吴梅藏録副本、《飲虹簃所刻曲》本、《全明散曲》本、翁敏華點校本、《朱有燉集》整理本從原刻。

〔六〕近著的：《盛世詞林》作『近的是』。對著的：《盛世詞林》作『對的是』。《盛世新聲》

《雍熙樂府》、吴梅藏録副本、《飲虹簃所刻曲》本、《全明散曲》本、翁敏華點校本、《朱有燉集》整理本從原刻。

〔七〕帶：憲王原刻如此，《盛世新聲》《盛世詞林》《雍熙樂府》、吴梅藏録副本從。《飲虹簃所刻曲》本、《全明散曲》本、翁敏華點校本、《朱有燉集》整理本作『戴』。釧：《雍熙樂府》作『鈿』，吴梅藏録副本、《盛世新聲》《盛世詞林》《飲虹簃所刻曲》本、《全明散曲》本、翁敏華點校本、《朱有燉集》整理本從原刻。

〔八〕您：《雍熙樂府》作『恁』，《盛世詞林》、吴梅藏録副本、《飲虹簃所刻曲》本、《全明散曲》本、翁敏華點校本、《朱有燉集》整理本從原刻。鬧哄哄：憲王原刻如此，《盛世詞林》作『鬧烘烘』。吴梅藏録副本、《飲虹簃所刻曲》本、《全明散曲》本、翁敏華點校本、《朱有燉集》整理本皆作『閟烘烘』，誤。磣可可：凄慘可怕的樣子。燕妬蜂猜：又作燕妬鶯猜或鶯猜燕妬，比喻遭人猜忌，此處指妓女間相互争風吃醋。

〔九〕子：《盛世詞林》作『則』。案，下文襯字『子』，《盛世詞林》皆作『則』。《盛世新聲》《雍熙樂府》、吴梅藏録副本、《飲虹簃所刻曲》本、《全明散曲》本、翁敏華點校本、《朱有燉集》整理本從原刻。喚醒：《雍熙樂府》作『吃醒』，《盛世詞林》《盛世新聲》、吴梅藏録副本、《飲虹簃所刻曲》本、《全明散曲》本、翁敏華點校本、《朱有燉集》整理本從原刻。鶯花世界：與柳陌花巷同意，指秦樓楚館風月世界。

〔十〕你：《盛世新聲》《雍熙樂府》作『俺』，《盛世詞林》脱，吴梅藏録副本、《飲虹簃所刻曲》本、《全明散曲》本、翁敏華點校本、《朱有燉集》整理本從原刻。

〔十一〕勤兒：嫖客蕩子。元・石君寶《紫雲庭》第三折：『今後去了這駝漢的小鬼頭，看怎結末那吃勤兒的老業魔。』扨：開，意即揮霍。

〔十二〕與：《盛世新聲》《盛世詞林》《雍熙樂府》作『布』。得：《盛世新聲》《盛世詞林》《雍熙樂府》作『將』。以上吴梅藏録副本、《飲虹簃所刻曲》本、《全明散曲》本、翁敏華點校本、《朱有燉集》整理本從原刻。大古里：方齡貴《古典戲曲外來語考釋詞典》舉此套【尾聲】爲例，認爲『大古里』爲蒙古語 dagoori 對音，可轉爲『榮幸』意。

代友人勸從良伶者〔一〕

【南吕】【一枝花】

蜂黄散曉晴，蝶粉殘春色〔二〕。鶯雛乾嫩羽，燕子褪香腮。只因你都會處生來，尚有些天然態，猶存些風月魄〔三〕。包藏著軟欸心腸，出落著玲瓏性格〔四〕。

【梁州】

衠一味依本分當行生理，無半星潑風聲餘濫情懷，便做道詩人老去鶯鶯在〔五〕。拜辭了銀河渡波翻浪湧，摘離了巫山廟雨妬雲猜，撇罷了藍橋驛風淒月慘，跳出了緱氏嶺霧鎖煙埋〔六〕。自從這病潘安占斷花街，恰便似老劉晨悮入天台〔七〕。從今後若見那暗中兜的心友休題，若有那新來砑的勤兒莫採，若逢那舊曾經的相識蹬開。我將這風情、自裁，休著那俏雙生怨煞馮員外，走到那金山寺，捏下了這場怪，得也麼蘇卿忒性乖，怎做的立志清白〔八〕。

【尾聲】

據著你生長呵苗稀草盛曾種在南山外，燒炙呵煮粒然箕曾題入七步才，又不比打毬似心腸滾得嗷〔九〕。你看他同心結不開，香羅帶不解，便是你平地上登仙我與你大喝聲采〔十〕。

注釋

〔一〕《盛世新聲》卷六、《雍熙樂府》卷八、《盛世詞林》已集無題，皆不註撰人。《北宮詞紀》卷六題作『勸妓從良』，《彩筆情辭》卷六題作『勸從良』，皆署『誠齋』撰。憲王此套曲意如題，寫妓女從良之樂，風塵之苦，爲妓女從良鼓舞喝彩。《北宮詞紀》《彩筆情辭》所題與憲王原刻所題大同小異，與曲意相合。

〔二〕曉晴：《北宫詞紀》《雍熙樂府》《彩筆情辭》作『晚晴』，《盛世新聲》《盛世詞林》、吴梅藏録副本、《飲虹簃所刻曲》本、《全明散曲》本、翁敏華點校本、《朱有燉集》整理本從原刻。

〔三〕處：《雍熙樂府》脱，《北宫詞紀》《盛世新聲》《彩筆情辭》《盛世詞林》、吴梅藏録副本、《飲虹簃所刻曲》本、《全明散曲》本、翁敏華點校本、《朱有燉集》整理本從原刻。

〔四〕軟欵：婉轉温柔。元·白樸《梧桐雨》第三折：『教幾個魯莽的宫娥監押，休將那軟欵的娘娘驚唬。』玲瓏性格：言其性格圓滑世故，巧於應對。此處贊從良妓女儘管風月場上善於迎合，而内心還是比較善良温存的。

〔五〕半星：《雍熙樂府》《彩筆情辭》作『半點』，《北宫詞紀》《盛世新聲》《盛世詞林》、吴梅藏録副本、《飲虹簃所刻曲》本、《全明散曲》本、翁敏華點校本、《朱有燉集》整理本從原刻。潑：《彩筆情辭》《北宫詞紀》作『破』，訛，《盛世新聲》《盛世詞林》、吴梅藏録副本、《飲虹簃所刻曲》本、《全明散曲》本、翁敏華點校本、《朱有燉集》整理本從原刻。道：《北宫詞紀》《盛世新聲》《盛世詞林》《雍熙樂府》《彩筆情辭》作『道』，吴梅藏録副本、《飲虹簃所刻曲》本、《全明散曲》本、翁敏華點校本、《朱有燉集》整理本作『這』。

〔六〕此處分别以牛郎織女、巫山雲雨、藍橋驛裴航遇仙女、緱氏嶺王子晉升仙等傳説，言妓女從良如仙人蟬蜕，脱離苦海。又，撇罷了：《北宫詞紀》《盛世新聲》《盛世詞林》《雍熙樂府》《彩筆情辭》作『畢罷了』，吴梅藏録副本、《飲虹簃所刻曲》本、《全明散曲》本、翁敏華點校本、《朱有燉集》整理本從原刻。煙埋：《彩筆情辭》作『雲埋』，《北宫詞紀》《盛世新聲》《盛世詞林》《雍熙樂府》、吴梅藏録副本、《飲虹簃所刻曲》本、《全明散曲》本、翁敏華點校本、《朱有燉集》整理本從原刻。

〔七〕病潘安：典出《世説新語·容止》：『潘岳妙有姿容，好神情。少時挾彈出洛陽道，婦人遇者莫不連手縈之。』元·高文秀作有雜劇《五鳳樓潘安擲果》。老劉晨悮入天台：典出劉義慶《幽明録·劉晨阮肇》故事。案此句爲元代散曲成句，如元湯舜民套曲《子弟們心寄青樓愛人》【梁州】：『恰便似劉晨悮入天台，洛神浦遊漢皋，裴航夢斷藍橋。』

〔八〕怨煞：《北宫詞紀》《彩筆情辭》作『怨殺』，《雍熙樂府》《盛世新聲》《盛世詞林》、吴梅藏録副本、《飲虹簃所刻曲》本、《全明散曲》本、翁敏華點校本、《朱有燉集》整理本從原刻。卿：吴梅藏録副本作『郎』，吴校：『據《北宫詞紀》及《青樓韻語》《廣集》校』作『卿』，《飲虹簃所刻曲》本、《全明散曲》本、翁敏華點校本、《朱有燉集》整理本從。《盛世新聲》《盛世詞林》《雍熙樂府》《彩筆情辭》亦然。案，憲王原刻即作『卿』，《飲虹簃所刻曲》本、《全明散曲》本、翁敏華點校本、《朱有燉集》整理本從。

〔九〕你生長：吴梅藏録副本作『伱生長』，吴校改作『你主張』，同《盛世新聲》《盛世詞林》《北宫詞紀》《雍熙樂府》《彩筆情辭》。《飲虹簃所刻曲》本、《全明散曲》本、翁敏華點校本、《朱有燉集》整理本從。案，據憲王原刻辨認似爲『你生長』，又，二意皆通，後者似更合乎曲情。苗稀草盛：語出陶淵明《歸園田居》其三：『種豆南山下，草盛豆苗稀。』煮粒然萁：典出《世説新語·文學》：『文帝嘗令東阿王七步作詩，不成者行大法。應聲便爲詩曰：「煮豆持作羹，漉菽以爲汁。萁在釜下燃，豆在釜中泣。本自同根生，相煎何太急。」帝深有慚色。』《北宫詞紀》《雍熙樂府》《彩筆情辭》作『煮豆（案，《彩筆情辭》作「荳」）燃萁』，《盛世詞林》、吴梅藏録副本、《飲虹簃所刻曲》本、《全明散曲》本、翁敏華點校本、《朱有燉集》整理本從原刻。嗽：《盛世新聲》《彩筆情辭》作『煞』。案，『嗽』同『煞』，甚、很意，表示程度深。《北宫詞紀》《盛世詞林》《雍熙樂府》作『殺』，吴梅藏録副本、《飲虹簃所刻曲》本、《全明散曲》本、翁敏華點校本、《朱有燉集》整理本從原刻。

〔十〕看他：《盛世新聲》《北宫詞紀》《彩筆情辭》《盛世詞林》作『若把』，《雍熙樂府》、吴梅藏録副本、《飲虹簃所刻曲》本、《全明散曲》本、翁敏華點校本、《朱有燉集》整理本從原刻。又，此句『我與你』三字及『大喝聲彩』中『聲』字，《北宫詞紀》《彩筆情辭》脱。《盛世新聲》《盛世詞林》《雍熙樂府》、吴梅藏録副本、《飲虹簃所刻曲》本、《全明散曲》本、翁敏華點校本、《朱有燉集》整理本從原刻。

代人罵伶者〔一〕

【南吕】【一枝花】

眉籠翠葉稠，鬢亂烏雲嚲〔二〕。腮黄紅粉淡，腰灑綉裙拖〔三〕。仔細評跋，玉怎比頑石磨，鳳難棲野雀窠〔四〕。這因他苦厭厭舊約重尋，致令得美紺紺前程蹬脱〔五〕。

【梁州】

本是箇花胡同多年鬼魅，章臺街現世妖魔，論風流旖旎無些箇〔六〕。歌聲時嗓拗，舞旋處腰駝〔七〕。難稱爲官妓，壓賽過私科〔八〕。有錢呵便得成合，但得那一分銀十夜也隨他〔九〕。看不上意遲遲項扭頭歪，覷不得磣可可唇麄口闊，聞不得氣噓噓嗓臭咽唆〔十〕。怎生，打睃，尚古自强風情不許人猜破〔十一〕。腆著臉，妝幺麽，幾件兒腌臢歹過活，害著些膿科〔十二〕。

【尾聲】

入房門怎覷踈簾幕，近牀榻難當舊被窩，赤緊地俏泛兒全無忒村過〔十三〕。説與您無知的小哥，是必要遠他，但題起那○○○聲名望風兒趖〔十四〕。

注釋

〔一〕《盛世新聲》卷六、《盛世詞林》已集無題，《雍熙樂府》卷八題作『嘲妓醜』，不註撰者。《彩筆情辭》卷一一題作『嘲醜妓』，題註『古辭』。憲王此套寫妓女醜態，言詞犀利，激切辛辣，竭盡妓女風姿情態及唯錢是圖本性，雖未免刻薄，然聯繫是集對妓女讚美諷喻及規勸等曲作，實亦不無勸懲意。閱讀此作，應當前後對照來看。題作『代人』罵之，實係憲王本人態度。

〔二〕麄：粗意。《彩筆情辭》《雍熙樂府》徑直改作『粗』，《盛世新聲》《盛世詞林》、吴梅藏録副本、《飲虹簃所刻曲》本、《全明散曲》本、翁敏華點校本、《朱有燉集》整理本從原刻。裯：《彩筆情辭》《雍熙樂府》作『凋』，《盛世新聲》《盛世詞林》、吴梅藏録副本、《飲虹簃所刻曲》本、《全明散曲》本、翁敏華點校本、《朱有燉集》整理本從原刻。嚲：下垂。寫妓女眉粗髮亂。

〔三〕灑：《盛世新聲》《彩筆情辭》《盛世詞林》《雍熙樂府》作『闊』，吴梅藏録副本、謝伯陽《全明散曲》本、翁敏華點校本、趙曉紅《朱有燉集》整理本從原刻。綉：《彩筆情辭》《盛世新聲》《雍熙樂府》作『絳』，吴梅藏録副本、《飲虹簃所刻曲》本、《全明散曲》本、翁敏華點校本、《朱有燉集》整理本從原刻。

〔四〕窠：《彩筆情辭》作『窩』，《雍熙樂府》《盛世詞林》《盛世新聲》、吴梅藏録副本、《飲虹簃所刻曲》本、《全明散曲》本、翁敏華點校本、《朱有燉集》整理本從原刻。

〔五〕這因他：《雍熙樂府》作『子因他』，《盛世新聲》《盛世詞林》作『則因他』，《彩筆情辭》作『只因他』。吴梅藏録副本、《飲虹簃所刻曲》本、《全明散曲》本、翁敏華點校本、《朱有燉集》整理本從原刻。令：憲王原刻模糊，結合曲意及字形甄辨，當爲令。《盛世新聲》《彩筆情辭》《盛世詞林》《雍熙樂府》從。吴梅藏録副本作『今』，《飲虹簃所刻曲》本、《全明散曲》本、翁敏華點校本、《朱有燉集》整理本從，誤。案，作『今』，其意雖可，然語氣不連貫，讀之拗口，其意不如作『令』顯豁。蹬脱：拋棄、葬送。元・王實甫《西廂記》第二本第三折：『將俺那錦片也似前程蹬脱。』紺紺：《盛世新聲》《彩筆情辭》《盛世詞林》《雍熙樂府》《飲虹簃所刻曲》本、《全明散曲》本、翁敏華點校本、《朱有燉集》整理本作『甘甘』，吴梅藏録副本從原刻。

〔六〕章臺街：《彩筆情辭》作『章臺路』，《盛世新聲》《盛世詞林》《雍熙樂府》、吴梅藏録副本、《飲虹簃所刻曲》本、《全明散曲》本、翁敏華點校本、《朱有燉集》整理本從原刻。風流：《彩筆情辭》《雍熙樂府》作『風情』，《盛世新聲》《盛世詞林》、吴梅藏録副本、《飲虹簃所刻曲》本、《全明散曲》本、翁敏華點校本、《朱有燉集》整理本從原刻。

〔七〕舞旋：古代一種迴旋舞。宋・周煇《清波雜志》卷六：『翌日，上問輔臣：「記得有藝。」蓋記其工篆學也。章中國對云：「會舞旋。」上遽云：「如此豈可使一路！」遂罷。』

〔八〕官妓：古代供奉官員的妓女。案，唐、宋時，官妓頗盛，凡官場應酬會宴，皆有官妓侍候。明代官妓隸屬教坊司，不再侍候官吏。私科：又作『私科子』，即舊時對私娼的婉稱。

〔九〕那：《雍熙樂府》《彩筆情辭》作『了』。他：《雍熙樂府》《彩筆情辭》作『它』。以上《盛世新聲》《盛世詞林》、吴梅藏録副本、《飲虹簃所刻曲》本、《全明散曲》本、翁敏華點校本、《朱有燉集》整理本從原刻。

〔十〕聞不得：《雍熙樂府》《彩筆情辭》作『聞不上』，《盛世新聲》《盛世詞林》、吴梅藏録副本、《飲虹簃所刻曲》本、《全明散曲》本、翁敏華點校本、《朱有燉集》整理本從原刻。

〔十一〕尚古自：《彩筆情辭》作『尚兀自』，《盛世新聲》《雍熙樂府》《盛世詞林》、吴梅藏録副本、《飲虹簃所刻曲》本、《全明散曲》本、翁敏華點校本、《朱有燉集》整理本從原刻。

〔十二〕幺麽：即幺麽院本。《彩筆情辭》作『婀娜』，訛。《盛世新聲》《雍熙樂府》《盛世詞林》、吴梅藏録副本、謝伯陽《全明散曲》本、翁敏華點校本、趙曉紅《朱有燉集》整理本從原刻。案，幺麽，元雜劇的初級形態，又作『院幺』。元佚名雜劇《藍采和》第四折：『舊幺麽院本我須知，論同場本事我般般會。』明初賈仲明《録鬼簿續編》所作挽詞常用『幺麽』代指元雜劇。季國平《元雜劇發展史》第一章『元雜劇的形成』有考，可參看。又，《雍熙樂府》《彩筆情辭》於此句『膿科』前尚有『鮮济』二字，據憲王原刻，當係增衍。《盛世新聲》《盛世詞林》、吴梅藏録副本、《飲虹簃所刻曲》本、《全明散曲》本、翁敏華點校本、《朱有燉集》

整理本從原刻。

〔十三〕難當：《雍熙樂府》《彩筆情辭》作『難粘他』，《盛世新聲》《盛世詞林》、吴梅藏録副本、謝伯陽《全明散曲》本、翁敏華點校本、趙曉紅《朱有燉集》整理本從原刻。赤緊地：《盛世新聲》《彩筆情辭》《盛世詞林》作『赤緊的』，《雍熙樂府》、吴梅藏録副本、謝伯陽《全明散曲》本、翁敏華點校本、趙曉紅《朱有燉集》整理本從原刻。泛：《盛世詞林》作『範』，《盛世新聲》《彩筆情辭》《雍熙樂府》、吴梅藏録副本、《飲虹簃所刻曲》本、《全明散曲》本、翁敏華點校本、《朱有燉集》整理本從原刻。案，此句《彩筆情辭》於『怎覷』後衍一『那』字，爲以上諸本無。

〔十四〕您：《雍熙樂府》《彩筆情辭》作『你』。他：《雍熙樂府》《彩筆情辭》作『它』。以上《盛世新聲》《盛世詞林》、吴梅藏録副本、《飲虹簃所刻曲》本、《全明散曲》本、翁敏華點校本、《朱有燉集》整理本從原刻。〇〇〇：憲王原刻如此。《盛世新聲》、吴梅藏録副本、《飲虹簃所刻曲》本、翁敏華點校本從。《盛世詞林》《彩筆情辭》《雍熙樂府》作『歪剌骨』，《全明散曲》本、《朱有燉集》整理本從。案，憲王原刻或特意如此，此處很有可能指當時某妓，蓋因不便點明，故以〇代之。

代人勸歌者從良〔一〕

歌者，鄉外樂籍中角伎，善於歌舞〔二〕。

【南吕】【一枝花】

夷山風月情，艮岳烟花分。中州新歲景，梁苑舊時春〔三〕。賣俏家門，歌舞爲營運，詼諧是立身。燕鶯期甚日成巢，鴛鴦債何時證本〔四〕。

【梁州第七】

趕賽處空熬了歲月，酒席間枉費了精神，便有那俊龐兒出落著多風韻〔五〕。也子索每日價巡門遶户，論年價撞疃沿村〔六〕。唱的來唇乾口燥，舞的來眼暈頭昏〔七〕。便賞與十文錢也子索歡忻，便得的五斗麥也子索平分〔八〕。不覺地伴風塵憔悴了杏臉桃腮，偎紅翠消瘦了金蓮玉笋，刮頑涎枯乾了皓齒朱唇〔九〕。也索、自忖，急回頭又早三十盡。你便有百般嬌，十分俊，眼見的白髮新添鏡裏人，早尋箇葉落歸根〔十〕。

【尾聲】

我欲待楚陽臺乞半紙雲雨常晴論，你便索平康巷化一箇金蟬脱殼身，穩拍拍的前程不須問〔十一〕。趁著你蝶粉蜂黄尚存，若得這鳳友鸞交做親，不願從良你也算的是箇蠢〔十二〉。

注釋

〔一〕《盛世新聲》卷六、《盛世詞林》巳集無題，《雍熙樂府》卷八題作『嘲妓』，皆不註撰者。《彩筆情辭》卷一一題作『嘲妓』，下署『明古辭』，不註撰者。憲王此套寫妓女歲歲年年輕歌曼舞、色咲承歡及朱顏憔悴、白髮暗添等生活苦況，字裡行間可見憲王同情憐憫之心，題曰『代人』而作，實謂夫子自道。曲云『早尋箇葉落歸根』，確係『善於爲歌妓們著想』（王起主編：《元明清散曲選》，人民文學出版社二〇〇一年版，第二一三頁。）。

〔二〕樂籍：古指樂户的名籍，後爲妓女登記册的統稱。角伎：古代對藝妓的稱呼。

〔三〕夷山：即夷門山，位於開封縣城内東北隅。艮岳：又稱壽岳，或壽山艮岳、萬歲山等。宋徽宗時所建，故址在今開封市鐵塔公園附近。中州、梁苑，與前此皆指所勸歌者身世籍里。

〔四〕『燕鶯期』二句：言從良之難，遥遥無期。何時：《盛世新聲》《雍熙樂府》《彩筆情辭》作『何日』，《盛世詞林》、吴梅藏録副本、《飲虹簃所刻曲》本、《全明散曲》本、翁敏華點校本、《朱有燉集》整理本從原刻。

〔五〕趕賽：官府征集妓女一起演出。案，此句兩處襯字『了』，《彩筆情辭》皆脱，《盛世新聲》

《盛世詞林》、吴梅藏録副本、《飲虹簃所刻曲》本、《全明散曲》本、翁敏華點校本、《朱有燉集》整理本從原刻。間：《雍熙樂府》《彩筆情辭》作『上』，《盛世新聲》《盛世詞林》、吴梅藏録副本、謝伯陽《全明散曲》本、翁敏華點校本、趙曉紅《朱有燉集》整理本從原刻。

〔六〕子索：只得、只好。《盛世詞林》作『則索』，以下凡『子索』，《盛世詞林》皆作『則索』，《彩筆情辭》作『只索』，不再出校。《盛世新聲》《雍熙樂府》《彩筆情辭》、吴梅藏録副本、《飲虹簃所刻曲》本、《全明散曲》本、翁敏華點校本、《朱有燉集》整理本從原刻。每日價：《彩筆情辭》《盛世新聲》作『每日家』，《盛世詞林》《雍熙樂府》、吴梅藏録副本、《飲虹簃所刻曲》本、《全明散曲》本、翁敏華點校本、《朱有燉集》整理本從原刻。巡門遶户：《彩筆情辭》《雍熙樂府》作『遶户巡門』，《盛世新聲》《盛世詞林》、吴梅藏録副本、《飲虹簃所刻曲》本、《全明散曲》本、翁敏華點校本、《朱有燉集》整理本從原刻。

〔七〕唱的來：《盛世新聲》《彩筆情辭》《雍熙樂府》作『唱的是』，《盛世詞林》、吴梅藏録副本、《飲虹簃所刻曲》本、《全明散曲》本、翁敏華點校本、《朱有燉集》整理本從原刻。

〔八〕便得的：《彩筆情辭》《雍熙樂府》作『就得了』。五斗：《彩筆情辭》《雍熙樂府》作『五升』。以上《盛世新聲》《盛世詞林》、吴梅藏録副本、《飲虹簃所刻曲》本、《全明散曲》本、翁敏華點校本、《朱有燉集》整理本從原刻。

〔九〕不覺地：《盛世詞林》《雍熙樂府》作『不覺的』，《彩筆情辭》作『不覺得』，《盛世新聲》、吴梅藏録副本、《飲虹簃所刻曲》本、《全明散曲》本、翁敏華點校本、《朱有燉集》整理本從原刻。

〔十〕眼見的：《彩筆情辭》作『眼見』，『的』字脱。《盛世新聲》《雍熙樂府》《盛世詞林》、吴梅藏録副本、《飲虹簃所刻曲》本、《全明散曲》本、翁敏華點校本、《朱有燉集》整理本從原刻。

〔十一〕『我欲待』句：欲爲其脱籍從良，結束逐歡賣笑生涯。

〔十二〕蝶粉蜂黄尚存：比喻青春尚在，言此時從良不晚。箅的：《彩筆情辭》作『等的』，訛。《盛世新聲》《雍熙樂府》《盛世詞林》、吴梅藏録副本、《飲虹簃所刻曲》本、《全明散曲》本、翁敏華點校本、《朱有燉集》整理本從原刻。

嘲一休道者，幼年漂蕩老而醒悟〔一〕

【中吕】【粉蝶兒】殢雨尤雲，半生狂不依本分，慣得來忒逞精神。遮莫是翠紅鄉，脂粉隊，更合著柳營花陣〔二〕。占斷芳春，但題著箇頂老兒便教心順〔三〕。

【醉春風】常子是眼兒裏恰相傳，意兒中卻早肯〔四〕。踏踏的秦樓謝館美風塵，相隨得緊緊。成就了不一處的萬種恩情，做慣了難記數的千場子弟，結下了無打算的百年緣分〔五〕。

【紅綉鞋】到如今悔去也言而有信，看來也往事休論，恰便似一枕黄粱夢醒人〔六〕。你如今樂仙家千載壽，養丹竈四時春，想著那戀鶯花何太蠢。

【石榴花】你爲甚錦營中參透要修真，赤緊地別是箇俏家門，怕不待清歌妙舞醉紅裙〔七〕。你便是出衆超群，也索著昏，子被他鴛鴦債索的心先悶〔八〕。博换得幾星兒剩雨殘雲，直熬的形骸坎壈頭旋暈，抵多少拍拍滿腔春〔九〕。

【鬭鵪鶉】怎如你修鍊的一粒丹成，保守的千年壽穩。你也曾口内親傳，心中自忖。這玄妙從來有定準，休將做謊話云〔十〕。和合的真汞成形，便是你真鉛報本〔十一〕。

【上小樓】看了那愚迷世人，他怎肯安心守分。都子待賽逞風情，枉用心機，强打精神〔十二〕。不隄防腦後門，敲箇昏，筋輪力盡，我看那推磨的小哥每困也不困〔十三〕。

【幺】那其間悔後遲，思後愠，直待的骨節伶仃，眼腦迷稀，鬢髮紛紜〔十四〕。若還是瘦損形，疾在身，他又將汗貨來打襯，你著那神仙每恨也不恨〔十五〕。

【耍孩兒】既參知便索從今認，休等到您時節遭他一窘〔十六〕。你將這藥爐丹鼎再新修，直著那紫金丹寶氣衝雲。抽將坎内陽鉛出，合得離宫陰汞均〔十七〕。也不索三車運，不須那風波猛烈，只要這火候調勻〔十八〕。

【尾聲】既得了黍珠般一粒丹，急將來華池中滿口吞。這的是神仙自有神仙分，那其間將你這折柳攀花的方纔證得本。

注釋

〔一〕《詞林摘艷》丙集題作『悔悞』，下註『诚斋散套』。《北宫詞紀》卷六題作『嘲子弟省悟修道』，下署『誠齋』作。《盛世新聲》卷五、《盛世詞林》辰集無題，《雍熙樂府》卷七題作『省悟』，皆不註撰人。憲王此套如題，寫一子弟早年風流放蕩，晚年悔而修道。曲中不無藉修道規勸子弟了卻風塵意。所謂富貴繁華、尋歡買笑及百年愛情之於風月場上皆如過眼煙雲、歸於虛空，所謂金丹寶氣、坎内陽鉛、離宫陰汞等，説明與前此相比皆不如修道養生更合於正道。

〔二〕遮莫：《盛世新聲》《盛世詞林》《雍熙樂府》《詞林摘艷》作『折莫』，《北宫詞紀》、吴梅藏録副本、《飲虹簃所刻曲》本、《全明散曲》本、翁敏華點校本、《朱有燉集》整理本從原刻。

更：《北宫詞紀》作『要』，《盛世新聲》《盛世詞林》《雍熙樂府》《詞林摘艷》、吴梅藏録副本、《飲虹簃所刻曲》本、《全明散曲》本、翁敏華點校本、《朱有燉集》整理本從原刻。

〔三〕教：《雍熙樂府》作『就』，《北宫詞紀》《盛世新聲》《盛世詞林》《詞林摘艷》、吴梅藏録副本、《飲虹簃所刻曲》本、《全明散曲》本、翁敏華點校本、《朱有燉集》整理本從原刻。

〔四〕常子是：《盛世詞林》作『常則是』，《北宫詞紀》《盛世新聲》《雍熙樂府》《詞林摘艷》、吴梅藏録副本、《飲虹簃所刻曲》本、《全明散曲》本、翁敏華點校本、《朱有燉集》整理本從原刻。

〔五〕『成就了不一處的萬種恩情』句：言子弟周旋秦樓楚館，朝三暮四，並非鍾情一人；妓女之於子弟，追歡賣笑，皆以金錢爲尊，同樣移情别戀。雙方各取所需，並無真摯感情，更談不上執子之手、百年恩愛。

〔六〕去：憲王原刻如此，《北宫詞紀》《盛世新聲》《盛世詞林》《雍熙樂府》《詞林摘艷》《飲虹簃所刻曲》本、《全明散曲》本、翁敏華點校本、《朱有燉集》整理本從。吴梅藏録副本作「出」，吴校改作「去」。梁：憲王原刻如此，《盛世詞林》、吴梅藏録副本從，吴校：「梁應作粱」，《飲虹簃所刻曲》本、《全明散曲》本、翁敏華點校本、《朱有燉集》整理本從。《北宫詞紀》《詞林摘艷》《盛世新聲》作「粮」。

〔七〕錦營：一作「錦營花陣」，喻指風月場所。箇：《盛世新聲》脱，《北宫詞紀》《雍熙樂府》《盛世詞林》《詞林摘艷》、吴梅藏録副本、《飲虹簃所刻曲》本、《全明散曲》本、翁敏華點校本、《朱有燉集》整理本從原刻。俏家門：妓院。赤緊地：《盛世詞林》《雍熙樂府》作「赤緊的」，《北宫詞紀》《盛世新聲》《詞林摘艷》、吴梅藏録副本、《飲虹簃所刻曲》本、《全明散曲》本、翁敏華點校本、《朱有燉集》整理本從原刻。

〔八〕子：《盛世新聲》《盛世詞林》作「則」，《雍熙樂府》《詞林摘艷》、吴梅藏録副本、《飲虹簃所刻曲》本、《全明散曲》本、翁敏華點校本、《朱有燉集》整理本從原刻。他：《北宫詞紀》作「你」，《盛世新聲》《盛世詞林》《雍熙樂府》《詞林摘艷》、吴梅藏録副本、《飲虹簃所刻曲》本、《全明散曲》本、翁敏華點校本、《朱有燉集》整理本從原刻。

〔九〕博换：《雍熙樂府》作「撥换」，《北宫詞紀》《盛世詞林》《盛世新聲》《詞林摘艷》、吴梅藏録副本、《飲虹簃所刻曲》本、《全明散曲》本、翁敏華點校本、《朱有燉集》整理本從原刻。

剩雨殘雲：比喻夫妻、情侣愛情中斷或受到阻隔。此處寫子弟與妓女並無真正愛情，但朝雲暮雨，卻使子弟由此透支了身體。

〔十〕準：吴梅藏録副本作『誰』，吴校：『誰應作準。』他本從原刻。將：《北宫詞紀》作『得』，《雍熙樂府》《盛世詞林》《盛世新聲》《詞林摘艷》、吴梅藏録副本、《飲虹簃所刻曲》本、《全明散曲》本、翁敏華點校本、《朱有燉集》整理本從原刻。做：《雍熙樂府》作『説』，《北宫詞紀》《盛世新聲》《盛世詞林》《詞林摘艷》、吴梅藏録副本、《飲虹簃所刻曲》本、《全明散曲》本、翁敏華點校本、《朱有燉集》整理本從原刻。

〔十一〕真汞：古代方士或丹士煉丹所用主要原料之一，後爲内丹家採用，代指元神。真汞成形：意即元神相聚，初見功效。真鉛：古代方士或丹家煉丹所用主要原料之一，後被内丹家借用，爲代指元氣。憲王此句言經由真汞真鉛修煉可以養神固本。

〔十二〕都子待：《盛世詞林》作『都則待』，《北宫詞紀》《雍熙樂府》《詞林摘艷》、吴梅藏録副本、《飲虹簃所刻曲》本、《全明散曲》本、翁敏華點校本、《朱有燉集》整理本從原刻。

〔十三〕不隄防：憲王原刻如此，《北宫詞紀》《盛世詞林》《雍熙樂府》《詞林摘艷》、吴梅藏録副本從，吴校：『隄應作提』。《飲虹簃所刻曲》本、《全明散曲》本、翁敏華點校本、《朱有燉集》整理本從。推磨：行院隱語，暗指男女關係。

〔十四〕愠：《盛世新聲》《盛世詞林》《雍熙樂府》《詞林摘艷》作『恨』。伶仃：《盛世新聲》

《盛世詞林》《雍熙樂府》《詞林摘艷》作『酸麻』。以上《北宮詞紀》、吴梅藏録副本、《飲虹簃所刻曲》本、《全明散曲》本、翁敏華點校本、《朱有燉集》整理本從原刻。

〔十五〕汗貨：《盛世新聲》《盛世詞林》《雍熙樂府》《詞林摘艷》作『行貨』，《北宮詞紀》、吴梅藏録副本、《飲虹簃所刻曲》本、《全明散曲》本、翁敏華點校本、《朱有燉集》整理本從原刻。著那：《雍熙樂府》作『看那』，《北宮詞紀》《盛世新聲》《盛世詞林》《詞林摘艷》、吴梅藏録副本、《飲虹簃所刻曲》本、《全明散曲》本、翁敏華點校本、《朱有燉集》整理本從原刻。

〔十六〕等到：《雍熙樂府》作『等得』，《北宮詞紀》《盛世新聲》《盛世詞林》《詞林摘艷》、吴梅藏録副本、《飲虹簃所刻曲》本、《全明散曲》本、翁敏華點校本、《朱有燉集》整理本從原刻。您：《北宮詞紀》《盛世新聲》《雍熙樂府》《詞林摘艷》作『恁』，《盛世詞林》作『你』，吴梅藏録副本、《飲虹簃所刻曲》本、《全明散曲》本、翁敏華點校本、《朱有燉集》整理本從原刻。

〔十七〕坎内陽鉛：據唐・梁邱子《黄庭經集釋》，陽鉛自坎陰出，陰汞處於離位，故云。坎爲水，離爲火，二者相互生克，抽鉛補汞，可全真陽。

〔十八〕三車運：案，據李涵虚《三車秘旨》：三車者，三件河車意。第一河車運氣；第二河車運精；第三河車精氣兼運。『人能知三車秘諦，則精、氣、神三品圓全，天地人三仙成就。』

與鶯燕解嘲〔一〕

【雙調】【新水令】燕鶯巢强戀做鳳鸞帷，便有那巧舌頭怎生支對。託空城裏言密約，竹林寺裏夢佳期。別話休題，且說你舊時的那活計〔二〕。

【駐馬聽】酒館春歸，幾度飛來傍柳啼；歌樓風細，數番啣入落花泥。好音聲只落得衆人知，潑風情空惹下留春意。本是箇喜虫蟻，人道你近新來改換得翎毛貴〔三〕。

【慶東原】或是向雕簷内，或是向花徑底，語呢喃晛睆把韶光媚〔四〕。又不曾鳴朝陽竹食，又不曾在梧桐樹棲，又不曾聞韶樂來儀〔五〕。常子是深院裏占春光，幾曾到金殿上呈祥瑞〔六〕。

【慶宣和】只爲你體態輕微姓字卑，引了些蝶使蜂媒。妝點的園林景稀奇，是你，是你。

【鴛鴦煞】也不索向梁間悄語添憔悴，也不索向花陰百囀閑淘氣。夏景將闌，秋色淒淒。唱道早自營巢，休尋舊壘。囑咐你心知，且趁景閑遊戲〔七〕。便不是彩鳳鳴歧，也著你落一箇虚名自然美。

注釋

〔一〕《盛世新聲》卷七、《盛世詞林》午集無題，《雍熙樂府》卷一一題作『題春燕』，皆不註撰者。憲王此套寫燕鶯體態輕微，姓字卑賤，卻能於『深院裏占春光』，妝點園林景色，悠遊自在。案，燕鶯，據王鍾陵《古詩詞鑒賞》『元張翥【陌上花】』條：『鶯善鳴，燕善舞，因以「鶯燕」比喻歌姬、舞女或妓女。』（王鍾陵：《古詩詞鑒賞》，四川辭書出版社二〇〇七年版，第三九九頁。）細尋憲王曲意，似不無藉燕鶯贊歌姬卑微卻不乏高貴之意。

〔二〕『託空城』句：此處言燕鶯密約佳期如水花鏡月，可望而不可即。聯繫首句『燕鶯巢强戀做鳳鸞帷』，『鳳鸞帷』即『鳳枕鸞帷』意，宋·柳永《駐馬聽·鳳枕鸞帷》：『鳳枕鸞帷。二三載，如魚似水相知。良天好景，深憐多愛，無非盡意依隨。奈何伊。恣性靈、忒煞些兒。無事孜煎，萬回千度，怎忍分離。而今漸行漸遠，漸覺雖悔難追。漫寄消寄息，終久奚爲。也擬重論繾綣，争奈翻覆思維。縱再會，只恐恩情，難似當時。』詞寫離婦相思之情，憲王此處與柳詞所寫異曲同工，皆言恩愛無定。且説你：《盛世新聲》《盛世詞林》作『説與你』，《雍熙樂府》、吴梅藏録副本、《飲虹簃所刻曲》本、《全明散曲》本、翁敏華點校本、《朱有燉集》整理本從原刻。

〔三〕喜虫蟻：即歡喜虫。因燕鶯聲音悦耳且爲衆人喜聞樂見，故云。案，歌姬以及其他民間藝人常以逗樂取笑爲生，故亦被稱作歡喜虫，此處或亦不無此意。

〔四〕睍睆：形容鳥毛色美好或鳥聲清和圓轉。

〔五〕又不曾鳴朝陽竹食：《雍熙樂府》脱，《盛世新聲》《盛世詞林》、吴梅藏録副本、《飲虹簃所刻曲》本、《全明散曲》本、翁敏華點校本、《朱有燉集》整理本從原刻。聞韶樂來儀：語出《尚書·益稷》：『簫韶九成，鳳皇來儀。』孔穎達疏：『簫韶之樂作之九成，以致鳳皇來而有容儀也。』此處言燕鶯平凡卑賤，無法與鳳凰等鳥相比。

〔六〕常子是：《盛世新聲》《盛世詞林》作『常則是』，《雍熙樂府》、吴梅藏録副本、《飲虹簃所刻曲》本、《全明散曲》本、翁敏華點校本、《朱有燉集》整理本從原刻。

〔七〕心知：《盛世新聲》《盛世詞林》作『知心』，《雍熙樂府》、吴梅藏録副本、《飲虹簃所刻曲》本、《全明散曲》本、翁敏華點校本、《朱有燉集》整理本從原刻。

席上雙關意詠斗戲贈歌者〔一〕

【仙呂】【點絳唇】月令隨標，箕星共號，子爲你斟量錯，降謫塵囂，向人世來量度〔二〕。

【混江龍】只因爲鴻門失卻，一靈兒飛入□窩巢〔三〕。飽諳了些麄細，廣見了些低高〔四〕。木板兒有錢休再刮，鐵梁兒無米莫來敲。欺瞞了些村叟，搬弄了些倉廒〔五〕。從離了街市，自入得深宅，到如今再不零糴糶〔六〕。撇罷了臨尖踢斛，無承望半合三抄〔七〕。

【油葫蘆】妝變做宮殿風微燕雀高，清標，安有這梁柱角〔八〕。更著些彩妝青緑縷金描，再岑向糴新賣舊臨街道，常子是擎升座礎居廊廟，躲離了斗級每手内提，卻來這華堂中方上閣〔九〕。常子是清風明月簾櫳罩，抵多少團弄在小兒曹〔十〕。

【天下樂】連你那朽板兒沾粘的有下梢，聽了些笙簫，居畫閣。做高材穩拍拍實是好〔十一〕。要看呵仰著首觀，要摸呵誰勾得著，攢簇的清閑直到老〔十二〕。

【煞尾】

□得向殿宇内做良材，子要你升運裏施呈巧〔十三〕。每日價陪伴著金蓮玉藻，樂富貴繁華百載遥〔十四〕。聽了些遶梁聲塵軟香嬌，簇花著篆刻鏤雕，一任那粘合處涎乾了肉鰾膠〔十五〕。再不怕没梁兒棄卻，常子是錦罘罳籠套，受用著寶樓臺銅斗兒鳳凰巢〔十六〕。

注釋

〔一〕《盛世新聲》卷四、《盛世詞林》卯集無題，《雍熙樂府》卷五題作『贈妓名斗兒』，皆不註撰人。《彩筆情辭》卷一題作『贈妓斗兒』，下註『元人辭』，誤。案，斗戲：古代一種把禽獸蟲魚等物放在一起搏鬥取樂的遊戲。據《戰國策》《列子》等先秦文獻，斗戲歷史悠久，於先秦時期即已出現，并深受貴族階級喜愛。發展過程中，斗戲逐漸由物及人，戲曲或其他説唱行業亦因彼此間競争等利益驅動，亦經常採取此類方式一比高低。憲王此套如題，『席上』言此套所寫場景，『雙鬬意』『詠斗戲』，且兼『贈歌者』，大抵可知，此套不僅爲即興之作，亦且説明『斗戲』與『歌者』之間關係密切，所謂『斗戲』顯然爲歌者之間的彼此競技。同時曲中語帶雙閒，藉歷史上『斗戲』意象鋪陳吟詠，非常巧妙地將歌者與所詠物象結合起來，讚揚歌者悠閒灑脱的生活及高超的技藝等。《雍熙樂府》《彩筆情辭》所題與曲意相差甚遠，大誤。

〔二〕月令：古代『以時繫事』，以四時爲總綱、十二月爲細目，以時記述天文曆法、自然物候、物理時空，王者以此來安排生産生活及其他重要事情。標：《彩筆情辭》作『杓』，《盛世新聲》《盛世詞林》《雍熙樂府》、吴梅藏録副本、《飲虹簃所刻曲》本、《全明散曲》本、翁敏華點校本、《朱有燉集》整理本從原刻。箕星：即箕宿，爲東方最後一宿。神話故事中，箕宿爲龍尾，擺動常有旋風環繞，故箕宿好風，一度被視爲風神。此處言月令混亂，風神大作，將歌者比作天神，因觸犯天條被降謫人間。子爲你：《雍熙樂府》《彩筆情辭》脱，《盛世詞林》作『則爲你』。《盛世新聲》、吴梅藏録副本、《飲虹簃所刻曲》本、《全明散曲》本、翁敏華點校本、《朱有燉集》整理本從原刻。

〔三〕只因爲：《雍熙樂府》《彩筆情辭》脱，《盛世詞林》《盛世新聲》、吴梅藏録副本、《飲虹簃所刻曲》本、《全明散曲》本、翁敏華點校本、《朱有燉集》整理本從原刻。鴻門失卻：典出《史記·項羽本紀》鴻門宴故事。案，失卻：《盛世新聲》作『失脚』，訛。《雍熙樂府》《盛世詞林》、吴梅藏録副本、《飲虹簃所刻曲》本、《全明散曲》本、翁敏華點校本、《朱有燉集》整理本從原刻。□：憲王原刻字跡模糊，《盛世新聲》《盛世詞林》《雍熙樂府》《彩筆情辭》、吴梅藏録副本作『錦』，翁敏華點校本、《飲虹簃所刻曲》本、《全明散曲》本、《朱有燉集》整理本從。鴻門宴上，項羽與劉邦劍拔弩張，劉邦危在旦夕。但後因項羽優柔寡斷，最終放過了劉邦，結果功虧一簣。作者此處言歌者曾歷經鴻門宴飲，贊其閲歷非常，胸次溝壑豐富。與後句互文。

〔四〕案，此句兩處襯字『了些』，《雍熙樂府》《彩筆情辭》皆脱，《盛世新聲》《盛世詞林》、吴梅藏録副本、《飲虹簃所刻曲》本、《全明散曲》本、翁敏華點校本、《朱有燉集》整理本從原刻。

〔五〕村：憲王原刻如此，《盛世新聲》《盛世詞林》、吴梅藏録副本從。翁敏華點校本作『利』，《飲虹簃所刻曲》本、《全明散曲》本、《朱有燉集》整理本同。案，作『利』，曲意不通，誤。又，《雍熙樂府》《彩筆情辭》與憲王原刻稍異，作『欺瞞了些商賈，抵盗了些倉廒』，《盛世新聲》《盛世詞林》、吴梅藏録副本、《飲虹簃所刻曲》本、《全明散曲》本、翁敏華點校本、《朱有燉集》整理本從原刻。

〔六〕自入得深宅：《盛世詞林》《雍熙樂府》《彩筆情辭》作『入深宅』，與前句合爲一句。《盛世新聲》、吴梅藏録副本、《飲虹簃所刻曲》本、《全明散曲》本、翁敏華點校本、《朱有燉集》整理本從原刻。

〔七〕撇：《盛世新聲》《盛世詞林》《雍熙樂府》《彩筆情辭》作『畢』，吴梅藏録副本、《飲虹簃所刻曲》本、《全明散曲》本、翁敏華點校本、《朱有燉集》整理本從原刻。尖：《盛世新聲》《盛世詞林》《雍熙樂府》作「光」，《彩筆情辭》、吴梅藏録副本、《飲虹簃所刻曲》本、《全明散曲》本、翁敏華點校本、《朱有燉集》整理本從原刻。三：《盛世新聲》《盛世詞林》《雍熙樂府》《彩筆情辭》作「一」，吴梅藏録副本、《飲虹簃所刻曲》本、《全明散曲》本、翁敏華點校本、《朱有燉集》整理本從原刻。又，合：舊時量糧食的器具，木或竹制，方形或圓筒形，容量爲一合，故名。抄：宋代門栱出一跳華栱，稱爲「一抄」，或「出一卷頭」。

〔八〕妝變做：憲王原刻如此，吴梅藏録副本作「妝變故」，《飲虹簃所刻曲》本、翁敏華點校本、趙曉紅《朱有燉集》整理本作從。《盛世新聲》《盛世詞林》《雍熙樂府》《彩筆情辭》作「改變做」，《盛世新聲》作「改變故」，《全明散曲》本從。案，憲王原刻較模糊，辨其字形，與「做」最近，且由曲意，應爲「做」而非「故」，作「故」曲意不通。宫殿風微燕雀高：語出杜甫《奉和賈至舍人早朝大明宫》：「旌旗日暖龍蛇動，宫殿風微燕雀高。」安有這：《盛世新聲》《盛世詞林》《雍熙樂府》《彩筆情辭》作「安在」。梁柱角：《盛世詞林》《雍熙樂府》《彩筆情辭》作「梁左角」，《盛世新聲》作「梁在角」。以上吴梅藏録副本、《飲虹簃所刻曲》本、《全明散曲》本、翁敏華點校本、《朱有燉集》整理本從原刻。

〔九〕岺：憲王原刻字跡漶漫，其字形，與「岺」最近，且曲意通，從。吴梅藏録副本空出，《飲虹簃所刻曲》本、翁敏華點校本從。《盛世新聲》《盛世詞林》《雍熙樂府》《彩筆情辭》《盛世新聲》作「不」，《全明散曲》本、《朱有燉集》整理本從。常子是：《盛世詞林》作「常則是』。案，下文凡『常子是』，《詞林》皆然。《盛世新聲》《雍熙樂府》《彩筆情辭》《盛世新聲》、吴梅藏録副本、《飲虹簃所刻曲》本、《全明散曲》本、翁敏華點校本、《朱有燉集》整理本從原刻。斗級：即斗子節級，負責守護倉庫務場局院等役吏。《明會典·倉庾一》：『景泰三年，令各倉斗級庫子，開寫年甲、鄉貫、住址，編造文册，候巡視官員點閘。』羅新賣舊：《盛世新聲》《盛世詞林》《雍熙樂府》《彩筆情辭》作『迎新送舊』，吴梅藏録副本、《飲虹簃所刻曲》本、《全明散曲》本、翁敏華點校本、《朱有燉集》整理本從原刻。華堂：《彩筆情辭》作『畫堂』。方：《彩筆情辭》作『枋』。以上《盛世新聲》《盛世詞林》《雍熙樂府》、吴梅藏録副本、《飲虹簃所刻曲》本、《全明散曲》本、翁敏華點校本、《朱有燉集》整理本從原刻。

〔十〕常子是：《彩筆情辭》作『常只是』，下同。團：《彩筆情辭》作『摶』。以上《盛世新聲》《盛世詞林》《雍熙樂府》、吴梅藏録副本、《飲虹簃所刻曲》本、《全明散曲》本、翁敏華點校本、《朱有燉集》整理本從原刻。

〔十一〕做：《盛世詞林》作『儆』，《盛世新聲》《雍熙樂府》《盛世新聲》《彩筆情辭》、吴梅藏録副本、《飲虹簃所刻曲》本、《全明散曲》本、翁敏華點校本、《朱有燉集》整理本從原刻。材：《盛世新聲》《盛世詞林》《雍熙樂府》作『村』，訛。吴梅藏録副本、《飲虹簃所刻曲》本、《全明散曲》本、翁敏華點校本、《朱有燉集》整理本從原刻。

〔十二〕誰勾：《雍熙樂府》作『怎彀』，《彩筆情辭》作『怎購』，《盛世新聲》、吴梅藏録副本、《飲虹簃所刻曲》本、《全明散曲》本、翁敏華點校本、《朱有燉集》整理本從原刻。

〔十三〕□：憲王原刻字漶漫嚴重，無法甄辨，吴梅藏録副本空出，翁敏華點校本從。《盛世新聲》《盛世詞林》《雍熙樂府》《彩筆情辭》《盛世新聲》作『既』，《飲虹簃所刻曲》本、《全明散曲》本、《朱有燉集》整理本從。爲保留原刻原貌，空出。子要你：《盛世詞林》作『則要你』，《彩筆情辭》作『只要你』，《盛世新聲》《雍熙樂府》《盛世新聲》、吴梅藏録副本、《飲虹簃所刻曲》本、《全明散曲》本、翁敏華點校本、《朱有燉集》整理本從原刻。施：《雍熙樂府》作『呈』。案，此句『施呈巧』，《彩筆情辭》則作『呈奇巧』。《盛世新聲》《盛世詞林》《盛世新聲》、吴梅藏録副本、《飲虹簃所刻曲》本、《全明散曲》本、翁敏華點校本、《朱有燉集》整理本從原刻。

〔十四〕每日價：《雍熙樂府》《彩筆情辭》作『每日家』，《盛世新聲》《盛世詞林》《盛世新聲》、吴梅藏録副本、《飲虹簃所刻曲》本、《全明散曲》本、翁敏華點校本、《朱有燉集》整理本從原刻。

〔十五〕簇花著：憲王原刻如此，《盛世詞林》《雍熙樂府》、吴梅藏録副本從。《飲虹簃所刻曲》本、《全明散曲》本作『簇花叢』，《彩筆情辭》作『簇花枝』，《盛世新聲》、翁敏華點校本、《朱有燉集》整理本從。鰾膠：即用魚鰾或豬皮等熬制的膠，粘性大。

〔十六〕罘罳：一作罦罳，設在屋檐下防鳥雀來築巢的金屬網。

擬八段錦　戲作題情〔一〕

【雙調】【新水令】

枕痕一線界胭脂，綉幃中可憐獨自〔二〕。輕盈嬌體態，裊娜瘦腰肢。困倚東風，春睡損翠裙衽〔三〕。

【駐馬聽】

無限相思，墨暈兒半乾和淚紙；許多傳示，筆尖兒難寫斷腸詞。他那裏清江一派腹中思，俺這裏黃河九曲心間事。兩下裏暗嗟咨，都只爲風流俊雅多才思〔四〕。

【雁兒落】

碧梧閑鸞鳳枝，綠荇綰鴛鴦翅。紫薇空翡翠巢，丹杏老蜂蝶使。

【水仙子】

茶不茶飰不飰剛捱兩三匙，成不成就不就因緣拖逗死，明不明暗不暗惹下些風流事，長不長短不短何日止。哭不哭笑不笑抹淚揉眵，昏不昏醒不醒情如醉，吞不吞吐不吐氣似絲，活不活死不死爲那人兒〔五〕。

【川撥棹】

若説著那人兒，他有那十數般可喜樣兒，杏子眼兒，柳葉眉兒，櫻桃口兒，瓦壠鼻兒，玉粳牙兒，葱枝手兒。更有那窄弓弓些娘腳兒，小腳兒剛二指〔六〕。

【梅花酒】

可喜死髮似烏絲，色勝西施，更軟欸温慈〔七〕。有元白詠不足，有丹青筆難施〔八〕。忒敬思，可人意，瘦腰肢；瘦腰肢，一捻兒〔九〕；一捻兒，年紀兒；年紀兒，正當時；正當時，效琴瑟；效琴瑟，美嬌姿；美嬌姿，善吟詩；善吟詩，能慘紙；能慘紙，寄情詞〔十〕。

【收江南】

寄情詞單寫著害相思，害相思端的是爲那人兒，那人兒若得見他時，見他來到此，到此來教俺喜孜孜〔十一〕。

【鴛鴦煞】

好前程遂卻鴻鵠志，潑生涯不入鶯花市。慶喜筵前，共酌金巵。唱道美滿姻緣，新婚燕爾。成就了鳳牡鸞雌，美眷愛皆天賜〔十二〕。相伴著嬌姿，證果了風流少年子。

注釋

〔一〕案，據謝伯陽《全明散曲》，憲王此套李開先《詞謔》題作『送別』，《南北詞廣韻選》題作『閨思』。另，《雍熙樂府》卷一一題作『諧偶』，《盛世新聲》卷七、《盛世詞林》午集無題，皆不註撰人。八段錦：明清時期民間時調小曲，又名『南粉紅蓮』或『八段景』、『八段聞』等，因由八支曲子組合而成，故名。憲王此套爲擬作，即以民間曲調寫男女情思，曲調活潑，語言潑辣，充分發揮了民間小調熱烈奔放寫情盡興的特徵，如【水仙子】【川撥棹】【梅花酒】【收江南】諸曲，語似連珠，流利婉轉，民歌風味濃厚。

〔二〕枕痕一線界胭脂：本周邦彦【滿江紅·晝日】『枕痕一線紅生玉』句。龍沐勛《詞體之演進》：『大抵曲取詞句，必經熔化。熔化者，熔詞之貌，化而曲之謂也。』『譬如美成（案周邦彦字）詞「枕痕一線紅生玉」，元、明人化用爲曲句者，如「枕痕一線玉生紅」、「枕痕一線玉生春」、「枕痕一線淚淋漓」「枕痕一線紅粉嬌」「枕痕一線界胭脂」，雖相襲「枕痕一線」四字，而曲中下三字，無不較「紅生玉」爲直截爽快。』（龍沐勛：《詞體之演進》，見《詞學季刊》〈上〉，上海書店一九八五年版，第三一—三二頁。）

〔三〕困：吴梅藏録副本作『因』，吴校：『因，應作困』。衽：衣裙上的折紋。《盛世新聲》《盛世詞林》、謝伯陽《全明散曲》本、翁敏華點校本、趙曉紅《朱有燉集》整理本從。

〔四〕暗嗟咨：也是園藏《詞謔》鈔本無『暗』字，係脱漏。案，憲王原刻如此，《盛世新聲》《盛世詞林》、吴梅藏録副本、《飲虹簃所刻曲》本、《全明散曲》本、翁敏華點校本、《朱有燉集》整理本從。

〔五〕眵：眼昏花多眼屎。

〔六〕小腳兒：《雍熙樂府》作『底幫兒』，《盛世新聲》《盛世詞林》、吴梅藏録副本、《飲虹簃所刻曲》本、《全明散曲》本、翁敏華點校本、《朱有燉集》整理本從原刻。

〔七〕鬟似：也是園藏《詞謔》鈔本作『鬢似』。案，憲王原刻如此，《盛世新聲》《雍熙樂府》《盛世詞林》、吴梅藏録副本、《飲虹簃所刻曲》本、《全明散曲》本、翁敏華點校本、《朱有燉集》整理本從。

〔八〕元白：中唐詩人元稹、白居易簡稱。《新唐書・白居易傳》：白居易『初與元稹酬詠，故號元白。』白居易《〈劉白唱和集〉解》亦云：『江南士女，語才子者，多云元白。』

〔九〕瘦腰肢：案，《雍熙樂府》脱，於前句『瘦腰肢』後下句即爲『一捻兒』。吴梅藏録副本、《飲虹簃所刻曲》本、《全明散曲》本、翁敏華點校本、《朱有燉集》整理本從原刻。

〔十〕慘紙：《詞謔》作『滿紙』。《盛世新聲》《雍熙樂府》《盛世詞林》、吴梅藏録副本、《飲虹簃所刻曲》本、《全明散曲》本、翁敏華點校本、《朱有燉集》整理本從原刻。案，作『慘紙』，言情緒惻然，與『墨暈兒半乾和淚紙』照應，較《詞謔》更顯貼切。

〔十一〕案，《雍熙樂府》於此支起句前有襯字『呀』，憲王原刻無，係增衍。《盛世新聲》《雍熙樂府》、吴梅藏録副本、《飲虹簃所刻曲》本、《全明散曲》本、翁敏華點校本、《朱有燉集》整理本從原刻。端的是：《盛世新聲》《盛世詞林》作『端的』，『是』字脱，《雍熙樂府》、吴梅藏録副本、《飲虹簃所刻曲》本、《全明散曲》本、翁敏華點校本、《朱有燉集》整理本從原刻。那人兒若得見他時：《盛世新聲》作『若得見他時』，『那人兒』三字脱，吴梅藏録副本、《飲虹簃所刻曲》本、《全明散曲》本、翁敏華點校本、《朱有燉集》整理本從原刻。見他來到此：《盛世詞林》《雍熙樂府》作『見他時來到此』，《盛世新聲》、吴梅藏録副本、《飲虹簃所刻曲》本、《全明散曲》本、翁敏華點校本、《朱有燉集》整理本從原刻。到此來：《盛世詞林》《雍熙樂府》、也是園藏《詞謔》鈔本作『來到此』。憲王原刻如此，《盛世新聲》、吴梅藏録副本、《飲虹簃所刻曲》本、《全明散曲》本、翁敏華點校本、《朱有燉集》整理本從。

〔十二〕雌：《盛世新聲》《盛世詞林》作『嶋』。案，『嶋』爲『雌』異體字。《雍熙樂府》、吴梅藏録副本、《飲虹簃所刻曲》本、《全明散曲》本、翁敏華點校本、《朱有燉集》整理本從原刻。

贈歌者〔一〕

【雙調】【新水令】玉樓閑聽理新聲，露華涼夜闌人静。丹山鳴彩鳳，春樹囀黄鶯〔二〕。宛轉娉婷，撒驪珠，玉盤映。

【駐馬聽】幾句輕清，恰便似漱玉澗寒泉落石屏〔三〕。一聲高勁，直教那透金風清響遏雲行〔四〕。泛商流羽韻無評，停聲待拍腔皆正。賽秦青，似這般嚥作堪人聽〔五〕。

【雁兒落】黄鐘歌富貴情，仙吕唱清新令。正宫多雄壯音，商調感凄涼興〔六〕。

【得勝令】大石調宜風情，歇指調更分明〔七〕。中吕高低韻，高平滉漾聲。陶寫天成，越調穩悠揚定〔八〕。飄逸皆能，道宫將音韻輕〔九〕。

音自省。

【鴛鴦煞】

錦排場獨步歌樓徑，翠紅鄉聲價知名姓。我教你月館增輝，梁苑馳名。唱道佳韻堪題，清音自省。寫與你新詞，出落著風流幸〔十〕。撇朗末場中，名顯在鴻門占芳景〔十一〕。

注釋

〔一〕《雍熙樂府》卷一一題作『評音律精熟』，不註撰者。憲王此套如題，寫歌者技藝高妙，融入個人在音樂方面的造詣，一曲二意，妙合無垠，可作一部《太和正音譜》讀。

〔二〕春樹：《雍熙樂府》作『春桂』，吳梅藏録副本、《飲虹簃所刻曲》本、翁敏華點校本、《全明散曲》本、《朱有燉集》整理本從原刻。案，此句言歌者聲音悦耳動聽。

〔三〕恰便似：憲王原刻如此，《雍熙樂府》從。吳梅藏録副本作『是』，翁敏華點校本、謝伯陽《全明散曲》本、趙曉紅《朱有燉集》整理本從，誤。『似』與『是』，一字之差，其意迥遠。『似』言其聲音如『漱玉澗寒泉落石屏』，前後構成比喻關係；『是』則構成判斷關係，過于質實，毫無美感，當依原作。

〔四〕遏：翁敏華點校本作『過』，訛。《雍熙樂府》、吳梅藏録副本、《飲虹簃所刻曲》本、《全明散曲》本、《朱有燉集》整理本從原刻。

〔五〕秦青：戰國時秦國善歌者。《列子·湯問》：『薛譚學謳於秦青，未窮青之技，自謂盡之，遂辭歸。秦青弗止，餞於郊衢，撫節悲歌，聲振林木，響遏行雲。薛譚乃謝求反，終身不敢言歸。』唐·張祜《邊上逢歌者》：『垂老秋歌出塞庭，遏雲相付舊秦青。』明·朱權《太和正音譜》卷上：『古之善歌者：秦青、薛譚、韓秦娥、沈古之、石存符。此五人歌聲一遏，行雲不流，木葉皆墜。』

〔六〕案【燕兒落】【得勝令】全本元·燕南芝庵《唱論》『大凡聲音』條：『大凡聲音，各應律吕，分六宫十一調，共十七宫調。仙吕宫唱，清新綿邈。南吕宫唱，感歎傷悲。中吕宫唱，高下閃賺。黄鐘宫唱，富貴纏綿。正宫唱，惆悵雄壯。道宫唱，飄逸清幽。大石唱，風流藴藉。小石唱，旖旎嫵媚。高平唱，條物混漾。般涉唱，拾掇坑塹。歇指唱，急並虚歇。商角唱，悲傷宛轉。雙調唱，健棲激裊。商調唱，淒愴怨慕。角調唱，嗚咽悠揚。宫調唱，典雅沈重。越調唱，陶寫冷笑。』

〔七〕歇指調：《雍熙樂府》作『歇拍調』，訛。吴梅藏録副本、翁敏華點校本、《飲虹簃所刻曲》本、《全明散曲》本、《朱有燉集》整理本從原刻。

〔八〕陶寫：《雍熙樂府》作『陶瀉』。吴梅藏録副本、翁敏華點校本、《飲虹簃所刻曲》本、《全明散曲》本、《朱有燉集》整理本從原刻。

〔九〕飄逸：憲王原刻如此，且與燕南芝庵《唱論》符。吴梅藏録副本、《飲虹簃所刻曲》本、《全明散曲》本、《朱有燉集》整理本從。翁敏華點校本作『飄遮』，誤。

〔十〕寫與你：《雍熙樂府》作『寫你』，脱『與』字。吴梅藏録副本、《飲虹簃所刻曲》本、《全明散曲》本、翁敏華點校本、《朱有燉集》整理本從原刻。

〔十一〕撇朗末：憲王原刻如此，《雍熙樂府》、吴梅藏録副本、《飲虹簃所刻曲》本、《全明散曲》本、《朱有燉集》整理本從。翁敏華點校本無『朗』字。案，曾永義《戲曲與偶戲》第一章『論説戲曲文獻資料之解讀』：『至於「撇末」和「撇朗末」二詞。由【粉蝶兒】《悟真如》：「便休去排場上土抹灰搽撇末中，再莫心留戀花爨裏。」【醉太平】《風流小僧》：「撇末中靠背是菩薩幀，舞旋中歌曲是禮佛聲。」【新水令】《評音律精熟》：「撇朗末場中，名顯在鴻門占芳景。」又《宦門弟子錯立身》第十二齣【金蕉葉】也有：「子這撇末區老賺，我學那劉要和行蹤步跡。」可見「撇」當動詞用，其義爲「裝」，即扮飾，如裝假曰「撇假」，裝清曰「撇清」；「朗」則作「末」之修飾語，有顯著、主要、出色之義；「撇朗末」義爲扮飾主角末色。』（曾永義：《戲曲與偶戲》，國家出版社二〇一三年版，第四一一—四一二頁。）

慶壽〔一〕

【大石調】【六國朝】

祥光縈繞，瑞靄飄飄，仙樂奏鳳鸞吟，綉簾開宫殿曉。正值重陽到，紫菊香飄〔二〕。祝壽嵩呼早，良時懽會好。丹臺進璚漿玉液，瑶池獻碧藕蟠桃〔三〕。仙掌露華清，洞天秋月皎〔四〕。

【喜江南】

瞻仰著蓬萊島，輝輝的南極下雲霄。玉女遠臨懸寶蓋，金仙遥降跨黄鶴，旌節錦招摇。

【初問口】

□□□□□□□，□□□□□□□□藥〔五〕。更看那採芝人□□□□□，白鹿隨，玄猿嘯，唤山童手捧靈龜到〔六〕。

【常相會】

八仙九老壽星朝，懽忻也同宴樂〔七〕。我子見翠柏蒼松山圍繞，金殿角，兀良瑞靄祥雲籠罩了〔八〕。

【喜江南】瞻天表，樂振響朗璈〔九〕。金籙永傳千歲久，彩輿先把七真邀，共會飲香醪〔十〕。

【幺】將這長生保，化域樂陶陶〔十一〕。中岳三呼來慶喜，九天一派奏簫韶，福禄壽山高〔十二〕。

【雁過南樓】香馥郁金風裊裊，響琤琮玉漏迢迢〔十三〕。添百刻日影長，發千枝花敷萼，正清秋雨霽天道。他那裏足躡著彩鳳行，手撫著蒼龍咲，霎時間下天闕八仙來到。

【催花樂】那神仙撒開象板舞藍袍，有一箇手握丹符，掌擎珎寶；有一箇緑鬢紅顔名姓高；有一箇皓首庬眉常不老〔十四〕。

【喜江南】有一箇捧一顆靈丹藥，穿一領紫霞綃；有一箇袖裡青蛇遊閬苑；有一箇手攜鐵拐赴蟠桃：他都曾把玉皇朝〔十五〕。

【浄瓶兒】神仙每祝永壽如山岳，增福禄等天高，光華海宇，散袒逍遥〔十六〕。常教，喜共樂，千歲安康德行昭。光燦燦南極照，享恩榮琴瑟永和調。

【玉翼蟬餘音】

壽山福海，仙果仙殽，寶殿瑤堦，珠樓畫閣。金盃玉爵，仙真共酌，靈芝瑞草，長生不老，神鳥喜鵲，音和韻巧。黃精自斲，玄霜慢擣，青松滿壑，白雲不掃。花錦綉，月瓊瑤，鳴玉珮，擁金貂，時可喜，景堪描〔十七〕。遥望著鶴馭鸞驂，雉扇霓旌，龍池鳳沼。俺這裏祝壽聲高，只願得永不老的芳容千歲保〔十八〕。

注釋

〔一〕《北詞廣正譜》『大石調』收『常相會』一支，下題『明誠齋譔，祥光縈繞』。《盛世新聲》卷三、《雍熙樂府》卷一五、《盛世詞林》寅集無題，皆不註撰者。案，憲王此套與著中同題作品大同小異，皆係應景之作，新意不多。

〔二〕正值重陽到：重陽，即重陽節，説明此套作於重陽節時。『祝壽』云云，非生日祝壽。案，重陽節，不同時代不同地域風俗多有不同，或登高去邪，或祭祀天地，以賀豐年。漢代以降，重陽還有敬老求壽之俗，故又稱『老人節』。憲王重陽祝壽即其意。

〔三〕璚漿：《盛世詞林》《雍熙樂府》作『瓊漿』，《盛世新聲》、吴梅藏録副本、《飲虹簃所刻曲》本、《全明散曲》本、翁敏華點校本、《朱有燉集》整理本從原刻。

〔四〕洞天秋月皎：《盛世詞林》《雍熙樂府》《盛世新聲》於此句前增一『那』字，憲王原刻無，吴梅藏録副本、《飲虹簃所刻曲》本、《全明散曲》本、翁敏華點校本、《朱有燉集》整理本從原刻。

〔五〕此句憲王原刻字跡漶漫嚴重。吴梅藏録副本、翁敏華點校本空出。《雍熙樂府》《盛世新聲》作：『獻這丹房内（九）轉黄芽，都是長生之藥』（案，《盛世詞林》《雍熙樂府》增一『九』字）。《飲虹簃所刻曲》本、《全明散曲》本、《朱有燉集》整理本據此補。

〔六〕□□□□□：憲王原刻字跡漶漫嚴重。吴梅藏録副本空七字，翁敏華點校本從。《盛世詞林》《雍熙樂府》《盛世新聲》作：『穩步雲霞嶠』，《飲虹簃所刻曲》本、《全明散曲》本、《朱有燉集》整理本據此補。山童：《盛世詞林》作『仙童』，《雍熙樂府》《盛世新聲》、吴梅藏録副本、《飲虹簃所刻曲》本、《全明散曲》本、翁敏華點校本、《朱有燉集》整理本從原刻。

〔七〕朝：《盛世詞林》《雍熙樂府》《盛世新聲》《北詞廣正譜》脱，吴梅藏録副本、《飲虹簃所刻曲》本、《全明散曲》本、翁敏華點校本、《朱有燉集》整理本從原刻。又，《北詞廣正譜》旁批，此句『韻不葉』。

〔八〕我子見：《盛世詞林》《雍熙樂府》《盛世新聲》《北詞廣正譜》作『我則見』，吴梅藏録副本、《飲虹簃所刻曲》本、《全明散曲》本、翁敏華點校本、《朱有燉集》整理本從原刻。兀良：襯詞，無實意。元·武漢臣《玉壺春》第三折：『兀良我則怕生誂殺軟弱的裙釵。』《北詞廣正譜》脱，《盛世詞林》《雍熙樂府》《盛世新聲》、吴梅藏録副本、《飲虹簃所刻曲》本、《全明散曲》本、翁敏華點校本、《朱有燉集》整理本從原刻。

〔九〕朗璈：一作琅璈，古代一種玉製樂器。

〔十〕金籙：神仙所用的簿册。

〔十一〕保：《雍熙樂府》作『寶』，《盛世詞林》《盛世新聲》、吴梅藏録副本、謝伯陽《全明散曲》本、翁敏華點校本、趙曉紅《朱有燉集》整理本從原刻。

〔十二〕三呼：《雍熙樂府》作『山呼』，《盛世詞林》《盛世新聲》、吴梅藏録副本、《飲虹簃所刻曲》本、《全明散曲》本、翁敏華點校本、《朱有燉集》整理本從原刻。慶喜：《盛世新聲》作『賀喜』，《盛世詞林》《雍熙樂府》、吴梅藏録副本、《飲虹簃所刻曲》本、《全明散曲》本、翁敏華點校本、《朱有燉集》整理本從原刻。

〔十三〕金風：《盛世詞林》《雍熙樂府》《盛世新聲》作『金爐』，誤。吴梅藏録副本、《飲虹簃所刻曲》本、《全明散曲》本、翁敏華點校本、《朱有燉集》整理本從原刻。

〔十四〕撒開象板舞藍袍：藍采和。憲王雜劇《新編瑶池會八仙慶壽》第二折藍采和：『修道我幞頭歪，藍衫涴，我向街衢拍板高歌』，象板，此處指唱歌所用之板。手握丹符，掌擎著珎寶：當是漢鍾離。憲王雜劇《花月神仙會》末折漢鍾離唱：『手捧靈丹藥，漢鍾離獻香祝壽高。』緑鬢紅顔：不詳，案，緑鬢紅顔常比喻妙齡女子，指男子，言其貌俊美。八仙中，韓湘子手捧牡丹花籃，以花喻人，此仙或係韓湘子。皓首庬眉：張果老。《花月神仙會》末折張果老唱：『蒼顔雪鬢千歲老，金殿上呈祥瑞。』

〔十五〕捧一顆靈丹藥：疑爲徐神翁。《八仙慶壽》第四折吕洞賓唱：『進靈丹的是徐信守（案，即徐神翁）。』袖褪青蛇：吕洞賓。元佚名雜劇《吕洞賓三化邯鄲店》第二折吕洞賓上場詩云：『朝遊北海墓蒼梧，袖褪青蛇膽氣粗。』手攜鐵拐：鐵拐李。又，褪：《雍熙樂府》脱，《盛世詞林》《盛世新聲》、吴梅藏録副本、《飲虹簃所刻曲》本、《全明散曲》本、翁敏華點校本、《朱有燉集》整理本從原刻。他都曾把玉皇朝：案，《盛世詞林》《雍熙樂府》《盛世新聲》脱『曾』字，吴梅藏録副本、《飲虹簃所刻曲》本、《全明散曲》本、翁敏華點校本、《朱有燉集》整理本從原刻。

〔十六〕永：《雍熙樂府》脱，《盛世詞林》《盛世新聲》、吴梅藏録副本、《飲虹簃所刻曲》本、《全明散曲》本、翁敏華點校本、《朱有燉集》整理本從原刻。

〔十七〕金貂：《盛世詞林》作『金豹』，《雍熙樂府》《盛世新聲》、吴梅藏録副本、《飲虹簃所刻曲》本、《全明散曲》本、翁敏華點校本、《朱有燉集》整理本從原刻。

〔十八〕不老的芳容：《盛世新聲》脱『的』字，《雍熙樂府》、吴梅藏録副本、《飲虹簃所刻曲》

本、《全明散曲》本、翁敏華點校本、《朱有燉集》整理本從原刻。

早秋日暮北山登眺，遂夜宴於玉香亭[一]

【大石調】【六國朝】園林秋景，暑雨初晴，恰一抹晚霞收，早半川殘照暝[二]。登眺喜新涼，水緑山青[三]。極目丹楓嶺，鴉翻金背影。凝暮靄千家烟火，響秋空一片砧聲。曲檻碧雲低，銀床白露冷[四]。

【喜江南】我將心馳騁，風物助淒清[五]。萬里長空新鴈過，幾行踈柳暮蟬鳴[六]。遠水碧澄澄。

【初問口】遥望那孤村外耕牧漁樵，自覺的添吾佳興。正值著太平時，百姓每都安静。穀麥熟，禎祥應，聽莊家鼓笛喧，賽廟謳歌盛。

【常相會】晚雲收盡月華明，黄昏也風力勁。看耿耿銀河瑶天浄，可早將筵會整，兀良一部笙歌深院等[七]。

【喜江南】將絳蠟紗燈領，歸步到玉香亭。傍小砌厭聽蛩韻切，蕩芳叢驚散鳥飛騰。夜色正幽清。

【么】子見他歌喉逞，列十二翠娉婷[八]。脆管悠揚雲外響，舞腰纖細掌中擎，仙樂自和鳴[九]。

【雁過南樓】恰轉過花陰柳影，慢行來霧閣雲屏。他那裏欸按著箏，俺這裏新乘著興，正雙斟美醞行令[十]。酒醒時花滿前，酒醉也花相暎，共賞樂夜筵中相慶。

【催花樂】醉拈斑管寫閑情，詞寄新腔，詩吟清興，數首珠璣金玉聲，一曲宮商流素頸[十一]。

【喜江南】寫罷也遊芳徑，醉眼困朦騰。忙喚青衣扶酩酊，喜看白髮樂昇平[十二]。何必上蓬瀛。

【浄瓶兒】歎石火光陰競，覷名利羽毛輕[十三]。窮通見慣，榮辱曾經[十四]。前程，莫僥倖，總不如樂樂陶陶醉復醒。休把那心腸併，且開懷歡飲，歡飲到三更〔十五〕。

【玉翼蟬煞】

有花有酒，無慮無縈，同樂同懽，自思自省〔十六〕。便有那黄金滿籯，良田萬頃，四海識名，一生順境，怎如我流霞淺斟，登山眺嶺。詩懷放騁，題情詠景。風淅淅，露泠泠，花簇簇，月盈盈，占象板，品瑶笙〔十七〕。醉歸來畫閣深扃，綉幕低垂，鴛衾廝稱。高臥在紗櫥，直睡到紅日三竿纔自醒〔十八〕。

注釋

〔一〕《盛世新聲》卷三、《盛世詞林》寅集無題，皆不註撰人。玉香亭：案憲王《玉堂春百詠詩》引辭：『花卉中有名玉堂春者，色如温玉，香勝蜜脾，非玫瑰薔薇之等。予得數本，植於園圃，復建亭其中，名之曰玉香亭。當首夏清和，四屏花放，端坐亭上，恍如神遊玉闕，身在瑶臺，誠佛氏所謂履旃檀之境，入蘑葡之林，不是若也。』憲王此套寫秋日登山遠眺及玉香亭夜宴，曲中描寫園林秋景細緻入微，極具特點，且於賞景之中融入個人感悟，即太平時節，百姓鼓舞謳歌，以慶豐年。心情愉悦，故秋景清幽卻不消沉。意興闌珊，故能於酒酣耳熱之際，狂放通達而不汲汲於名利。清幽之景、喜悦之情、樂於逍遥不拘約束之心及字裡行間所隱約可見的諛美頌聖之意糾纏一起，所謂光陰如電光石火，『窮通見慣，榮辱曾經』，細細品味，亦可見憲王心情複雜。

〔二〕一抹：《盛世詞林》《盛世新聲》作『一縷』，吴梅藏録副本、《飲虹簃所刻曲》本、《全明散曲》本、翁敏華點校本、《朱有燉集》整理本從原刻。

〔三〕眺：案，此字漫漶，依字形並結合曲題曲意，當爲眺。吴梅藏録副本、《飲虹簃所刻曲》本作『睡』，訛。《盛世新聲》《盛世詞林》、翁敏華點校本、《全明散曲》本、《朱有燉集》整理本作『眺』。

〔四〕銀床：《盛世詞林》作『銀窻』，《盛世新聲》、吴梅藏録副本、《飲虹簃所刻曲》本、《全明散曲》本、翁敏華點校本、《朱有燉集》整理本從原刻。

〔五〕淒清：《盛世詞林》《盛世新聲》作『涼清』，吴梅藏録副本、《飲虹簃所刻曲》本、《全明散曲》本、翁敏華點校本、《朱有燉集》整理本從原刻。

〔六〕踈：憲王原刻此字漫漶，依字形並結合曲意，當作『踈』，《盛世詞林》《盛世新聲》同。吴梅藏録副本、《飲虹簃所刻曲》本、《全明散曲》本、翁敏華點校本、《朱有燉集》整理本作『歸』，訛。案，踈柳言秋氣肅殺，與暮蟬照應，富有時令特點。歸柳，一則少有此用法，亦與所寫秋景關係不密。憲王擅於填詞作曲，斷不會如此。

〔七〕銀河瑶天：《盛世詞林》倒文，作『瑶天銀河』，《盛世新聲》、吴梅藏録副本、《飲虹簃所刻曲》本、《全明散曲》本、翁敏華點校本、《朱有燉集》整理本從原刻。

〔八〕子見他：《盛世詞林》《盛世新聲》作『則見他』，吴梅藏録副本、《飲虹簃所刻曲》本、《全明散曲》本、翁敏華點校本、《朱有燉集》整理本從原刻。列：《盛世詞林》作『到』，訛。《盛世新聲》、吴梅藏録副本、《飲虹簃所刻曲》本、《全明散曲》本、翁敏華點校本、《朱有燉集》整理本從原刻。

〔九〕脆管：《盛世詞林》《盛世新聲》作『翠管』，吴梅藏録副本、《飲虹簃所刻曲》本、《全明散曲》本、翁敏華點校本、《朱有燉集》整理本從原刻。鳴：《盛世詞林》作『鳥』，訛。《盛世新聲》、吴梅藏録副本、《飲虹簃所刻曲》本、《全明散曲》本、翁敏華點校本、《朱有燉集》整理本從原刻。

〔十〕新乘著興：《盛世詞林》《盛世新聲》於『新』『乘』兩字間衍一『春』字，訛。吴梅藏録副本、《飲虹簃所刻曲》本、《全明散曲》本、翁敏華點校本、《朱有燉集》整理本從原刻。

〔十一〕醉拈斑管：案，《盛世新聲》『斑』字脱。詩吟清興：《盛世詞林》《盛世新聲》作『詩韻清』。以上吴梅藏録副本、《飲虹簃所刻曲》本、《全明散曲》本、翁敏華點校本、《朱有燉集》整理本皆從原刻。

〔十二〕寫罷也遊芳徑：《盛世新聲》作『寫罷遊芳徑』，《盛世詞林》、吴梅藏録副本、《飲虹簃所刻曲》本、《全明散曲》本、翁敏華點校本、《朱有燉集》整理本從原刻。

〔十三〕競：《盛世詞林》《盛世新聲》作『竟』，吴梅藏録副本、《飲虹簃所刻曲》本、《全明散曲》本、翁敏華點校本、《朱有燉集》整理本從原刻。

〔十四〕案，憲王早年受祖父器重，多次巡邊，很有政治軍事才能。但因受其父周王橚牽連，憲王命運多舛，靖難之役貶謫雲南臨安。永樂間，因周定王不安本分，憲王亦是有驚無險。襲封後，兄弟間因權力之争幾乎慘遭不測。故此處確可謂憲王真實感受，絶非無病呻吟。

〔十五〕案此句據謝伯陽《全明散曲》本：『「且」字上原有『無慮』二字，疑爲衍文，茲從《盛世新聲》。』茲查憲王原刻，無此二字，故非憲王『原有』，《全明散曲》本誤。吴梅藏録副本誤將【玉翼蟬煞】『無慮無縈，同樂同歡』句竄入，吴校據原刻改。翁敏華點校本衍此二字，無校，不知所據，《全明散曲》本校語或不無參考。

〔十六〕同懽：憲王原刻如此，《盛世詞林》從。《盛世新聲》、吴梅藏録副本、謝伯陽《全明散曲》本、趙曉紅《朱有燉集》整理本從，翁敏華點校本作『飲』，誤。《盛世詞林》《盛世新聲》從原刻。

〔十七〕泠泠：《盛世詞林》《盛世新聲》作『冷冷』，《盛世新聲》、吴梅藏録副本、《飲虹簃所刻曲》本、《全明散曲》本、翁敏華點校本、《朱有燉集》整理本從原刻。占象板：憲王原刻如此，《盛世詞林》《盛世新聲》、吴梅藏録副本、《飲虹簃所刻曲》本、《全明散曲》本、《朱有燉集》整理本從。翁敏華點校本作『拈』，誤。

〔十八〕深扃：《盛世詞林》作『深窩』，《盛世新聲》、吴梅藏録副本、翁敏華點校本、《飲虹簃所刻曲》本、《全明散曲》本、《朱有燉集》整理本從原刻。

病中寄情〔一〕

【南吕】【一枝花】

心如明月懸，人比黄花瘦〔二〕。燈前聞夜雨，枕上覺新秋。緑慘紅愁，擔病證捱昏晝，俏襟懷不自由〔三〕。這病敢一半兒中暑停寒，一半兒因花爲酒。

【梁州】

不覺的玉帶圍鬆寬了羅扣，綉簾櫳低簌下金鈎，早是我病淹煎又被閑僝僽〔四〕。瑶琴倦撫，錦瑟慵搊，銀箏不按，金縷難謳。我爲你性聰明相伴想留，怎禁這業心腸多病多愁。這些時把一箇晉潘安老的來兀兀騰騰，梁沈約害的來黄黄瘦瘦，漢相如撇的來欠欠丢丢〔五〕。擔著、證候，惜花心尚兀自還依舊。骨岩岩，越清秀，赤緊地一縷兒頑涎不肯收，愛風流的老也風流〔六〕。

【罵玉郎】

早被他胭脂睡損湘裙皺〔七〕。我這裏心掛念，他那裏淚盈眸，病身軀兩下裏相拖逗〔八〕。怎支吾腹内愁，愁番成鏡裏羞，羞説起神前呪。

【感皇恩】

本待要歡樂綢繆，誰承望兩處僝僽。我爲他損精神，他爲我添憔悴，都一樣減風流。

怕的是黄昏時候，一弄兒增憂。火半温串香香，門半掩燈上上，簾半捲玉鈎鈎〔九〕。

【採茶歌】

暮雲稠，晚風颼，淒涼光景甚時休。人静書幃閑象管，塵濛鸞鏡鎖妝樓。

【尾聲】

只願得早身安，辦一席家常酒，相伴我飲三巡瀲灔甌〔十〕。見了他困倚著闌干嚲紅袖，那其間俊庬兒帶羞，纖腰兒似柳，我便索準備下風流畫眉手〔十一〕。

注釋

〔一〕《北宫詞紀》卷六、《彩筆情辭》卷一二題同《誠齋樂府》《北宫詞紀》下署『明誠齋』撰，《盛世新聲》卷六、《盛世詞林》巳集無題，皆不註撰者。憲王此套寫病中相思，起調點題，『緑慘紅愁』説明時當秋季，秋季懷思，故陡增愁腸，所謂『一半兒中暑停寒，一半兒因花爲酒』，其病症雖在於此，然景隨情移，『中暑停寒』是其一，『因花爲酒』亦僅及表層，離情煎熬才是作者抑鬱不暢的關鍵。以下數支寫相思之苦、離別之痛，以及對愛情的執著等，皆由此展開。【尾聲】依稀可見作者對兩情歡聚的嚮往與憧憬，痛苦亦不乏希望。案，據錢仲聯先生主編《愛情詞與散曲鑒賞辭典》云，這篇「『病中寄情』的寄託對象是哪位女子，已難以考實」（錢仲聯主編：《愛情詞與散曲鑒賞辭典》，湖南教育出版社一九九二年版，第六七〇頁。），憲王之於女性一如《紅樓夢》賈寶玉『愛博而心勞』，故相思對象無須考實，亦確難考實。此外，如聯繫憲王遭遇，此處亦不無辛棄疾『倩何人喚取，紅巾翠袖，揾英雄淚』（《水龍吟·登建康賞心亭》）之意。

〔二〕人比黄花瘦：語出宋·李清照《醉花陰·薄霧濃雲愁永晝》『莫道不銷魂，簾卷西風，人比黄花瘦』。

〔三〕俏襟懷：憲王原刻如此，《盛世詞林》《彩筆情辭》《盛世新聲》《北宮詞紀》從。吴梅藏録副本作『悄』，吴校：『悄，《北宮詞紀》作「俏」。』《飲虹簃所刻曲》本、《全明散曲》本、翁敏華點校本、《朱有燉集》整理本作『悄』，訛。案，作『悄』，曲意不暢；作『俏』言對情人一往情深的思念之情，當是。

〔四〕下：《盛世詞林》作『不』，訛。《北宮詞紀》《彩筆情辭》《盛世新聲》、吴梅藏録副本、《飲虹簃所刻曲》本、《全明散曲》本、翁敏華點校本、《朱有燉集》整理本從原刻。

〔五〕欠欠丢丢：癡癡呆呆。

〔六〕骨岩岩：《北宮詞紀》《盛世詞林》《盛世新聲》作『骨捱捱』，《彩筆情辭》、吳梅藏録副本、《飲虹簃所刻曲》本、《全明散曲》本、翁敏華點校本、《朱有燉集》整理本從原刻。

〔七〕早被他：《北宮詞紀》《盛世新聲》作『子被他』，《盛世詞林》作『則被他』，《彩筆情辭》、吳梅藏録副本、《飲虹簃所刻曲》本、《全明散曲》本、翁敏華點校本、《朱有燉集》整理本從原刻。

〔八〕拖逗：《北宮詞紀》《盛世詞林》作『迤逗』，《盛世新聲》《彩筆情辭》、吳梅藏録副本、《飲虹簃所刻曲》本、《全明散曲》本、翁敏華點校本、《朱有燉集》整理本從原刻。

〔九〕火半温：憲王原刻如此，《北宮詞紀》《盛世詞林》《彩筆情辭》《盛世新聲》從。吳梅藏録副本作『大』，吳校改作『火』，《飲虹簃所刻曲》本、《全明散曲》本、翁敏華點校本、《朱有燉集》整理本從。串香香：聯繫後二句中『燈上上』、『玉鈎鈎』大體可知，此處當指用串子串在一起放在火上烘烤的美食。

〔十〕顚：憲王原刻如此，《北宮詞紀》《盛世詞林》《彩筆情辭》《盛世新聲》從。吳梅藏録副本作『顧』，吳校據原刻改作『顚』。《飲虹簃所刻曲》本、《全明散曲》本、翁敏華點校本、《朱有燉集》整理本從。

〔十一〕彈：憲王原刻如此，《北宮詞紀》《彩筆情辭》《盛世新聲》、吳梅藏録副本、《飲虹簃所刻曲》本、《全明散曲》本、《朱有燉集》整理本從。《盛世詞林》、翁敏華點校本作『嚲』。案，嚲：下垂意，嚲爲嚲異體字，二者同。風流畫眉手：典出『張敞畫眉』故事。

題情〔一〕

【南呂】【一枝花】

瘦身軀難打捱，美恩愛多艱阻〔二〕。好功名都拚捨，閑雲雨盡蕭踈〔三〕。情興椰榆，俺這裏冷落似宋玉悲秋賦，你那裏凄涼如昭均出塞圖〔四〕。想煞人也可意姻緣，盼煞人也知音伴侶〔五〕。

【梁州】

只落得鶯猜燕妬，枉擔閣鳳隻鸞孤，論聰明不是箇閑人物〔六〕。妖嬈體態，穩重規模。席前打令，燈下樗蒲〔七〕。實指望好恩情久遠如初，誰承望阻天涯信遠音踈。爲別離，一更更斷夢勞魂，想別離，一陣陣牽腸割腹，怕別離，一番番截鐙埋軸〔八〕。凄凄、楚楚，怕的是畫船兒開往江心去。空作念，枉回顧，抵多少驕馬春風出帝都，千里程途〔九〕。

【尾聲】

俺這裏幾番人去曾分付，您那裏數載音書一紙無，知他你著疼熱心腸可相顧〔十〕。但得你相逢呵分福，相見呵病除，得歡會平生願心足〔十一〕。

注釋

〔一〕《北宮詞紀》卷六、《彩筆情辭》卷一〇題作『思遠』，皆註『誠齋』撰。《雍熙樂府》卷八題作『思情』，《盛世新聲》卷六、《盛世詞林》巳集無題，皆不註撰者。又，陳鐸《月香亭稿》誤收，題同憲王《誠齋樂府》。憲王此套寫對往日『美恩愛』一段戀情的眷念，以深秋景象言相思難捱，刻骨之思酸人耳目。或如宋玉悲秋，或如昭君出塞，哀婉感人，點點真情映人眼底，亦於點滴往事中寫盡綿綿相思。『爲別離』、『想別離』、『怕別離』，一波三折，連貫而下，眷戀之情迂曲婉轉，情思細膩處尤見作者淒苦感受。【尾聲】寫離別之苦尚不乏希冀，言辭懇切，其於情之誠之烈之執著及其願望令人動容。學者指出，（朱有燉『詠風情』散曲），其格調内容比較複雜，『閨怨、熱戀、相思皆有，雅緻、纏綿、風流全備，不但有元北曲的「放」「豪」（趙曉紅：《朱有燉研究》，齊魯書社二〇一二年版，第二〇四—二〇五頁）之情，也有明顯游移於「花間」「香奩」之中的痕跡。』憲王此套是焉。

〔二〕艱阻：《雍熙樂府》作『間阻』，《北宮詞紀》《月香亭稿》《彩筆情辭》《盛世新聲》《盛世詞林》、吴梅藏録副本、《飲虹簃所刻曲》本、《全明散曲》本、翁敏華點校本、《朱有燉集》整理本從原刻。

〔三〕拚捨：《雍熙樂府》作『棄捨』，《盛世新聲》『捨』作『拾』，誤。《北宮詞紀》《月香亭稿》《彩筆情辭》《盛世詞林》、吴梅藏録副本、《飲虹簃所刻曲》本、《全明散曲》本、翁敏華點校本、《朱有燉集》整理本從原刻。

〔四〕情興：《雍熙樂府》作『鬼病』。《北宮詞紀》《月香亭稿》《彩筆情辭》《盛世新聲》、吴梅藏録副本、《飲虹簃所刻曲》本、《全明散曲》本、翁敏華點校本、《朱有燉集》整理本從原刻。椰榆：憲王原刻如此，《北宮詞紀》《彩筆情辭》《雍熙樂府》《盛世新聲》《月香亭稿》從。《盛世詞林》作『揶揄』，吴梅藏録副本、《飲虹簃所刻曲》本、《全明散曲》本、翁敏華點校本、《朱有燉集》整理本從。此處言作者因兩人恩愛遭阻，情興頓減。昭均：即王昭君。均，憲王原刻如此，《盛世新聲》《盛世詞林》、吴梅藏録副本從，吴校：『均，應作君，原誤。』《飲虹簃所刻曲》本於此字下註：『原作均，誤。』改作『君』。《彩筆情辭》《雍熙樂府》《北宮詞紀》《月香亭稿》作『君』，《全明散曲》本、翁敏華點校本、《朱有燉集》整理本從。案，憲王詠昭君之作甚多，皆作『均』，如《誠齋録》卷一《琵琶吟》：『青青荒塚昭均怨，崑崙奏罷那能辨。』他如《王昭均》《昭均怨》諸詩等皆然。

〔五〕案，『想煞人』『盼煞人』中『煞』字，《北宫詞紀》《彩筆情辭》《盛世詞林》《月香亭稿》皆作『殺』。吴梅藏録副本、《飲虹簃所刻曲》本、《全明散曲》本作『想殺人』、『盼煞人』，翁敏華點校本、《朱有燉集》整理本同。《盛世新聲》從原刻。

〔六〕只落得：《雍熙樂府》作『子落的』，《盛世新聲》《盛世詞林》作『則落得』。《北宫詞紀》《月香亭稿》《彩筆情辭》、吴梅藏録副本、《飲虹簃所刻曲》本、《全明散曲》本、翁敏華點校本、《朱有燉集》整理本從原刻。擔閣：《彩筆情辭》作『耽擱』。箇：《彩筆情辭》脱。以上《北宫詞紀》《月香亭稿》《盛世新聲》《盛世詞林》吴梅藏録副本、《飲虹簃所刻曲》本、《全明散曲》本、翁敏華點校本、《朱有燉集》整理本從原刻。

〔七〕樗蒲：古代一種博戲，最初用樗木制成，五枚一組，故又稱樗蒲，五木之戲，或簡稱五木、五擲。《南齊書・李安民傳》：明帝時，晉安王子勛反，明帝令安民率軍平叛，立有大功。安民返，明帝設宴新亭，勞接諸軍主，樗蒲官賭，安民五擲皆盧，帝大驚。註：盧，古時稱樗蒲戲一擲五子皆黑曰『盧』。

〔八〕怕别離：《彩筆情辭》作『怕别』，『離』字脱。《北宫詞紀》《月香亭稿》《盛世新聲》《盛世詞林》、吴梅藏録副本、《飲虹簃所刻曲》本、《全明散曲》本、翁敏華點校本、《朱有燉集》整理本從原刻。埋軸：《雍熙樂府》作『埋伏』，《盛世新聲》《盛世詞林》作『埋没』。《北宫詞紀》《月香亭稿》《彩筆情辭》、吴梅藏録副本、《飲虹簃所刻曲》本、《全明散曲》本、翁敏華點校本、《朱有燉集》整理本從原刻。

〔九〕回顧：《雍熙樂府》作『思顧』，《盛世新聲》作『思願』。《北宮詞紀》《月香亭稿》《彩筆情辭》、吴梅藏録副本、《飲虹簃所刻曲》本、《全明散曲》本、翁敏華點校本、《朱有燉集》整理本從原刻。程途：《盛世新聲》《盛世詞林》作『城途』，誤。《北宮詞紀》《月香亭稿》《彩筆情辭》、吴梅藏録副本、《飲虹簃所刻曲》本、《全明散曲》本、翁敏華點校本、《朱有燉集》整理本從原刻。

〔十〕您那裏數載：《雍熙樂府》作『你那裏數餘載』，《北宮詞紀》《月香亭稿》、吴梅藏録副本、《飲虹簃所刻曲》本、《全明散曲》本、翁敏華點校本、《朱有燉集》整理本從原刻。知他你：憲王原刻如此，《盛世新聲》《盛世詞林》、吴梅藏録副本從。任訥校曰：『他你兩字待校，據《北宮詞紀》作「知他那」，應從。訥。』《飲虹簃所刻曲》本於此字下註：『案，原作你，據《北宮詞紀》更正。』《月香亭稿》《彩筆情辭》亦然，《全明散曲》本、翁敏華點校本、《朱有燉集》整理本從。又，《雍熙樂府》則作『俺爲你』，且『疼熱心腸』作『疼熱的心腸』。

〔十一〕但得你：《盛世詞林》脱『你』字，《北宮詞紀》《月香亭稿》《彩筆情辭》、吴梅藏録副本、《飲虹簃所刻曲》本、《全明散曲》本、翁敏華點校本、《朱有燉集》整理本從原刻。得歡會平生願心足：《雍熙樂府》作『但能勾歡會些兒便是咱平生願心足』。《北宮詞紀》《月香亭稿》《彩筆情辭》《盛世新聲》《盛世詞林》、吴梅藏録副本、《飲虹簃所刻曲》本、《全明散曲》本、翁敏華點校本、《朱有燉集》整理本從原刻。

初秋登覽，晚宴天香閣，醉中述懷[一]

【大石調】【六國朝】金風踈柳，玉宇初秋，蟬韻咽柳陰長，燕辭巢涼氣陡[二]。村落晚霞晴，暑雨纔收。罷釣歸來叟，忙將簑笠抖。平湖外雲煙滿目，孤村畔禾黍盈疇[三]。綱曬短籬頭，船灣新渡口。

【喜江南】向此際凝眸久，風力覺颼颼[四]。樵子遠來前引犬，牧童歸去倒騎牛。芳草遍汀洲。

【卜金錢】踈林外幾點寒鴉，又是那黃昏時候。碧天邊一抹雲生岫，樹色黃，山容瘦，望湖光萬頃玻璃皺[五]。

【常相會】秋聲秋色滿高樓，新涼也生翠袖。忙喚山童斟白酒，三四斗，醉倒先生花下宿[六]。

【喜江南】詠風月詞千首，吟罷呵鬼神愁〔七〕。俺這裏擊玉敲金依譜製，他那裏移宫换羽按腔謳。莫惜錦纏頭〔八〕。

【鴈過南樓】進鮮菓金瓜玉藕，捧香醪玉斝金甌〔九〕。舞霓裳翠袖垂，品龍笛春纖秀，正幽窻月朗如畫〔十〕。天香閣夜宴排，藏春塢紗燈候，忽聽的響潺潺箭傳宫漏〔十一〕。

【催花樂】太平無事樂悠悠，常子是爲善安康，守謙永久〔十二〕。但得向詩酒壇邊懽正稠，一任他花柳叢中人皓首。

【喜江南】將這拈花手，擺脱了舊交遊〔十三〕。緊閉談天説地口，深藏露頴出尖頭〔十四〕。看的這世事若浮漚。

【浄瓶兒】名利事都參透，風月話儘相投，清音聒耳，麗色凝眸，忘憂〔十五〕。沈醉後，抵多少一盞能消萬古愁。管甚麼酒濕泥金袖，愛風流的老也愛風流〔十六〕。

【玉翼蟬煞】

席前行令，花底藏鬮，有花同賞，有酒同酬。不知冬夏，不管春秋，看了那烏飛兔走，天長地久，仙經自剖，靈丹自守。也不管狂朋怪友，閑花浪柳，蒼松翠竹，清茶淡粥。山林興熟，踈狂性有。閑散袒，樂悠優，無罣礙，少營求，醒時唱，醉時休〔十七〕。只落得撫景忘憂，登眺寬懷，當筵勸酒。都咲我癡頑，我問你學得我癡頑的誰似否〔十八〕。

注釋

〔一〕《盛世新聲》卷三、《盛世詞林》寅集無題，皆不註撰人。憲王此套寫秋季登覽，藉所見秋景書寫及時行樂、安身保命、養尊處優等散坦情懷及疏狂性格，與此前同類曲大同小異，皆係歷經風波過來人語。唯秋景描繪如畫，很有特色，與所寫之情融爲一體，恰到好處。又，天香閣：不詳，清載明初周藩事跡專書《如夢録》未載，或係憲王於天香圃所築供其宴飲之樓閣，亦或即前述天香亭。

〔二〕涼氣：《盛世新聲》《盛世詞林》作「凍氣」，吴梅藏録副本、《飲虹簃所刻曲》本、《全明散曲》本、《朱有燉集》整理本從原刻。

〔三〕畔：《盛世新聲》作『中』，《盛世詞林》、吴梅藏録副本、《飲虹簃所刻曲》本、《全明散曲》本、《朱有燉集》整理本從原刻。

〔四〕向此際：《盛世新聲》《盛世詞林》作『向此處』，吴梅藏録副本、《飲虹簃所刻曲》本、《全明散曲》本、《朱有燉集》整理本從原刻。

〔五〕望湖光萬頃玻璃皺：本憲王《誠齋樂府》卷一小令【沈醉東風·秋日湖邊晚行】『望湖光萬頃玻璃，山色空蒙雨亦奇，宜寫在丹青畫裡』。

〔六〕花下宿：案，《盛世新聲》《盛世詞林》無『花』字，據曲意，不通，當係後者刊刻時脱落。吴梅藏録副本、《飲虹簃所刻曲》本、《全明散曲》本、《朱有燉集》整理本從原刻。

〔七〕風月詞：憲王原刻如此，《盛世新聲》作『詠月嘲風』，《盛世詞林》作『詠風嘲月』。吴梅藏録副本、《飲虹簃所刻曲》本、《全明散曲》本、《朱有燉集》整理本從原刻。翁敏華點校本作『風月詩』，誤。呵：《盛世新聲》《盛世詞林》作『也』，吴梅藏録副本、《飲虹簃所刻曲》本、《全明散曲》本、《朱有燉集》整理本從原刻。

〔八〕錦纏頭：古代贈給歌舞藝人的羅錦，因置之頭上，故謂『錦纏頭』。後常作贈送給妓女的財物。此處言歌者歌聲動聽，伎藝絶倫。

〔九〕鮮：《盛世新聲》作『仙』，《盛世詞林》、吴梅藏録副本、《飲虹簃所刻曲》本、《全明散曲》本、《朱有燉集》整理本從原刻。

〔十〕春纖秀：《盛世新聲》《盛世詞林》作『春纖手』，吴梅藏録副本、《飲虹簃所刻曲》本、《全明散曲》本、《朱有燉集》整理本從原刻。

〔十一〕塢：《盛世新聲》《盛世詞林》作『鳩』，誤。吴梅藏録副本、《飲虹簃所刻曲》本、《全明散曲》本、《朱有燉集》整理本從原刻。

〔十二〕常子是：《盛世新聲》《盛世詞林》作『常則是』。守謙永久：《盛世新聲》《盛世詞林》作『守謙和久』。以上吴梅藏録副本、《飲虹簃所刻曲》本、《全明散曲》本、《朱有燉集》整理本從原刻。

〔十三〕擺脱：《盛世新聲》《盛世詞林》脱『擺』字。吴梅藏録副本、《飲虹簃所刻曲》本、《全明散曲》本、《朱有燉集》整理本從原刻。

〔十四〕『緊閉』句：本元・范康《陳季卿誤上竹葉舟》第二折【川撥棹】：『枉了你自僝愁，緊閉談天説地口。便滅楚興劉，拜相封侯，佐漢祖功施宇宙，真乃是補完天地手。』學者有云：『對於人事煩雜的現實世界，朱有燉從來不敢正視其間存在的各種矛盾，更不敢涉足有冒政治風險的境地。』（李萬鈞主編：《中國古今戲劇史》〈上〉，廣東高等教育出版社一九九七年版，第四二〇頁。）並舉此曲説明之。案，此論如盲人摸象，過於片面，之於憲王而言難稱公允。憲王此處聲言安身保命不及其餘，實非心中所願，乃不得已而爲之矣。否則，亦就很難想象臨終之際不惜冒犯祖宗聖訓上書要求廢除人殉之制了。又，露顯：《盛世新聲》《盛世詞林》作『露頸』，吴梅藏録副本、《飲虹簃所刻曲》本、《全明散曲》本、《朱有燉集》整理本從原刻。

〔十五〕名利：《盛世詞林》《盛世新聲》作『利名』。忘憂：《盛世詞林》《盛世新聲》作『志優游』。以上吴梅藏録副本、《飲虹簃所刻曲》本、《全明散曲》本、《朱有燉集》整理本從原刻。

〔十六〕酒濕：《盛世詞林》《盛世新聲》作『酒淹』，吴梅藏録副本、《飲虹簃所刻曲》本、《全明散曲》本、《朱有燉集》整理本從原刻。

〔十七〕閑散袒：《盛世新聲》《盛世詞林》作『散袒』，無『閑』字。吴梅藏録副本、《飲虹簃所刻曲》本、《全明散曲》本、《朱有燉集》整理本從原刻。悠優：憲王原刻如此，吴梅藏録副本從，吴校：『悠優疑是優游。』《盛世新聲》《盛世詞林》作『悠游』。《飲虹簃所刻曲》本、《全明散曲》本從原刻。翁敏華點校本、《朱有燉集》整理本從任校。罣礙：羈絆、牽掣意。清·蒲松齡《聊齋志異·嬌娜》：『生以忤直罷官，罣礙不得歸。』

〔十八〕我問你：《盛世新聲》《盛世詞林》脱『我』。吴梅藏録副本、《飲虹簃所刻曲》本、《全明散曲》本、《朱有燉集》整理本從原刻。又，《盛世新聲》於此支曲末尚多『癡頑，問你學得我癡頑的誰似否，登寬懷當筵』一句，爲憲王原刻及其他諸本所無，當係訛衍。

贈李氏素蓮〔一〕

【南呂】【一枝花】

瑶池淡粉妝，玉井清香散。浦陀冰骨嫩，太液雪膚寒〔二〕。霧鬢雲鬟，觀音海波中綻，周濂溪月下看〔三〕。引的那陶淵明歸去心遲，遠法師修行意懶〔四〕。

【梁州第七】

本是箇仙境界生來麗質，休猜做淤泥溝長出嬌顔，婷婷嬝嬝多風範〔五〕。容華清致，衣袂翩翻，蜂黄乍褪，蝶粉纔乾。是何年落境私凡，怎生來降謫人間〔六〕。看了伊舞態如受東風紫燕輕盈，歌喉似迎曉日黄鶯睍睆，語音同下青雲彩鳳幽閑〔七〕。幾番，自揀，生雜劇便敢选生扮〔八〕。傍花來，揭簾看，錯認做一朵能行玉牡丹，環珮珊珊〔九〕。

【尾聲】

微開檀口新詞呾，半露春纖古瑟彈，咲倩紅牙板輕按〔十〕。向池亭倚欄，就畫船手攀，每日家掌上高擎那希罕〔十一〕。

注釋

〔一〕《盛世新聲》卷六、《盛世詞林》已集無題，且不註撰者。明徐復祚《南北詞廣韻選》卷八題作《贈妓李素蓮》，下署『元□□□』。《雍熙樂府》卷八題作『贈李素蓮』，不署撰者。《彩筆情辭》卷二題『贈李姬素蓮』，下署『明古辭』。明徐復祚於此套題下批曰：『中多湊語，不切素蓮題，亦以韻選耳。』案，謝伯陽《〈全元散曲〉芻議》：『明人徐復祚輯的《南北詞廣韻選》所收元無名氏散套，其中不少有的不是散曲，有的是明人的作品，如把湯舜民的【一枝花】「嫩寒生花底風」、【一枝花】「蜀道難長懷李太白」、【一枝花】「檜當軒作翠屏」，朱有燉的【一枝花】「瑶池淡粉妝」，陳大聲的【一枝花】「不沾朝野名」、【一枝花】「草堂外嵐光映日妍」、【夜行船】「缺月疏簾碎影篩」、【粉蝶兒】「三弄梅花」、【新水令】「枕痕一線粉香殘」、【醉花陰】「窗外芭蕉戰秋雨」、【醉花陰】「楊柳横塘淡煙鎖」等套曲都註「元人撰。」』（謝伯陽：《〈全元散曲〉芻議》，見《散曲研究與教學—首届海峽兩岸散曲研討會論文集》，浙江教育出版社一九九二年版，第二四六頁。）可知徐復祚批語即憲王此套。憲王雜劇《香囊怨》引辭言如劉盼春等風塵女子：『惜乎此女子出於風塵之中，不能如良家者同，聞諸上司。旌表其行，憐其生於難守節操之所，而又難能表白於後世，可爲之深嘆也矣。』憲王此套不僅贊李素蓮技藝超群，且對其品操揄揚有加，目的如贊劉盼春風塵淪落而節操高標。惜李氏地位低賤，有司難聞，故其生平行跡於明清兩代《開封府志》未載，亦難考知。

〔二〕冰骨：憲王原刻如此，《彩筆情辭》作「冰質」，《盛世詞林》《南北詞廣韻選》《盛世新聲》作「冰肌」。《雍熙樂府》、吴梅藏録副本、《飲虹簃所刻曲》本、《全明散曲》本、翁敏華點校本、《朱有燉集》整理本從原刻。

〔三〕綻：《南北詞廣韻選》作「現」，訛。《盛世詞林》《彩筆情辭》《盛世新聲》《雍熙樂府》、吴梅藏録副本、《飲虹簃所刻曲》本、《全明散曲》本、翁敏華點校本、《朱有燉集》整理本從原刻。周濂溪：北宋哲學家周敦頤。

〔四〕陶淵明歸去心遲：典出陶淵明《歸去來兮辭》。案，陶淵明出任彭澤縣令本非所願，後倦於迎往送來，遂辭别歸隱，並作此文以明心志。遠法師：東晉法師惠遠。東晉·張野《遠法師銘》：「沙門釋惠遠，雁門棲煩人，本姓賈氏，世爲冠族。年十三隨舅令狐氏遊學許、洛。年二十一，欲南渡，就范宣子學，道阻不通。遇釋道安，以爲師。抽簪落髮，研求法藏。釋曇翼每資以燈燭之費。誦鑒淹遠，高悟冥賾。安常歎曰：「道流東國，其在遠乎？」襄陽既没，振錫南遊，結於靈岳。自年六十，不復出山。』此處言歌姬李素蓮骨清貌美。

〔五〕境界：《南北詞廣韻選》作「景界」，《盛世詞林》《彩筆情辭》《盛世新聲》《雍熙樂府》、吴梅藏録副本、《飲虹簃所刻曲》本、《全明散曲》本、翁敏華點校本、《朱有燉集》整理本從原刻。麗質：憲王原刻如此，《彩筆情辭》作「玉骨」，《盛世新聲》《雍熙樂府》《盛世詞林》

《南北詞廣韻選》、吴梅藏録副本、《飲虹簃所刻曲》本、《全明散曲》本、翁敏華點校本、《朱有燉集》整理本從原刻。嬝嬝：《雍熙樂府》作『娉娉』，《盛世詞林》《盛世新聲》《彩筆情辭》《南北詞廣韻選》、吴梅藏録副本、《飲虹簃所刻曲》本、《全明散曲》本、翁敏華點校本、《朱有燉集》整理本從原刻。

〔六〕私凡：憲王原刻如此，《雍熙樂府》《南北詞廣韻選》《彩筆情辭》作『思凡』。《盛世詞林》《盛世新聲》、吴梅藏録副本從原刻，任訥校曰：『私凡應是思凡。訥。』翁敏華點校本、《飲虹簃所刻曲》本從原刻，後者於『私』字下註：『（盧）前案，私疑是思。』《全明散曲》本、《朱有燉集》整理本同任校。案，思凡：僅止於有此念想，並不一定付之行動。元明神仙道化劇，諸多被罰下天界者多因此起。亦即是説，思凡與下凡實爲一因一果，思凡僅止於因。而私凡不僅包括因，亦且包含果，某種程度上，私凡與下凡相當。據曲意，『落境』顯然言結果，與私凡並列，可見私凡比思凡更爲恰當，憲王原刻不誤，故應以原刻爲是。

〔七〕紫燕輕盈：《盛世詞林》衍一『般』字，作『紫燕般輕盈』。《盛世新聲》《雍熙樂府》《南北詞廣韻選》《彩筆情辭》、吴梅藏録副本、《飲虹簃所刻曲》本、《全明散曲》本、翁敏華點校本、《朱有燉集》整理本從原刻。歌喉：憲王原刻如此，《雍熙樂府》《南北詞廣韻選》《彩筆情辭》作『歌謳』，《盛世詞林》《盛世新聲》、吴梅藏録副本、《飲虹簃所刻曲》本、《全明散曲》本、翁敏華點校本、《朱有燉集》整理本從原刻。

〔八〕迭生扮：《盛世詞林》《盛世新聲》《雍熙樂府》《南北詞廣韻選》作『迭生扮』，疑『迭』字爲『迭』字誤。《彩筆情辭》、吴梅藏録副本、《飲虹簃所刻曲》本、《全明散曲》本、翁敏華點校本、《朱有燉集》整理本從原刻。

〔九〕玉牡丹：《彩筆情辭》作『白牡丹』。《盛世新聲》《雍熙樂府》《南北詞廣韻選》、吴梅藏録副本、《飲虹簃所刻曲》本、《全明散曲》本、翁敏華點校本、《朱有燉集》整理本從原刻。

〔十〕案，『微開檀口』句前，《彩筆情辭》多『只見他』三字，《雍熙樂府》《南北詞廣韻選》作『子見他』。憲王原刻無，《盛世詞林》《盛世新聲》、吴梅藏録副本、《飲虹簃所刻曲》本、《全明散曲》本、翁敏華點校本、《朱有燉集》整理本從。咀：《彩筆情辭》作『唱』，《盛世新聲》、吴梅藏録副本、《飲虹簃所刻曲》本、《全明散曲》本、翁敏華點校本、《朱有燉集》整理本從原刻。案，咀，亦即唱意。古瑟：《彩筆情辭》作『錦瑟』，《盛世詞林》、吴梅藏録副本、《飲虹簃所刻曲》本、《全明散曲》本、翁敏華點校本、《朱有燉集》整理本從原刻。

〔十一〕畫船：《盛世新聲》作『畫舡』。案，舡爲船異體字，《南北詞廣韻選》《彩筆情辭》諸本從原刻。手攀：《南北詞廣韻選》《彩筆情辭》作『手板』，《盛世詞林》《盛世新聲》、吴梅藏録副本、《飲虹簃所刻曲》本、《全明散曲》本、翁敏華點校本、《朱有燉集》整理本從原刻。掌上：《南北詞廣韻選》《雍熙樂府》作『手掌兒上』，《盛世詞林》《盛世新聲》《彩筆情辭》、吴梅藏録副本、《飲虹簃所刻曲》本、《全明散曲》本、翁敏華點校本、《朱有燉集》

整理本從原刻。高擎：《雍熙樂府》《南北詞廣韻選》《彩筆情辭》作『欹擎』，《盛世詞林》《盛世新聲》、吴梅藏録副本、《飲虹簃所刻曲》本、《全明散曲》本、翁敏華點校本、《朱有燉集》整理本從原刻。希罕：《南北詞廣韻選》《盛世詞林》作『稀罕』，《彩筆情辭》《雍熙樂府》《盛世新聲》、吴梅藏録副本、《飲虹簃所刻曲》本、《全明散曲》本、翁敏華點校本、《朱有燉集》整理本從原刻。

慶壽〔一〕

【南吕】【一枝花】

洪鈞轉管莩，化日長宫線〔二〕。一陽生大地，五福降中天〔三〕。祝壽筵前，慶賞在蓬萊殿，聽瑶池列管絃。曉雲深綉户初開，香霧靄珠簾半捲。

【梁州第七】

酒獻著銀瓶緑蟻，花簪著翠葉金蟬，綺筵中聚會神仙眷。歌音溜亮，舞態翩躚，霓裳縹緲，細樂喧闐〔四〕。值人間喜慶相聯，看仙輿來降真銓〔五〕。南極星現光明壽域天開，東華公增福禄瑶堦日轉，西金母獻蟠桃玉盎香傳。華筵，玳筵，滿斟仙酒頻相勸。列仙班，授仙傳，千歲龜鶴祝壽延，松柏長年。

【尾聲】

瓊漿玉液長生宴，寶籙丹符永壽篇，千歲常開七真院〔六〕。青玉案邊，黄金殿前，高把這福禄壽三星畫圖展。

注釋

〔一〕《盛世新聲》卷八、《盛世詞林》已集無題，皆不註撰人。憲王此套一如集中其他慶壽散曲，富貴熱鬧場面及其長生久視意緒外，新意不多。

〔二〕洪鈞：大自然。管莩：蘆葦稈子裡面的薄膜。宫線：古代宫中用線測量日影以計時，故名。此處言大自然的變化、日影的轉移藉助外物表現出來。

〔三〕一陽：每年冬至日，陰氣盡，陽氣生，一陽復始，意味著春天將臨。五福：一指五福之神。宋·沈括《夢溪筆談·辯證一》：『正殿祠五福，而太一乃在廊廡，甚爲失序。』一指五種福氣。《尚書·洪範》：『五福：一曰壽，二曰富，三曰康寧，四曰攸好德，五曰考終命。』東漢·桓譚《新論》略異：『五福：壽、富、貴、安樂、子孫衆多。』

〔四〕闐：《盛世新聲》作『填』。《盛世詞林》、吴梅藏録副本、《飲虹簃所刻曲》本、《全明散曲》

本、翁敏華點校本、《朱有燉集》整理本從原刻。

〔五〕真銓：《盛世新聲》作『貞詮』。案，二意同，可互用。《盛世詞林》、吴梅藏録副本、《飲虹簃所刻曲》本、《全明散曲》本、翁敏華點校本、《朱有燉集》整理本從原刻。

〔六〕七真院：《盛世新聲》作『七貞院』。《盛世詞林》、吴梅藏録副本、《飲虹簃所刻曲》本、《全明散曲》本、翁敏華點校本、《朱有燉集》整理本從原刻。

代人久别詠情嘲漂蕩子弟〔一〕

【商調】【集賢賓】

二十年到今無信息，直恁地久别離〔二〕。又不敢明明的作念，你子索暗暗的傷悲〔三〕。恰捱過賞燈時午夜元宵，不覺的蹴鞦韆上已寒食，急回頭日長端午期，没揣的玉露淒淒〔四〕。光陰如過客，寒暑急相催。

【逍遥樂】

常想著别是容易，到如今見後艱難，只除是相逢夢裏〔五〕。人孤另寂寞羅幃，錦帳空閑淚暗垂〔六〕。數歸鴻信遠音稀。好教人煩煩惱惱，哀哀怨怨，慘慘悽悽〔七〕。

【金菊香】

珊瑚枕上夢初回，剛暖的鴛鴦被半壁，怎禁那月到紗窻涼露淒〔八〕。聽銅壺玉漏聲遲，便是鐵石人也感得蹙雙眉〔九〕。

【梧葉兒】

常想著香肩並，也曾將玉手攜，實指望效于飛〔十〕。間阻了鸞凰會，分開了鶯燕期〔十一〕。不似你忒著迷，只爲那十件兒風流愛彼〔十二〕。

【醋葫蘆】

眼呵，轉雙眸明似星，溜秋波嬌欲滴。怎當那送春情一咲萬金直。若還是半醉朦騰初睡起，雨雲歡會，放乜斜先把角兒垂〔十三〕。

【醋葫蘆】

眉呵，喜孜孜樽席前，曲彎彎妝鏡裏〔十四〕。把黛煤輕掃出香閨〔十五〕。感春色若將心事擬，題起那別離滋味，鎖雙蛾愁蹙的遠山低〔十六〕。

【醋葫蘆】

髮呵，木犀油攏掠光，薔薇露滋潤美〔十七〕。綰青絲半軃緑雲垂。若是向玳瑁筵前穩坐地，雲鬟高髻，將一枝寶花斜插著最相宜〔十八〕。

【醋葫蘆】口呵，綻櫻桃紅半分，吐幽蘭香暗襲〔十九〕。咲談中出落著玉粳齊。半啟朱唇將甜唾唧，央及一會，唱一闋縷金歌聲遏的碧雲迴〔二十〕。

【醋葫蘆】臉呵，憶香腮悲與歡，想芳容嗔共喜。他若還淡妝濃抹總相宜〔二十一〕。酒席上若還多飲了數杯，看他這俊龐兒標致，恰便似曉霞烘春透一枝梅〔二十二〕。

【醋葫蘆】手呵，數歸期屈指尖，似柔荑偏細膩〔二十三〕。鳳仙花紅染的玉纖齊〔二十四〕。若還是慢理著冰絃在星月底，把瑤琴相對，見了些露春葱舒玉笋拂金徽〔二十五〕。

【醋葫蘆】足呵，蕩湘裙半拆慳，蹴金蓮雙鳳嘴〔二十六〕。窄弓弓三寸兒步輕移。他便是踏遍了香塵不見跡，也子是天生的可戲，將他那綉鞋兒堪做箇暖金盃〔二十七〕。

【醋葫蘆】腰呵，逞風流一捻兒，顯妖嬈嬌媚體。恰便似擺春光弱柳任風吹〔二十八〕。不似你愛他呵在人前誇大嘴，便有箇玉天仙出世，看了他輕歌妙舞有誰及〔二十九〕。

【醋葫蘆】乳呵，紗櫥中午睡醒，晚涼天新浴起。恰便似紫葡萄寒沁玉冰肌〔三十〕。到晚來半露著酥胸在鴛帳裏，畧嚐些風味，怎當那軟柔柔香馥馥好東西〔三十一〕。

【醋葫蘆】寢呵，赴陽臺雲雨期，殢芳情春意美。一會家乜斜著星眼皺著雙眉〔三十二〕。直等的粉臉上溶溶香汗濕，嬌羞無力，那温存那摑惜那昏迷〔三十三〕。

【金菊香】想從前歡會怎追隨，到如今阻隔的雲山千萬里〔三十四〕。但將那十件兒在你心上題，便引的費寢忘食，不覺地沈腰寬褪了舊羅衣〔三十五〕。

【浪來裏煞】你這裏把鸞箋親自寫，他那裏將鴈帖遠來寄，你這裏拆開封孜孜地看了咲微微〔三十六〕。若還他海枯石爛心不移，不忘了說來的盟誓，少不的碧桃花春暖鳳鸞棲〔三十七〕。

注釋

〔一〕《盛世新聲》卷九、《盛世詞林》申集無題，《雍熙樂府》卷一四、《群音類選》『北腔』卷六題作『憶十美』，皆不註撰者。《詞林摘艷》卷七題作『譏飄蕩』，下署『皇明誠齋』撰。《彩筆情辭》卷一〇題作『憶十美』，同《群音類選》，皆註『明誠齋』撰。又，《月香亭稿》收録，誤爲陳鐸作，題曰『美人十詠』。案，《月香亭稿》僅收所詠曲中十美，無【集賢賓】【逍遥遊】【金菊香】【梧葉兒】諸曲，且所詠順序與憲王原刻異，分别爲髮、眉、眼、口、臉、手、足、乳、腰、寢。每支曲前起首與憲王原刻不同，如吟髮，憲王原刻起句爲『髮呵，木犀油攏掠光』，《月香亭稿》省所吟之事『髮呵』二字，其他支曲皆然。又，憲王此套雖係代人而作，然由第一支曲云『二十年到今無信息』，知爲别後相思。『二十年』云云，説明二人離别業已久遠，越久遠，相思越發深沉。曲寫眼、眉、髮、口、臉、手、足、腰、乳、寢等所謂『十件事』，件件分詠，不厭其詳，雖較繁瑣，卻亦逼真。案，代人歌哭或代爲擬作，歷來佳者甚少，蓋因親疏與否與其關涉不大，故此類作品多爲應酬文字，蒲松齡《戒應酬文》云：『無端代人歌哭，胡然而自爲哭啼？無謂矣哉！』憲王此文似乎不然，其寫情如情人在目，歷歷可見，絮叨中真情自難掩飾。

〔二〕信息：《盛世詞林》《詞林摘艷》《彩筆情辭》從。《雍熙樂府》《群音類選》《盛世新聲》、吴梅藏録副本、《飲虹簃所刻曲》本、《全明散曲》本、翁敏華點校本、《朱有燉集》整理本作

『消息』。地：《盛世詞林》《群音類選》《盛世新聲》《彩筆情辭》作『的』，《詞林摘艷》、吴梅藏録副本、《全明散曲》本、翁敏華點校本、《朱有燉集》整理本從原刻。

〔三〕子索：《盛世詞林》《群音類選》《盛世新聲》《詞林摘艷》作『自索』。《彩筆情辭》作『只索』。《雍熙樂府》、吴梅藏録副本、《飲虹簃所刻曲》本、《全明散曲》本、翁敏華點校本、《朱有燉集》整理本從原刻。又，此句『的』字，《雍熙樂府》皆脱，《彩筆情辭》脱此處，其他同原刻。《群音類選》《盛世新聲》、吴梅藏録副本、《飲虹簃所刻曲》本、《全明散曲》本、翁敏華點校本、《朱有燉集》整理本從原刻。

〔四〕已：《盛世詞林》《群音類選》《盛世新聲》《朱有燉集》整理本從。《詞林摘艷》《雍熙樂府》《彩筆情辭》《飲虹簃所刻曲》本、《全明散曲》本、翁敏華點校本作『巳』。案，作『巳』，意不通，誤。作『巳』即連下『上巳寒食』兩個節氣。

〔五〕艱難：《盛世詞林》《詞林摘艷》作『猶難』，《群音類選》作『尤難』。《雍熙樂府》《盛世新聲》《彩筆情辭》、吴梅藏録副本、《飲虹簃所刻曲》本、《全明散曲》本、翁敏華點校本、《朱有燉集》整理本從原刻。相逢夢裏：《雍熙樂府》作『相逢在夢裏』，《盛世新聲》《群音類選》《彩筆情辭》、吴梅藏録副本、《飲虹簃所刻曲》本、《全明散曲》本、翁敏華點校本、《朱有燉集》整理本從原刻。

〔六〕孤另：憲王原刻如此，翁敏華點校本作『孤零』。《群音類選》《盛世詞林》《雍熙樂府》《詞林摘艷》、吴梅藏録副本、《飲虹簃所刻曲》本、《全明散曲》本、《朱有燉集》整理本從原刻。

〔七〕教：《群音類選》《詞林摘艷》作『交』，《雍熙樂府》《盛世詞林》《盛世新聲》《彩筆情辭》、吴梅藏録副本、《飲虹簃所刻曲》本、《全明散曲》本、翁敏華點校本、《朱有燉集》整理本從原刻。哀哀怨怨：《盛世詞林》《群音類選》《盛世新聲》《詞林摘艷》倒文，作『怨怨哀哀』。《雍熙樂府》《彩筆情辭》、吴梅藏録副本、《飲虹簃所刻曲》本、《全明散曲》本、翁敏華點校本、《朱有燉集》整理本從原刻。

〔八〕怎禁那：《雍熙樂府》作『怎禁他』，《盛世詞林》《詞林摘艷》《群音類選》《盛世新聲》《彩筆情辭》、吴梅藏録副本、《飲虹簃所刻曲》本、《全明散曲》本、翁敏華點校本、《朱有燉集》整理本從原刻。

〔九〕銅壺：《彩筆情辭》脱，《盛世詞林》《詞林摘艷》《群音類選》《盛世新聲》、吴梅藏録副本、《飲虹簃所刻曲》本、《全明散曲》本、翁敏華點校本、《朱有燉集》整理本從原刻。便是：《雍熙樂府》作『便是那』，《盛世新聲》《詞林摘艷》《群音類選》《彩筆情辭》、吴梅藏録副本、《飲虹簃所刻曲》本、《全明散曲》本、翁敏華點校本、《朱有燉集》整理本從原刻。

〔十〕常想著：《雍熙樂府》《彩筆情辭》作『也曾將』，下句『也曾將』脱，與前句並爲一句。《盛世新聲》《詞林摘艷》《群音類選》、吴梅藏録副本、《飲虹簃所刻曲》本、《全明散曲》本、翁敏華點校本、《朱有燉集》整理本從原刻。

〔十一〕鸞凰：《盛世新聲》從。吴梅藏録副本作『鳳』，吴校改作『凰』，與原刻同。《雍熙樂府》《群音類選》《盛世詞林》《詞林摘艷》《彩筆情辭》《飲虹簃所刻曲》本、《全明散曲》本、翁敏華點校本、《朱有燉集》整理本從原刻。案，此句兩處『了』，《彩筆情辭》脱。他本從原刻。

〔十二〕不似你：《彩筆情辭》作『不是我』，《雍熙樂府》《盛世新聲》《詞林摘艷》《群音類選》、吴梅藏録副本、《飲虹簃所刻曲》本、《全明散曲》本、翁敏華點校本、《朱有燉集》整理本從原刻。只爲那：《盛世詞林》作『則爲那』，《群音類選》作『則著那』，《雍熙樂府》《盛世新聲》《詞林摘艷》《彩筆情辭》、吴梅藏録副本、《飲虹簃所刻曲》本、《全明散曲》本、翁敏華點校本、《朱有燉集》整理本從原刻。

〔十三〕案，此支『詠眼』，《盛世詞林》《群音類選》《盛世新聲》《詞林摘艷》與憲王原刻次序不同。據《盛世新聲》《群音類選》《盛世詞林》，此支排在『詠臉』與『詠手』之間。《詞林摘艷》、吴梅藏録副本、《飲虹簃所刻曲》本、《全明散曲》本、《朱有燉集》整理本從原刻。若還是：《詞林摘艷》作『皆是』，《雍熙樂府》《月香亭稿》《盛世新聲》《群音類選》、吴梅藏録副本、《飲虹簃所刻曲》本、《全明散曲》本、翁敏華點校本、《朱有燉集》整理本從原刻。

〔十四〕樽席前：《盛世詞林》《詞林摘艷》作『翠靨邊』，《群音類選》作『尊席前』。《雍熙樂府》《月香亭稿》《盛世新聲》《彩筆情辭》、吴梅藏録副本、《飲虹簃所刻曲》本、《全明散曲》本、《朱有燉集》整理本則從原刻。彎彎：《群音類選》《詞林摘艷》作『灣灣』，訛。《雍熙樂府》《月香亭稿》《盛世新聲》《盛世詞林》《彩筆情辭》、吴梅藏録副本、《飲虹簃所刻曲》本、《全明散曲》本、翁敏華點校本、《朱有燉集》整理本從原刻。

〔十五〕黛煤：用來畫眉的顏料，因其色泛青黑，故名。煤，《雍熙樂府》《群音類選》、吴梅藏録副本作『眉』，誤。吴校據原刻改作『煤』。《月香亭稿》《盛世新聲》《飲虹簃所刻曲》本、《全明散曲》本、翁敏華點校本、《朱有燉集》整理本從原刻。案，《詞林摘艷》作『翠黛』，《詞林摘艷》作『青螺』。

〔十六〕春色：《雍熙樂府》《彩筆情辭》作『春情』，《月香亭稿》《盛世詞林》《盛世新聲》《詞林摘艷》、吴梅藏録副本、《飲虹簃所刻曲》本、《全明散曲》本、翁敏華點校本、《朱有燉集》整理本從原刻。心事：《彩筆情辭》作『春事』，《雍熙樂府》《月香亭稿》《盛世詞林》《盛世新聲》《詞林摘艷》、吴梅藏録副本、《飲虹簃所刻曲》本、《全明散曲》本、翁敏華點校本、《朱有燉集》整理本從原刻。的：《盛世詞林》脱，《盛世新聲》《月香亭稿》《雍熙樂府》、吴梅藏録副本、《飲虹簃所刻曲》本、《全明散曲》本、翁敏華點校本、《朱有燉集》整理本從原刻。

〔十七〕案，《雍熙樂府》《月香亭稿》於『攏』『掠光』間衍一『的』字，《盛世詞林》《群音類選》《盛世新聲》《詞林摘艷》、吴梅藏録副本、《飲虹簃所刻曲》本、《全明散曲》本、翁敏華點校本、《朱有燉集》整理本無，從原刻。又，木犀油：《彩筆情辭》作『沐蘭膏』。光：《彩筆情辭》作『新』。以上《雍熙樂府》《月香亭稿》《盛世詞林》《盛世新聲》《詞林摘艷》、吳梅藏録副本、《飲虹簃所刻曲》本、《全明散曲》本、翁敏華點校本、《朱有燉集》整理本從原刻。

〔十八〕若是向：《彩筆情辭》作『若向』，脱『是』字，《雍熙樂府》《月香亭稿》《盛世詞林》《盛世新聲》《詞林摘艷》、吳梅藏録副本、《飲虹簃所刻曲》本、《全明散曲》本、翁敏華點校本、《朱有燉集》整理本從原刻。地：《盛世詞林》作『的』，訛。《雍熙樂府》《月香亭稿》《群音類選》《盛世新聲》《詞林摘艷》《彩筆情辭》、吳梅藏録副本、《飲虹簃所刻曲》本、《全明散曲》本、《朱有燉集》整理本從原刻。高髻：憲王原刻如此，翁敏華點校本作『低』，誤。《月香亭稿》《盛世詞林》《雍熙樂府》《群音類選》《盛世新聲》《詞林摘艷》、吳梅藏録副本、《飲虹簃所刻曲》本、《全明散曲》本、《朱有燉集》整理本從原刻。寶花：《彩筆情辭》作『名花』，《雍熙樂府》《月香亭稿》《盛世詞林》《盛世新聲》《詞林摘艷》、吳梅藏録副本、《飲虹簃所刻曲》本、《全明散曲》本、翁敏華點校本、《朱有燉集》整理本從原刻。插著：《雍熙樂府》《月香亭稿》《彩筆情辭》脱一『著』字，吳梅藏録副本從，吳校據原刻補。《群音類選》《盛世詞林》《盛世新聲》《詞林摘艷》《飲虹簃所刻曲》本、《全明散曲》本、《朱有燉集》整理本從原刻。

〔十九〕半分：《彩筆情辭》作『一顆』，《雍熙樂府》《月香亭稿》《盛世詞林》《盛世新聲》《詞林摘艷》、吴梅藏録副本、《飲虹簃所刻曲》本、《全明散曲》本、翁敏華點校本、《朱有燉集》整理本從原刻。

〔二十〕唾：《雍熙樂府》作『吐』，《月香亭稿》《群音類選》《盛世詞林》《盛世新聲》《詞林摘艷》、吴梅藏録副本、《飲虹簃所刻曲》本、《全明散曲》本、翁敏華點校本、《朱有燉集》整理本從原刻。此句《彩筆情辭》與原刻及以上諸本皆異，作『半啟朱唇似鶯嚦嚦，一闋縷金歌細梁塵縹緲遏雲迴』。

〔二十一〕若還：《雍熙樂府》《月香亭稿》作『若是』，《彩筆情辭》作『更』，《群音類選》《盛世詞林》《盛世新聲》《詞林摘艷》、吴梅藏録副本、《飲虹簃所刻曲》本、《全明散曲》本、翁敏華點校本、《朱有燉集》整理本從原刻。

〔二十二〕多：《雍熙樂府》脱。春：《雍熙樂府》脱。以上《月香亭稿》《群音類選》《盛世詞林》《盛世新聲》《詞林摘艷》、吴梅藏録副本、《飲虹簃所刻曲》本、《全明散曲》本、翁敏華點校本、《朱有燉集》整理本從原刻。恰便似：憲王原刻如此，《雍熙樂府》《月香亭稿》《群音類選》《盛世新聲》《詞林摘艷》從。吴梅藏録副本、《飲虹簃所刻曲》本、《全明散曲》本、翁敏華點校本、《朱有燉集》整理本作『是』，誤。作『似』構成比喻關係；作『是』，則爲判斷句，意義與前此不同。據曲意，當爲『似』，從原刻。案，此句《彩筆情辭》與原刻及以上諸本皆異，作『試把金杯浮緑蟻，□□（案，兩字漶漫，難以辨認，空出）那酡顔夭殢，恰便似曉霞烘透一枝梅』。

〔二十三〕屈：《雍熙樂府》《彩筆情辭》作『曲』，《月香亭稿》《群音類選》《盛世新聲》、吴梅藏録副本、謝伯陽《全明散曲》本、翁敏華點校本、《朱有燉集》整理本從原刻。

〔二十四〕的：《雍熙樂府》《彩筆情辭》脱，《月香亭稿》《群音類選》《盛世新聲》《詞林摘艷》、吴梅藏録副本、《飲虹簃所刻曲》本、《全明散曲》本、翁敏華點校本、《朱有燉集》整理本從原刻。

〔二十五〕案，此句《彩筆情辭》與原刻及諸本不同，作『緩抱瑶琴星月底，把冰絃慢理，見了些露春蔥嬝嬝拂金徽』。

〔二十六〕拆慳：憲王原刻如此，《盛世新聲》《詞林摘艷》從。《雍熙樂府》《月香亭稿》《盛世詞林》《彩筆情辭》作『扎慳』。《群音類選》、吴梅藏録副本、《飲虹簃所刻曲》本、《全明散曲》本、翁敏華點校本、《朱有燉集》整理本作『折慳』。憲王原刻或誤。

〔二十七〕他便是：《彩筆情辭》作『便』，『他』『是』二字皆脱，《雍熙樂府》《月香亭稿》《盛世新聲》《詞林摘艷》、吴梅藏録副本、《飲虹簃所刻曲》本、《全明散曲》本、翁敏華點校本、《朱有燉集》整理本從原刻。也子是：《盛世詞林》作『也則是』，《群音類選》作『也只是』，《彩筆情辭》脱，《雍熙樂府》《月香亭稿》《盛世新聲》《詞林摘艷》、吴梅藏録副本、《飲虹簃所刻曲》本、《全明散曲》本、翁敏華點校本、《朱有燉集》整理本從原刻。可戲：《盛世詞林》《盛世新聲》《詞林摘艷》作『可嬉』，《雍熙樂府》《月香亭稿》《群音類選》《彩筆情辭》作『可喜』，吴梅藏録副本、《飲虹簃所刻曲》本、《全明散曲》本、翁敏華點校本、《朱有燉集》整理本從原刻。將他那綉鞋兒堪做箇暖金盃：以綉鞋爲酒杯，俗稱『金蓮杯』。元陶宗儀《南村輟耕録》卷二三載：『楊鐵崖耽好聲色，每於筵間見歌兒舞女有纏足纖小者，則脱其鞋載盞以行酒，謂之金蓮杯。』將他那：《彩筆情辭》作『那』，無『將他』二字，脱。《雍熙樂府》《月香亭稿》《盛世詞林》《盛世新聲》《詞林摘艷》、吴梅藏録副本、《飲虹簃所刻曲》本、《全明散曲》本、翁敏華點校本、《朱有燉集》整理本從原刻。箇：《雍熙樂府》《彩筆情辭》脱，《月香亭稿》《盛世詞林》《盛世新聲》《詞林摘艷》、吴梅藏録副本、《飲虹簃所刻曲》本、《全明散曲》本、翁敏華點校本、《朱有燉集》整理本從原刻。

〔二十八〕嬌媚體：《彩筆情辭》作『百媚體』，《雍熙樂府》《月香亭稿》《盛世詞林》《盛世新聲》《詞林摘艷》、吴梅藏録副本、《飲虹簃所刻曲》本、《全明散曲》本、翁敏華點校本、《朱有燉集》整理本從原刻。恰便似：憲王原刻如此，《月香亭稿》《盛世詞林》《雍熙樂府》《群音類選》《盛世新聲》從。《彩筆情辭》作『似』，前二字脱。吴梅藏録副本、《全明散曲》本、翁敏華點校本、《朱有燉集》整理本作『是』，訛。

〔二十九〕人前：《雍熙樂府》作『人』，『前』字脱。《月香亭稿》《群音類選》《盛世詞林》《盛世新聲》《詞林摘艷》、吴梅藏録副本、《飲虹簃所刻曲》本、《全明散曲》本、翁敏華點校本、《朱有燉集》整理本從原刻。案，此句《彩筆情辭》與原刻及以上諸本不同，作『猶翠盤當日舞楊妃，這楚宫纖細，顫巍巍，玉露壓花枝』。

〔三十〕恰便似：《月香亭稿》《群音類選》《盛世詞林》《盛世新聲》《詞林摘艷》從。《彩筆情辭》作『似』，前二字脱。吴梅藏録副本、《飲虹簃所刻曲》本、《全明散曲》本、翁敏華點校本、《朱有燉集》整理本作『是』，訛。

〔三十一〕風味：《雍熙樂府》作『滋味』。軟柔柔：《雍熙樂府》作『軟柔』，脱一『柔』字。以上《月香亭稿》《群音類選》《盛世詞林》《盛世新聲》《詞林摘艷》、吴梅藏録副本、《飲虹簃所刻曲》本、《全明散曲》本、翁敏華點校本、《朱有燉集》整理本從原刻。又，此句《彩筆情辭》與原刻及以上諸本不同，作『常想著半露酥胸鴛帳裏，我撫摩香膩，正雞頭新剥軟温時』。

〔三十二〕著：《雍熙樂府》《彩筆情辭》脱，《月香亭稿》《群音類選》《盛世詞林》《盛世新聲》《詞林摘艷》、吴梅藏録副本、《飲虹簃所刻曲》本、《全明散曲》本、翁敏華點校本、《朱有燉集》整理本從原刻。

〔三十三〕直等的：《彩筆情辭》脱，《雍熙樂府》《月香亭稿》《盛世詞林》《盛世新聲》《詞林摘艷》、吴梅藏録副本、《飲虹簃所刻曲》本、《全明散曲》本、翁敏華點校本、《朱有燉集》整理本從原刻。昏迷：《雍熙樂府》作『著迷』，《月香亭稿》《群音類選》《盛世詞林》《盛世新聲》《詞林摘艷》《彩筆情辭》、吴梅藏録副本、《飲虹簃所刻曲》本、《全明散曲》本、翁敏華點校本、《朱有燉集》整理本從原刻。

〔三十四〕歡會：《雍熙樂府》《彩筆情辭》作『歡愛』，《群音類選》《盛世詞林》《盛世新聲》《詞林摘艷》、吴梅藏録副本、《飲虹簃所刻曲》本、《全明散曲》本、翁敏華點校本、《朱有燉集》整理本從原刻。阻隔的：憲王原刻如此，吴梅藏録副本作『阻隔著』，吴校改作『阻隔的』，《彩筆情辭》『的』字脱。《盛世詞林》《雍熙樂府》《盛世新聲》《詞林摘艷》《飲虹簃所刻曲》本、《全明散曲》本、翁敏華點校本、《朱有燉集》整理本從原刻。

〔三十五〕你：《雍熙樂府》脱，《群音類選》《盛世詞林》《盛世新聲》《詞林摘艷》《彩筆情辭》、吴梅藏録副本、《飲虹簃所刻曲》本、《全明散曲》本、翁敏華點校本、《朱有燉集》整理本從原刻。費：憲王原刻如此，《盛世詞林》《雍熙樂府》《群音類選》《盛世新聲》《彩筆情辭》作『廢』。吴梅藏録副本從原刻，吴校：『廢，據《詞林摘艷》改。』《飲虹簃所刻曲》本、《全明散曲》本、翁敏華點校本、《朱有燉集》整理本從。不覺地：《群音類選》《盛世詞林》作『不覺的』，《彩筆情辭》作『不覺得』，《雍熙樂府》《盛世新聲》《詞林摘艷》、吴梅藏録副本、《飲虹簃所刻曲》本、《全明散曲》本、翁敏華點校本、《朱有燉集》整理本從原刻。

〔三十六〕鸞箋：《雍熙樂府》《彩筆情辭》作『花牋』，《群音類選》《盛世詞林》《盛世新聲》《詞林摘艷》、吴梅藏録副本、《飲虹簃所刻曲》本、《全明散曲》本、翁敏華點校本、《朱有燉集》整理本從原刻。鴈帖：書信。明·王九思【絳都春序·四時閨怨】：『盼征鴻在天外，行列，煩寄卻魚書雁帖。』此處寫情人來信。案，此支曲頗有特色，作者以旁觀者角度插入，即點明此曲代人所作，亦從旁寫出所代之人及情人間的感情並未因距離遠近而生疏。案，此句第二處『你這裏』：吴梅藏録副本從，吴校改作『我這裏』，《飲虹簃所刻曲》本、翁敏華點校本、《全明散曲》本、《朱有燉集》整理本從。又案，句中兩處『你這裏』，《雍熙樂府》從，《群音類選》《盛世詞林》《盛世新聲》《詞林摘艷》改作『我這裏』。《彩筆情辭》第一處改作『我這裏』，第二處脱。拆開：《盛世詞林》作『折開』，訛。《盛世新聲》《雍熙樂府》《群音類選》《詞林摘艷》、吴梅藏録副本、《飲虹簃所刻曲》本、《全明散曲》本、翁敏華點校本、《朱有燉集》整理本從原刻。

〔三十七〕海：憲王原刻如此，《盛世詞林》《雍熙樂府》《群音類選》《盛世新聲》《詞林摘艷》從。吴梅藏録副本作『梅』，訛。吴校：『梅，應作海』，與憲王原刻同。《飲虹簃所刻曲》本、《全明散曲》本、翁敏華點校本、《朱有燉集》整理本從。不忘了：憲王原刻如此，《盛世詞林》《雍熙樂府》《群音類選》《盛世新聲》《詞林摘艷》《彩筆情辭》從。翁敏華點校本作『不忘的』，誤。《飲虹簃所刻曲》本、吴梅藏録副本、《飲虹簃所刻曲》本、《全明散曲》本、《朱有燉集》整理本同翁本。少不的：吴梅藏録副本、《飲虹簃所刻曲》本作『少不了』，翁敏華點校本、《全明散曲》本、《朱有燉集》整理本從。《盛世詞林》《雍熙樂府》《群音類選》

《盛世新聲》《詞林摘艷》從原刻。《彩筆情辭》作『少不得』。

慶壽〔一〕

【南吕】【一枝花】

三春和暖天，五福禎祥日。八仙臨寶殿，九老赴丹墀。祝壽聲齊，共讚存仁義，咸稱美德儀〔二〕。似這般有才有貌多能，堪列在宜選宜封貴職〔三〕。

【梁州第七】

千歲壽常行恭敬，萬年歡廣積陰騭，論聰明相稱這夫人位。諸餘標致，所事誠實，十分俊雅，百件合宜。不比那浮花浪蕊心機，真一味蒼松古柏神奇〔四〕。因此上西金母來赴會菓獻蟠桃，東華君來降福丹凝玉液，南極星來祝壽酒捧金盃〔五〕。門闌、慶喜，祥雲瑞靄香風細。仙鹿遊，仙鶴戲，都是那千歲長生不老期，麗日雍熙。

【餘音】

壽星光暎中州地，福禄咸臻内殿闈，供祝宫廷享榮貴〔六〕。列華筵綺席，聽仙音韻美，永樂昇平一千紀。

注釋

〔一〕《盛世新聲》卷六、《盛世詞林》已集無題，皆不註撰者。憲王此套爲應景慶壽之作，與著中同類作品大同小異，新意不多。案，由【梁州第七】『論聰明相稱這夫人位』『諸餘標致，所事誠實，十分俊雅，百件合宜』，聯繫憲王對正妃鞏氏之讚美，此次慶壽或爲巩氏而作。

〔二〕聲：《飲虹簃所刻曲》本作『稱』，訛。《盛世詞林》《盛世新聲》《飲虹簃所刻曲》本、《全明散曲》本、翁敏華點校本、《朱有燉集》整理本從原刻。

〔三〕有才有貌多能：案，聯繫憲王贊宫女夏氏云『惟順惟賢德之固，惟才惟色恩之堅，世人得一尚可羨，爾皆有之豈非天。』（《題夏氏『端清閣』》）『古稱賢婦惟德爲先，才則次之，色又次之，若宫人，可謂全此美矣。』（《墓志銘》）結合前句，此處意贊鞏氏德、貌、才俱佳。

〔四〕真：吴梅藏録副本從原刻，吴校：『真，疑是衡之省。』《盛世詞林》《飲虹簃所刻曲》本、《全明散曲》本、翁敏華點校本、《朱有燉集》整理本作『衡』。

〔五〕西金母：《盛世詞林》作『西王母』，《盛世新聲》、吴梅藏録副本、《飲虹簃所刻曲》本、《全明散曲》本、翁敏華點校本、《朱有燉集》整理本從原刻。

〔六〕供：吴梅藏録副本從憲王原刻，吴校：『供，應作共。』《盛世詞林》《盛世新聲》《飲虹簃所刻曲》本、《全明散曲》本、翁敏華點校本、《朱有燉集》整理本作『共』。案，由曲意，憲王原刻或係筆誤，吴校及《盛世詞林》諸本當是。

賡人韻自述〔一〕

【南吕】【一枝花】

久存忠孝心，夙有神仙分。湖山千載興，天地一閑身。學了些子曰詩云，枉把情懷困，不羨他富與貧。夢仙卿玉闕遥參，居中國金門大隱〔二〕。

【梁州第七】

嘆歲月風燈石火，玩韶華逝水浮雲，常修德行將身潤。獨攜丹竈，自悟玄門，紫陽傳道，宣聖依仁〔三〕。一任他變寒暄秋夏冬春，我常教配陰陽離坎情親。興來呵向坤宫温養黄芽，閑時節守素室修持道本，老後也静靈臺保護天君〔四〕。莫聞，外闖，些兒小慮休驚震。命與限，利和鈍，何必區區苦役神，且從容酒飲三巡。

【尾聲】

嘲諷詠月心中運，握雨攜雲枕上恩，喜樂無憂在方寸。過一句，是一句，隨世情，有屈伸，不離了花酒神仙是快活本〔五〕。

注釋

〔一〕《盛世新聲》卷六、《盛世詞林》巳集無題，《雍熙樂府》卷八題作『歸隱』，皆不註撰者。憲王此套爲唱和之作，曲中將忠孝之心與逍遥散坦之情融爲一體，開篇言忠言孝，以此爲前提倡言修真悟道，或以爲，前者實爲後者張本，惟如此，憲王方可高枕無憂，嘲風弄月，逍遥度世，過著富貴閑人『金門大隱』似的生活。左東嶺《中國詩歌通史·明代卷》：『這位「居中國金門大隱」的特殊人物，其道德修養的標準亦與一般士子有别。他只要對朝廷心存忠孝，牢守本分便合乎其親王身份，最重要的是「莫聞，外闖」，即不要干預時事政治，至於説攜丹竈、悟玄門的求道養生，嘲風詠月的留戀光景，握雨攜雲的追逐女色，全都算不上道德污點，反倒是他最爲得意的享樂方式，因爲他没有别的出路，「不離了花酒神仙是快活本」便是其惟一的人生目的。這其中既包括其有意掩飾的避禍動機，也有久之所獲得的真實人生受用。』（左東嶺：《中國詩歌通史·明代卷》，人民文學出版社二〇一二年版，第八四六頁。）説其沉溺釋道有掩飾自我避禍用意可，言其『追逐女色』爲其最爲得意的享樂方式則是出於傳統成見所得出的不實之論。

〔二〕中國：中原，此處指周藩封地開封。金門大隱：又作大隱金門，指身在朝廷而志在隱逸。唐·李白《玉壺吟》：『世人不識東方朔，大隱金門是謫仙。』此處言憲王雖襲封周王，負有藩屏守土之責，其志卻不在此而在林泉、在隱逸。

〔三〕丹竈：煉丹用的爐灶。玄門：玄妙之門，即道教或玄學的另一種稱呼。案，佛教亦有玄門之説，爲玄妙法門、深奥妙理，亦爲佛法之總稱。據曲意，此處當指道教。紫陽：張紫陽，宋代著名道士，宋·翁葆光《張真人本末》載：『紫陽真人，乃天台纓絡街人。先名伯端，字平叔，後名用成。少無名不學，浪迹雲水。晚傳混元之道未備，孜孜訪問，遍歷四方。熙寧中，陸公龍圖鋭鎮成都，乃依以遊蜀，任四川節度制置使安撫司參議。於己酉歲，遂遇異人傳火候之秘，其道乃成。』憲王《神仙會》引辭：『予觀紫陽張真人《悟真篇》内，有上陽子陳致虚註解，引用呂洞賓度張珎奴成仙證道事跡。予以爲長生久視、延年益壽之術，莫逾於神仙之道，乃製傳奇一帙，以爲慶壽之詞。』宣聖：孔子。

〔四〕坤宫：原指坤卦，由曲意，此處指下丹田，爲氣功養生學術語。《中和集·金丹或問》：『坤居乾宫，氣居中宫，精居坤宫。今人指三田者，非也。』又，《雍熙樂府》作『坎宫』，《盛世新聲》、吴梅藏録副本、《飲虹簃所刻曲》本、《全明散曲》本、翁敏華點校本、《朱有燉集》整理本從原刻。黄芽：原指丹鼎内所生芽狀物，視其爲生機方萌之象，因其黄色，故名。後爲内丹家借用，謂先天一炁萌生象征。坤宫温養黄芽：意即採用内丹功法，培養精氣。素室：不加華飾的房間。靈臺：道教術語，指頭。《黄庭外景經·上部經》：『靈臺通天臨中野。』務成子註：『頭爲高臺，腸爲廣野。』天君：心，心與頭部思維相通，故云。此句言平心静氣，體道悟真，修持心性。

〔五〕不離了：《雍熙樂府》作『離了』，脱『不』字。《盛世詞林》《盛世新聲》、吴梅藏録副本、《飲虹簃所刻曲》本、《全明散曲》本、翁敏華點校本、《朱有燉集》整理本從原刻。

贈秀蓮〔一〕

【南吕】【一枝花】

㳂奇上苑花，清淡瑶池種。錯生荒塢内，悮入野塘中。是一朵秀麗芙蓉，無艷冶遊春夢，有清香趂晚風。看了你半開半拆芳姿，是一箇堪愛堪誇眷寵〔二〕。

【梁州第七】

向緑水包藏嫩蕋，露紅妝出落嬌容，子爲你並頭開引惹的芳心動〔三〕。模樣兒輕盈裊娜，根科兒剔透玲瓏，丰韻兒千般俊雅，連心兒百事惺憁。因此上惜花人費盡春工，巧丹青描不出香紅。常自在中國中周茂叔濂溪上閑觀，幾曾到南海南觀世音浦陀邊浪湧，不教去西天西弥陀佛極樂裏相從。似這般可人，得逢，比的那尋常草木成何用〔四〕。玉井生，太華貢，直待得蕤賓做主公，美景相同〔五〕。

【餘音】常自是宿鴛鴦搭苫下紅香洞，立翡翠欹斜著碧玉箭，賞玩在池亭儘陪奉〔六〕。似這樣秀蓮花一叢，不枉了承高人愛寵，滿插在金瓶手心裏捧〔七〕。

注釋

〔一〕《雍熙樂府》卷八題同憲王《誠齋樂府》《盛世新聲》卷六、《盛世詞林》巳集無題，皆不註撰者。《彩筆情辭》卷二題作『贈妓秀蓮』，下註『明古辭』。憲王此套贊秀蓮『錯生荒塢内，悮入野塘中』，命運低賤，品格高貴。學者云：『作爲朱有燉筆下的藝術形象，她們恰恰是作者鼓勵脱離行院演藝生涯（從良）或超凡成仙（度脱）的對象，而没有因爲雜劇藝術的創造者而受到半點憐惜。』（徐子方：《明雜劇史》，中華書局二〇〇三年版，第一四九頁。）由此曲所寫如『珎奇上苑花，清淡瑶池種』、『似這樣秀蓮花一叢，不枉了承高人愛寵，滿插在金瓶手心裏捧』等，可知憲王並不因其低賤而鄙視之，相反贊以『上苑花』、『瑶池種』，並插於金瓶，捧於手心，頗具憐香惜玉之情。學者所論囿於成見，偏頗甚矣。又，秀蓮，姓氏生平不詳，由曲意知，其或與李素蓮同爲當時歌妓，言其爲表演雜劇的女演員，聯繫憲王雜劇創作及府中常以雜劇演出爲樂或慶生祝壽等事實，當亦不無可能。

〔二〕半拆：《彩筆情辭》作『折』，脱『半』字。《盛世詞林》《盛世新聲》、吴梅藏録副本、《飲虹簃所刻曲》本、《全明散曲》本、翁敏華點校本、《朱有燉集》整理本從原刻。

〔三〕案，《雍熙樂府》於『向緑水包藏嫩蕊』句前尚有『怎當他』襯字。《盛世詞林》《盛世新聲》、吴梅藏録副本、《飲虹簃所刻曲》本、《全明散曲》本、翁敏華點校本、《朱有燉集》整理本從憲王原刻。子爲你：憲王原刻如此，《彩筆情辭》作『只爲他』，《雍熙樂府》作『子爲他』，《盛世詞林》作『則爲你』，《盛世新聲》、吴梅藏録副本、《飲虹簃所刻曲》本、《全明散曲》本、翁敏華點校本、《朱有燉集》整理本從原刻。的：《彩筆情辭》作『得』，《盛世詞林》《盛世新聲》、吴梅藏録副本、《飲虹簃所刻曲》本、《全明散曲》本、翁敏華點校本、《朱有燉集》整理本從原刻。

〔四〕常自在：《彩筆情辭》作『常只在』，《盛世詞林》《盛世新聲》、吴梅藏録副本、《飲虹簃所刻曲》本、《全明散曲》本、翁敏華點校本、《朱有燉集》整理本從原刻。極樂裏：《彩筆情辭》作『極樂界』，《盛世詞林》、吴梅藏録副本、《飲虹簃所刻曲》本、《全明散曲》本、翁敏華點校本、《朱有燉集》整理本從原作。比的那：《彩筆情辭》脱一『的』字，《盛世詞林》、吴梅藏録副本、《飲虹簃所刻曲》本、《全明散曲》本、翁敏華點校本、《朱有燉集》整理本從原刻。

〔五〕玉井：其址在華山西峰下鎮嶽宫院内。唐·韓愈《古意》詩：『太華峰頭玉井蓮，花開十丈耦如船。冷比雪霜甘比密，一片入口沈痾痊。』故玉井亦被稱作白蓮池。太華：華山。據錢玉林等主編《中國傳統文化辭典》『華山』條：『《水經注》云此山遠望若花狀，故名。一説山頂有池，池生千叶蓮花常爲仙女所採，故名。』案，蕤賓爲陽律，《禮記·月令·仲夏之月》：『其音徵，律中蕤賓。』鄭玄註：『蕤賓者應鐘之所生，三分益一，律長六寸八十一分寸之二十六，仲夏氣至，則蕤賓之律應。』此處云『直待得蕤賓做主公』，秀蓮以歌舞爲生涯，蕤賓於此或爲代指。『蕤賓做主公』意即秀蓮脱籍從良，出人頭地，加之其天資品性，與良家女子一般無二。又，直待得：《雍熙樂府》作『只待的』，《盛世詞林》、吴梅藏録副本、《飲虹簃所刻曲》本、《全明散曲》本、翁敏華點校本、《朱有燉集》整理本從原刻。

〔六〕常自是：《彩筆情辭》作『常只是』，《雍熙樂府》作『常自在』，《盛世詞林》《盛世新聲》、吴梅藏録副本、《飲虹簃所刻曲》本、《全明散曲》本、翁敏華點校本、《朱有燉集》整理本從原刻。鴛鴦：《盛世新聲》作『夗央』。案，『夗央』爲『鴛鴦』簡體。《盛世詞林》《彩筆情辭》、吴梅藏録副本、《飲虹簃所刻曲》本、《全明散曲》本、翁敏華點校本、《朱有燉集》整理本從原刻。

〔七〕似這樣：《盛世詞林》從，《彩筆情辭》作『似這般』，《雍熙樂府》作『這般的』，吴梅藏録副本、《飲虹簃所刻曲》本、《全明散曲》本、翁敏華點校本、《朱有燉集》整理本作『似這箇』。又，秀蓮花：《雍熙樂府》作『透蓮花』，誤。《盛世詞林》《盛世新聲》《彩筆情辭》、吴梅藏録副本、《飲虹簃所刻曲》本、《全明散曲》本、翁敏華點校本、《朱有燉集》整理本從原刻。手心裏：《雍熙樂府》作『手心兒裏』，《盛世新聲》作『手心』，脱『裏』字，《盛世詞林》、吴梅藏録副本、《飲虹簃所刻曲》本、《全明散曲》本、翁敏華點校本、趙曉紅《朱有燉集》整理本從原刻。

解嘲〔一〕

仲春席上，觀呈藝女童演傳奇而甚喜，贈以樂府【凌波曲】。有以眷戀之懷嘲予者，予走筆製【仙吕】一套，以爲解嘲之詞云。

【仙吕】【點絳唇】嬌艷名娃，年方二八，風流煞。所事撑達，引得人牽掛。

【混江龍】茅簷草廈，怎消的嬌滴滴一朵海棠花〔二〕。看了他言談俊雅，音律熟滑。名兒是千葉内生成的紅菡萏，臉兒賽九蓮中活現的小菩薩〔三〕。據著他心靈變勝似亞仙名，據著他性聰明不在蘇卿下〔四〕。端的是良金足色，美玉無瑕〔五〕。

【油葫蘆】六幅湘裙簌絳紗，綉鞋兒剛半扎，步金蓮窄窄的印堤沙〔六〕。他生得風風韻韻堪描畫，標標致致人嗟呀〔七〕。外面兒波浪挣，就裏又心性耍〔八〕。是一箇玲瓏剔透千金價，可惜了流落在野人家〔九〕。

【天下樂】我欲待權與東君做主咱，真加，事不洽，俏風聲委實難按捺〔十〕。甜話兒答應人，實心兒相待他，做得箇乾風情全是假〔十一〕。

【哪吒令】賞三春艷花，捧瑶觴玉斝〔十二〕。玩中秋月華，按銀筝象甲。向深各鬭茶，侍龍帷鳳榻〔十三〕。翠巍巍雲鬟堆，紅馥馥花枝壓，美孜孜臉襯朝霞〔十四〕。

【鵲踏枝】赤緊地意通達，性堪誇，一團兒軟欵温柔，百事兒喜咲歡洽〔十五〕。他是箇嗟頂老，又不曾求食串瓦，休猜做章臺街路柳墻花〔十六〕。

【寄生草】能商迷，慣續麻。爲知音兩意難抛下，乍相逢惹得聲名大〔十七〕，小心腸擔了些閑驚怕。

欲待將門兒閉了再休踏，又子怕眉兒淡了教誰畫〔十八〕。

【幺】被這火喬相識，一謎裏閑磕牙，都㕭俺使閑錢莽把花門砑，强風情枉被些杓倈駡，乾相思勸不得瞞兒罷〔十九〕。子爲這賞花時看一段好春光，試聽咱老先生説幾句衷腸話〔二十〕。

【後庭花】想世情似落花，嘆光陰如過馬。有美酒休辭飲，遇名花須要插。休悮了好年華，眼見得鏡中添白髮，在王侯富貴家，樂昇平享富那，儘開懷同笑耍〔二十一〕。

【青歌兒】但得箇些兒些兒閑暇，向園林宴賞喧嘩，有這等軟玉嬌香陪伴咱。怎肯教埋没了鉛華，使人嗟呀。簫管咿啞，纖指琵琶，羯鼓頻撾，樂藝堪嘉。向席上樽前，喜喜歡歡的㕭呷呷。設筵宴在花陰下。

【賺尾】俺如今年紀到六旬來，嘆世事如嚼蠟，不快樂踈狂待怎麽〔二十二〕。對美景良辰莫負他，錦窠中小小生涯〔二十三〕。唤雙丫，板撒紅牙，將一箇自撰清新雜劇誇〔二十四〕。似這般青春艷娃，看了他玉容堪畫，我子待占東風培養出牡丹芽。

注釋

〔一〕《盛世新聲》卷四、《盛世詞林》卯集無題，《雍熙樂府》卷四題作『贈麗人』，皆不註撰者。《詞林摘艷》丁集題作『風情』，《彩筆情辭》卷一題作『贈美妓』，皆署『明誠齋』撰。又，此曲憲王原刻自第三隻曲【油葫蘆】『外面』以下至【青歌兒】『肯教埋没了鉛華』句前部分前後頁錯簡，係刊印時訛誤，吴梅藏録副本據原刻抄録。案，《彩筆情辭》無憲王序引。又，《彩筆情辭》《雍熙樂府》無【後庭花】【青歌兒】兩曲，聯繫憲王原刻『肯教埋没了鉛華』以下句尚存，故可斷定《彩筆情辭》《雍熙樂府》兩曲脱漏。另，《詞林摘艷》正文亦然，其眉批曰：『誠齋原本下尚有【後庭花】【青歌兒】二曲。』當係輯録刊刻時脱漏，後有所發現，故於眉批出之。案，曲中所寫呈藝女童明艷風流，技藝可人，所謂『可惜了流落在野人家』，『野人家』，乃『村野人家』之謂，由此知呈藝女童當非城市歌姬之流。

〔二〕怎消的：《彩筆情辭》《雍熙樂府》脱。《盛世新聲》《詞林摘艷》《盛世詞林》、吴梅藏録副本、《飲虹簃所刻曲》本、《全明散曲》本、翁敏華點校本、《朱有燉集》整理本從原刻。

〔三〕看了他：《雍熙樂府》脱，《盛世新聲》《詞林摘艷》《盛世詞林》《彩筆情辭》、吴梅藏録副本、《飲虹簃所刻曲》本、《全明散曲》本、翁敏華點校本、《朱有燉集》整理本從原刻。菡萏：《盛世新聲》作『菡菖』，誤。《彩筆情辭》等其他諸本從憲王原刻。臉兒賽：《彩筆情辭》《雍熙樂府》脱，《盛世新聲》《詞林摘艷》《盛世詞林》、吴梅藏録副本、《飲虹簃所刻曲》本、《全明散曲》本、翁敏華點校本、《朱有燉集》整理本從原刻。此處言歌妓美貌。

〔四〕案，此句兩處『據著他』，《彩筆情辭》《雍熙樂府》無。《盛世新聲》《詞林摘艷》《盛世詞林》、吴梅藏録副本、《飲虹簃所刻曲》本、《全明散曲》本、翁敏華點校本、《朱有燉集》整理本從原刻。亞仙：李亞仙，典出唐白行簡《李娃傳》，元代石君寶據此作有《李亞仙花酒曲江池》雜劇。蘇卿：蘇小卿，北宋名妓，明梅鼎祚《青泥蓮花記》卷七記其事。

〔五〕端的是：《盛世新聲》《詞林摘艷》《盛世詞林》《彩筆情辭》從，《雍熙樂府》脱。吴梅藏録副本作『端的似』，《飲虹簃所刻曲》本、《全明散曲》本、翁敏華點校本、《朱有燉集》整理本從。誤。

〔六〕剛半扎：《盛世新聲》作『剛來扎』，誤。《詞林摘艷》等其他諸本從憲王原刻。的：《彩筆情辭》脱，吴梅藏録副本、《飲虹簃所刻曲》本、《全明散曲》本、翁敏華點校本、《朱有燉集》整理本從原刻。

〔七〕他生得：《彩筆情辭》《雍熙樂府》脱，《盛世新聲》《詞林摘艷》《盛世詞林》、吴梅藏録副本、《飲虹簃所刻曲》本、《全明散曲》本、翁敏華點校本、《朱有燉集》整理本從原刻。

〔八〕掙：《盛世新聲》《詞林摘艷》《飲虹簃所刻曲》本、《全明散曲》本、《朱有燉集》整理本從。翁敏華點校本從，且於字下註曰：『一作撐』。《盛世詞林》《彩筆情辭》《雍熙樂府》作

『撈』，吴梅藏録副本從原刻，吴校：『《青樓韻語》《廣集》作「波浪撈」。』此處言歌妓聰慧機敏且因閱歷豐富而頗有見識。

〔九〕是一箇：《雍熙樂府》《彩筆情辭》脱。可惜了：《雍熙樂府》《彩筆情辭》作『卻怎生』。流落：《雍熙樂府》《彩筆情辭》作『誤落』。以上《盛世新聲》《詞林摘艷》《盛世詞林》《飲虹簃所刻曲》本、《全明散曲》本、翁敏華點校本、《朱有燉集》整理本從原刻。

〔十〕我欲待：《雍熙樂府》脱，《詞林摘艷》《彩筆情辭》《盛世新聲》《盛世詞林》《飲虹簃所刻曲》本、《全明散曲》本，翁敏華點校本、《朱有燉集》整理本從原刻。與：《彩筆情辭》《雍熙樂府》作『倩』。《盛世新聲》《詞林摘艷》《盛世詞林》《飲虹簃所刻曲》本、《全明散曲》本，翁敏華點校本、《朱有燉集》整理本作『與』，從原刻。真加：《彩筆情辭》《雍熙樂府》作『真假』，《飲虹簃所刻曲》本、《全明散曲》本、翁敏華點校本、《朱有燉集》整理本從。《盛世新聲》《詞林摘艷》《盛世詞林》作『真加』，吴梅藏録副本從，吴校：『又作真假，與下文重韻。』捺：《盛世詞林》、吴梅藏録副本、《飲虹簃所刻曲》本、《全明散曲》本、翁敏華點校本、《朱有燉集》整理本從，《盛世新聲》《詞林摘艷》《盛世詞林》《彩筆情辭》《雍熙樂府》作『納』。

〔十一〕做得箇：《盛世詞林》《彩筆情辭》《雍熙樂府》作『似這般』。《盛世新聲》《詞林摘艷》《飲虹簃所刻曲》本、《全明散曲》本、翁敏華點校本、趙曉紅《朱有燉集》整理本從原刻。此處言風月場上妓女與嫖客逢場作戲，難得摯愛真情。

〔十二〕艷花：《彩筆情辭》作『艷葩』，《雍熙樂府》作『艷陽』。《盛世新聲》《詞林摘艷》《盛世詞林》《飲虹簃所刻曲》本、《全明散曲》本、翁敏華點校本、趙曉紅《朱有燉集》整理本從原刻。

〔十三〕深各：案，各爲『閣』簡體，《飲虹簃所刻曲》本、《全明散曲》本、翁敏華點校本、《朱有燉集》整理本作『深閣』。《彩筆情辭》《雍熙樂府》作『深閨』，《盛世新聲》《詞林摘艷》《盛世詞林》作『深冬』，據曲意，誤。侍龍幃：憲王原刻如此，《盛世新聲》《詞林摘艷》《盛世詞林》、吴梅藏録副本、《飲虹簃所刻曲》本、《全明散曲》、敏華點校本、《朱有燉集》整理本從。《彩筆情辭》《雍熙樂府》作『倚鸞屏』。

〔十四〕此支曲寫美妓日常生活，並及其才藝、美貌。

〔十五〕赤緊地：《彩筆情辭》作『只他那』，《雍熙樂府》作『則他那』，《盛世新聲》《詞林摘艷》《盛世詞林》《飲虹簃所刻曲》本、《全明散曲》本作『赤緊的』，吴梅藏録副本、翁敏華點校本、《朱有燉集》整理本從原刻。一團兒：《雍熙樂府》《彩筆情辭》脱，《盛世新聲》《詞林摘艷》《盛世詞林》《飲虹簃所刻曲》本、《全明散曲》本、翁敏華點校本、《朱有燉集》整理本從原刻。百事兒：《彩筆情辭》《雍熙樂府》脱，吴梅藏録副本、《飲虹簃所刻曲》本、《全明散曲》本作『有事兒』，《盛世新聲》《詞林摘艷》《盛世詞林》翁敏華點校本、《朱有燉集》整理本從原刻。

〔十六〕案，此句《盛世新聲》《詞林摘艷》《盛世詞林》《全明散曲》本、翁敏華點校本、《朱有燉集》整理本從原刻，《彩筆情辭》《雍熙樂府》稍異，作『全不似求食串瓦，章臺街路柳墻花』，脱『他是箇嗟頂老』『不曾』『休猜做』等句及襯詞。

〔十七〕爲知音：《盛世新聲》《詞林摘艷》《盛世詞林》脱一『爲』字，《雍熙樂府》《彩筆情辭》、吴梅藏録副本、《飲虹簃所刻曲》本、《全明散曲》本、翁敏華點校本、《朱有燉集》整理本從原刻。乍相逢：《盛世新聲》《詞林摘艷》脱一『乍』字，《彩筆情辭》及其他諸本從原刻。

〔十八〕案，此句吴梅藏録副本、《飲虹簃所刻曲》本、《全明散曲》、翁敏華點校本、《朱有燉集》整理本從原刻。《詞林摘艷》《彩筆情辭》《盛世新聲》《盛世詞林》同《雍熙樂府》，脱『欲待將』『又子怕』等襯詞。

〔十九〕火：吴梅藏録副本、《飲虹簃所刻曲》本、《全明散曲》、翁敏華點校本、《朱有燉集》整理本作『大』，訛。據曲意，當爲『火』，通『伙』。又，被這火：《雍熙樂府》《彩筆情辭》作『有那等』，《詞林摘艷》作『有那』。一謎裏：《盛世新聲》《詞林摘艷》《雍熙樂府》《盛世詞林》脱，吴梅藏録副本、翁敏華點校本、《朱有燉集》整理本從原刻。案，裏：《飲虹簃所刻曲》本、《全明散曲》作『哩』。都咲俺：《雍熙樂府》《彩筆情辭》《詞林摘艷》《盛世詞林》《盛世新聲》脱，吴梅藏録副本、《飲虹簃所刻曲》本、《全明散曲》、翁敏華點校本、《朱有燉集》整理本從原刻。砑：《雍熙樂府》《彩筆情辭》作『迓』，《飲虹簃所刻曲》本、《全明散曲》本、翁敏華點校本、《朱有燉集》整理本從。吴梅藏録副本從原刻，吴校曰：『砑，又作迓』。《詞林摘艷》作『訝』。杻：《雍熙樂府》《彩筆情辭》從原刻。《盛世新聲》《盛世詞林》作『任』，《詞林摘艷》同。杓倈：《雍熙樂府》《盛世新聲》《詞林摘艷》作『别人』，《彩筆情辭》作『他人』，吴梅藏録副本、《飲虹簃所刻曲》本、《全明散曲》、翁敏華點校本、《朱有燉集》整理本從原刻。瞞兒罷：《彩筆情辭》《詞林摘艷》《雍熙樂府》《盛世新聲》作『咱家罷』，吴梅藏録副本從原刻，吴校曰：『又作「勸不得咱家罷」，此作瞞兒，費解。』《飲虹簃所刻曲》本、《全明散曲》、翁敏華點校本、《朱有燉集》整理本從。

〔二十〕子爲這：吴梅藏録副本、《飲虹簃所刻曲》本、《全明散曲》本、《朱有燉集》整理本從，《彩筆情辭》作『只爲這』，《雍熙樂府》《盛世新聲》《詞林摘艷》《雍熙樂府》《盛世詞林》作『則爲這』。試聽咱：吴梅藏録副本、《飲虹簃所刻曲》本、《全明散曲》本、翁敏華點校本、《朱有燉集》整理本從，《雍熙樂府》《彩筆情辭》《詞林摘艷》《盛世新聲》《盛世詞林》脱。老先生：吴梅藏録副本、《飲虹簃所刻曲》本、《全明散曲》本、翁敏華點校本、《朱有燉集》整理本從，《盛世新聲》《詞林摘艷》《盛世詞林》《彩筆情辭》作『老生兒』。

〔二十一〕此曲寫青春易逝，有及時行樂意。又，享富貴：《飲虹簃所刻曲》本作『享福』，《盛世新聲》《詞林摘艷》《盛世詞林》《彩筆情辭》諸本從原刻。

〔二十二〕俺如今：《盛世新聲》《盛世詞林》《雍熙樂府》《彩筆情辭》脱，《飲虹簃所刻曲》本、《全明散曲》本、翁敏華點校本、《朱有燉集》整理本從原刻。疏：《盛世新聲》《盛世詞林》《雍熙樂府》《彩筆情辭》脱，《飲虹簃所刻曲》本、《全明散曲》本、翁敏華點校本、《朱有燉集》整理本從原刻。狂：《彩筆情辭》作「更」，《盛世新聲》《詞林摘艷》《盛世詞林》作「枉」，《飲虹簃所刻曲》本、《全明散曲》本、翁敏華點校本、《朱有燉集》整理本從原刻。待：《盛世新聲》《盛世詞林》作「帶」，《飲虹簃所刻曲》本、《全明散曲》本、翁敏華點校本、《朱有燉集》整理本從原刻。怎麼：《盛世新聲》作「怎那」，誤。《盛世新聲》等其他諸本從原刻。

〔二十三〕對：《雍熙樂府》《彩筆情辭》作「那」，《盛世新聲》脱此處襯字，吴梅藏録副本、《飲虹簃所刻曲》本、《全明散曲》本、翁敏華點校本、《朱有燉集》整理本從原刻。莫：《盛世新聲》《詞林摘艷》《盛世詞林》《雍熙樂府》《彩筆情辭》作「休」，吴梅藏録副本、《飲虹簃所刻曲》本、《全明散曲》本、翁敏華點校本、《朱有燉集》整理本從原刻。錦窠：《盛世新聲》《詞林摘艷》《盛世詞林》《彩筆情辭》《雍熙樂府》「窠」作「窩」，吴梅藏録副本、《飲虹簃所刻曲》本、《全明散曲》本、《朱有燉集》整理本從原刻。案，翁敏華點校本從原刻，惟「錦」字脱漏。

〔二十四〕雙丫：《盛世新聲》《詞林摘艷》《盛世詞林》《彩筆情辭》《雍熙樂府》作『名娃』，《飲虹簃所刻曲》本、《全明散曲》本、翁敏華點校本、《朱有燉集》整理本從原刻。案，『板撒紅牙』以下，《雍熙樂府》《彩筆情辭》下接『妙舞清歌閑（鬧）咲耍，春光正佳，玉容堪畫，我則待占東風培養出牡丹芽』，與原刻『將一箇自撰清新雜劇誇』句異。《盛世詞林》《詞林摘艷》亦然，且與《雍熙樂府》《彩筆情辭》個別字句稍異，略作『自舞狂歌閑咲耍，春光正佳，玉容堪畫，占東風培養出牡丹芽』，然《盛世新聲》同《盛世詞林》《詞林摘艷》，惟『狂』作『枉』。吴梅藏録副本、《飲虹簃所刻曲》本、《全明散曲》本、翁敏華點校本、《朱有燉集》整理本從原刻。

詠綉簾〔一〕

【南吕】【一枝花】

休將斑竹題，莫把蝦鬚論。玉鈎和錦捲，金鏤間絨分，綉出湘紋。他自有畫閣蘭堂分，怎伴的茅庵草舍塵〔二〕。屈沈了可意的閉月羞花，難猜做尋常的施朱傅粉〔三〕。

【梁州】

散五彩花枝蹀躞，助一庭風月清新，鳳樓中展掛起十分俊〔四〕。煙熒翠靄，花簇紅雲，低妨舞燕，高隔啼鶯。掩中堂香篆氤氲，障閑堦柳絮紛紜。相隨呵時常教伴著箇佳人，捲舒呵子願的遇著箇貴人，鈎控呵是必休撞著箇村人〔五〕。也索、自忖，莫等的風吹日炙無淹潤。彩色落，亂方寸，憔悴了容顏斷送了春，那其間施展無因〔六〕。

【餘音】

你既是下工夫綉得來多嬌嫩，趁如今有顏色休教錯進身，揀一答相趁相宜好時分〔七〕。似這般色新，不掛在殿門，常捲入草户柴扉箄的你是箇蠢〔八〕。

注釋

〔一〕《盛世新聲》卷六、《盛世詞林》巳集無題，《雍熙樂府》卷八題作『綉簾』，皆不註撰者。案，憲王《誠齋樂府》原刻於【一枝花】『怎伴的茅庵草舍塵』下殘缺，吴梅藏録副本亦然。又，吴梅藏録副本於句下註云：『以下殘缺』，且當頁空出，任訥於此眉批，曰：『訥據原書板心分標「誠一」「誠二」字樣。「誠一」載散曲二百六十五首，「誠二」存者，套數三十五首。』《飲虹簃所刻曲》本、《全明散曲》本、翁敏華點校本、《朱有燉集》整理本據《雍熙樂府》補，兹從。又，綉簾係用各色絲線綉成各種花色圖樣的門簾，蓋因所用絲線、花樣雅緻，故綉簾常作爲富貴門第、思婦美人及文士品位、雅趣的象征。憲王此套所寫，如云門簾不掛殿門，常捲入草户柴扉等，意即如此。同時由【餘音】曲意看，憲王糾結於此，亦不無因感於『物得其所亦應盡其材』而萌生的珍惜惋惜之情。

〔二〕自有：《雍熙樂府》作『自是』。《盛世詞林》《盛世新聲》、吴梅藏録副本、《飲虹簃所刻曲》本、《全明散曲》本、翁敏華點校本、《朱有燉集》整理本從原刻。又，《飲虹簃所刻曲》本於此句下註：『以下原書殘缺。』

〔三〕案：綉簾常與美人相伴，如敦煌曲【漁歌子】：『綉簾垂，美人睡。庭前猧子頻頻吠。』而曲中綉簾卻與草庵舍塵爲伍，在憲王看來，這是陰差陽錯，令美人掩目不堪。可意：《盛世詞林》《盛世新聲》作『可喜』，《雍熙樂府》、吴梅藏録副本、《全明散曲》本、翁敏華點校本、《朱有燉集》整理本從原刻。《飲虹簃所刻曲》本作『可奚』。

〔四〕五彩：《雍熙樂府》如此，《盛世詞林》作『五色』，《盛世新聲》、吴梅藏録副本、《飲虹簃所刻曲》本、《全明散曲》本、翁敏華點校本、《朱有燉集》整理本從《雍熙》。蹀躞：顫動。

〔五〕子願的：《雍熙樂府》如此，《盛世詞林》《盛世新聲》作『則願得』。吴梅藏録副本、《飲虹簃所刻曲》本、《全明散曲》本、翁敏華點校本、《朱有燉集》整理本從《雍熙》。

〔六〕春：《全明散曲》本註曰：『吴梅註：「春」，一作「新」，非。余據嘉靖本《崆峒集》正之。』案，《雍熙樂府》《盛世詞林》《盛世新聲》卷六皆作『春』，翁敏華點校本、《朱有燉集》整理本從。間：《飲虹簃所刻曲》本作『閒』。

〔七〕綉得：《盛世詞林》作『綉出』，《盛世新聲》《雍熙樂府》、吴梅藏録副本、《飲虹簃所刻曲》本、《全明散曲》本、翁敏華點校本、《朱有燉集》整理本從原刻。

〔八〕筭的你是：《盛世詞林》《盛世新聲》作『筭的是』，無『你』字。《雍熙樂府》、吴梅藏録副本、《飲虹簃所刻曲》本、《全明散曲》本、翁敏華點校本、《朱有燉集》整理本從原刻。又，《飲虹簃所刻曲》本曲後註曰：『前案，此套曲據《雍府》卷八補入。』

輯補

將相[一]

【北南吕】【一枝花】心懷雨露恩，氣稟乾坤秀。讀書遵孔孟，許國重尹周，得志之秋。文共武皆窮究，正青春正黑頭[二]。孫吴略切切於心，齊魯論孜孜在口。

【梁州】瞻日月擡頭是鳳闕，會風雲閑步是龍樓[三]。真乃是祖生鞭不落劉琨後[四]。論文千金買劍，五彩攢裘，七重圍帳，半萬戈矛。跨錦韉玉轡驊騮，整戎裝金嵌兜鍪[五]。功時芸窗下摘句尋章，行樂時柳營内調絲弄竹，消閑時花陰外打馬藏鬮。五行，本有[六]。名兩字俱成就，能燮理會消受，一寸丹心答冕旒，愁甚麽建節封侯[七]。

【尾聲】煙消青海城邊堠，兵瀉黄河天上流，慶祝皇圖萬年壽[八]。蠻夷殄收，戎狄遁走，恁時節描入麒麟畫工手。

注釋

〔一〕案，《誠齋樂府》無此曲，吴梅藏録副本補録，題下註云『《詞林摘艷》卷七』。謝伯陽《全明散曲》本補入，未全，題曰『複出』，並於曲後云：『《詞林摘艷》題作「將相」，註誠齋散套。惟誠齋樂府無此曲。《筆花集》《北宫詞紀》卷二皆屬湯式。兹已輯於湯氏卷中，不重出。』查《詞林摘艷》已集，此曲題下署『皇明誠齋散套』。又，《雍熙樂府》卷八題作『武臣』，未註撰人。《北宫詞紀》卷二題作『上藩臣』。《朱有燉集》整理本據《詞林摘艷》補録。此曲寫將相功業，有諛美頌聖意，雖與憲王身份合，然因文獻不足，故且存疑。兹據《詞林摘艷》本補入。

〔二〕黑頭：言年少高官。《世説新語·識鑒》：『諸葛道明初過江左，自名道明，名亞王、庾之下。先爲臨沂令，丞相謂曰：「明府當爲黑頭公。」』辛棄疾《水調歌頭》『送施樞密聖與帥江西』：『占古語，方人也，正黑頭。』

〔三〕案，據《詞林摘艷》《雍熙樂府》：此句於抬頭鳳闕、閑步龍樓間脱『是』字，兹據《筆花集》、吴梅藏録副本、《全明散曲》本等補。

〔四〕不落：《雍熙樂府》作『不若』，吴梅藏録副本、《全明散曲》本、《朱有燉集》整理本從《詞林摘艷》本。

〔五〕整戎裝金嵌兜鍪：《雍熙樂府》《筆花集》作『擁鐵關金鎖貔貅』。

〔六〕五行：五種行爲。《禮・鄉飲酒》：『貴賤明，隆殺辨，和樂而不流，弟長而無遺，安燕而不亂。此五行者，足以正身安國矣。』

〔七〕冕旒：帝王戴的冠冕，此處借指皇帝。

〔八〕青海：《雍熙樂府》作『清海』。兵：《雍熙樂府》作『冰』。《筆花集》、吴梅藏録副本、《全明散曲》等諸本同《詞林摘艷》。

上文臣〔一〕

【北南吕】【一枝花】

官居八輔臣，禄享千鍾近，功存遺百世，名播萬年春〔二〕。極禮亨純，惟治國安邦論，調和鼎鼐新〔三〕。持義節率中貞，都則待報主施恩〔四〕。乘賢烈憑直正，也則是清懲化民〔五〕。

【梁州】

獲聲譽，體的是那漢汲黯丹書清史；取清名，訪的是那唐魏徵汗簡標勳。端的是振綱常，尊倫理，行仁信，所以上平和天下，寧静了乾坤，八蠻拱手，四夷調勻。一箇箇氣衝開牛斗星辰，一箇箇志高接太華風雲。文機見，一箇箇似皋陶伊尹的形藏；武智略，一箇箇揣吕望張良的策論；文武功，一箇箇比蕭何李靖的忠勳，都則待挺身報君，保黄圖大業無疆運〔六〕。武勇烈，文賢俊，所以上國治家齊民物欣，堪花酒盈樽〔七〕。

【尾聲】

定邊疆安社稷把戎狄鎮，扶宇宙保華夷除剪了蠻貊塵，如今這癖疥兒曹永無病〔八〕。文英能至真，武威嚴似神，眼見的凌煙閣標題姓名準。

注釋

〔一〕《誠齋樂府》無此曲，《詞林摘艷》巳集題作『上文臣』，下註『皇明誠齋』撰。吴梅藏録副本、謝伯陽《全明散曲》本、趙曉紅《朱有燉集》整理本據以補入。又，《雍熙樂府》卷八亦收録，題作『榮貴』，未署作者姓名。《盛世新聲》卷六、《盛世詞林》巳集無題，皆不註撰者。

又，《金瓶梅詞話》第六十五回『吴道官迎殯頒真容，宋御史結豪請六黄』收此套【一枝花】支曲，亦未題撰人。案，憲王此曲如題，寫文臣位高權重、千禄盡享，理應爲國盡忠，建立功業，於凌煙閣上標題姓名，成爲一代名臣。循此則勾勒出一幅文武群臣安邦治國的盛事圖景，不僅符合其身份，亦且可見其心曲。與前此同類曲作大致仿佛。

〔二〕萬年春：《雍熙樂府》作『萬千春』，《盛世新聲》《盛世詞林》《金瓶梅詞話》本、吴梅藏録副本、《全明散曲》本、《朱有燉集》整理本同《詞林摘艷》。

〔三〕極禮亨純：《金瓶梅詞話》作：『拯溺亨屯』，他本從《詞林摘艷》。調和鼎鼐新：《雍熙樂府》作『用調鼎鼐新』，吴梅藏録副本、《全明散曲》本、《朱有燉集》整理本同《詞林摘艷》。又，《金瓶梅詞話》無『新』字。

〔四〕中貞：《盛世詞林》《盛世新聲》同《詞林摘艷》。《金瓶梅詞話》《雍熙樂府》作『忠貞』，吴梅藏録副本、《全明散曲》本、《朱有燉集》整理本據《詞林摘艷》補，並改作『忠貞』，同《雍熙》。

〔五〕憑：《金瓶梅詞話》作『秉』，他本從《詞林摘艷》。清徽：《雍熙樂府》作『徽清』，《盛世新聲》《盛世詞林》、吴梅藏録副本、《全明散曲》本、《朱有燉集》整理本同《詞林摘艷》。

〔六〕案，《雍熙樂府》無『文機見』、『武智略』等字。《盛世新聲》等他本從《詞林摘艷》。都則待：《雍熙樂府》作『都于』，《盛世詞林》《盛世新聲》、吴梅藏録副本、《全明散曲》本、

《朱有燉集》整理本同《詞林摘艷》。

〔七〕上：《雍熙樂府》脱，《盛世新聲》、吴梅藏録副本、《全明散曲》本、《朱有燉集》整理本同《詞林摘艷》。

〔八〕永無：《雍熙樂府》作「永不」，《盛世詞林》《盛世新聲》、吴梅藏録副本、《全明散曲》本、《朱有燉集》整理本同《詞林摘艷》。

四季行樂〔一〕

【黄鐘】【醉花陰】

畫角聲催報春早，一簇簇尋芳鬬草。開宴賞花朝，車馬相迎，來往佳人笑。望家家簷掛酒旗摇，箇箇都將春盛挑〔二〕。

【喜遷鶯】

嬌滴滴春光花萼，紅馥馥艷杏夭桃。花撲撲難描，錦叢叢可遊堪樂。絮叨叨紫燕歸來覓舊巢，樂醄醄盡翫飽。一段段山青緑水，一處處柳嫩花嬌。

【出隊子】

艷陽天道，聽啼鶯聲嚦巧。試看那牡丹濃薔薇媚海棠嬌，都向那柳陰中潛行過竹徑抄，不付能春色溶溶可又早暑氣覺。

【刮地風】

沉李浮瓜紈扇摇，避暑逍遥。倚涼亭翫賞心歡樂，陳設佳餚。一壁廂喧闐鼓樂，聒耳笙簫。一壁廂金杯内滿泛香醪，翫荷蓮，倚畫橋，芳池内藕似銀條。海榴開滿目紅雲罩，呀！敢早金風桂子飄。

【四門子】

聞枝頭不住蟬聲噪，看堦前梧葉凋。飲興又濃，明月又皎，東籬下袒然沉醉倒。黄菊又開，紅葉又飄，我則見連天衰草。

【古水仙子】

冷颼颼朔風寒凍樹梟，來往往人行難動腳。看看看江村阻隔漁樵，看看看攬孤舟懶棹，休休休孟浩然尋梅去迷霸橋，覷覷覷看山遠不辨低高，望望望冬景堪畫堪描，是是是韓退之懶上藍關道，呀呀呀慶雨順賀風調〔三〕。

【尾聲】

四季韶光似風掃，不如將故友頻邀，你將這好光景莫交辜負了。

注釋

〔一〕此曲不見於憲王《誠齋樂府》。《詞林摘艷》壬集題作『四季行樂』，下註『誠齋散套』，吴梅藏録副本、《全明散曲》本、《朱有燉集》整理本據以補録。《盛世新聲》卷二、《盛世詞林》子集無題，皆不註撰者。曲藉四季景色抒寫個人懷抱，有閒情逸趣，亦有及時行樂意。

〔二〕望家家：《詞林摘艷》如此，吴梅藏録副本、《全明散曲》本、《朱有燉集》整理本作『野人家』，《盛世新聲》《盛世詞林》從《詞林摘艷》。春盛：本稱春盛擔子，或春盤，指遊春時攜帶的食盒擔子，後亦泛稱冷碟或拼盤之類。

〔三〕看看看攬孤舟懶棹：案，《盛世词林》作『見見見攬孤舟懶棹』，《盛世新声》、吴梅藏録副本、《全明散曲》本、《朱有燉集》整理本從《詞林摘艷》。堪畫堪描：吴梅藏録副本如此，《全明散曲》本、《朱有燉集》整理本從，《盛世词林》《盛世新聲》《詞林摘艷》作『堪畫描』。

賞牡丹〔一〕

【黄鐘】【醉花陰】

萬紫千紅綻芳苑，金殿曉新鶯韻囀，花似錦柳如煙、日暖風暄。十二珠簾捲，花索讓牡丹先，散金蕋芳英吐緑蟬。

【喜遷鶯】寶闌中一見，姚黄敢奪狀元。樽前、鞓紅堪羨，魏紫如同霞色鮮，百媚全，端的有丹青難畫，便有那巧筆難傳。

【出隊子】賞花設宴，鳳樓中列管弦，散天樂香馥郁代筵前，呈國色輕盈舞袖邊，看體態妖嬈分外顯。

【幺篇】端的是香腮粉面，咲吟吟並玉肩，和風輕撫玉盤圓，帶露羞臨寶鑑妍，向曉風低垂紅袖捲。

【刮地風】嬌滴滴一段風流體態全，妝點就華鉛。四時中惟有春堪羨，煖溶溶麗日晴天，香散滿瓊樓金殿，色掩映華亭深院。煖風暄，暑色鮮妍，聽銅壺漏聲轉箭。寶闌中，玉階前，牡丹花開滿名園。

【四門子】舞霓裳縹緲神仙春，玩天香畫閣前，露華清濕透胭脂片。粉鬚輕，蜂正忙，燕又喧，看黄鶯往來花徑穿，；紅漸稠，緑更妍，可人意香嬌玉軟。

【水仙子】若説著設代筵，則待要逞艷姿丰丰韻韻列管弦。斟玉液瓊漿，齊臻臻鳳樓中會宴，淡氤氳不弱似爇沉檀寶鼎煙。煖融融風番處玉貌蹁躚，喜孜孜看佳人露春纖拾翠鈿，玉腕上摇響黄金釵，笑吟吟仕女每花裏閗嬋娟。

【尾聲】賞名花大設長生宴，樂雍熙萬載千年，越顯得牡丹名貴顯。

注釋

〔一〕《詞林摘艷》壬集收録，題『賞牡丹』，下註『誠齋散套』。吴梅藏録副本『補遺』收録。案，此曲實爲《天香圃牡丹品》第三折四探子所唱曲詞，惟個别字詞稍異而已。存而不校，亦不作釋義，惟待研究者參考。下附雜劇相關曲詞：

（付末云）你四箇探子到了，兀的還有一箇探子來也。（正探子上，唱）

【黄鐘】【醉花陰】萬紫千紅綻芳苑，金殿曉新鶯韻囀。花似錦，柳如煙，日暖風暄，十二珠簾捲。（探子云）探牡丹花開也。（付末云）您探子慢慢説，這牡丹開的顔色是怎生？（探子唱）

【喜遷鶯】花索讓牡丹先，散金蕋芳英吐緑蟬。寶闌中一見，姚黄敢奪狀元。樽前、魏紅堪愛

憐，看深紫渾如霞色鮮。百媚全，端的有丹青難畫，彩筆難傳。（付末云）這牡丹開了呵，可曾預備筵宴，合下樂器？（探子唱）

【出隊子】賞花設宴，鳳樓中列管弦，散天香馥郁玳筵前，呈國色輕盈舞袖邊，看美態妖嬈分外顯。（付末云）這牡丹花的千嬌百媚，風流體態，堪比美女佳人。你試備細説咱。（探子唱）

【幺】端的是香腮粉面，咲吟吟並玉肩。受和風輕撫玉盤圓，帶清露羞臨寶鑑妍，向曉日低垂紅袖展。（付末云）這牡丹您見了開的好處，再説些咱聽。（探子唱）

【刮地風】嬌滴滴一段風流體態全，妝點就華鉛。四時中惟有春堪羨，暖溶溶麗日晴天，香散滿瓊樓金殿，色掩映華亭深院。暖氣暄，暑色鮮妍，聽銅壺漏聲傳箭。寶闌中，玉階前，牡丹花開滿名園。（付末云）牡丹花開時，十分嬌艷。可有鶯舞蜂蝶，尋芳戲景？（探子唱）

【四門子】舞《霓裳》縹緲神仙眷，玩天香畫閣前，露華清濕透胭脂片。粉鬢輕，蜨翅搧，蜂正忙，燕又喧，看黄鶯往來在花徑穿。紅漸稠，緑更妍，可人意香嬌玉軟。（付末云）筵席即是都辦了呵，那士女佳人每，可曾都在彼賞玩？你再慢慢的説與俺聽咱。（探子唱）

【水仙子】若説著設玳筵，他子待逞艷質丰丰韻韻列管弦。斟玉液瓊漿，齊臻臻鳳樓中歡宴，淡氤氲不弱如爇沈檀寶鼎煙。暖融融風番處玉貎蹁躚，喜孜孜看佳人露春葱拾翠鈿，廝琅琅玉腕上摇響黄金釧，笑吟吟仕女每花裏鬪嬋娟。（付末云）探子來報花開的盛了，如今便慶賞也。先將肥羊美酒，賞了探子者。（探子唱）

【餘音】到來日賞名花大設長生宴，樂雍熙萬載千年，昭著的牡丹名貴顯。

附録

《誠齋樂府》跋語一

誠齋爲明周憲王別字。王爲定王橚長子，高皇帝孫。洪熙元年襲封，景泰三年薨。有《誠齋録》《新録》諸集，蓋宗室中賢而能文者也。錢牧齋《列朝詩集》云：『所製《誠齋樂府》《傳奇》，音律諧美，流傳内府，至今中原絃索多用之。』余按：誠齋雜劇，據《百川書志·外史類》《甄月娥》等傳奇，多至卅一種。往在都下，曾購得二十二種（《半夜朝元》《喬斷鬼》《煙花夢》《小桃紅》《豹子和尚》《曲江池》《悟真如》《慶朔堂》《仙官慶會》《辰鉤月》《桃源景》《常椿壽》《香囊怨》《得騶虞》《仗義疏財》《復落娼》《踏雪尋梅》《團圓夢》《牡丹品》《牡丹園》《牡丹仙》《繼母大賢》等廿二種），雖搜羅未備，而自也是翁錢曾王後，藏憲王雜劇之多，已未有如余者矣！惟樂府散套，余從未見過，此本爲友人通州王孝慈克承舊藏宣德九年刊本，卷首小引爲錦窠老人作，與《百川書志》標題正同。（《百川志》標題云：皇明周府殿下錦窠老人全陽翁著。）且刊有兩印：一曰『遊戲音律』；一曰『梁園風月』。余舊藏雜劇廿二種亦有此二印，可知此本與雜劇同時刊布，非單行本也。孝慈得此，詫爲奇寶，郵寄南都，屬爲校核。余方主講南雍，因屬諸生録一副本，逭暑故鄉，遂事讐校。上方朱筆皆余手疏者也。是書不分卷數，僅分散曲、套曲兩類。中如【柳營曲】之『風月擔兒』二十二篇，【醉太平】之『風流體』二十篇，詠嘲謔浪，微傷鄙俚。其他足資考訂者，如【白鶴子】『詠秋景』五首，序中暢論南北曲之流别，爲詞隱、鞠通輩所未悉。又【楚江情】『五更閨怨』亦見《吴騷合編》，題作『古詞』，不知爲誠齋所作，且每曲後各附北詞【金字經】一支，今選本爲之删去，此可見明季曲選之陋。而二更一曲，實爲袁籜庵《西樓》『朝來翠袖涼』之濫觴。《西樓》負一時重名，【楚江情】一支尤爲吴駿公所激賞，不知沾丐憲藩之殘瀝，而二百年來從無有發其覆、抉其隱者，亦云奇矣！惟套數内自【南吕·一枝花】『詠綉簾』後概皆殘缺，爰取《雍熙樂府》九卷鈔補之，且旁搜《詞林摘艷》《北宫詞記》諸書别録輯補一卷。雖未能全備，晚者亦可知余之苦心焉。誠齋知音之名，傳徧宇内，李空同《汴中元夕》詩云：『空中騎吹名王過，散落天聲滿汴州。』又云：『齊唱憲王春樂府，金梁橋外月如霜。』（『春』，一作『新樂府』，非。余據嘉靖本《崆峒集》正之）牛左史詩云：『唱徹憲王新樂府，不知明月下樊樓。』蓋宣正、正嘉百年之間，其詞風行如是。今讀此書，不勝《東京夢華》之感矣。

癸亥季夏長洲吴梅書於蘧庵

十三年秋日弟子任訥借録副本並增校一二

《誠齋樂府》跋語二

誠齋爲明周憲王有燉。王定王橚長子，高皇帝孫。洪熙元年襲封，景泰三年薨。有《誠齋録》《新録》諸集，蓋宗室中賢而能文者也。錢牧齋《列朝詩集》云：『所製《誠齋樂府》《傳奇》，音律諧美，流傳内府，至今中原絃索多用之。』余按：誠齋所作雜劇，多至卅一種。往在都中，曾購得二十二種，雖蒐羅未備，而自也是園後，藏憲藩雜劇之多，已未有如余者矣。（明朱灌甫《萬卷堂》《聚樂堂》兩書目均有《誠齋樂府》，近百年間，汪氏振綺堂、朱氏結一宧，亦有零種，未詳其目。黄陂陳氏有《辰鈎月》《神仙會》《常椿壽》《東華仙》《蟠桃會》《八仙慶壽》六種。上虞羅氏有《牡丹仙》《牡丹園》《牡丹品》三種。余所得者爲《半夜朝元》《喬斷鬼》《煙花夢》《小桃紅》《豹子和尚》《曲江池》《悟真如》《慶朔堂》《仙官慶會》《辰鈎月》《桃源景》《常椿壽》《香囊怨》《得騶虞》《仗義疏財》《復落娼》《踏雪尋梅》《團圓夢》《牡丹品》《牡丹園》《牡丹仙》《繼母大賢》等廿二種，較也是園少《瑶池會》《河嵩神》《四時花月》《海棠仙》《文殊菩薩》《義勇辭金》《東華仙》《蟠桃會》《神仙會》九種。而《踏雪尋梅》一種，雖遵王亦無有焉。余竊自幸云）至樂府散套則明清兩代藏家，從未著録，洵爲海内孤本。

吾友通縣王君孝慈得諸廠甸，詫爲瑰寶，郵寄南都，屬爲校核。余方主講南雍，因屬諸生録一副本。此書不分卷數，僅分散曲、套數兩類。而套數内自【南吕·一枝花】『詠簾』後，皆已殘缺，世無他刻，無從鈔補矣。中如【柳營曲】之『風月擔兒』二十二篇，【醉太平】之『風流體』二十篇，詼嘲謔浪，微傷鄙俚。其他足資考訂者，如【白鶴子】『詠秋景』五首，序中暢論南北曲之流別，爲詞隱、鞠通輩所未悉。又【楚江情】『五更閨怨』別見《吴騷》選本，題作古詞，不知爲誠齋所作，且每曲後又附北曲【金字經】一支，亦爲諸選本所未及，可徵明季曲選之陋。而二更一曲，與袁籜庵《西樓》【楚江情】大同小異，尤可知籜庵雖負盛譽，實匃乞憲藩之馀瀝。又【慶東原】二曲，賡和丹丘，丹丘爲寧獻王道號，與誠齋爲父行。丹丘洞達音吕，聲滿江右。誠齋與之唱和，宜其詞學之工也。誠齋知音之名，傳遍宇内。李崆峒《汴中元夕》詩云：『空中騎吹名王過，散落天聲滿汴州。』又云：『齊唱憲王春樂府（『春』，一作『新』，非。余據嘉靖本《空同集》），金梁橋外月如霜。』牛左史詩云：『唱徹憲王新樂府，不知明月下樊樓。』蓋宣正、正嘉百年之間，其風行之盛有如是者。今讀其詞，不勝《東京夢華》之感矣。爰識其尾，歸諸孝慈云。

癸亥季夏之月辛丑長洲吴梅書於奢摩他室

後記

《誠齋樂府》成書於宣德九年（一四三四），是目前所知，係由朱有燉生前親自主持編訂、刊刻、傳世的唯一一部散曲總集，在朱有燉著述中具有重要地位，亦是後人了解、研究朱氏散曲創作及其水平的重要載體。只是由於朱氏雜劇久負盛名，曲名反倒爲劇名所掩，以致近代以來較長時間內，學界對它的關注遠不及雜劇，加之外在受諸多因素的影響，評價亦不無偏頗，乃至批判、否定等極端現象亦時有發生。但這並不意味著，朱氏散曲無足輕重，《誠齋樂府》可有可無。伴隨著二十世紀八十年代學術領域的撥亂反正，朱有燉研究亦迴歸常態，其散曲成就亦隨之受到學者關注。我們爲之慶幸，同時亦必須看到，學術史上對朱有燉散曲，自明代中葉以來便存在不同程度的模糊認識，並於遞相祖述中進而釀成了一段至今還爭論不休的學術公案，即：《誠齋樂府》到底是其雜劇集還是散曲集？非此即彼、非彼即此乃或亦彼亦此的現象仍不斷見之於形色各異的學術著作中。造成這一現象的原因，固然與上述所謂的偏頗有著很大關係；但比較來看，最爲重要且更爲關鍵的是，《誠齋樂府》於傳播層面没有得到較大範圍的流通，能夠得以目及或觀覽者寥寥，這在不同程度上干擾並影響到後人對它的了解，並反過來不同程度地對各种偏見起到推波助瀾的作用。

當然，《誠齋樂府》傳播層面的障礙並不等於説此前並無相關版本問世。自明代中葉始，朱氏散曲便不斷有曲集、曲選大量擇入，二十世紀初期至今則相繼有吴梅鈔録本、盧前《飲虹簃所刻曲》本、八十年代翁敏華點校本、謝伯陽《全明散曲》本以及近年趙曉紅《朱有燉集》整理本等問世。明清曲集、曲選對於一般讀者或研究者而言，蓋因年代久遠，難得一見。吴梅鈔録本系吴梅『主講南雍』（吴梅《〈誠齋樂府〉跋語》）時屬其弟子所録副本，同樣爲『海内孤本』，常人罕能遍觀盡識。其他諸本多依附他人著述或朱有燉本人其他著述流播，無形中遮蔽了《誠齋樂府》的影響。翁敏華點校本雖然是一個獨立版本，但其缺陷亦很明顯，比如印刷數量少、流傳範圍有限；開本過小，近乎口袋書等等，皆不利於《誠齋樂府》的傳播，更不利於後人對朱有燉散曲的接受。長期以來，學界對朱有燉《誠齋樂府》的諸多誤解、曲解乃至相關研究過於滯後等情形，不僅説明相關版本存在種種問題，亦且意味著，意慾改變並進一步擴大朱有燉散曲影響及相關研究的持續深化，《誠齋樂府》應當有一個獨立且更加精良、完善的版本提供給關注朱有燉散曲創作的讀者及學界同仁。

這即是本人在完成《朱有燉年譜長編》《朱有燉〈誠齋録〉箋注》兩部著作後，於朱有燉研究充分展開前，『節外生枝』整理此著的目的。然校釋不同一般著述，稍有不慎便很有可能適得其反，造成更爲嚴重的訛誤，孔子言：『多聞闕疑，慎言其餘，則寡尤。』（《論語・爲政》）此爲校書之態度，亦可爲校書之理路，故此著的問世，一方面得益於前輩時賢的努力及所取得的成果，書中對此不無借鑒；另一方面，既然欲以完善並希望於朱有燉散曲研究有所貢獻，故亦希望能夠後出轉精，呈以全新面目，以期有助於了解朱有燉原刻及前輩時賢的整理過程，亦且有助於解讀朱有燉散曲作品乃或與之相關的創作環境。這是本人校釋此著的一個願望，但同時亦必須承認，由於個人精力有限，加之學有不逮，識見不足，其中自然不可避免地存在這樣那樣的問題，能否實現這一願望，之於本人可謂『心有戚戚』焉。於此只好懇請讀者及諸位前輩時賢多多批評指正！

著述不是易事，大凡有過著述經歷的人都明白一個事實，即：一部著作能夠得以完成，作爲著者，實可謂融入了大量心血、耗費了大量時間、精力。此外，能夠得以順利問世，並在最大範圍内流播還離不開他人的獎掖與扶持。之於我，則應首先歸功於問學過程中，張錦池先生、關四平先生、杜貴晨先生等諸位恩師的指導，承蒙諸位恩師不棄，才使我逐漸接近並最終踏上問學的『正途』。

其次，需要説明的是，單位地處祖國西北邊陲，限於主客觀條件，中國古代文學作爲傳統學科在許多方面與内地兄弟院校還存在不小的距離。作爲一名邊疆高校教師，特别是古代文學專任教師，深知古代文學在『堅守中華文化立場，傳承中華文化基因，展現中華審美風範』過程中所肩負的歷史責任。爲此，筆者不揣淺薄，竭盡所能，很是希望能夠爲邊疆古代文學學科的建設與發展貢獻個人一己之力。鑒於單位地理位置及學科發展的實際，權衡再三，筆者擬通過對朱有燉研究體系的構建從而拉近與兄弟單位乃至同行之間的距離，至少在朱有燉研究領域形成自己的特色，成爲相關領域中不可或缺的一環。值得欣慰的是，這部小著儘管整理校釋過程中面臨諸多困難，但我所供職的人文學院祁曉冰院長、中國古代文學教研室主任田峰博士等高瞻遠矚，仍然盡最大可能地提供了種種便利。天水師範學院文學與文化傳播學院郭昭第院長亦給予了特别關照，學校領導、科研處、財務處領導在經費方面亦提供了較大便利。浙江師範大學人文學院博士生導師劉天振教授、揚州大學文化傳承與創新研究院博士後、研究員温慶新先生等亦予以了極大幫助。黄山書社韓開元先生施以援手，讓我深刻感受到先生於學術特别是基於『矜其鄉賢，美其邦族』（唐・劉知几《史通》卷十《雜述》）所謂鄉賢文化的熱忱與赤誠，令人欽佩，令人感動。可以説，没有他們的鼎力相助，此著即便完成，恐怕亦將束之高閣以待來日了。另外，此著於前期準備過程中，學弟王立國博士正在中國社會科學院做訪問學者，爲幫助獲得珍貴文獻，不顧辛苦勞累，奔波於社科院與國家圖書館古籍庫之間，抄録了吴梅先生所藏副本中的部分文獻，很不容易，在此特别感謝。

我從事朱有燉研究多年，研究過程中，《文化遺産》《戲曲藝術》《戲劇文學》《中國文學研究集刊》《中國古代小説戲曲研究》《聊城大學學報》《濟南大學學報》《内江師範學院學報》《延安大學學報》《魯東大學學報》《中國典籍與文化》等期刊爲研究成果發表提供了很好的平台，於此亦一並致謝。當然，此著最終變成鉛字，並以其精美的裝幀設計呈現出來，與編輯、版式設計、文字校對等諸位老師的辛勤付出密不可分，他們的汗水既是這部著作得以問世的保證，更是我今後於問學道路上不敢稍有懈怠的動力，在此致以誠摯的感謝！

朱仰東

二〇一八年四月五日寫於伊犁師範大學盧寓

二〇一九年二月二十五日修改於天水師範學院寓所